니벨룽의 대서사시

# 니벨룽의 대서사시

## Das Nibelungenlied

임석호 옮김

## 고전에서 배우는 세상의 질서와 지혜

'니벨룽'

이 단어로 인터넷 검색을 하면 대부분의 자료가 바그너의 오페라 「니벨룽의 반지」라는 제목으로 뜬다. 이 대서사시에 관한 문학적 언급을 찾아보기 힘들다는 것은 그만큼 우리나라에서 전혀 읽히지 않고 있으며, 읽은 사람 또한 드물다는 사실을 반증하는 것이리라. 최고최대(最古最大)의 서사시 『일리아스』에 비견되어 독일의 『일리아스』라고 불리는 이 대서사시가 말이다. 그리고 그 가장 큰 까닭은 독자들이 어렵지 않게 대할 수 있는 번역서가 없기 때문일 거라고 생각했다.

『니벨룽의 대서사시』는 독일 기사 문학의 최대 걸작일 뿐 아니라 독일 문학의 고전 가운데 최고봉으로 꼽히는 작품으로, 많은 고전 작품이 그렇듯 성립 시기와 작자가 밝혀지지 않은 것이다. 그리고 동서양의 고전 문학 작품 대부분과 마찬가지로 전설을 바탕으로 씌어졌다.

부르군트 왕국의 크림힐트 공주는 출중한 미모가 널리 알려져 많은 사람이 구혼을 해오는데, 네덜란드의 영웅이자 왕자인 지크프리트가 크림힐트 공주와 결혼하고자 부르군트 왕국을 찾는다. 부르군트 왕국의 왕이자 크림힐트 공주의 오라버니인 군터왕은 이슬란트의 여왕 브륀힐트에게 청혼하려 한다. 그런데 브륀힐트 여왕은 자신이 제시하는 세 가지 시합 가운데 하나라도 지면 상대방을 죽이는 막강한 괴력을 지니고 있다. 이에 청혼을 망설이는 군터왕을, 지크프리트가 돕게 되고 이렇게 해서 두 쌍은 결혼하기에 이른다.

그후 여러 해가 흐른 후 군터왕의 초대를 받아 부르군트 왕국에 지크프리트와 크림힐트가 찾아오며 비극이 싹튼다. 다름 아니라 크림힐트와 브륀힐트는 서로 자기 남편이 고귀하다고 자존심 싸움을 벌이다 브륀힐트가 수모를 겪은 것이다. 이에 분노한 군터왕의 가신 하겐이 지크프리트를 암살하자고 군터왕을 유혹하고 군터왕은 끝내 이를 묵인한다. 남편 지크프리트의 죽음에 크림힐트는 세상이 끝난 듯한 슬픔과 비탄에 빠진다. 그리고 하겐은 크림힐트에게서 사랑하는 남편만 앗아간 것이 아니라 니벨룽의 보물까지 몽땅 앗아간다.

한편 훈국에서는 왕비를 잃은 에첼왕에게 신하들이 크림힐트와 재혼할 것을 권하고, 크림힐트는 에첼왕의 힘을 빌어 복수하겠다는 생각으로 결혼을 한다. 다시 여러 해가 흘렀으나 복수의 집념을 간직해온 크림힐트는 마침내 훈국으로 군터왕과 친척들, 하겐을 비롯한 신하들을 불러들여 죽고 죽이는 피의 복수를 벌인다.

이와 같은 내용의 『니벨룽의 대서사시』를 읽다 보면 비록 이 작품이 쓰인 시기는 까마득한 옛날이고 신화에서 비롯되었다고는 하지만, 과거나 현재 그리고 동양이나 서양이나 사람 사는 세상은 모두 같다는 생각은 어쩔 수 없다. 이 작품 속 시대에도 사람들 사이의 질투, 재물에 대한 끝없는 욕망 그리고 정의, 사랑하는 사람에 대한 그리움, 친구 사이의 우정이 그리고 군주에 대한 충성과 배신은 현대를 사는 우리의 관계들과 다름없기 때문이다. 그러기에 우리는 사람 사는 세상의 질서와 삶의 지혜와 정의, 자신을 바라보는 시각을 책에서, 고전 문학에서 배우는 것이다. 이 작품을 번역하는 일은 말 그대로 대서사시와 같았다. 참으로 긴 시간 동안 인내와 참을성을 끊임없이 요구받는 고된 작업이었다. 도중에 그만두고 싶은 마음이 여러 번 고개를 들곤 했다. 그러나 그때마다 크림힐트가 오랜 세월 동안 복수를 단념하지 않았던 것처럼 몇 해가 걸리든 단념할 수 없다는 마음으로 자신을 다잡았다. 그리고 인간적인 품위가 느껴지는 폴커, 제왕일지라도 한 여인과 부귀에 대한 욕심에 눈이 먼 군터, 지략과 음모와 굳센 자신만의 신념의 하겐 등 인간적인 체취가 느껴지는 인물에 매료당해 이들의 최후를 지켜보고 싶었다.

끝으로 이 『니벨룽의 대서사시』의 텍스트로는 펠릭스 겐츠머가 현대 독일어로 옮긴 『Das Nibelungenlied』를 사용했으며, 미하엘 마이어의 『Die Nibelingen』과 프란츠 카임이 새롭게 쓴 『Die Nibelungen』을 참고했다. 특히 허창운 교수님의 초간 번역의 도움이 없었으면 결과를 기대하지 못했을 것이다. 그리고 많은 망설임 끝에 설사 원전과는 조금 거리가 있더라도 읽는 이의 편의를 위해 전·후편 구분을 없애고 문어체가 아닌 구어체에 가까운 문체로 표현했다. 아울러 단락 또한 임의로 나누었음을 밝혀둔다.

2003년 5월 옮긴이

## 주요 등장인물

**지크프리트** 네덜란드의 왕이자 크림힐트의 남편, 일찍이 니벨룽을 정복하여 막대한 재물을 손안에 넣었으며, 용을 죽였을 때 그 피를 뒤집어써 최강의 영웅이 된다.

**크림힐트** 대단한 미모를 가진 부르군트국 공주이자 지크프리트의 아내. 그녀는 남편의 죽음을 애통해 하는 젊은 왕비로, 복수의 일념에 불타는 비련의 왕비로 변모한다.

**군터** 부르군트의 왕이자 크림힐트의 오빠. 지크프리트의 도움으로 아내를 맞이하며, 신하 하겐의 유혹에 넘어가 동생의 남편이 된 지크프리트를 배반한다.

**브륀힐트** 뛰어난 외모뿐 아니라 막강한 힘을 지닌 이슬란트의 여왕, 강한 자존심과 질투로 인해 피의 복수가 벌어지게 하는 원인을 제공한다.

**게르노트** 군터왕의 동생이자 크림힐트의 오빠.

**기젤헤어** 크림힐트의 오빠, 지크프리트를 잃은 크림힐트에게 가장 다정하게 대한다.

**하겐** 군터왕의 가신이자 가장 신임받는 맹장. 신의를 앞세워 네벨룽의 황금을 탐내어 군터왕과 공모하여 지크프리트를 암살함으로써 비극을 초래하는 장본인으로, 때로는 교활하고 잔혹하지만 때로는 기사로서의 우정과 신의를 중히 여긴다.

**폴커** 제금을 켜는 부르군트의 용감한 음유시인으로, 하겐과 우정을 나눈다.

**에첼** 아내를 잃고 크림힐트를 두 번째 아내로 맞는 훈족의 왕, 크림힐트의 청을 받아 들여 군터왕과 그 친척들과 신하들을 축제에 초대하여 혈투가 벌어지게 한다.

**힐데브란트** 디트리히의 신하로서 베른의 노장. 하겐과 군터왕을 사로잡아 크림힐트에게 이들을 용서할 것을 청하며 비극을 마무리한다.

**뤼디거** 에첼왕을 모시는 변경백. 부르군트인이 에첼왕에게 가는 여로에 그들을 융숭하게 대접하여 친교를 맺으며 기젤헤어에게는 자신의 딸과의 결혼을 허락한다.

**당크바르트** 하겐의 동생이자 부르군트 궁중의 마구 담당장.

**디트리히** 에첼왕에게 몸을 의탁하고 있는 아멜룽의 태수. 크림힐트의 복수를 하겐에게 경고한다.

**뤼데거** 작센의 군주.

**뤼데가스트** 덴마크의 왕으로 뤼데거의 동생.

**알베리히** 지크프리트의 부하로서, 엄청난 힘을 지닌 니벨룽의 난쟁이.

**필그림** 파사우를 통치하는 주교로 군터 형제의 외숙.

**루몰트** 군터왕의 주방 대신.

**블뢰델** 에첼왕의 동생이자 헝가리의 군주. 막대한 영토와 성을 주겠다는 약속을 받고 크림힐트 편에 선다.

**에케바르트** 부르군트의 변경백. 크림힐트를 따라 지크프리트의 나라로 그리고 에첼왕의 나라로 간다.


그 외 주요 등장인물 5

# 차례

* 는 옮긴이 주임

# 『니벨룽의 대서사시』의 무대가 되는 유럽 지도

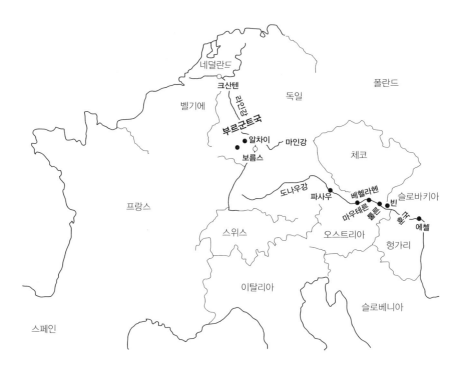

## Chapter 01

# 크림힐트의 꿈

옛날이야기 중에는 놀라운 전설들이 전해지고 있습니다. 명예욕에 눈먼 격렬한 전투, 즐거운 축제, 슬프고 비통한 일 그리고 용맹한 영웅들의 처절한 싸움 등이 그것입니다.

이제 여러분은 그런 흥미진진한 이야기를 들을 것입니다.

일찍이 부르군트라는 왕국에 신분이 높은 귀여운 아가씨가 있었습니다. 이 세상 어느 곳에도 그녀보다 어여쁜 아가씨는 없었습니다. 그녀의 이름은 크림힐트였으며, 훗날 아름다운 귀부인이 되었습니다. 그러나 수많은 영웅들이 그녀로 인해 목숨을 잃었습니다. 그 아름다운 아가씨가 사랑받는 것은 당연한 일이었습니다. 용감한 영웅들은 앞 다투어 그녀의 사랑을 얻으려 했습니다. 그녀의 천성과 신분에 걸맞은 은총은 다른 아가씨들의 부러움을 사기에 충분했습니다. 귀족 가문의 막강한 세 왕이 그녀를 돌보았습니다. 명성이 자자한 두 전사, 군터와 게르노트 그리고 젊고 탁월한 영웅 기젤헤어가 바로 그들이었습니다. 크림힐트는 세 영웅의 누이동생이었고 이 군주들의 보호 아래 아름답게 성장했습니다.

뛰어난 전사이기도 한 세 군주들은 고귀한 가문 출신으로 인색하지 않았으며 매우 힘세고 용감했습니다. 그들은 라인강가의 보름스에 있는 거대한 궁궐에서 살았습니다. 그 나라의 기사들은 죽을 때까지 군주를 섬겼고, 이것은 자신들뿐 아니라 왕에게도 명성과 명예를 가져다주었습니다. 그러나 이로 인해 그들은 후에 처참한 죽음을 당합니다. 두 귀부인이 서로를 적대시했기 때문입니다.

공주의 모후는 막강한 대비마마로 그분의 이름은 우테였습니다. 공주의 부왕은 사후에 왕자들에게 영토와 보물을 유산으로 남긴 당크라트였습니다. 그 역시 젊었을 적에는 혁혁한 명성을 떨쳤습니다.

세 왕들은 힘이 매우 강력했습니다. 세 왕들을 섬기던 전사들은 가장 탁월했으며, 그들은 치열한 전투에서 어느 누구에게 지지 않는 강력하고 용맹스러운 투사들이었습니다. 이 전사들 중에는 트론예 출신의 하겐과 그의 동생인 용맹한 당크바르트가 있었습니다. 또 메츠 출신의 오르트빈, 두 명의 변경백(邊境伯) 게레와 에케바르트 그리고 한 사나이가 가질 수 있는 모든 힘을 가진 알차이 출신의 폴커가 있었습니다. 걸출한 영웅인 주방대신 루몰트와 세 왕들의 시종인 진돌트와 후놀트는 궁정 생활이 원만하게 영위되도록 조심해야만 했습니

**15**

다. 이외에 많은 전사들을 거느리고 있었지만, 그들의 이름을 일일이 열거할 수는 없습니다.

당크바르트는 궁중의 마구 담당장(長)이었고 그의 친척 오르트빈은 왕의 신하 관리장이었으며, 뛰어난 영웅인 진돌트는 주류 관리장이었습니다. 끝으로 후놀트는 재물 관리장이었습니다. 이들 모두는 복잡한 궁정 의례에 정통해 있었습니다. 그들의 궁정과 광범위한 세력이 미치는 역사와 품위, 항상 원만한 행복 속에서 누렸던 군주들의 영광스럽고 기사다운 삶에 대해서는 정말이지 그 누구든 상세하고 정확하게 전하지 못할 것입니다.

크림힐트는 이처럼 훌륭한 환경 속에서 성장했습니다. 어느 날 밤 크림힐트는 꿈을 꾸었습니다. 그녀가 기르고 있는 힘세고 당당한 사나운 매 한 마리를 독수리 두 마리가 갈기갈기 찢어 죽이는 꿈이었습니다. 단지 그 광경을 보고만 있어야 했다니! 이보다 더 비참한 일은 두 번 다시 일어날 수 없을 것입니다. 그녀는 모후 우테에게 그 꿈 이야기를 들려주었습니다. 모후는 사랑스런 딸에게 훌륭한 해몽을 해주었습니다.

"네가 기른 매는 한 고귀한 남자이니라. 만약 신께서 그를 보호해 주지 않으신다면 너는 그를 잃어버릴 것이니라."

"어마마마께서는 저에게 왜 남자 이야기를 하시옵니까? 저는 전사의 사랑이라면 영원히 단념하겠사옵니다. 죽는 날까지 아름답고 순결하게 남고 싶사옵니다. 저는 결코 한 남자를 사랑함으로써 슬픔을 경험하지는 않을 것이옵니다."

"그렇게 거부감을 갖지는 마라. 네가 언젠가 이 세상에서 큰 행복을 얻고 싶다면 오직 한 남자의 사랑을 통해서만 가능할 것이니라. 신께서 너에게 진정으로 훌륭한 기사를 배필로 주신다면 그때 비로소 너는 아름다운 여자가 될 것이니라."

"어마마마, 제발 그런 이야기는 하지 마시옵소서. 많은 여자에게 주어지는 기쁨이 종국에는 고통으로 보상되는 일이 흔하옵니다. 저는 그런 경우를 피하고 싶사옵니다. 불길한 일이 결코 일어날 수 없도록 말이옵니다."

크림힐트는 어린아이 같은 생각으로 사랑을 완전히 포기하려고 했습니다. 그후 고결한 아가씨는 오랫동안 사랑할 만한 남자를 모른 채 살았습니다. 그렇지만 후에 그녀는 용기 있는 영웅의 아내가 되었습니다. 결국 어머니가 설명해 준 꿈속의 남자를 만났던 것입니다. 그러나 그녀가 자신이 사랑한 남자를 죽인 친척에게 잔악한 복수를 하게 될 줄이야! 한 영웅이 살해됨으로써 수많은 사람이 죽지 않을 수 없었던 것입니다.

Chapter 02

# 지크프리트

라인강 하류에 위치한 네덜란드의 크산텐이라는 곳에 이름이 널리 알려진 막강한 세력을 가진 한 궁성이 있었습니다. 왕은 지크문트였고 왕비는 지크린트였는데, 슬하에 용감하고 훌륭한 왕자 지크프리트가 있었습니다. 그는 자신의 전사다운 능력을 시험하려고 여러 나라를 두루 돌아다녔습니다. 마침내 부르군트 왕국에서 진정으로 용감한 영웅들을 볼 수 있었습니다. 왕자의 명성은 날이 갈수록 높아져 아름다운 여인들의 흠모의 대상이 되었습니다. 그는 신분에 어울리는 교육을 받았으며 타고난 재능을 십분 발휘하여 모범적인 인물이 되었습니다. 그의 명성은 후에 국경을 넘어 나라 밖으로 멀리 퍼졌기에 사람들은 그를 여러 가지 면에서 완전한 군주로 여겼습니다.

지크프리트가 성장하여 공식적으로 건장한 모습을 드러내자, 수많은 사람들이 그를 보려고 몰려들었습니다. 여인들과 사내들은 지크프리트가 그들의 모임에 참석해주기를 원했습니다. 사람들이 지크프리트에게 호감을 가지자 군주는 이를 곧 알아차렸습니다.

지크프리트왕자는 지금까지 아무 보호 없이 말을 타고 멀리 간 적이 한 번도 없었습니다. 지크문트와 지크린트는 왕자에게 멋진 옷을 입히도록 명령했고, 정교한 궁정 예절에 정통하고 경험이 풍부한 신하들로 하여금 보살피게 했습니다. 그래서 지크프리트는 나라와 백성들을 지배할 역량을 갖출 수 있었던 것입니다. 지크프리트는 성장하면서 무기를 다룰 수 있는 데 필요한 체력과 힘을 지니게 되었습니다. 그는 아름다운 여인들에게 봉사를 다했으며, 여인들 역시 용감한 지크프리트의 청을 들어주는 것을 명예로 여겼습니다.

부왕 지크문트는 신하들에게 사랑하는 친구들을 초대하여 축제를 열라는 명령을 내렸습니다. 사신들은 이 소식을 다른 나라의 왕들에게 전했고, 부왕은 다른 나라 사람들뿐 아니라 자신의 백성들에게도 말과 안장을 선물했습니다. 친족들의 혈통에 따라 당연히 기사가 되어야 할 귀족 청년들이 발견되는 곳이라면 어디서든 축제에 참가하도록 초대했습니다. 그들은 후에 젊은 왕자와 함께 기사의 검을 받았습니다.

이 축제에 관한 놀라운 이야기들은 무수히 많습니다. 지크문트와 지크린트는 소유한 재산으로 크나큰 명성을 누리는 법을 알고 있었습니다. 그들은 재산 중에서 많은 것을 선사했습니다. 다른 나라 손님들이 말을 타고 찾아온 것은 당연한 일이었습니다. 마침 4백 명의 추종자들이 지크프리트와 함께 기사가 될 때였습니다. 아리따운 아가씨들은 지크프리트에게 호의를 품고 있었기에 일하느라 분주했습니다. 그들은 오색찬란한 의상에 금으로 장식한 보석들을 달았습니다. 그리고 젊고 의젓한 영웅들의 의상에 둘러진 값비싼 띠에 보석들을 달았습니다.

부왕은 아들 지크프리트가 기사가 되는 유월에 용감한 손님들을 위한 축제를 마련했습니다. 화려하게 차려입은 추종자들과 지체 높은 기사들은 성당으로 갔습니다. 실로 관록 있는 기사들이 한때 자신들 또한 그랬던 것처럼 미숙한 햇병아리 기사들에게 다가가서 도움을 주었습니다. 그들은 유쾌하게 담소를 나누며 커다란 즐거움이 있으리라고 기대했습니다. 사람들은 신의 영광을 기리는 미사곡을 불렀습니다. 노래가 끝나자 광장은 온통 구경꾼들로 북적거렸으며, 현란하고 휘황찬란한 빛으로 뒤덮인 가운데 전통 의식에 따라 기사 작위가 수여되었습니다. 기사들은 안장을 얹은 말들에게 달려갔습니다. 지크문트의 궁정은 갑자기 격렬하게 창 겨루는 소리로 진동했으며, 희열에 넘치는 정취 속에서 영웅들은 소란스럽게 떠들어댔습니다.

젊은 사람이나 늙은 사람이나 너무 세차게 격돌했기에 창들이 부딪칠 때 나는 소리가 하늘까지 울려 퍼졌습니다. 영웅들의 손에 부서진 창의 파편들은 궁궐 너머 멀리까지 날아갔습니다. 영웅들은 마치 폭풍처럼 서로를 몰아붙였습니다. 국왕은 마침내 중지하라는 신호를 보냈습니다. 그리하여 말들은 끌려 나갔으며 방패들의 가운데는 깨졌고, 방패들이 번쩍이며 맞부딪칠 때 떨어져 나간 보석들이 잔디밭 사방에 흩어져 있었습니다.

국빈들은 미리 배정된 자리에 앉았습니다. 귀한 음식들이 풍성하게 제공되었고 잘 빚은 고급 술이 고된 무술 시합에 지친 영웅들을 다시금 생기 넘치게 해주었습니다. 다른 나라에서 온 손님들도 그 나라 사람들도 모두 명예로운 찬사를 아끼지 않았습니다. 그들이 하루 종일 즐기는 동안 방랑 가객들은 쉴 틈이 없었습니다. 그들에게는 후한 선물이 주어졌기에 공연에 온갖 정성을 쏟았습니다. 이로 인해 지크문트의 나라 전체는 좋은 평판을 얻었습니다. 국왕은 자신이 도례(刀禮)를 치를 때 그랬듯이 젊은 영웅인 기사들에게 땅과 성을 나누어 주었습니다. 지크프리트는 그의 가신들에게 너그럽게 배려했고 그들은 지크문트의 나라로 달려온 것을 기뻐했습니다.

축제는 일주일 간 계속되었습니다. 관대한 왕비 지크린트는 오래된 관습에 따라 행동했고, 사랑하는 마음으로 지크프리트에게 황금을 내려주었습니다. 왕비는 지크프리트에게 사람들의 호의를 얻는 방법을 알려 주었습니다. 어떤 떠돌이 방랑객이든 그곳에서 빈손으로 떠나는 이는 없었습니다. 왕은 마치 단 하루도 더 이상 살 필요가 없는 사람처럼 말들과 옷들을 닥치는 대로 넉넉하게 선사했습니다. 이전의 그 어느 왕실도 그토록 후한 선물을 주지는 못했습니다.

축제에 참석했던 자들은 명성과 영예를 얻고서 뿔뿔이 흩어졌습니다. 강력한 영주들이 젊은 지크프리트를 주군으로 섬기고 싶다는 확신에 찬 말을 했으나, 지크프리트는 그 말에 관해 모르는 척했습니다.

양친인 지크문트와 지크린트가 살아있는 한 그들이 사랑하는 아들
지크프리트는 왕관을 쓰려고 하지 않았습니다. 용맹스러운 그 영웅
은 오직 나라를 위태롭게 하는 광폭한 세력을 막아야 할 때에만 왕권
을 물려받고자 했습니다.

## Chapter 03

# 부르군트 왕국으로 향하는 지크프리트

그 젊은 영웅에게 걱정거리라는 것은 있을 수 없었습니다. 어느 날 지크프리트는 부르군트 왕국에 완벽함의 표상인 아름다운 공주가 있다는 이야기를 전해 들었습니다. 그녀 때문에 지크프리트는 훗날 커다란 행운과 더불어 슬픔을 얻게 되는 운명에 빠지게 됩니다. 그녀의 형언할 수 없는 아름다움에 대한 소문은 멀리까지 퍼졌으며, 그녀의 높고 고결한 지조는 어느 영웅에게도 숨길 수 없었습니다. 왕들은 유혹을 참지 못하고 말을 달려 부르군트 왕국으로 몰려들었습니다. 많은 영웅들이 그녀의 사랑을 구하려 했지만, 크림힐트는 한 남자를 사랑하는 것에 지레 두려움을 느끼고 뒤로 물러서곤 했습니다. 훗날 그녀의 남편이 될 사람은 미지의 인물이었던 셈입니다."

그즈음 지크린트의 아들 지크프리트는 고귀한 사랑에 마음이 쏠렸습니다. 지크프리트와 비교해 볼 때 다른 구혼자들은 모두 빛이 바랬습니다. 그는 아름다운 여인의 사랑을 얻는 방법을 알고 있었기 때문입니다. 결국 고귀한 크림힐트는 용감한 지크프리트의 아내가 되었습니다. 지크프리트가 마침내 한 여인에게 매인 몸이 되고자 결심했을 때, 그의 친척들과 많은 종사(從士)들은 지크프리트에게 신분에 걸맞은 혼인을 하도록 충고했습니다. 그러자 지크프리트는 이렇게 말했습니다.

"그렇다면 나는 부르군트 왕국의 아름다운 공주 크림힐트를 아내로 맞이하겠노라. 그 까닭은 그녀가 매우 아름답기 때문이니라. 아무리 강력한 왕이 청혼한다 할지라도 고귀한 공주의 사랑을 얻으려고 애쓰는 것은 명예로운 일이기 때문이니라."

지크프리트의 청혼에 관한 소문이 나돌자 부왕 지크문트의 귀에 들어갔습니다. 지크문트는 아들이 의도하는 바를 알아차렸습니다. 지크프리트가 그 훌륭한 공주에게 청혼하고자 했기에 부왕은 무척 언짢아졌습니다. 왕비 지크린트 또한 그 사실을 알게 되었습니다. 왕비는 군터왕과 그의 종사들을 잘 알고 있었으므로 아들을 깊이 걱정했습니다. 사람들은 온갖 구실을 붙여 지크프리트에게 계획을 그만두도록 했습니다. 그러자 용감한 지크프리트는 이렇게 말했습니다.

"사랑하는 아바마마, 저의 연정이 열망하는 여인에게서 청혼을 이룰 수 없다면 저는 어떤 고귀한 여인의 사랑도 영원히 포기할지 모르겠사옵니다. 누가 어떤 반대를 한다 할지라도 저의 계획을 그만둘 수가 없사옵니다.”

“네가 그 일을 그만두려하지 않는다면 나는 솔직히 목표를 향한 너의 그 끈질긴 마음을 기쁘게 생각하노라. 그리고 할 수만 있다면 너의 계획이 좋은 결실을 맺도록 돕고 싶구나. 하지만 내 분명히 경고하노니, 군터왕은 휘하에 수많은 뛰어난 종사들을 거느리고 있느니라. 우선 문제가 되는 것이 다름 아닌 영웅 하겐인데 아주 당당하고 오만한 자로, 우리가 아름다운 공주에게 청혼하려고 함께 떠날 경우 그로 인해 혹시 좋지 않은 결과가 생길 수 있다는 생각에 심히 두렵구나.”

걱정스럽게 말하는 부왕에게 지크프리트가 대답했습니다.

“어떻게 그런 것이 우리를 방해할 수 있겠사옵니까? 그들로부터 호의적으로 얻어낼 수 없는 것은 무엇이든 용기로써 쟁취하겠사옵니다. 저는 그들의 권세와 영토를 힘으로 뺏을 수 있다고 감히 믿사옵니다.”

“너의 말이 나를 언짢게 하는구나, 만약 라인 지역에서 이런 일을 알기라도 한다면 그들은 너를 그 나라에 절대로 들여놓지 않을 것이다. 나는 군터왕과 게르노트왕을 오래전부터 잘 알고 있느니라. 누구든 그들의 누이동생을 힘으로는 얻을 수 없느니라. 그러나 만약 네가 한 무리의 용사들과 함께 부르군트 왕국에 가고 싶다면 우리 편에 있는 종사들을 급히 모을 수는 있느니라.”

“아름다운 여인을 힘으로 얻기 위하여, 라인 지역으로의 출정에 용사들을 끌어들일 생각은 없사옵니다. 그건 상당히 불쾌하게 여겨지는 행동이옵니다. 아뢰옵기 황송하오나 제 손으로 그녀를 얻을 자신이 있사옵니다. 단 12명만 데리고 말을 타고 가겠사옵니다. 그러니 아바마마께서는 저의 출정 준비를 도와주시옵소서!"

그리하여 회색과 갈색 천으로 된 의상들이 지크프리트의 용사들에게 선사되었습니다. 그 무렵 지크프리트의 어머니 지크린트가 아들의 출정 소식을 들었습니다. 사랑스런 아들에 대한 크나큰 근심으로 그녀는 괴로워했습니다. 군터왕의 종사들이 아들을 죽일지도 모른다는 두려운 마음이 들었기 때문입니다. 고귀한 왕비는 울음을 터뜨렸습니다. 지크프리트는 어머니에게 다가가서 다정하게 말했습니다.

"어마마마, 저 때문에 울지 마시옵소서. 부디 저를 믿어 주시옵소서. 저는 어떤 투사도 두렵지 않사옵니다. 저와 저렇게 위풍당당한 용사들이 자랑스럽게 입을 수 있는 옷들을 마련해 제가 부르군트 왕국으로 가는 출정 준비를 도와주시옵소서. 그렇게 해주신다면 정말 감사히 여기겠사옵니다."

"네가 그 계획을 중지하지 않으려 하니 여태껏 기사가 입었던 옷들 중에서 가장 훌륭한 옷으로 하나뿐인 아들인 너와 너의 용사들을 치장토록 해주마. 용사들에게 그런 의상이 없어서야 되겠느냐."

이 말을 듣고 젊은 영웅 지크프리트는 어머니에게 고개를 숙이며 말했습니다.

"저는 이번 여행에 단지 12명의 용사만 대동하고자 하옵니다. 그 이상은 한 사람도 필요 없사오니 그들에게 맞는 옷을 마련해 주시옵소서. 저는 크림힐트 공주가 무슨 생각을 하면서 지내는지 알고 싶사옵니다.”

그리하여 아름다운 여인들이 밤낮없이 일했습니다. 그들은 지크프리트의 의상이 완성될 때까지는 조금도 쉬지 못했습니다. 지크프리트가 계획된 일정을 절대로 포기하려 하지 않았기 때문입니다. 지크프리트의 아버지는 아들이 왕국을 떠날 때 가지고 갈 장비들을 가장 아름답게 장식하도록 했습니다. 그리고 용사들을 위해서는 번쩍이는 흉갑(胸甲)과 견고한 투구, 눈부시고 튼튼한 방패를 장만하도록 명령했습니다.

드디어 그들이 부르군트 왕국으로 출발하는 날이 다가왔습니다. 사람들은 그들이 과연 다시 고향으로 돌아올 수 있을지 걱정했습니다. 그러나 영웅들은 의젓하게 무기들과 장비들을 말에 싣도록 했습니다.

그들의 말은 화려했으며, 안장은 황금빛으로 빛났습니다. 어느 누구도 지크프리트와 그의 용사들보다 더 큰 자부심을 느낄 수는 없었을 것입니다. 지크프리트는 부르군트 왕국으로 말을 타고 떠나기 전에 작별을 고했습니다. 왕과 왕비는 눈물을 흘리면서 그에게 작별을 허락했습니다. 그는 애정 어린 마음으로 양친을 위로했습니다.

“저는 부모님께서 슬퍼하시는 것을 원치 않사옵니다. 두 분은 추호도 저의 위험을 염려하지 마시옵소서.”

용사들의 마음은 무거웠고 젊은 부인들은 심지어 울기까지 했습니다. 그 여인들은 이 계획이 결국 많은 종사와 용사를 죽음으로 몰고 가리라는 것을 예견했던 것입니다. 그러니 그들이 탄식하는 것은 당연한 일이었습니다.

그로부터 일 주일째 되는 날 용감한 영웅들은 말을 타고 보름스의 강가에 당도했습니다. 그들의 장비는 여전히 황금빛으로 빛났고 안장 또한 최고급이었습니다. 용맹스런 지크프리트와 용사들이 타고 온 말들은 놀랍도록 조용하게 달렸습니다. 그들은 번쩍이는 큼직한 새 방패를 들고 찬란한 투구를 쓰고 있었습니다. 그렇게 하여 용감한 지크프리트는 부르군트 왕국으로 들어섰습니다.

일찍이 그처럼 화려한 복장을 한 용사들을 본 적이 없었습니다. 선발된 기사들은 손에 날카로운 창을 들고 있었고 그들이 찬 칼의 끝은 박차에 닿아 있었습니다. 지크프리트는 칼날이 손바닥 둘을 합한 만큼 넓고 날카로운 창을 한 자루 들고 있었습니다. 그들은 손에 황금색 고삐를 쥐고 있었고, 말의 가슴걸이는 값비싼 비단으로 만든 것이었습니다. 그런 모습으로 그들이 말을 타고 군터왕의 나라로 들어서자, 사방에서 사람들이 몰려와서 그들을 바라보았습니다. 군터왕의 수많은 종사들이 그들을 마중 나왔습니다. 풍습에 따라 군터왕의 자랑스런 기사들과 종사들은 낯선 영웅들에게 다가가 자신의 나라에 온 것을 환영하면서 그들의 방패와 말들을 돌봐주려고 했습니다. 그들이 말들을 마구간으로 데려가려 할 때 용감한 지크프리트가 말했습니다.

"내 말과 종사들의 말들을 그대로 두시오! 우리는 곧 이곳을 떠나갈 것이오. 어디에서 부르군트 왕국의 막강한 군터왕을 만날 수 있는지 아는 사람은 숨김없이 자세히 말해 주시오."

그들 중 한 사람이 지크프리트가 알고 싶어 하는 것을 상세하게 알려주었습니다.

"왕을 찾고 있소? 저기 저 넓은 홀에서 그가 용사들과 함께 있는 것을 보았소. 거기로 가면 많은 훌륭한 종사들이 왕의 곁에 있는 것을 발견할 수 있을 것이오."

찬란한 갑옷과 훌륭한 의상을 걸친 자랑스런 기사들이 궁궐에 도착했다는 소식이 군터왕에게 보고되었습니다. 그러나 부르군트에 방금 도착한 이 영웅들을 알아보는 자는 아무도 없었습니다. 왕은 탄복해서 물었습니다.

"저 화려한 의상을 걸치고 찬란하고 거대한 새 방패를 들고 있는 자들은 대체 어디서 왔는가?"

그러나 이에 대해 대답하는 이가 한 사람도 없어 군터왕의 심기는 아주 불편해졌습니다. 힘세고 용감하여 명성을 누리고 있던 오르트빈이 왕에게 대답했습니다.

"우리가 저들을 아무도 알아보지 못하니 저의 숙부 하겐을 불러 저 이방인들을 보이심이 어떨까 하옵니다. 저의 숙부께서는 여러 왕국을 잘 알고 있으니 저들에 관해 안다면 말씀드릴 것이옵니다."

그래서 왕은 하겐과 그의 부하들을 불러오도록 했습니다. 하겐은 자신의 용사들과 함께 화려한 행차로 왕 앞에 나서게 되었습니다. 군터왕은 하겐에게 이렇게 물어보았습니다.

"나의 궁전에 낯선 영웅들이 왔는데 저들을 아는 자가 하나도 없구려, 하겐 장군, 혹시 그대는 일찍이 저들을 본 적이 있소? 아는 것이 있으면 솔직하게 말해 주시오."

"물론이옵니다."

그는 창가로 다가가 새로 온 손님들을 눈여겨보았습니다. 그들의 의상과 장비 모두가 그의 마음에 쏙 들었습니다. 그러나 하겐에게도 역시 낯선 사람들이었습니다. 하겐이 말했습니다.

"저들의 말과 의상이 저토록 화려한 것으로 보아 어디에서 왔든 뛰어난 영웅들임에 분명하옵니다. 저는 이 점을 강조하고 싶사옵니다. 저는 지크프리트왕자를 본 적은 없지만, 그가 이곳에 왔다는 사실이 무엇을 의미하든 늠름한 모습으로 다가오는 바로 저 용사라는 것을 확신하옵니다. 그는 우리 왕국으로 새로운 소식을 가지고 왔을 것이옵니다. 그는 용감한 니벨룽족인 막강한 왕의 두 아들 쉴붕과 니벨룽을 자기 손으로 죽였사옵니다. 그후 그는 엄청난 힘을 발휘하여 놀라운 업적들을 쌓았사옵니다. 제가 확실하게 알고 있는 바로는 그 영웅은 아무런 호위를 받지 않고 혈혈단신으로 말을 타고 지나치게 된 어떤 산기슭에서 니벨룽족의 보물을 지니고 있던 용감한 무리들을 우연히 만나게 되었사옵니다. 그가 거기서 그들을 만나기 전까지 그들은 전혀 미지의 인물들이었사옵니다. 니벨룽의 보물 전부가 산속의 동굴에서 나왔던 것이옵니다. 그런데 어떤 기이한 일이 벌어졌는지 들어 보시옵소서. 지크프리트왕자는 이 모든 것을 알아차렸고, 그는 엄청난 보물을 보고 아연해지고 말았사옵니다. 지크프리트왕자는 그들에게 아주 가까이 말을 타고 달려갔으므로 그들을 알아볼 수 있었고, 그들 또한 왕자를 알아볼 수 있었사옵니다. 그들 중 한 사람이 말했사옵니다. 여기 네덜란드의 영웅 지크프리트왕자가 왔소이다. 이것이 바로 지크프리트왕자가 처음으로 니벨룽족에게 알려지게 된 기이한 일이옵니다. 쉴붕과 니벨룽은 지크프리트왕자를 매우 호의적으로 맞았사옵니다. 공동 결정에 따라 젊고 고귀한 영주들은 지크프리트왕자에게 그 보물을 분배해 달라는 청을 했사온데, 그들의 간청이 너무나 진지해서 마침내 지크프리트왕자가 승낙했다는 것이옵니다. 우리가 전해들은 바대로 지크프리트왕자는 어마어마한 양의 보석과 니벨룽에서 나는 황금을 구경하게 된 것이옵니다. 그것은 너무나 많아 수백 대의 마차로도 운반할 수 없을 정도였다고 하옵니다. 이 모든 것을 분배하는 일을 용감한 지크프리트왕자가 맡았고 그들은 그 대가로 지크프리트왕자에게 니벨룽의 검을 선물했사옵니다. 그런데 그들이 탁월한 지크프리트왕자에게 도움을 청했던 일은 결과적으로 무척 잘못된 처사였던 것이옵니다. 그가 모두의 마음에 꼭 들게끔 보물을 분배하지 못했기 때문이옵니다. 그래서 그들은 극도로 격분하고 말았사옵니다. 그들 중에는 12명의 막강한 거인 용사들이 있기는 했으나 그들조차 소용이 없었사옵니다. 지크프리트왕자는 화가 치밀어 12명을 모두 죽였고, 니벨룽의 전사 7백 명도 발뭉이라 불리는 기적의 칼로 제압했사옵니다. 이 칼과 용맹스러운 영웅을 너무나 무서워했기에 수많은 젊은 영웅들이 지크프리트왕자에게 투항했고, 결국 그에게 나라와 성을 내주었사옵니다. 지크프리트왕자는 막강한 두 왕마저 죽였지만, 알베리히만은 만만찮게 그를 위험한 궁지로 몰고 갈 수 있었다고 하옵니다. 알베리히는 즉석에서 자기 영주들의 죽음에 대한 원수를 갚을 수 있으리라 여겼는데, 그야말로 지크프리트왕자가 엄청나게 막강하다는 사실을 곧 깨닫게 되었사옵니다. 그러니 그 힘센 난쟁이가 지크프리트왕자의 상대가 될 수 있었겠사옵니까? 마치 사나운 사자들처럼 두 전사는 산으로 올라갔고, 거기서 지크프리트왕자는 난쟁이 알베리히와 싸워 강제로 그의 마법의 망토를 벗겨버렸사옵니다. 그리하여 공포의 사나이 지크프리트왕자가 그 보물의 주인이 된 것이옵니다. 저항하려고 용기를 냈던 자들은 전부 땅바닥에 쓰러져 죽어 있었고, 지크프리트왕자는 가장 빠른 길을 택해 니벨룽의 종사들이 보물을 날라 왔던 산속의 동굴로 도로 갖다두도록 명했사옵니다. 그리고 나서 지크프리트왕자는 힘센 알베리히에게 보물을 지키도록 했사옵니다. 알베리히는 승자에게 충성과 헌신을 다할 것을 맹세했기에 지크프리트왕자에게 모든 종류의 복종을 하게 된 것이었사옵니다. 이것이 바로 지크프리트왕자의 행적입니다. 일찍이 이보다 더 강한 용사가 존재한 적은 없었을 것이옵니다. 이 밖에 지크프리트왕자에 관해 알고 있는 것이 더 있사옵니다. 그는 손수 용을 죽인 일이 있었사옵니다. 그는 그 용의 피로 목욕을 했는데, 그 결과 그의 살갗은 온통 철갑피(鐵甲皮)처럼 되었다고 하옵니다. 이런 이유 때문에 어떠한 무기도 그를 다치게 하지 못한다고 하옵니다. 우리가 이 젊은 용사의 적대감을 불러일으키지 않으려면, 가능한 한 친절하게 영접해야 할 것이옵니다. 지크프리트왕자는 너무나 용맹스러우니 반드시 그를 친구로 삼아야 하옵니다. 그토록 수많은 놀라운 일들을 혼자의 힘으로 해냈기 때문이옵니다."

그러자 왕이 하겐에게 말했습니다.

"그대 말이 맞을 것 같소. 저기 저 아래쪽에 용맹스러운 영웅과 그의 종사들이 얼마나 서슬이 퍼렇게 호전적인 모습으로 버티고 서있는지, 내 생각으로는 직접 내려가서 그 영웅을 영접하는 것이 좋을 것 같구려."

"그렇게 하시더라도 전하의 체면에는 추호도 손상이 가지 않으리라 여겨지옵니다. 지크프리트왕자는 막강한 왕의 아들로서 고귀한 가문의 태생이옵니다. 그가 저렇게 버티고 서있는 것으로 보아 맹세컨대 그는 필경 어떤 중요한 계기로 이곳으로 온 것 같사옵니다."

"그렇다면 그를 환영하겠노라. 내가 진지하게 들은 바대로 그는 고귀하고 용감하도다. 따라서 그는 부르군트 왕국에서 존경받아 마땅하도다."

이 말을 마치고 나서 군터왕과 하겐은 지크프리트를 맞으러 나섰습니다. 군주와 그의 용사들은 새로 온 자들을 위해 궁정 예절의 격식이란 격식은 모두 갖추어 환영 행사를 준비했습니다. 발군의 영웅 지크프리트는 그들이 그렇게 정중하게 환대해 준 것에 감사하는 마음으로 답례했습니다.

고귀한 신분인 지크프리트왕자여, 그대가 어디서 이 나라로 오게 되었으며 또 여기에서 무얼 할 생각인지 알고 싶소."

군터왕이 이방인에게 물었습니다.

"저는 당신께 조금도 숨길 것이 없습니다. 저희 나라에서 들은 바에 의하면 이곳 궁중에는 일찍이 어떠한 왕도 거느리지 못한 용감무쌍한 용사들이 있다고 들었습니다. 그래서 저는 그들을 한번 시험해 보고 싶어서 여기에 왔습니다. 또한 당신의 용맹스러움 역시 너무나 자자하여 이 세상의 어떠한 지배자도 비길 수가 없다고 했습니다. 온 나라 곳곳에서 사람들이 화제로 삼고 있다 하니, 과연 그것이 사실인지 제 눈으로 확인해 보기 전에는 믿을 수 없었습니다. 저 역시 기사이고 이미 왕관을 썼어야 할 입장이나, 저의 가장 큰 소망이라면 사람들로 하여금 왕국의 통치권을 가질 만한 당당한 권리가 저에게 있다고 여겨지게 하는 일입니다. 그것을 위해 저의 모든 명예와 생명을 걸 것입니다. 당신이 그토록 뛰어나게 용감하다 하니 저는 이 일이 누구에게 이익이 될지 아니면 손해가 될지는 전혀 개의치 않고, 당신이 소유하고 있는 모든 영토와 궁성을 힘으로 얻고자 합니다. 그리하여 모든 것을 제 손 안에 넣고자 하는 것입니다."

군터왕과 그의 봉신들은 그 말에 경악했습니다. 지크프리트가 군터왕의 영토 소유권을 인정하지 않으려는 의도를 분명히 가지고 있음에 놀랐던 것입니다. 군터왕의 용사들은 그 말을 듣고 몹시 격분했습니다. 그러자 영웅 군터왕이 지크프리트에게 말했습니다.

"나의 부왕께서 오랫동안 훌륭하게 다스려 온 이 영토를 한 이방인의 무력 때문에 잃게 된다면 그 책임을 어떻게 질 수 있겠는가? 그렇게 된다면 우리 자신이 당당한 기사들이 못 된다는 사실을 스스로 인정하는 것이나 다름없소."

"하지만 저는 한 걸음도 물러서지 않을 것입니다. 당신의 힘이 이 왕국에서 평화를 유지하기에 충분하지 못하다면, 저는 모든 것을 제 손아귀에 넣고 말 것입니다. 이런 사정은 저의 세습지의 경우에도 마찬가지입니다. 만약 당신이 스스로의 힘으로 그것들을 쟁취한다면 그것들 또한 당신의 소유가 되어야 마땅합니다. 당신의 유산과 저의 유산은 똑같이 평가되어야 할 것이고, 둘 중에서 누구든 상대방을 제압할 수 있는 자에게 영토와 봉신들 역시 귀속되어야 마땅할 것입니다."

그러나 하겐과 게르노트는 즉각 반대 의사를 표시했습니다. 게르노트가 말했습니다.

"우리는 사람들을 죽임으로써 한 나라를 우리 권력 안으로 집어넣을 의도는 전혀 없소이다. 우리는 막강한 영토를 소유하고 있으며 백성들은 우리의 통치하에서 좋은 옛 법규를 따르고 있소. 누구도 우리보다 더 당당하게 그것에 대한 지배권을 갖고 있지는 못할 것이오."

군터왕의 종사들은 무척 분개하고 있었습니다. 메츠의 오르트빈이 말했습니다.

"만약 이 일을 그런 식으로 해결한다면 소인은 그것을 모욕으로 느낄 것이옵니다. 힘센 지크프리트왕자가 죄 없는 전하께 싸움을 걸어왔으니 말입니다. 전하들께서 방어할 힘이 없으시다면, 또 그가 왕실의 군대를 전부 이끌고 왔다 하더라도 저는 싸움에 나서서 용감한 영웅이 무절제한 도발 행위를 중지하도록 막을 것이옵니다."

이 말은 네덜란드의 영웅을 격분시켰습니다. 지크프리트는 이렇게 말했습니다.

"그대가 감히 나에게 도전을 하겠다고! 나는 강력한 지배자이고 그대는 단지 왕에 종속된 봉신일 뿐이다. 그대 따위는 12명이 있어도 싸움에서 나를 이길 수가 없을 것이오."

그러자 오르트빈이 무기를 가져오라고 소리쳤습니다. 그의 숙부인 하겐이 그토록 오래 침묵을 지키는 것이 왕에게는 불쾌하게 여겨졌습니다. 그때 용감하고 자랑스러운 군주 게르노트가 언쟁을 벌이고 있는 두 사람의 중재자로 나섰습니다. 그는 오르트빈에게 말했습니다.

"그대는 분노를 거두고 나의 충고를 들어 보시오. 지크프리트왕자는 궁정 예법에 벗어나는 행동은 한 적이 없으며, 또 그를 우리의 친구로 삼지 말라는 법이 없소. 그를 친구로 맞이하는 것이 우리에게 더 잘 어울리는 일일 수 있소."

그러자 힘센 하겐이 지크프리트에게 말했습니다.

"저는 여기에서 당신의 종사들 모두를 위해서 말합니다만, 당신이 이곳 라인강변까지 싸움을 하기 위해 온 것이 사실이라면 우리가 불쾌하게 여기는 것은 당연한 일입니다. 당신은 마땅히 이 싸움을 그만 두어야 합니다. 저의 주군들께서는 당신에게 부당하게 행동하신 적이 전혀 없었기 때문입니다."

용감한 영웅 지크프리트는 이렇게 대답했습니다.

"하겐 장군, 내 말이 그대에게 모욕이 된다면 나는 어쩔 수 없이 여기 그대들의 부르군트 왕국에서 위대한 업적을 수행하고자 한다는 점을 보여주어야겠소. 그런 건 나 혼자 충분히 저지할 수 있을 걸세!"

게르노트는 영웅들에게 지크프리트를 모욕하는 의미가 될 수 있는 모든 불손한 말을 금했습니다. 지크프리트는 다시금 아름다운 공주를 생각하고 있었습니다. 게르노트가 말했습니다.

"우리가 왜 당신과 싸워야 한단 말이오? 아무리 많은 영웅이 이로 인해 죽는다 하더라도 우리의 명성은 높아지지 않을 것이고, 당신에게 아무런 도움이 되지 못할 것이오."

그러자 지크문트의 아들 지크프리트가 이렇게 대답했습니다.

"하겐이 왜 저렇게 오래 주저하고 있는지 모르겠소. 오르트빈에 관해서야 더 말할 나위가 없겠지만! 어찌하여 그는 전우들과 함께 싸우려 하지 않는 거요? 여기 부르군트 왕국에는 수많은 명장이 그의 편에 있다고 하던데."

이러한 도전을 묵묵히 받아주기란 그들로서는 무척 난감한 일이었습니다. 그래서 게르노트가 다시 말했습니다.

"그대 그리고 그대의 용사들이여, 우리는 그대들이 우리나라에 온 것을 진심으로 환영하는 바이오."

우테의 아들 군터왕이 말했습니다.

나의 친족과 나에게는 그대가 원하는 바를 들어주는 것이 큰 영광이 되겠소."

귀빈들에게 환영의 술잔을 돌리라는 분부가 내려졌습니다.

"그대들이 합당하게 사용할 줄만 안다면 우리가 가지고 있는 것 전부를 이용해도 좋소, 재산과 생명 모두를 그대들과 함께 나눌 것이오."

그러자 지크프리트의 마음은 벌써 약간 누그러졌습니다. 그리하여 그들의 군장을 풀어서 잘 보관하라는 명이 내려졌고, 지크프리트의 종사들을 위해서는 제일 좋은 객사가 제공되어 아주 편안한 잠자리가 마련되었습니다.

이리하여 지크프리트는 나중에 부르군트 왕국에서 마땅히 대접받는 귀빈이 되었던 것입니다. 그날 이후 사람들은 그의 용맹스러움에 완전히 압도되었으며, 여러분에게 이야기해 줄 수 있는 것보다 몇천 배나 지크프리트를 존경하게 되었습니다. 하늘에 맹세코 그를 미워할 만한 자가 아무도 없었습니다. 왕족과 그들의 종사들이 기사 시합을 즐기고 있을 때면 언제나 지크프리트가 가장 훌륭했고 무엇을 하든 그만한 기사는 없었습니다. 투석 경기를 하든 창던지기 시합을 하든 그의 힘은 막강함 바로 그것이었습니다.

당당한 기사들이 귀부인들 곁에서 세련된 예절을 겨루는 곳에서는 언제나 네덜란드 출신의 영웅이 동석하기를 바랐습니다. 그러나 지크프리트는 온갖 상념을 궁정의 고귀한 연인에게만 두고 있었습니다. 사람들이 무슨 일을 하든 거기에는 언제나 지크프리트가 있었습니다. 그는 마음속에 아름다운 공주의 영상을 간직하고 있었고, 크림힐트 역시 아직 한 번도 그를 제대로 바라보지 못했으나 그에 대한 생각을 하고 있었습니다. 그녀는 친구들과 정답게 지크프리트에 관한 이야기를 했습니다.

고귀한 크림힐트 공주는 젊은 기사들과 종사들이 궁정에서 기사 시합을 벌일 때에는 늘 창문을 통해 구경했습니다. 그후 그녀가 여가 시간을 달리 보내는 일은 더 이상 없었습니다. 사랑하는 연인 크림힐트가 자기를 주목하고 있다는 사실을 그때 지크프리트가 알았더라면 한없이 즐거웠을 것입니다. 게다가 그에게 크림힐트를 직접 쳐다볼 수 있는 은총이 주어졌더라면, 세상에서 그보다 더한 행복은 없었을 것입니다. 이 점은 누구나 아무런 과장 없이 말할 수 있을 것입니다.

그가 궁정 마당에서 기사 시합을 즐기려고 다른 영웅들과 함께 있으면 단연 돋보이는 그의 외모 때문에 수많은 여인들이 그에게 연정을 품었습니다. 때때로 지크프리트는 이렇게 생각했습니다.

'내가 마음속으로 좋아하고 이미 오래전부터 사랑하고 있는 귀한 공주를 어떻게 하면 직접 바라볼 수 있을까? 여태껏 그녀는 미지의 상태로 있으니 매우 서운한 일이군.'

막강한 왕들이 궁정 밖으로 나가 나라 안팎을 돌아볼 때 항상 그들을 수행하는 것이 용사들의 의무였습니다. 그럴 때 지크프리트가 그들과 함께인 것이 크림힐트에게는 대단히 안타까운 일이었습니다. 하지만 지크프리트 역시 지독한 사랑의 고통을 안고 있었습니다. 이는 분명한 진실이었습니다. 그는 부르군트 왕국에서 일 년 내내 왕들과 함께 지낸 후에도 여전히 사랑스러운 크림힐트를 단 한 번도 보지 못하는 신세였습니다. 하기야 후에 그녀로 인해 커다란 기쁨과 슬픔을 안게 될 운명이었지만 말입니다.

## Chapter 04

# 작센족과의 전쟁

미지의 적이 부르군트 왕국에 보낸 사신들을 통해 심상찮은 소식
이 전해졌습니다. 부르군트족은 이 소식을 아주 심한 모욕으로 받아
들였습니다. 여러분에게 그들의 이름을 알려 드리겠습니다. 그들은
작센 출신의 신분이 높고 막강한 뤼데거왕과 덴마크의 뤼데가스트왕
이었습니다. 그들은 전투 행군에 수많은 용맹스러운 전사들을 거느
리고 있었습니다. 바로 그들의 사신들이 부르군트 왕국으로 들어온
것입니다. 말하자면 적들이 사신을 보낸 것입니다. 사람들은 사신들
이 전하는 말을 듣자마자 당장 궁정으로 가 어전에 나서도록 주선했
습니다. 왕은 친절하게 그들을 반겼습니다.

"잘 왔소이다. 그대들을 여기로 보낸 자가 누군지 나는 아직 모르고 있으니 아무쪼록 알려 주시오."

고귀한 왕은 이렇게 말했습니다. 그러나 그들은 왕이 애써 숨기고 있지만 마음속에 서린 무서운 분노에 몹시 두려움을 느꼈습니다.

"왕이시여, 저희가 당신께 전하는 소식을 은총의 귀로 들어주신다면 모든 것을 말씀드리겠사옵니다. 먼저 저희를 이곳으로 보낸 분들의 이름을 말씀드리겠사옵니다. 그분들은 바로 뤼데가스트왕과 뤼데거왕으로 당신을 공격하려는 계획을 갖고 계시옵니다. 당신께서는 그분들의 분노를 자아내셨사옵니다. 그래서 그분들은 당신께 격렬한 적대감을 갖게 되었다고 말씀하셨사옵니다. 그들은 라인강변의 보름스를 향해 출정하려고 하는데, 당신께서 너무나 잘 알고 계시는 바와 같이 수많은 용사들이 포진하고 있습니다. 12주 안에 전쟁의 행군이 시작될 것이옵니다. 어떤 동맹자가 당신을 도와 당신의 나라와 궁성을 보호해 줄 수 있는지 즉시 살펴보시옵소서. 뤼데거왕과 뤼데가스트왕의 용사들은 필경 여기에서 아주 많은 투구들과 방패들을 박살낼 것이옵니다. 당신께서 그분들과 협상하기를 원하신다면 그 나라로 사신을 보내시옵소서, 그러면 용맹한 적군들이라도 깊숙이는 쳐들어오지 않을 것이며, 따라서 당신께 치욕적인 패배를 안겨 주지 않을 것이옵니다. 또 우수하고 당당한 수많은 기사들이 생명을 잃지 않게 될 것이옵니다."

그러자 군터왕이 말했습니다.

"나에게 조금만 생각할 시간을 주시오. 그 일을 숙고해서 결정할 때까지 말이오. 그런 다음 그대들에게 내 결정을 알려주겠소. 나의 충실한 종사들에게 이 위험한 소식을 유보해서는 안 될 것이오. 그들에게 이 소식을 알리는 것이 내 의무이기도 하오."

막강한 군터왕이기는 했지만, 사신들의 그러한 전언에는 매우 당황했습니다. 그러나 그는 우선 그 선전 포고를 혼자만 알고 있었습니다. 그는 하겐을 비롯한 다른 봉신들을 불러오라고 명했으며, 게르노트에게 서둘러 파발꾼을 보냈습니다. 그리하여 황급하게 불러 모을 수 있는 높은 신분의 신하들이 모두 모습을 나타냈습니다. 왕이 말했습니다.

"이 소식이 그대들의 분노를 야기하겠으나, 적들이 막강한 군대를 이끌고 이 나라로 쳐들어와 우리를 괴롭히려 하고 있소."

용감하고 당당한 기사 게르노트가 대답했습니다.

"우리는 그들을 칼로써 물리칠 것입니다. 죽기로 정해져 있는 자, 그 자만이 죽게 될 것이니 우리는 그가 편안히 죽어가도록 내버려 둡시다. 나는 단지 죽음을 모면하려 함으로써 명예를 더럽히고 싶지는 않습니다. 적들의 환영사에 대해서는 비난할 필요가 없을 테지만 말입니다."

그때 하겐이 말했습니다.

"저는 그 의견에 동의하지 않습니다. 뤼데가스트왕과 뤼데거왕이 무엄하게 행동하고 있기는 하나, 우리는 그토록 짧은 시간 안에 군사를 모을 수 없습니다."

그때 한 용사가 물었습니다.

이 일을 왜 지크프리트왕자에게 말하지 않는 것입니까?"

사람들은 사신들을 시내에 머물도록 했습니다. 막강한 군터왕이 누가 자기를 도와줄지 알아볼 때까지 그들의 적대 행위에도 불구하고 사신을 손님으로서 친절하게 대접하라고 엄하게 명한 것은 잘한 일이었습니다. 왕은 심각한 고민에 빠져서 침울했습니다. 그때 늠름한 기사 지크프리트가 왕이 근심하고 있는 모습을 보았습니다. 지크프리트는 왕에게 무슨 일이 일어나고 있는지 알 수가 없었습니다. 그래서 그는 군터왕에게 무슨 일이 있는지 말해 달라고 청했습니다.

"저에게는 하나의 수수께끼와 같습니다. 당신이 오랫동안 우리를 대하며 보여주던 그 기쁨이 왜 갑자기 사라져 버렸습니까?"

이 물음에 훌륭한 용사인 군터왕은 지크프리트에게 이렇게 대답했습니다.

"남모르게 내 마음을 짓누르고 있는 이 무거운 짐에 관해 모든 사람에게 이야기할 수는 없을 거요. 오직 진정한 친구들에게만 이 무거운 고통을 털어놓을 수 있소."

이 말에 지크프리트의 얼굴은 창백해졌다가 곧 피가 치솟는 듯했습니다. 지크프리트는 군터왕에게 말했습니다.

"저는 당신의 일을 한 번도 외면한 적이 없었습니다. 저는 당신이 모든 어려움에서 벗어나도록 도와드릴 것입니다. 만약 당신이 친구를 찾는다면 저를 그 중의 하나로 여겨주십시오. 저는 확신하건대 평생토록 당신의 신뢰를 잃지 않을 것입니다."

"하느님의 은총이 그대에게 있기를! 지크프리트여, 나는 그러한 말을 진심으로 듣고 싶었다오. 비록 그대가 용기를 다해서 나를 도와주지 않는다 하더라도 그대가 나에게 호의를 가지고 있기에 우리는 친구가 될 것이오. 내가 살아 있는 동안 이 일에 대해 그대에게 감사하고 있다는 것을 보여주리다. 그러면 내가 무엇 때문에 그토록 걱정하고 있는지 그대에게 말해 주겠소. 나는 적이 보낸 사신들로부터 그들이 군대를 이끌고 이 나라로 쳐들어올 거라는 소식을 들었다오. 여태껏 어떠한 적군의 용사들도 감히 우리 땅을 침략할 엄두를 낸 적이 없었는데 말이오!"

"너무 심각하게 받아들이지 마십시오. 이제 고정하시고 제가 말씀드린 대로 하십시오. 제가 당신의 명예와 재산을 지켜드릴 테니 당신의 영웅들에게는 종신으로서 마땅히 해야 할 의무를 행하도록 요구하십시오! 설사 적들이 휘하에 3만 명의 영웅을 거느리고 있다 할지라도 저는 단지 병사 천 명만 있으면 저들을 공격할 것입니다. 저한테 완전히 맡기십시오."

군터왕이 말했습니다.

"내가 목숨을 부지하고 있는 한 언제고 그대에게 감사하는 마음을 보여줄 것이오."

"저의 휘하에는 단지 12명의 용사뿐이니 제게 천 명 정도의 전사들을 마련해주셨으면 합니다. 그것으로 저는 당신의 나라를 지켜드릴 것입니다. 이 지크프리트가 살아 있는 한 당신께 충실하게 봉사할 것입니다. 하겐은 물론 당신의 충실한 전사인 오르트빈, 당크바르트와 진돌트 역시 그렇게 해야 할 것입니다. 또한 용감한 폴커 역시 저희와 함께 출정해야 함은 당연한 일이죠. 그는 군기(軍旗)를 운반해야 합니다. 저는 그가 아닌 누구에게도 군기를 맡기고 싶지 않습니다. 그리고 사신들은 그들의 고향으로 보내십시오. 하지만 그들은 곧 우리를 다시 만날 것이며, 우리의 성이 그들 앞에서 평화를 견지할 것이라는 사실을 그들에게 일러두십시오."

지크프리트의 말에 왕은 친척들과 종사들을 불러 모으려고 사람을 보냈습니다. 뤼데거왕의 사자들은 이 사실을 알자 드디어 집으로 돌아가게 된다는 사실에 기뻐했습니다. 고귀한 군터왕은 그들에게 값비싼 선물을 주며 안전하게 돌아갈 수 있도록 해주겠다고 약속했습니다. 사신들은 몹시 기뻐했습니다. 군터왕은 그들에게 말했습니다.

"돌아가서 전하시오! 그대들의 영주들은 출정을 포기하고 머물러야 할 것이라고, 하지만 만약 그대들의 영주들이 나의 영토를 공격하기를 고집한다면, 나의 동맹자들이 나를 위험에 처하게 하지 않는 한 그대의 영주들에게는 아주 불행한 결과가 닥치고 말 것이오."

사자들에게 줄 값진 선물들이 운반되어 왔습니다. 그런 일에 있어서 군터왕은 인심이 매우 후했습니다. 뤼데거왕의 사자들은 감히 선물을 거절할 수가 없었습니다. 그리하여 그들은 작별 인사를 한 다음 흡족한 마음으로 말을 타고 그곳을 떠났습니다. 라인강 지역에서 돌아온 사신들의 보고로 뤼데가스트왕은 군터왕의 그토록 확고한 자신감에 넋이 빠져버렸습니다. 사신들은 왕에게 부르군트 왕국에는 수많은 용감한 종사들이 있다고 보고했습니다.

또 전사들 중 한 사람이 유난히 눈에 띄었는데, 그의 이름은 지크프리트이며 네덜란드의 영웅이라는 말을 전했습니다. 뤼데가스트왕은 그 이야기를 듣고 더욱 침울해졌습니다. 덴마크인들은 이 보고를 접하자, 더 많은 동맹자들을 모으기 위해 서둘렀습니다. 그리하여 마침내 뤼데가스트왕은 출정을 위해 2만 명이나 되는 용감한 전사들을 모았습니다. 그때 작센 지방의 뤼데거왕도 모병을 하여, 두 왕이 모은 병사는 4만 내지 그 이상이 되었습니다. 그들은 이 병력으로 부르군 트 땅을 공략할 수 있으리라고 생각했습니다.

한편 군터왕 또한 그 사이에 이 위협적인 상황이 요구하는 바대로 친척들과 형제의 종사들, 무엇보다도 하겐의 용사들을 집결시켰습니다. 이 모든 사람들은 함께 출정해야만 했으며, 그 때문에 그들 가운데 많은 사람이 목숨을 잃었던 것입니다.

그들이 출정 준비를 마치고 보름스를 출발하여 라인강을 건널 때, 용감한 폴커가 군기를 운반했고, 하겐은 출정군의 지휘를 맡았습니다. 또 진돌트와 후놀트도 출정했는데, 그들은 공적을 세우면 군터왕이 풍족한 금화를 하사하리라는 것을 잘 알고 있었습니다. 하겐의 동생 당크바르트와 조카 오르트빈은 그 대열에서 영예로운 자리를 차지하고 있었습니다. 지크프리트가 군터왕에게 말했습니다.

"왕이시여, 당신은 부디 편안히 여기 궁정에 계시기만 하면 됩니다. 당신의 용사들이 저와 함께 출정하므로 당신은 귀부인들 곁에 남아 계시면서 굳센 믿음만 가지시면 됩니다. 저는 당신의 명성과 재산을 확실히 지켜낼 수 있습니다. 저는 여기 라인강변에 위치한 보름스를 공략하려는 적들을 그냥 집에 머물도록 해줄 것입니다. 우리는 이제 그들의 무모한 행동이 공포로 바뀔 정도로 그들 나라 깊숙이 말을 타고 쳐들어갈 것이옵니다."

그리하여 그들은 라인강에서 병력을 휘몰아 헤센을 통과하여 작센으로 말을 달려 그곳에서 전투를 치렀습니다. 그들은 한 차례 약탈과 방화로 그 지역을 휩쓸었는데, 이에 관한 보고를 들은 두 왕은 극도로 불안에 사로잡히고 말았습니다. 공격당한 작센족은 유례없이 큰 손실을 입고 한탄하고 있었던 것입니다.

군터왕의 용사들은 마침내 국경에 당도했고 병참병들은 뒤에 머물러 있었습니다. 그때 용맹한 영웅 지크프리트가 용사들에게 물었습니다.

"누가 후군에 대한 최고 사령의 책임을 맡겠소?"

"용감한 당크바르트에게 병사들을 지휘하도록 맡기십시오. 그는 뛰어난 영웅이므로 뤼데거의 종사들로 인한 손실을 한층 줄일 수 있을 것입니다. 그러면 당크바르트와 오르트빈이 후군을 지휘하도록 하십시오."

"알겠소. 나는 적군이 있는 곳을 찾아낼 때까지 말을 타고 정찰을 하겠소."

영웅 지크프리트가 말했습니다. 아름다운 지크린트의 아들은 즉시 무장했습니다. 그는 떠나기 전에 최고 지휘권을 용감한 영웅인 하겐과 게르노트에게 넘겨주었습니다. 지크프리트는 혼자 작센으로 말을 달렸습니다. 그는 그날로 많은 투구들을 박살내고야 말았습니다. 그는 얼마 후 숫자상으로 자신이 거느리는 소규모 기병대를 훨씬 능가하는 엄청난 대군이 평야에 진을 치고 있는 것을 보았습니다. 그 수

는 4만 내지 그 이상이었습니다. 지크프리트는 그 순간에도 자신만만
하고 침착하여 당황하지 않았습니다.

같은 시간 반대쪽에서도 마찬가지로 철저하게 무장한 1명의 전사
가 정찰을 나왔습니다. 그 영웅과 지크프리트가 눈길이 마주쳤을 때,
그들은 적의를 갖고 세심하게 서로를 관찰했습니다. 그는 전투에 대
비하여 번쩍이는 황금 방패를 들고 있었습니다. 그는 이런 식으로 자
신의 군대를 지휘, 감독하는 뤼데가스트왕이었습니다. 그 품위 있는
이방인은 화려하게 장식된 말을 타고 달려왔던 것입니다. 그 사이 뤼
데가스트왕은 자기 앞에 1명의 적이 있다는 것을 알아차렸습니다. 두
사람은 말에 박차를 가하면서 창을 앞으로 내밀어 가차 없이 상대방
의 방패를 겨누었습니다. 이로 인해 작센의 막강한 뤼데가스트왕은
곤경에 처했습니다.

막강한 왕의 아들들은 폭풍처럼 질주하면서 창 솜씨를 겨루었으
나, 아무런 결과 없이 서로를 비켜 옆으로 지나쳐갔습니다. 그러자 그
들은 말의 방향을 바꾸어서 다시 용감하게 돌진했습니다. 분노한 두
전사는 칼을 뽑아들었습니다. 그러자 용사 지크프리트가 적에게 일
격을 가했는데, 그 소리는 들판 너머 멀리까지 울릴 정도였습니다. 그
때문에 투구에는 마치 불이 붙었을 때처럼 빨간 불꽃이 튀었습니다.
정말 두 사람은 필적할 만한 손색없는 전사였습니다.

뤼데가스트왕은 지크프리트에게 세찬 일격을 가했습니다. 그래서
두 전사는 타격의 충격으로 그대로 방패를 들고 있을 수가 없었습니
다. 그러는 동안 뤼데가스트왕의 병사 3십 명이 정찰하던 중에 우연

히 그 옆을 지나치게 되었습니다. 그들이 곤경에 처한 왕을 구원하러 달려오기 전에 지크프리트는 번쩍이는 훌륭한 갑옷을 입은 뤼데가스트왕에게 날카로운 검으로 세 군데나 심한 상처를 입혀 피를 흘리게 했습니다. 그리하여 죽음에 대한 공포가 뤼데가스트왕의 온몸을 사로잡았습니다. 그는 목숨만은 살려달라고 애걸하면서 지크프리트에게 자기가 가지고 있는 왕국들을 내주겠다고 제의하며 자신이 바로 뤼데가스트왕이라고 말했습니다. 그때 그의 용사들이 다가왔으며, 그들은 기마 정찰 중에 두 사람 사이에 일어난 모든 일을 정확하게 알았습니다.

지크프리트는 포로를 즉각 데려가려 했습니다. 그러자 뤼데가스트왕의 부하 기병 3십 명이 지크프리트를 공격해왔습니다. 그래서 그는 무섭게 칼을 휘두르면서 소중한 포로를 보호했을 뿐만 아니라 그보다 더한 일을 훌륭하게 해냈습니다. 그의 투혼은 너무나 강하여 3십 명 가운데 29명을 죽이고 단 한 사람만 목숨을 살려주었습니다. 생존자는 번개처럼 달아나 자기 진영에 당도하여 그동안 일어난 일을 보고했습니다. 사람들은 그의 피문은 투구를 보고 그의 말이 거짓이 아님을 알 수 있었습니다. 왕이 포로가 되었다는 소식은 덴마크인들에게 크나큰 충격을 안겨주었습니다. 사람들은 이 소식을 왕의 형에게 전했는데, 그는 분을 못 이겨 제정신이 아니었고 치욕스러움에 대단히 흥분하고 말았습니다.

그 사이 지크프리트는 포로가 된 전사 뤼데가스트왕을 군터왕의 용사들에게 끌고 갔습니다. 그는 포로를 하겐에게 넘겨주었습니다.

포로가 바로 뤼데가스트왕이라는 사실을 안 그들은 진정으로 기뻐하는 기색이었습니다. 지크프리트는 부르군트의 병사들에게 군기를 단단히 매라는 명령을 내렸습니다.

"진격! 이제 우리의 우세를 충분히 활용하게 될 것이오. 내가 해질녘까지 살아있다면 작센의 아름다운 여인들에게 매우 고통스러운 결과를 안겨주게 될 것이오. 그대 라인의 영웅들이여, 항상 나를 주목하시오! 나는 뤼데거왕에 대항하여 그대들을 어떻게 지휘해야 하는지를 잘 알고 있기 때문이오. 그대들은 용감한 영웅이 적들의 투구를 부수는 모습을 보게 될 것이오. 여하튼 우리는 저들을 참담한 곤경에 빠뜨리기 전에는 결코 돌아가지 않을 것이오."

게르노트와 그의 부하들은 말이 있는 곳으로 급히 달려갔습니다. 힘센 음유시인 폴커는 신속하게 군기를 들었습니다. 그리고 지크프리트는 목전에 닥친 전투에 대비해서 훌륭하게 무장된 종사들의 맨 앞에 자리했습니다. 그들은 대략 천 명이었고 단지 12명의 용사만이 거기에 가세했습니다. 그들이 그 나라를 가로질러 말을 달릴 때, 길에는 먼지 구름이 일었으며 그 틈으로 수많은 방패가 번쩍였습니다.

작센족 역시 여러 무리로 대열을 지어 행군했습니다. 나중에 들은 이야기로는 용사들은 매우 날카로운 칼들을 들고 있었고 서로 피투성이가 될 때까지 상처를 내며 싸웠습니다. 그러니까 그들은 이방인에 맞서 나라와 도시를 방어하고자 했던 것입니다.

군대의 최선두에는 두 왕의 대장들이 우뚝 서있었습니다. 지크프리트 역시 네덜란드에서 이끌고 온 12명의 영웅과 함께 싸움터에 도착했습니다. 이날 전투로 인해 수많은 손들이 피로 얼룩졌습니다. 진돌트와 후놀트, 특히 게르노트는 전투를 벌이는 중에 자신들이 도대체 얼마나 용맹한 상대와 대면하고 있는지 미처 깨닫기도 전에 무수한 적을 죽였습니다. 그 때문에 후에 많은 귀부인들이 뜨거운 눈물을 흘리게 되었습니다. 용맹한 투사인 폴커와 하겐 그리고 오르트빈은 용감하게 싸워 무수한 투구의 광채를 흘러내리는 피로 흐리게 했고, 당크바르트 또한 놀라운 성과를 이루어냈습니다.

덴마크인들 역시 용감히 싸웠습니다. 방패들이 맞부딪치고 예리한 칼들이 쉴 새 없이 난무하는 소리가 천지를 진동했습니다. 같은 시간 전투에서 용맹한 작센족 또한 적에게 커다란 손실을 입혔습니다. 부르군트족이 전투에서 앞으로 돌진하자, 적들은 치명상을 입었습니다. 말의 안장 위로 피가 줄줄 흘러내렸습니다. 용감하고 탁월한 기사들은 어떻게 하면 무훈을 세울 수 있는지 잘 알고 있었습니다. 그리고 주군의 뒤를 따라 싸움에 뛰어든 네덜란드 영웅들이 휘두르는 예리한 칼들이 부딪치는 소리가 멀리까지 들렸습니다. 그들은 지크프리트와 더불어 영웅답게 진격했습니다. 부르군트족 가운데 지크프리트를 따라갈 자는 아무도 없었습니다. 지크프리트의 일격에 빛나는 투구들은 산산조각 나고 핏줄기가 솟아오르는 것이 보였습니다. 결국 그는 부하들의 선두에서 지휘를 하고 있던 뤼데거왕과 마주치게 되었습니다.

하겐이 전투욕을 만족시키려고 지크프리트와 합류해서 그를 돕던 바로 그 순간, 지크프리트는 이미 세 번이나 적의 대열을 이리저리 헤집고 다녔던 것입니다. 이날 적군들은 두 사람이 휘두르는 칼에 맞아 무리를 지어 쓰러졌습니다. 지크프리트는 승승장구하며 예리한 보검 발뭉을 휘둘러 허공을 가르면서 작센의 용사들을 헤아릴 수 없을 만큼 죽이고 있었습니다. 막강한 뤼데거왕은 이 광경을 보고 이루 표현하지 못할 분노에 휩싸였습니다. 그때 지크프리트의 부하들이 접전을 벌였기에 그 주변으로 병사들이 더욱 몰려들었고, 무기가 부딪치는 소리는 더욱 커졌습니다.

두 영웅은 더욱더 격렬하게 싸웠습니다. 이윽고 작센의 군대는 후퇴했습니다. 그 때문에 그들 간의 적대감은 한층 커졌습니다. 작센의 왕은 아우가 사로잡혔다는 보고를 받았고 이에 엄청난 치욕을 느꼈습니다. 그가 짐작컨대 지크프리트의 소행이 분명했습니다. 하지만 사람들은 그 일을 게르노트의 탓으로 돌렸습니다. 왕이 실제 정황을 보고받은 것은 나중의 일이었습니다.

뤼데거왕이 휘두른 칼의 충격이 너무나 커서 지크프리트가 탄 말이 비틀대기 시작했습니다. 그러나 말이 다시 우뚝 섰을 때, 용감한 지크프리트는 무시무시한 전투욕에 사로잡혔습니다.

하겐과 게르노트, 당크바르트와 폴커가 지크프리트를 도우러 달려왔습니다. 그래서 많은 적들이 목숨을 잃을 지경에 이르렀습니다. 진돌트와 후놀트 그리고 누구보다 영웅다운 오르트빈은 능숙하게 수많은 적장을 베어 쓰러뜨렸습니다. 고귀한 제후들은 전투에서 흐트러짐 없이 하나로 뭉쳤습니다. 그때 무수한 창이 투구 위를 날아 번쩍이는 방패를 뚫었고 곧이어 수많은 찬란한 방패에 피가 흩뿌려졌습니다.

　전투가 격렬해지면서 많은 전사들이 말에서 내렸습니다. 용감한 지크프리트와 뤼데거왕 역시 말에서 내려 서로를 공격했습니다. 날카로운 창들이 공중을 날고 있었습니다. 지크프리트는 뤼데거왕의 방패에서 고리쇠를 떼어내는데 성공했습니다. 네덜란드의 영웅은 이제 용감한 작센족에게서 승리를 거두었다고 확신했습니다. 적들은 무더기로 땅바닥에 쓰러져 있었던 것입니다. 믿을 수 없을 만큼 수많은 갑옷들이 대담한 당크바르트의 손에 의해 산산조각이 났습니다.

　뤼데거왕은 지크프리트의 손에 들려 있는 방패에서 왕관을 알아보고 자신이 용감한 영웅과 대적하고 있음을 그제야 깨달았습니다. 뤼데거왕은 곧 큰 목소리로 부하들에게 외쳤습니다.

　"나의 모든 종사들이여, 전투를 그칠지어다! 나는 여기 내 앞에 있는 지크문트왕의 아들, 용맹한 지크프리트왕자를 알아보았노라. 염라대왕이 손수 그를 이곳 작센으로 보냈구나."

　뤼데거왕은 군기를 내리라고 명령하고는 화평을 청했습니다. 뤼데거왕의 요청은 즉시 받아들여진 대신 군터왕의 나라에 볼모로 가야 한다는 조건이 붙었습니다. 용감한 지크프리트가 그렇게 강요했던 것입니다. 대략적인 평화조약을 맺고 그들은 싸움을 끝냈습니다. 그들은 투구와 큰 방패를 내려놓았는데 대부분 심하게 뚫려 있었습니다. 둘러보는 곳마다 부르군트족과의 싸움으로 얼룩진 핏자국이 남아 있었습니다.

　부르군트족은 원하기만 하면 누구든 마음대로 사로잡았습니다. 이제 그들은 진정한 권능의 소유자가 되었습니다. 용맹스러운 전사 게르노트와 하겐은 부상자들을 들것에 올려놓도록 조치했고, 5백 명이나 되는 당당한 병사들을 포로로 삼아 라인으로 데려갔습니다. 덴마크 용사들은 패자가 되어 고향으로 돌아갔습니다. 작센족은 칭송받을 만큼 성공적으로 싸우지 못하여 크게 실망한 동시에 매우 슬퍼했습니다. 병사들은 목숨을 잃은 많은 전우들 때문에 오래도록 애통해했습니다.

사람들은 무거운 무기들을 노새에 실어 라인으로 보냈습니다. 용사 지크프리트는 자신의 전사들과 함께 엄청난 승리를 거둔 셈이었습니다. 군터왕의 모든 종사는 지크프리트에게 전승의 공을 인정하지 않을 수 없었습니다.

당당한 군주 게르노트는 보름스로 사자를 보내 고향의 친구들에게 전투가 어떻게 해서 자신과 부하들에게 유리하게 끝났는지를 알렸습니다. 용감한 영웅들은 여느 때보다 한층 잘 싸워 그들의 명예를 획득했습니다. 사자들은 길을 떠났고 승전보를 전했습니다. 그러자 그때까지 근심하고 있던 모든 부르군트 사람들은 희소식을 전해 듣고 진심으로 기뻐했습니다. 궁중의 귀부인들은 막강한 왕의 부하들이 어떻게 되었는지 궁금해 했습니다. 사자들 중 한 명은 역시 크림힐트에게 불려갔습니다. 그녀는 그를 은밀히 불렀습니다. 전사들 가운데 그녀가 진심으로 사랑하는 남자가 있었기 때문입니다. 사자가 방으로 들어오자 아름다운 크림힐트는 친절하게 말했습니다.

"자, 나에게도 좋은 소식을 전해 주시오. 그대에게 금으로 보상할 것이오. 진실을 말하면 그대에게 영원히 호의를 갖게 될 것이오. 게르노트 오라버니는 어떻게 되었으며 다른 종사들은 어떻게 싸웠소? 많은 사람이 전사한 것은 아니오? 누가 가장 뛰어난 공적을 세웠는지 모든 것을 내게 말해 주시오!"

사자가 대답했습니다.

"저희 편에는 단 1명의 겁쟁이도 없었사옵니다. 고귀하신 공주님이시여! 공주님께서 제게 청하시니 상세하게 말씀드리겠사옵니다. 작금의 격렬한 전투에서 우리의 고귀한 네덜란드 손님만큼 자신의 실력을 증명한 분은 없었사옵니다. 용감한 지크프리트왕자는 정말 놀라운 일들을 해냈사옵니다. 전쟁에서 당크바르트와 하겐 같은 용사들이나 그 밖에 다른 종사들이 아무리 실력을 발휘했다 한들, 명성을 위해 전쟁터에서 전부를 바쳐 싸웠다 한들, 그것은 지크문트왕의 아들 지크프리트왕자가 혼자서 해낸 것에 비하면 하잘것없는 것이옵니다. 다른 이들도 수많은 영웅들을 죽이기는 했지만, 지크프리트가 출정할 때마다 거두어들인 놀라운 승리들은 어떤 사자도 완전히는 묘사할 수가 없을 것이옵니다. 그는 작센의 귀부인들의 친척들을 죽여 그녀들에게 고통을 안겨 주었습니다. 많은 부인들이 사랑하는 남편을 잃었습니다. 그가 투구를 내려치는 소리는 무시무시했고, 상처에서는 뜨거운 피가 솟구쳤사옵니다. 지크프리트왕자는 어느 누구보다 용감하고 유능한 기사가 되기 위한 모든 특징을 한 몸에 지니고 있었습니다. 오르트빈 또한 훌륭하게 싸웠다고는 하지만 – 누구든 그의 칼 가까이에 오는 사람은 다치거나 죽어서 땅바닥에 쓰러졌으

니까요 - 적들을 가장 큰 곤경 속으로 몰아넣은 분은 공주님의 오라
버니이십니다. 전쟁을 치르노라면 그런 일은 있는 법이옵니다. 그리
고 그것은 당연히 탁월한 영웅들에게 맡겨야만 할 것이옵니다. 자랑
스런 부르군트인들은 고군분투했으므로 모든 치욕으로부터 자신들
의 명예를 지켜냈사옵니다. 칼 소리가 울려퍼지는 전쟁터에서 기수
를 잃어버린 말들이 전사들 앞에서 이리저리 뛰어다니는 모습을 보
았습니다. 라인의 용사들은 기마전에서 어찌나 격렬하게 공격하던지
나중에는 적들이 오히려 전쟁을 일으키지 말 것을 …… ' 하고 후회하
기조차 했습니다. 두 군대가 뒤엉켜 격돌했던 곳에서는 하겐의 용감
한 부하들로 인해 피바다를 이루었습니다. 하겐은 특히 그곳에서 엄
청난 숫자의 적을 죽였습니다. 이에 대해서는 아마 오랫동안 부르군
트에서 찬가를 부르게 될 것이옵니다. 게르노트왕의 부하인 진돌트
와 후놀트 그리고 용감한 루몰트는 영웅답게 싸웠기 때문에, 뤼데거
왕은 여기 라인에 있는 공주님의 종사들에게 선전 포고한 것을 영원
히 후회할 것이옵니다. 이 세상 어디에서 전쟁이 일어났건 간에 전쟁
이 시작될 때부터 끝날 때까지 일찍이 어느 누가 목격한 전투보다 위
대한 업적을 전적으로 자신의 주도하에 완수한 것은 지크프리트왕자
의 공로로 남게 될 것이옵니다. 그는 힘센 병사들을 볼모로 잡아 여
기로 데려올 것입니다. 그들을 손아귀에 넣은 용사는 당당한 영웅이
었으며, 영웅의 담대함에 대해서는 뤼데가스트왕이나 심지어 그의
형인 작센의 뤼데거왕마저 그들이 겪은 쓰라린 경험을 통해 이야기
할 것입니다. 고귀하신 공주님, 제가 꼭 말씀드려야 할 게 무엇인지는

계속 경청하면 아실 것이옵니다. 지크프리트왕자가 두 왕을 모두 포로로 만들었고, 그의 공로 덕분에 그 어느 때보다 많은 인질이 여기 라인으로 오게 될 것이옵니다."

크림힐트로서는 이보다 더 반가운 보고가 있을 수 없었습니다.

"계속해서 들어 보십시오, 공주님! 전혀 부상당하지 않은 용사가 볼모로 5백 명, 아니 그 이상의 숫자가 우리 땅으로 끌려오고 있으며, 8십 명의 부상자는 피범벅이 되어 들것에 실려오고 있사옵니다. 용맹한 지크프리트왕자가 그들 대부분을 쓰러뜨린 것입니다. 얼마 전 어처구니없이 경솔한 생각으로 이곳 라인 땅에 전쟁을 선포했던 자들은 현재 군터왕의 포로가 되어 있으며, 우리의 명예를 회복하기 위해 그들을 여기 보름스로 끌고 오는 중입니다."

보고를 전부 듣고 난 크림힐트 공주의 얼굴은 활짝 피어났습니다. 젊고 뛰어난 용사 지크프리트가 적과의 대결에서 훌륭한 승리를 거두었다는 소식을 듣자, 그녀의 아름다운 얼굴에는 기쁨으로 홍조가 퍼졌던 것입니다. 또한 당연한 일이었겠지만, 그녀는 친지에 관한 보고에 대해서도 기뻐했습니다. 사랑스런 공주는 말했습니다.

"그대는 나에게 좋은 소식을 전해 주었으니 그에 대한 보상으로 준비한 값비싼 옷과 금화 10마르크를 받도록 하시오."

그리하여 사자에게는 보상으로 금과 옷이 주어졌습니다. 보상금 때문이라도 사람들은 앞으로 지체 높은 귀부인들에게 기꺼이 그러한 소식을 가져다 줄 것입니다. 아름다운 아가씨들은 벌써 창가에 나와 거리를 내려다보고 있었습니다. 얼마 되지 않아 영웅들이 부르군트 땅으로 말을 타고 의기양양하게 돌아오는 모습이 보였습니다. 그 중에는 성한 자들도 부상한 자들도 있었습니다. 그들은 고향에 남아 있던 친구들에게 전혀 부끄러워할 필요 없이 당당히 환영을 받을 만했습니다. 기쁨에 충만한 왕이 친히 말을 타고 귀향하는 자들을 맞이하러 나왔습니다. 이제 군터왕의 근심은 끝났고 다시 즐거워할 수 있었습니다.

군터왕은 부하들을 영예롭게 맞아들였고, 동맹자들 역시 그렇게 맞이했습니다. 그를 도와주러 왔던 영웅들이 전쟁을 영광스러운 승리로 치러낸 데 대해 감사를 표하는 것이 막강한 왕에게 걸맞은 일이기 때문이었습니다. 군터왕은 이번 원정에서 부하들 가운데 누가 전사했는지 보고하도록 했습니다. 사람들은 6십 명이나 되는 전사자에 대해 애도했습니다. 그러나 영웅들이 죽고 나면 으레 그러하듯 사람들은 슬픔을 감내해야 했습니다.

부상당하지 않은 자들도 부서져 버린 수많은 방패와 투구를 부르군트 땅으로 가지고 왔습니다. 비로소 진심 어린 환영의 인사가 오갔고, 모든 병사는 왕궁의 본관 바로 앞에 마련된 자리를 찾아 앉았습니다. 왕은 용사들을 시내에 머물게 하고 손님들에게 최고로 대접할 뿐 아니라 부상자들을 잘 보살펴 편히 쉴 수 있도록 하라고 했습니다. 더구나 포로들에 대한 왕의 태도는 귀감이 될 수 있는 것이었습니다. 군터왕은 뤼데가스트왕에게 말했습니다.

"어서 오시오! 비록 당신들이 나를 괴롭히기는 했지만, 나에게 행운이 주어졌으니 그것은 이제 보상받을 수 있을 것이오. 원컨대 하느

님께서 나에게 이런 보상의 기회를 만들어 준 친구들에게 보답해 주
시기를!"

그러자 뤼데거왕이 군터왕에게 말했습니다.

"당신께서는 충분히 그들에게 감사할 만하오. 지금까지 그 어떤 왕
이 이렇게 많은 귀한 이들을 인질로 삼아 본 적이 없으니 말이오. 적
에 대한 당신의 예의 바른 배려와 합당한 대우에 대해 당신께 값비싼
대가를 지불할 것이오."

군터왕이 말했습니다.

"두 분에게는 개인적인 자유를 허락하겠소, 물론 여기에 머물러야 하
고 내 허락 없이는 이 땅을 떠나지 않겠다는 확약을 해준다면 말이오."

뤼데거왕은 군터왕의 그 제의에 서약을 했습니다. 그들은 숙소로
인도되어 편히 쉬도록 배려 받았습니다. 그동안 부상자들에게는 매
우 정성스러운 잠자리가 마련되었고, 부상당하지 않은 자들에게는
맛있는 꿀술과 포도주가 권해졌습니다. 그리하여 병사들 사이에는
금세 들뜬 분위기가 감돌았습니다.

부서진 방패들은 보관되었고 피로 얼룩진 수많은 안장은 눈에 띄
지 않게 숨겨졌습니다. 부인들이 눈물을 흘리는 일이 없도록 하기 위
해서였습니다. 그러는 사이에도 기진맥진한 용감한 기사들이 전장에
서 속속 돌아오고 있었습니다. 나라가 온통 이방인과 내국인들로 가
득 차 있었지만, 군터왕은 손님들을 융숭하게 대접하는 것이 자신의
의무라고 여겼습니다.

왕은 들뜬 기분에서 벗어나 의기소침해져 있는 중상자들을 잘 보

살펴 주라고 했습니다. 군터왕은 또 힘겨운 전투를 치른 용사들의 생명을 어떻게든 지켜주기 위해 의술에 정통한 자들에게 무게를 달 수 없을 만큼의 은에다가 번쩍이는 금까지 보탠 엄청난 액수를 지불했습니다. 그뿐 아니라 손님들에게는 많은 선물을 제공했습니다. 집으로 돌아가려는 사람들에게는 더 머물도록 간청했습니다. 평상시 그런 일은 단지 친척들에게나 있을 법한 일이었습니다. 군터왕은 자신의 소망을 명예스럽게 성취시켜 준 부하들의 헌신에 어떻게 보상할지 측근들과 의논했습니다.

게르노트가 말했습니다.

"우선 그들을 고향으로 돌아가도록 한 다음 6주 뒤 오늘 축제에 초대하십시오. 심각한 부상을 입은 자들이라도 그때면 어느 정도는 회복할 것입니다."

그때 네덜란드의 지크프리트가 작별을 고하려 했습니다. 그러나 군터왕은 그의 의향을 듣고 나서 좀 더 머물러 달라고 간곡히 청했습니다. 크림힐트가 아니었더라면 지크프리트는 분명히 그 청을 받아들이지 않았을 것입니다.

왕뿐만 아니라 작센족과의 전투에서 그의 용맹한 행동을 직접 지켜본 왕의 친척들이 그에게 호의를 품게 된 것은 의심할 여지없이 지당한 일이었습니다. 그러나 전쟁의 승리에 대한 보상을 치르기에는 그의 힘이 너무나 막강해졌습니다. 그는 오로지 아름다운 크림힐트를 위해 거기에 머무르기로 결심했으며, 그녀와 만날 수 있게 되기를 바랐습니다. 이 희망은 결국 이루어졌습니다. 그가 소망했던 대로 그녀를 친히 볼 수 있게 되었으며, 이어서 큰 기쁨을 안고 고향 땅으로 말을 달려 되돌아가게 되었습니다.

군터왕은 항상 기사들에게 무술 시합으로 신체를 단련할 것을 촉구했으며, 많은 젊은 기사들 요구에 기꺼이 응했습니다. 이 기간에 군터왕은 부르군트의 나라에 오리라고 기대되는 손님들을 위해 보름스의 강변에 자리를 마련해 놓았습니다.

이제 손님들이 올 시간이 다가왔으며, 아름다운 크림힐트는 오라버니가 경애하는 친구들을 위해 축제를 열 계획이라는 소식을 듣게 되었습니다. 아름다운 여인들은 정성을 다해 걸치고 싶은 옷과 머리 장식을 만드는 일에 열심히 몰두하기 시작했습니다. 막강한 대왕대비인 우테 역시 당당한 용사들이 곧 도착하리라는 소식을 들었습니다. 그래서 수많은 값진 옷들이 옷궤에서 꺼내졌습니다. 그녀는 자식들에 대한 사랑에서 축제를 위해 부르군트의 많은 귀부인들과 처녀들과 젊은 기사들이 치장하게 될 옷을 마련하도록 했습니다. 그리고 많은 낯선 손님들을 위해서도 화려한 옷을 만들도록 했습니다.

## Chapter 05

# 지크프리트와 크림힐트의 첫 만남

축제에 참석하고 왕에게 경의를 표하고자 하는 마음에서 이 나라에 온 사람들이 라인강가에서 말을 달리는 모습을 매일같이 볼 수 있었습니다. 그들 모두에게 훌륭한 말과 마구가 선사되었습니다. 내가 들은 바로는 축제를 위해 모든 손님들, 특히 가장 고귀하고 뛰어난 32명의 영주들을 위한 자리가 마련되었습니다. 아름다운 여인들은 축제를 대비해 앞 다투어 자신을 치장하는 데 열중했습니다.

젊은 기젤헤어와 게르노트 그리고 종사들은 이미 잘 알려진 손님들뿐 아니라 낯선 손님들을 반갑게 맞이했고, 막 도착하는 용사들은 그들의 직위에 맞게 환영했습니다. 그들은 순금으로 장식된 안장, 화려한 방패와 엄선된 장비를 라인강변의 축제 장소로 가져갔습니다.

그곳에 모인 부상자들은 즐거운 마음으로 축제를 즐겼습니다. 아직도 창가의 병상에 누워 심한 부상으로 고통당하고 있던 병사들마저 잠시 동안 죽음에 대한 괴로운 생각을 잊을 수 있었습니다. 부르군트인들은 중상자들에 대해 슬퍼하는 일을 잠깐이나마 잊을 수 있었습니다. 축제의 향응에 관해 이야기꽃을 피우는 일로 즐거웠기 때문입니다. 그곳에 모인 모든 사람들은 무한한 기쁨을 누렸으며, 이러한 기쁨은 끝이 없었습니다. 그리고 즐거움은 군터왕의 나라 전역으로 퍼져 나갔습니다.

성신강림절 아침 사람들은 용맹스러운 전사들이 훌륭한 옷을 차려입고 축제에 오는 것을 보았습니다. 그 수는 아마도 5천 명 내지 그 이상이었을 것입니다. 그들은 누가 가장 멋지게 즐거움을 베풀 수 있는가를 경쟁하기 시작했습니다.

사려 깊은 군터왕은 네덜란드의 영웅 지크프리트가 다른 어떤 처녀보다 월등히 아름다운 누이동생을 아직까지 보지는 못했지만 진심으로 좋아하고 있다는 사실을 잘 알고 있었습니다. 용사 오르트빈이 왕에게 말했습니다.

"축제 자리에서 국왕 전하의 권능을 장엄하게 보이시려면, 손님들에게 부르군트 왕국의 자랑이자 긍지인 아름다운 공주님을 보여 주시옵소서. 공주님의 아름다움과 귀부인들의 화려함이 그렇게 할 수 없다면, 무엇이 한 남자를 행복하고 기쁘게 할 수 있겠사옵니까? 전하의 누이동생 크림힐트 공주님이 손님들 앞에 모습을 보일 수 있도록 하시옵소서."

63

이 충고는 수많은 영웅들의 소망에 정확히 부합하는 것이었습니다.

"내 기꺼이 그렇게 하도록 하겠노라!"

군터왕이 말했습니다. 그 말을 들은 영웅들은 무척 기뻐했습니다. 그는 대비마마 우테와 그녀의 아름다운 딸인 공주에게 시녀들을 거느리고 궁정에 나타나도록 했습니다.

사람들은 가장 화려한 옷을 옷장에서 찾아냈습니다. 목도리 중에서 가장 멋진 것과 팔찌와 비단띠를 준비했습니다. 아리따운 처녀들은 무척 정성들여 치장했습니다. 많은 젊은 용사들은 이날 귀부인들의 호의에 찬 눈길을 받아 보려는 희망을 품었으며, 아마 그들은 그러한 소망을 막강한 왕국과도 바꾸려 하지 않았을 것입니다. 귀부인들이 그들에게 아직 전혀 알려져 있지 않음에도 불구하고 그들은 그 여인들을 한번 보았으면 하고 갈망했습니다.

막강한 군터왕은 친척뻘이 되는 종사 백여 명에게 칼을 들고 크림힐트를 호위하며 받들도록 명령했습니다. 종사들은 비교적 가까운 측근에 속하는 부르군트의 조신(朝臣)들이었습니다. 크림힐트와 함께 고귀한 우테가 오는 것이 보였습니다. 우테는 백여 명 이상에 이르는 아름다운 여인들을 시녀로 선발하여 전부 훌륭한 옷을 입도록 했습니다. 그녀의 딸 뒤에도 어여쁜 처녀들이 따르고 있었습니다.

사람들은 행렬이 접근하는 것을 규수의 방에서 볼 수 있었습니다. 영웅들은 금방이라도 앞으로 달려 나가고 싶은 강렬한 충동을 느꼈습니다. 가능한 한 가까이에서 그 고귀한 처녀를 바라보는 기쁨을 누리고 싶었기 때문입니다. 흐릿한 구름 사이에서 햇살이 나타나듯 사랑스런 공주는 이쪽으로 걸어와 지크프리트 앞에서 걸음을 늦추었는데, 그녀의 모습은 그가 은밀히 가슴에 품은 채 온갖 사랑의 고뇌를 겪으면서 오랫동안 간직해 온 바로 그런 자태였습니다.

지크프리트는 자기 앞에 서있는 사랑스런 공주를 황홀하게 바라보았습니다. 그녀의 옷은 수많은 보석으로 빛났고 그 사이로 장밋빛 속살이 아련하게 내비쳤습니다. 비록 원하는 것이라면 무엇이든 가질 수 있는 사람일지라도 이 세상에서 그녀보다 아름다운 여인을 보았다고는 말할 수 없을 것입니다. 구름 사이로 청명하게 빛을 발하는 밝은 달이 별들을 무색케 하듯, 그녀는 다른 많은 훌륭한 귀부인들 앞에 서있었습니다. 이러한 모습을 본 늠름한 영웅들의 가슴은 더욱 두근거렸습니다. 화려한 시녀들이 그녀보다 앞서 걸어왔지만, 자꾸 그 사랑스러운 처녀에게 쏠리는 기쁨으로 흥분한 영웅들의 시선은 다른 곳을 향할 수는 없었습니다. 지크프리트의 가슴속에서는 따스함과 냉정함이 엇갈렸습니다. 그는 혼자 생각했습니다.

'내가 감히 어떻게 그대의 사랑을 얻을 수 있겠는가! 그것은 어리석은 기대에 지나지 않으리라. 그러나 만약 내가 그대를 멀리해야만 할 운명이라면 차라리 죽는 것이 나으리라.'

이런 생각을 하자 그의 안색은 연방 붉으락푸르락해졌습니다. 지크문트왕의 아들 지크프리트는 탁월한 예술가가 양피지에 그려놓기라도 한 것처럼, 도처에서 사람들이 일찍이 그보다 더 아름다운 영웅을 본 적이 없다고 말할 정도로 아름다운 모습으로 그곳에 서있었습니다. 귀부인들을 수행하고 있던 용사들은 길가 여기저기에 서있던 사람들에게 뒤로 물러나라고 명령했습니다. 많은 영웅들은 그 요구에 응했습니다. 여러 고결한 귀부인들은 그들에게 눈요기가 되었으며, 화사한 부인들이 품위 있고 우아한 걸음걸이로 다가왔습니다. 그때 부르군트의 게르노트가 말했습니다.

"친애하는 형님 군터왕이시여, 형님을 위해 기꺼이 진력을 다한 저 용사에게 그의 헌신을 고맙게 여긴다는 것을 이 자리에 모인 모든 종신들 앞에서 몸소 보여 주십시오. 이렇게 제안한 것에 대해서 결코 부끄럽게 여길 필요가 없다고 생각합니다. 그리고 지크프리트왕자로 하여금 누이동생 앞에 나서게 하여, 크림힐트가 지크프리트왕자를 환영할 수 있도록 하십시오. 그렇게 하는 것이 우리에게는 영원히 이득이 될 것입니다. 크림힐트는 여태껏 어느 영웅에게도 말을 건넨 적이 없지만, 이제는 그렇게 해야 할 때입니다. 그렇게 함으로써 저 멋진 영웅을 우리 편으로 만들 수 있을 터입니다."

군주의 친척들은 지크프리트 쪽으로 다가가 네덜란드 출신의 영웅에게 말했습니다.

전하께서는 그대가 어전에서 궁정의 귀부인들 앞에 나서는 것을 허락하셨소. 전하의 누이동생은 그대에게 인사를 함으로써 경의를 표하게 될 것이오."

그 말에 지크프리트는 우테의 아름다운 딸을 눈앞에서 볼 수 있다는 생각으로 무한한 기쁨에 젖어 진심으로 웃었습니다. 크림힐트는 아주 매력적으로 지크프리트에게 상냥한 인사를 했습니다. 크림힐트 또한 마음속에 품어 왔던 그 고결한 사람이 자기 앞에 서있는 것을 보자 얼굴에 홍조가 넘쳐흘렀습니다. 아름다운 처녀 크림힐트는 지크프리트 앞에서 말했습니다.

"고귀하고 훌륭하신 지크프리트 기사님이시여!"

기사의 가슴은 이 인사로 더욱 두근거리고 말았습니다. 지크프리트가 정중하게 고개를 숙여 그녀에게 인사하자, 크림힐트는 조심스럽게 그의 손을 잡았습니다. 아, 그가 크림힐트와 나란히 걷는 모습은 얼마나 사랑스럽던지! 고귀한 기사와 아름다운 여인은 아무도 모르게 서로 정다운 눈빛으로 바라보았습니다. 어쩌면 은밀한 사랑을 감추지 못하고 하얀 손을 감미롭게 꼭 쥐었을지 모르지만, 어느 누구도 나에게 그런 이야기를 해주지는 않았습니다. 하지만 그러한 일이 일어나지 않았다고는 믿을 수 없습니다. 크림힐트는 지크프리트를 처음 보았을 때 이미 애정을 드러내고 말았기 때문입니다.

봄이나 여름에 고향으로 데려가기를 그토록 원했던 사랑스런 처녀와 손을 맞잡고 걸으며 지크프리트의 마음은 한없는 행복으로 가득했습니다. 영웅들은 생각했습니다.

'아, 내가 목격한 것처럼 그녀의 곁에서 나란히 걸어가거나 그녀 곁에 누울 수 있는 행운이 주어졌더라면 한탄하지 않을 텐데!'

일찍이 지크프리트만큼 그렇게 완벽하게 왕비를 찾는 청혼 행동에 나섰던 영웅은 없었습니다. 어떤 왕국으로부터 왔든 그 축제에 온 이방인들은 모두 오로지 두 사람만 주목했습니다. 크림힐트는 그 멋진 기사에게 키스해도 좋다는 허락을 받았고, 그로 인해 지크프리트는 여태껏 느껴 보지 못했던 행복한 감정으로 가득 찼습니다. 그러자 덴마크의 뤼데가스트왕이 말했습니다.

"이 격조 높은 명예 때문에 수많은 영웅이 지크프리트왕자의 손에 죽어야만 했고, 나 또한 이제야 그 사실을 알게 되었구나. 신이시여, 후일에라도 지크프리트왕자가 우리 왕국에 다시는 오지 못하도록 막아주소서!"

아름다운 크림힐트가 가는 곳마다 자리를 내주라는 명령이 내려졌고, 수많은 용감한 영웅이 경의를 표하면서 그녀를 교회까지 수행했습니다. 물론 지크프리트는 그곳에서 그녀와 떨어져야 했습니다.

대성당으로 걸어갈 때 수많은 여인들이 그녀의 뒤를 따랐습니다. 크림힐트 공주는 너무나 아름다운 자태를 자아냈으므로 사람들에게 이루어지기 어려운 소망을 안겨 주었습니다. 영웅들은 그녀의 모습을 바라보며 마냥 즐거워했습니다. 지크프리트는 미사곡이 끝나기를 기다릴 수가 없었습니다. 그는 마음속에 품고 있던 모습의 처녀가 신의 섭리로 말미암아 자신에게 호의를 가지게 된 데에 감사했습니다. 그는 아름다운 크림힐트에게 애정을 바칠 만한 충분한 이유를 갖고 있었습니다.

지크프리트가 앞서 나오고 얼마 후 그녀가 대성당 밖으로 나왔을 때, 지크프리트는 다시 그녀에게 다가갈 것을 권유받았습니다. 이제야 사랑스러운 크림힐트는 친척들의 선두에 서서 용맹하게 싸운 지크프리트에게 감사의 말을 하게 되었습니다.

"지크프리트왕자님, 하느님께서 당신에게 은총을 내려 주시길 바라겠어요. 제가 들은 것처럼 당신께서는 우리 왕국의 영웅들을 친절하게 대해 주셨고, 그들을 화합시켜 주셨으니까요."

이 말을 듣고 지크프리트는 사랑이 가득 찬 눈으로 아름다운 크림힐트를 쳐다보며 이렇게 말했습니다.

"저는 항상 그들을 위해 수고를 아끼지 않을 것입니다. 그리고 제가 살아 있는 한 그들의 모든 소망을 충족시켜 주기 전에는 결코 쉬지 않을 것입니다. 하지만 크림힐트 공주여, 저는 이 모든 일을 오직 그대의 사랑을 얻기 위해 하는 것입니다."

12일 동안 내내 명성이 자자한 크림힐트 공주가 궁정에서 친척들의 맨 앞에 나타날 때면 언제나 지크프리트와 동행하는 모습을 볼 수 있었습니다. 이 일은 영웅에게 기쁨을 가져다주었으며, 봉사의 하나로서 그에게 허용된 일이었습니다.

많은 용감한 영웅들은 군터왕의 성 앞에서 성대한 축연을 벌이고 떠들썩한 모임을 가졌습니다. 그들 가운데 특히 오르트빈과 하겐이 눈에 띄었습니다. 누가 어떤 일을 계획하든 간에 자신만만한 두 영웅은 온 힘을 다하여 그것을 이루려고 노력했습니다. 그럼으로써 그들은 손님들 사이에서 매우 유명해졌으며, 그들의 명성은 나라 전체에 널리 퍼졌습니다. 아직 부상에서 완전히 회복하지 못한 무사들도 나와서 궁정에 있는 사람들과 사교적인 이야기를 나누었습니다. 그들은 방패로 자신을 방어하거나 혹은 목표를 향하여 창던지는 연습을 했는데, 힘센 영웅들이 그들을 도와주었습니다.

축제 기간 동안 왕은 모든 손님에게 가장 훌륭한 음식을 대접하도록 했으므로 예전에 어떤 왕도 피할 수 없었던 아주 사소한 비난조차 피할 수 있었습니다. 사람들은 군터왕이 손님들과 얼마나 밀접하게 친교를 맺고 있는가를 볼 수 있었습니다. 군터왕은 말했습니다.

"훌륭하신 영웅들이여, 떠나기 전에 나의 선물을 받아 주시오. 그 대들이 선물을 거절하지 않는다면 영원히 감사하겠소. 나는 그대들에게 나의 영토를 기꺼이 나누어 줄 준비가 되어 있소."

덴마크인들은 즉각 그 말에 응답했습니다.

"고국으로 돌아가기 전에 우리는 당신과 영속적인 강화를 체결하고자 합니다. 우리에게는 그렇게 할 충분한 이유가 있습니다. 우리는 당신의 영웅들 손에 사랑하는 전우를 많이 잃었기 때문입니다."

사실 뤼데가스트왕은 부상으로부터 완전히 나았고, 작센의 왕 역시 전투가 안겨준 상처로부터 상당히 회복되었습니다. 그러나 그들은 적잖은 전사자를 부르군트 땅에 남겨두었습니다. 군터왕은 지크프리트에게 다가가 이렇게 말했습니다.

"이제 내가 어떠한 태도를 취해야 할지 조언해 주시오. 적들은 내일 아침 그들의 나라로 떠나려하고 있소. 지크프리트왕자여, 이 상황에서 어떻게 하는 것이 좋다고 생각하는지 말해주시오! 저들이 나에게 보상으로 무엇을 주려고 하는지 그대에게 말해 주겠소. 저들은 내가 놓아준다면 기꺼이 나에게 5백 마리의 말에 실을 수 있을 만큼의 금을 주려하고 있소."

용감한 지크프리트가 말했습니다.

"그렇게 하는 것은 옳지 않습니다. 왕께서는 그들에게 아무런 부담을 지우지 말고 이곳을 떠나게 하셔야 합니다. 두 나라 군주의 악수를 통해 신뢰를 확보함으로써 차후에 그 위풍당당한 영웅들이 적개심으로 이 나라를 공격하는 일이 없도록 하십시오!"

"내 그대의 충고에 따르리다."

적들에게 군터왕이 앞서 몸값으로 제시했던 금을 받지 않겠다고 한 말이 전해졌습니다. 그들의 고향에서는 사랑하는 가족들과 친지들이 전쟁으로 지친 남자들을 오랫동안 그리워하고 있었습니다. 그때 방패에 보물들이 가득 담겨 운반되어 왔습니다. 군터왕은 저울질해 보지도 않고 5백 마르크, 아니 그 이상 되는 보물을 그들에게 아낌없이 나누어 주었습니다. 용감한 게르노트가 군터왕에게 그렇게 하도록 조언했던 것입니다. 그들이 말을 타고 떠나려 할 때 모두 작별을 고했습니다. 손님들이 크림힐트뿐 아니라 우테에게도 가서 인사하는 것이 보였습니다. 영웅들은 일찍이 이보다 더 영예스러운 작별을 해본 적이 없었던 것입니다.

그들이 떠나가자 숙영지는 텅 비게 되었습니다. 하지만 왕과 친척들을 비롯한 많은 귀족들은 멋진 궁정에 남아 있었습니다. 사람들은 날마다 그들이 크림힐트를 방문하러 가는 것을 보았습니다.

그즈음 뛰어난 영웅 지크프리트 역시 왕에게 귀향하겠다고 청했습니다. 그는 더 이상 자신의 계획이 달성되리라는 희망을 갖지 못했기 때문입니다. 그 말이 왕의 귀에 들어갔습니다. 젊은 기젤헤어는 지크프리트가 떠나는 것을 가로막았습니다.

"고귀한 지크프리트왕자여, 그대는 대체 어디로 떠나려는 거요? 제발 이곳 영웅들의 곁에, 군터왕과 왕을 따르는 종사들 곁에 머물러

주시오. 그렇게 하기를 간청하오. 이곳에는 아름다운 귀부인들이 많이 있소이다. 그녀들이 그대를 만나게 해주는 것이 우리에게는 영예가 될 것이오."

이에 강인한 지크프리트가 말했습니다.

"말들을 마구간에 그냥 두시오! 실은 말을 타고 떠나려 했소. 하지만 이제 그만두겠소. 방패들 또한 다시 갖다 두시오. 고향으로 돌아가는 것이 원래 계획이었는데, 충실한 당신께서 막아 버리시는군요."

그리하여 지크프리트는 친구들에 대한 호의 때문에 그곳에 좀 더 머무르게 되었습니다. 그는 어느 곳에서든 이 나라에서처럼 아늑한 기분을 느끼지는 못했을 것입니다. 그는 매일같이 아름다운 크림힐트를 보게 되었습니다. 지크프리트는 그녀의 형언할 수 없는 아름다움 때문에 그곳에 머무르지 않을 수 없었습니다. 그리고 사람들과 갖가지 환담을 나누며 지루함을 잊었습니다.

그를 끊임없이 번민케 했던 그녀에 대한 사랑만 아니었더라면 좋았을 텐데! 훗날 용감한 지크프리트는 그녀로 인해 비참한 죽음을 당하는 운명이었던 것입니다.

## Chapter 06

# 브륀힐트를 찾아가는 군터왕

그즈음 새로운 소식이 라인강을 건너 그들에게 전해졌습니다. 라인강 건너 어딘가에 많은 미녀들이 있다는 이야기였지요. 뛰어난 군터왕은 그 미녀들 가운데 한 명을 아내로 삼으려는 계획을 세웠습니다. 이러한 결심을 하자 영웅의 가슴은 기쁨으로 몹시 두근거렸습니다.

바다 저편에 한 여왕이 있는데, 아무튼 알려진 바로는 그 어떤 여인과 비교할 수 없을 만큼 아름다운 데다가 무시무시한 힘을 지니고 있다는 것이었습니다. 용감한 영웅이 그녀의 사랑을 얻으려면 그녀와 창던지기에서 우열을 가려야 한다고 했습니다. 또한 그녀는 돌을 멀리 던질 수 있을 뿐 아니라 굉장한 도약을 하여 그 돌을 쫓아갈 수 있다고 했습니다. 그녀의 사랑을 얻고자 하는 자는 언제나 이 세 가지

경쟁에서 여왕을 이겨야만 하며, 만약 한 가지라도 실패하는 경우 용감한 영웅은 목숨을 잃는다는 것이었습니다.

처녀 여왕이 그런 힘겨루기 시합에서 무수히 이겼다는 이야기를 라인의 한 고귀한 기사가 들었습니다. 그래서 그 기사는 모든 생각을 아름다운 여왕에게로 돌리게 되었습니다. 이로 인해 나중에는 많은 영웅이 죽임을 당해야만 했습니다.

라인의 왕이 말했습니다.

"나에게 무슨 일이 생기든 강을 따라 바다 건너 브륀힐트 여왕에게 항해해 갈 것이다. 그녀에 대한 사랑의 열정에 내 목숨을 걸겠노라. 그녀를 아내로 삼지 못한다면 나는 목숨을 버릴 것이니라."

지크프리트가 말했습니다.

"저는 그 일을 그만두시라고 충고하고 싶습니다. 그 여왕은 너무나 무서운 조건들을 내걸기에 그녀의 사랑을 얻으려 애쓰는 사람은 무척 값비싼 희생을 치러야 합니다. 그러니 당신께서는 그런 생각을 영원히 머리에서 지워버리셔야 합니다."

그때 하겐이 말했습니다.

"전하께서 이 험난한 위험들을 함께 헤쳐 나갈 것을 지크프리트왕자에게 부탁하시길 권하옵니다. 아뢰옵기 황공하오나 그는 브륀힐트 여왕에 관해 아주 정확하게 알고 있사옵니다."

그러자 군터왕이 말했습니다.

"고귀한 지크프리트왕자여, 사랑스러운 여왕을 얻을 수 있도록 나를 도와주겠소? 그대가 내 부탁을 들어주어 사랑스런 여왕이 나의 아내가 된다면, 나도 그대를 위해 명성과 생명을 바치겠소. 그대가 원한다면 말이오."

지크문트왕의 아들인 지크프리트는 대답했습니다.

"고귀한 공주이자 당신의 여동생인 크림힐트 공주를 저에게 아내로 주신다면 기꺼이 동의하겠습니다. 그것 말고는 힘든 과제에 대한 어떤 보상도 원하지 않습니다."

"지크프리트왕자여, 나의 여동생 크림힐트를 그대의 손에 쥐여 줄 것을 약속하겠소. 만약 아름다운 브륀힐트가 이 나라에 온다면, 나는 그대에게 내 여동생을 아내로 줄 것이오. 그러면 그대는 아름다운 크림힐트와 더불어 영원히 커다란 기쁨 속에서 살 수 있을 것이오."

두 고귀한 영웅은 그렇게 할 것을 맹세했습니다. 하지만 이 맹세로 브륀힐트를 라인강변으로 데려오기 전에 그들의 어려움은 더욱 커졌을 뿐입니다. 후에 용감한 두 영웅은 자신들이 엄청난 위험에 내맡겨졌음을 깨닫게 되었던 것입니다.

지크프리트는 몸이 안 보이게 하는 마법의 망토를 가져가기로 했습니다. 그것은 용감한 영웅이 어마어마한 위험 속에서 알베리히라는 이름의 난쟁이로부터 빼앗았던 망토였습니다. 용감하고 막강한 두 영웅은 이제 여행 준비를 했습니다.

힘이 센 지크프리트는 마법의 망토를 입자마자 굉장한 힘을 갖게 되었습니다. 즉, 지크프리트의 힘에 열두 용사의 힘이 더해졌습니다. 마법의 술수로 지크프리트는 후에 아름다운 여인을 얻을 수 있었습니다. 게다가 그 마법의 망토를 입기만 하면 다른 사람의 눈에 띄지 않고 원하는 일을 할 수 있었습니다. 이것을 이용해 지크프리트는 군터왕에게 브륀힐트 여왕을 데려다 주었으나, 그는 그 일로 너무나 값비싼 대가를 치르게 되었던 것입니다.

"지크프리트 영웅이여, 돛을 올리기 전에 그대에게 물어 볼 것이 있소, 충분한 위용을 갖추기 위해 다른 영웅들도 브륀힐트 여왕의 나라에 데려가는 것이 좋지 않겠소? 용사 3만 명 정도는 금방 모을 수 있을 것이오." -

지크프리트가 이의를 제기했습니다.

"그건 안 됩니다. 우리가 아무리 많은 군사를 이끌고 간다 할지라도 그 여왕은 오만한 자신감을 믿고 모두를 죽일 수 있다는 식으로 극단적인 공포감을 마구 퍼뜨릴 것입니다. 용감하고 뛰어난 영웅이시여, 저는 좀 더 나은 제안을 하겠습니다. 우리는 옛 영웅들처럼 라인강을 따라갈 것입니다. 이제 함께 가야할 사람들을 말씀드리죠. 우리는 단 4명만 바다를 향해 돛을 올릴 것이고, 어떤 일이 생겨도 반드시 여왕을 데려올 것입니다. 제가 동행자들 중 한 사람이며, 둘째는 당신이 될 것이고, 셋째는 하겐이요, 넷째는 용감한 당크바르트입니다. 이로써 우리는 살아서 돌아오리라고 보장받은 셈입니다. 장정 천 명이라도 감히 우리를 섣불리 공격하지는 못할 것이기 때문입니다."

그러자 군터왕이 지크프리트에게 말했습니다.

"브륀힐트 여왕의 궁에 격식을 갖춘 차림으로 나서려면 어떤 옷을 입어야 하는지 알고 싶은데, 그에 대한 정보를 준다면 매우 기쁘겠소. 그것을 말해 주시오."

"브륀힐트 여왕의 궁에서는 일찍이 보았던 것 중에서 가장 아름다운 옷을 입습니다. 사람들이 나중에 우리에 관해 이야기할 경우, 나쁘게 이야기하지 않도록 브륀힐트 여왕 앞에서 훌륭한 옷을 입는 것이 도리입니다.

"그렇다면 사랑하는 대비마마께 훌륭한 시녀들로 하여금 아름다운 처녀 여왕 앞에서 영예를 얻을 수 있는 옷을 만들게 하여 우리를 도와주도록 간청해 보겠소."

그때 트론예의 하겐이 그다운 침착한 태도로 말했습니다.

"전하께서는 왜 대비마마께 그런 일을 부탁하려 하시옵니까? 차라리 전하께서 어떤 일을 계획하고 있는지를 누이동생에게 이야기해 보십시오. 그러면 공주님은 중요한 이번 여행의 준비를 정성껏 도와주실 것이옵니다."

그래서 군터왕은 누이동생에게 자신과 영웅 지크프리트가 그녀를 방문하고 싶다는 말을 전하게 했습니다. 크림힐트 공주는 가장 세련된 옷을 입고 그 용감한 남자들의 방문을 매우 기쁜 마음으로 기다리고 있었습니다. 그녀의 시종들 역시 그에 걸맞게 치장하고 있었습니다. 두 군주가 방으로 들어오는 소리가 들리자, 크림힐트는 그들을 맞이하기 위해 자리에서 일어서서 귀한 손님과 오라버니에게 우아하게 다가갔습니다.

"오라버니, 잘 오셨습니다. 같이 오신 분도요! 두 분께서 무슨 연유로 저를 찾아오셨는지 여쭈어도 될까요? 제가 어떻게 하면 고귀한 영웅이신 두 분에게 봉사할 수 있는지 말씀해 주세요!"

그러자 군터왕이 말했습니다.

"공주여, 그대에게 말해 주겠노라. 우리는 의기가 충천해 있으나 약간 걱정되는 일이 있노라. 우리는 모험을 하기 위해 먼 나라로 여행을 떠날 계획인데, 그러기 위해서는 훌륭한 의상이 필요하구나."

"우선 앉으세요, 사랑하는 오라버니, 어떤 여인의 사랑을 얻기 위해 낯선 왕국으로 떠나고자 하는지 정확하게 가르쳐 주세요."

크림힐트는 뛰어난 두 영웅의 손을 잡았습니다. 그녀는 자신이 조금 전에 앉아 있었던 화려한 침상으로 그들을 이끌었습니다. 내가 보증하지만, 그것은 귀한 황금으로 된 아름다운 그림들이 수놓인 천으로 만든 것이었습니다. 그들은 귀부인과 그렇게 시간을 보내는 것이 마냥 즐거웠습니다.

크림힐트와 지크프리트는 다정하게 진심으로 서로를 눈여겨볼 좋은 기회를 가졌습니다. 지크프리트는 사랑하는 그녀를 자신의 생명처럼 마음속에 간직하고 있었습니다. 아름다운 크림힐트는 후에 힘센 지크프리트의 아내가 되었습니다. 막강한 군터왕이 말했습니다.

"사랑하는 누이동생이여, 그대의 도움 없이는 아무것도 성취할 수 없느니라. 우리는 브륀힐트 여왕의 나라에서 무엇인가를 손에 넣으려고 계획하고 있으며, 그 앞에 나설 때 입을 훌륭한 의상이 필요하노라."

"사랑하는 오라버니, 제가 할 수 있는 일이라면 무엇이든지 도울 준비가 되어 있습니다. 그리고 저는 누구든지 오라버니의 뜻을 조금이나마 거역한다면 매우 슬퍼할 것입니다. 고귀하신 기사님들이여,

주저치 마시고 마음 놓고 부탁하셔도 됩니다. 당신들이 제게 무엇을 기대하시든 저는 그것을 아주 기쁜 마음으로 완수할 것입니다."

"사랑하는 누이동생이여, 우리는 훌륭한 의상을 입는 데 가치를 두고 있느니라. 그래서 그대의 훌륭한 솜씨로 옷의 본을 떠주어야겠노라. 그런 후 그대의 시녀들이 우리에게 꼭 맞는 옷을 만들도록 해야 할 것이다. 우리가 여행을 떠나는 데에는 더 이상 변경이 없기 때문이니라."

크림힐트가 말했습니다.

"그렇다면 제 말을 잘 들으세요! 저에게는 지금 비단이 준비되어 있답니다. 그러니 방패 가득 보석들을 담아 가져오도록 하세요. 그러면 옷을 만들어 놓을 것입니다."

그래서 군터와 지크프리트는 즉각 그러겠다고 약속했습니다. 그러자 공주가 물었습니다.

"그런데 여행을 위해 전하와 함께 옷을 지어 입혀야 할 동반자들은 대체 누구입니까?"

크림힐트의 물음에 군터왕이 대답했습니다.

"네 사람이 떠날 것이다. 우리 둘 외에 다른 두 용사는 당크바르트와 하겐이다. 자, 이제 내가 이르는 말을 잘 들어다오. 우리 네 사람이 나흘 동안 입을 각기 다른 세 종류의 옷과 장비를 필요로 하느니라. 이는 우리가 적어도 명예를 잃지 않고 브륀힐트 왕국으로부터 되돌아올 수 있기 위한 것이니라."

말을 마치자 두 용사는 정답게 작별 인사를 하고 그 자리를 떠났습니다. 그러자 크림힐트 공주는 궁중의 시녀들 가운데 옷 만드는 일에 각별한 재주를 가진 3십 명을 데려오라고 지시했습니다. 그들은 눈처럼 흰 아라비아산 비단과 클로버 잎처럼 푸른 차차망크산 고운 비단 위에 보석으로 수를 놓았습니다. 그러자 곧 근사한 옷이 완성되었습니다. 아름다운 크림힐트 공주가 손수 비단을 재단했습니다.

외국산 어피(魚皮)로 된 멋진 안감은 사람들에게 그때까지 미처 알려지지 않았던 하나의 구경거리를 제공했습니다. 사람이 조달할 수 있는 것이라면 무엇이든지 영웅들이 입고 싶어 하는 모양대로 비단으로 씌웠지요. 자, 이제부터 찬란한 의상에 관한 놀랄 만한 이야기를 들어보십시오.

크림힐트는 예전에 어떤 왕족이 소유했던 것보다 많은 모로코와 리비아산 비단을 마음껏 사용할 수 있었습니다. 그녀는 그들에게 커다란 호감을 지니고 있음을 분명하게 드러냈던 것입니다. 여행의 목표를 그처럼 높게 잡은 그들에게는 어민*(족제비속의 일종)으로 만든 모피 제품조차 그다지 값지게 여겨지지 않았습니다. 그래서 까마귀 색깔의 금란(錫蘭)으로 된 귀한 재료가 그 위에 다시 더해졌습니다. 이 모든 것은 오늘날도 여전히 축제 때면 용감한 영웅들을 훌륭하게 치장해 줄 것입니다.

아라비아의 황금 밑바탕 위에서 무수히 많은 보석들이 번쩍번쩍 빛을 발했습니다. 여인들이 분주하게 일한 덕분에 7주 만에 그 옷들은 완성되었습니다. 그리고 훌륭한 영웅들을 위한 무장 또한 갖추어졌습니다.

사전 준비가 모두 끝난 후 그들이 라인강 여행에 타고 갈 튼튼한 배가 마련되었습니다. 배는 강을 따라 내려가 바다 쪽으로 그들을 실어다 줄 것이기에 아주 세심하게 건조되었습니다. 고귀한 처녀들은 맡은 일에 온 힘을 기울였습니다. 마침내 처녀들은 영웅들이 가져갈 멋진 의상들이 그들의 소망대로 완성되었다고 알렸습니다. 이렇게 모든 준비가 갖추어지자, 영웅들은 라인강변을 한시 바삐 떠나려고 했습니다.

영웅들을 모셔올 전령 한 사람이 보내졌고, 영웅들은 자신들의 새 옷이 몸에 잘 맞는지 알아보고 싶어 했습니다. 실로 그 옷은 꼭 맞았으며, 영웅들은 여인들에게 감사를 표했습니다. 이제 이 영웅들이 어느 누구 앞에 나서더라도 이 세상에서 그보다 멋진 옷을 본 사람은 없을 터입니다. 그들은 그 의상을 걸치게 될 날을 기쁜 마음으로 기다렸습니다. 영웅의 옷으로 이보다 더 훌륭한 것은 그 누구도 여러분에게 이야기해 줄 수 없을 것입니다. 영웅들은 진심으로 감사하는 마음을 잊지 않았습니다. 자랑스런 영웅들은 작별을 고할 때 기품 있고 기사다운 예의범절을 갖추었습니다. 그러나 그들의 빛나는 눈은 광채를 잃고 눈물로 가득 찼습니다. 크림힐트가 말했습니다.

"사랑하는 오라버니, 아직 늦지 않았어요. 여기 계시면서 목숨을 걸 필요가 없는 다른 여인에게 청혼하세요. 오라버니께서는 틀림없이 이 나라에서도 손색없는 양가 출신의 여인을 찾으실 수 있을 거예요."

생각컨대 크림힐트의 이런 말은 그들에게 닥쳐올 미래의 사건을 예언한 것이었습니다. 어쨌든 사람들이 아무리 그들에게 위로의 말로 격려해도 모두가 눈물을 흘렸습니다. 크림힐트의 눈에서 떨어진 눈물로 그녀 가슴에 드리워진 금목걸이는 뿌옇게 광채를 잃기까지 했습니다. 크림힐트가 말했습니다.

"지크프리트왕자님, 아무쪼록 제 오라버니께 성실하고 친절하게 대해 주세요. 그래서 브륀힐트 여왕의 왕국에서 아무 일 없도록 오라버니를 보호해 주세요."

용감한 지크프리트는 그녀에게 그렇게 할 것을 맹세했습니다. 막강한 영웅은 말했습니다.

"공주여, 제가 생명을 부지하는 한 당신은 모든 근심을 떨쳐 버릴 수 있을 것입니다. 그래야만 제가 왕을 무사히 다시 라인강 이쪽으로 모셔올 수 있을 테니까요. 그 점에 대해서는 굳게 믿으세요."

아름다운 크림힐트 공주는 그에게 고맙다는 말을 했습니다. 사람들은 황금으로 빛나는 방패와 모든 장비를 강가로 날랐습니다. 또 말들을 끌고 갔습니다. 그들이 떠나려 할 때 아름다운 여인들이 울음을 터뜨렸습니다. 그녀들은 창가에 서있었습니다. 강풍은 돛을 부풀렸고 배를 몹시 흔들어댔습니다. 자랑스런 영웅들은 라인강에 배를 띄웠습니다. 군터왕이 말했습니다.

"누가 선장이 되겠는가?"

지크프리트가 말했습니다.

"제가 하겠습니다. 훌륭한 영웅들이여, 나는 여기서부터 당신들을 잘 인도할 수 있습니다. 올바른 수로를 정확하게 알고 있기 때문입니다."

이렇게 그들은 부르군트 왕국을 즐거운 기분으로 떠났습니다. 지크프리트는 즉시 삿대를 잡았습니다. 지크프리트는 배를 강안(江岸)으로부터 밀어냈습니다. 용감한 군터왕도 손수 노를 잡았습니다. 그렇게 해서 용맹스럽고 명성 있는 기사들이 육지를 떠났습니다. 그들은 귀한 음식과 라인강 근교에서 구할 수 있는 가장 좋은 포도주까지 실었습니다. 말들은 잘 안치되었으며 모두 쾌적하게 느꼈습니다. 배는 유유히 항해해 갔고 만사가 순조로웠습니다. 질긴 돛줄은 팽팽하게 펴지고 배는 순풍을 받아 밤이 되기 전에 바다로 20마일*(약 32km)이나 나아갔습니다. 하지만 당당한 영웅들의 모든 열성은 나중에 화를 자초하게 되었습니다.

사람들이 전하는 바에 따르면, 바람은 20일째 되던 날 아침 머나먼 브륀힐트의 왕국인 이젠슈타인성으로 그들을 실어다주었습니다. 지크프리트 말고는 누구도 그것을 알지 못했습니다. 군터왕은 그토록 즐비한 성곽들과 길게 뻗은 영지들을 보고는 욕심이 나서 지크프리트에게 물었습니다.

"친애하는 지크프리트왕자여, 내게 말해 주시오. 그대는 이 성곽들과 아름다운 땅이 누구의 소유인지 알고 있소?"

"물론입니다. 전에 전하께 말씀드렸듯이 이것들은 브륀힐트 여왕 소유의 땅과 백성이고, 이 견고한 성은 이젠슈타인이라고 부르지요. 당신께서는 오늘 중으로 브륀힐트 여왕과 수많은 아름다운 귀부인들을 볼 수 있을 것입니다. 저는 영웅들에게 입을 맞추어 말하도록 충고하고 싶습니다. 제가 보기에 그러는 편이 합당할 것 같습니다. 오늘 브륀힐트 여왕 앞에 나설 경우, 아주 신중하게 행동해야만 합니다. 그대 이름난 용사들이여, 오늘 우리가 그 사랑스러운 여인을 보게 된다면 이 한 가지 이야기만은 반드시 차질 없이 전하십시오. 군터왕은 나의 군주시고, 나는 그의 봉신이라고 말입니다. 그래야 군터왕께서 바라는 모든 것이 실현될 수 있을 것입니다."

그들은 지크프리트가 요구한 것을 기꺼이 지키겠노라고 서약했고 그가 원하는 대로 말하는 것에 찬성했습니다. 그렇기 때문에 군터왕이 아름다운 브륀힐트를 만났을 때, 모든 것이 성공적으로 진행되었던 것입니다. 지크프리트는 군터왕에게 말했습니다.

"물론 저는 꼭 당신에 대한 호의에서 그렇게 약속한다기보다 당신의 누이동생인 아름다운 공주에 대한 사랑을 위해 서약합니다. 저는 그녀를 제 영혼처럼, 제 생명처럼 사랑하니까요. 그렇기 때문에 저는 크림힐트 공주를 아내로 맞이하고자 기꺼이 당신께 헌신할 것입니다."

## Chapter 07

# 군터왕과 브륀힐트 여왕의 시합

그러는 사이 그들의 배는 성에 아주 가까이 접근했습니다. 군터왕은 창문가에 많은 아름다운 처녀들이 서있는 것을 보았습니다. 그러나 군터왕은 그녀들 중 어느 누구도 아는 사람이 없자 우울해졌습니다. 그래서 왕은 동행자인 지크프리트에게 물었습니다.

"그대는 저 높은 곳에서 바다에 있는 우리를 내려다보고 있는 저 처녀들에 대해 아는 것이 있소? 저들의 군주가 누구든 저들은 고귀한 신분인 것 같소."

그러자 지크프리트가 답했습니다.

"눈에 띄지 않게 몰래 처녀들을 좀 둘러보십시오. 그런 다음 가능하다면 그녀들 가운데 누구를 얻고 싶은지 저에게 말씀해 주십시오."

"그렇게 하겠소."

용감하고 대담한 기사인 군터왕이 말했습니다.

"저기 저쪽 창문에 눈처럼 하얀 옷을 입은 한 여인이 서있는 것이 보이는군. 그녀는 매우 아름다워 내 눈이 그녀를 선택할 수밖에 없을 정도요. 마음대로 할 수만 있다면 그녀를 아내로 삼고 싶소."

"당신의 눈은 여인을 똑바로 선택하셨습니다. 그녀가 바로 아름답고 고결한 브륀힐트 여왕입니다. 당신의 마음과 영혼, 정신이 그리움으로 애타게 갈망하고 있는 바로 그 여인입니다."

정말이지 그녀의 외모는 군터왕의 마음을 온통 사로잡았습니다. 그때 여왕이 어여쁜 처녀들에게 창 달린 벽감(壁龕)으로부터 물러서라는 명을 내렸습니다. 그녀들이 그곳에서 새로 온 사람들의 눈길을 끌어서는 안 된다는 것이었습니다. 그녀들은 명령에 따랐습니다.

아름다운 여인들은 평소에 그렇듯이 이방인들과의 만남을 위해 몸치장을 하고 나서 용사들을 내려다보기 위해 좁은 포문 쪽으로 갔습니다. 그녀들은 그곳을 통해 영웅들을 볼 수 있었습니다. 이 나라에 온 사람은 4명이었습니다. 아름다운 여인들이 창문을 통해 알아차릴 수 있었던 것처럼 용감한 지크프리트는 말 한 마리를 바닷가로 끌고 나왔습니다. 그로 인해 군터왕은 모든 사람들이 보는 앞에서 왕으로서 자부심이 고양되는 것을 느꼈습니다. 지크프리트는 군터왕이 말에 오를 때까지 훌륭하고 아름다우며 크고 강하게 생긴 화려한 말의 고삐를 잡고 있었습니다. 지크프리트는 군터왕에게 그렇게 존경을 표시했지만, 왕은 나중에 그것을 까마득히 잊어버릴 운명이었던 것입니다. 지크프리트는 배에서 자기 말도 내렸습니다. 그는 한 용사가 말에 오를 수 있도록 도와주는 봉사를 그전에는 결코 해본 적이 없었습니다. 아름답고 고귀한 여인들 모두가 이 장면을 포문을 통해 지켜보고 있었습니다.

기품 있는 두 용사의 말과 옷은 완전히 눈처럼 희었습니다. 그들의 화려한 방패는 위엄 있는 영웅들의 손에서 멀리까지 광채를 발하고 있었습니다. 안장은 보석으로 장식되어 있었고, 말의 근사한 가슴띠에는 황금으로 된 방울들이 매달려 있었습니다. 그처럼 화려한 모습으로 그들은 브륀힐트 여왕의 궁정 홀 앞으로 말을 타고 갔습니다. 그들은 용감하게 낯선 나라로 들어섰습니다. 그들은 예리하게 날이 선 창과 박차에까지 이를 만큼 길고 폭이 넓으며 날카롭고 육중한 칼을 지니고 있었습니다. 고결한 브륀힐트 여왕은 이 광경을 전부 눈여겨보고 있었습니다. 군터왕과 지크프리트 그리고 당크바르트와 하겐이 왔습니다. 나중의 두 용사는 값비싼 검은색 옷을 입고 있었다고 사람들이 전해주었습니다. 그들의 방패 역시 근사하고 엄청나게 컸습니다.

사람들은 옷에 달린 인도산 보석이 햇빛을 받아 찬란하게 반짝이는 것을 보았습니다. 용감하고 뛰어난 용사들은 타고 온 배를 아무런 감시 없이 강가에 놓아둔 채 말을 타고 성을 향해 위쪽으로 올라갔습니다. 그들은 86개의 탑이 높이 솟아 있는 성과 3개의 넓은 본관과 우아한 녹색 대리석으로 된 무척 화려한 홀을 보았습니다. 그곳은 브륀힐트 여왕과 그녀의 시종들이 기거하는 성이었습니다.

사람들은 자물쇠를 풀고 성문을 활짝 열었습니다. 브륀힐트 여왕의 신하들은 그들을 맞으러 달려 나와 여왕의 나라에 온 이방인들을 환영했습니다. 이윽고 용사들의 말을 마구간으로 끌고 가고 그들로부터 방패를 넘겨받으라는 명령이 내려졌습니다. 그러자 시종 가운데 한 사람이 말했습니다.

"그 칼을 건네주시고 빛나는 갑옷을 벗어 저희에게 주십시오."

그러자 하겐이 말했습니다.

"절대로 안 되오. 우리는 칼과 갑옷을 지니고 있겠소."

그때 지크프리트가 하겐에게 사정을 설명했습니다.

"그대들에게 이 점을 말씀드리고자 합니다. 이 나라에서는 손님이 무기를 지니는 것이 허용되지 않습니다. 그러니 부디 그들이 아무 일 없이 무기들을 가져갈 수 있도록 하시오. 그렇게 하는 것이 올바른 일입니다."

하겐은 내키지 않았지만 어쩔 수 없이 이 요구에 응했습니다. 손님들에게는 환영의 주연이 베풀어졌고 좋은 숙소가 정해졌습니다. 그들은 궁성 여기저기에서 많은 용사들이 품위 있는 옷을 입고 당당하게 걸어 다니는 것을 보았습니다. 그러나 용감한 이방인이야말로 가장 큰 관심을 받았습니다. 낯설고 대단히 멋진 옷을 차려입은 용사들이 뱃길을 따라 도착했다는 보고를 받았을 때, 아름답고 고귀한 브륀힐트 여왕은 이렇게 말했습니다.

"자세히 보고하라. 지금 궁성의 뜰 안에 저토록 당당하게 서있는 저 낯선 용사들이 대체 누군가? 그들이 무엇 때문에 이곳에 왔는지 좀 더 자세하게 말하라!"

여왕의 시종 중 한 사람이 말했습니다.

" 여왕이시여, 저는 지금까지 그들 가운데 누구도 본 적이 없다는 사실을 먼저 말씀드려야겠습니다. 하지만 그들 가운데 지크프리트왕자처럼 보이는 사람이 있사옵니다. 여왕님의 충실한 시종으로서 말씀드리건대 그를 영예롭게 환영하시옵소서. 수행원들 중 두 번째 사람 또한 칭찬할 만합니다. 그가 만약 여왕님의 넓은 땅을 지배하게 된다면 강력한 군주가 될 수 있을 듯하옵니다. 그의 모습은 다른 어떤 이보다 무척 존엄해보였습니다. 위대하신 여왕이시여, 세 번째 수행원 또한 마찬가지로 멋진 용사이긴 하오나 그가 사방으로 던지는 무서운 눈초리는 사람들에게 공포를 불러일으키고 있사옵니다. 그는 사악한 기질을 가졌다고 여겨집니다. 그리고 제일 젊은 용사 역시 예찬 받아 마땅하옵니다. 그 힘센 영웅이 젊음의 활기에 충만한 모습으로 저기에 서있는 것이 보입니다. 그는 바르게 교육받았고 온후한 성품을 지닌 것 같사옵니다. 그러나 우리 중 누군가가 그에게 싸움을 건다면 우리는 틀림없이 공포에 떨게 될 것이옵니다. 그가 아무리 상냥하고 자태가 수려하다 하더라도 일단 화를 내면, 아름다운 여인들로 하여금 눈물을 흘리도록 할 것이옵니다. 인품으로 보면 그는 용기 있고 대담한 영웅이며 기사다운 모든 미덕을 갖추고 있는 것 같사옵니다."

설명을 듣고 있던 여왕이 말했습니다.

"자, 나의 의상을 가져오너라. 힘센 지크프리트왕자가 내 나라에

와서 애써 나의 사랑을 구한다면 그는 곤경에 처하게 될 것이다. 두 말없이 그의 여인이 될 정도로 그를 두려워하고 있지 않기 때문이니라."

아름다운 브륀힐트 여왕은 금세 화려한 옷을 휘감았습니다. 그리고 무척 화사하게 치장한 아름다운 처녀 백여 명이 여왕과 함께 행진했습니다. 고상한 여인들은 이방인들을 몹시 보고 싶어 했습니다. 5백여 명이나 되는 브륀힐트 여왕의 용사들이 이슬란트의 영웅으로서 그 행렬을 따랐습니다. 그들은 모두 손에 칼을 들고 있었습니다. 그것은 손님에 대한 공개적인 모욕이었습니다. 용감하고 당당한 영웅들은 앉아 있던 자리에서 일어섰습니다. 여왕이 지크프리트를 보자 무엇이라고 말했는지 들어 보십시오.

"지크프리트왕자시여, 여기 내 나라에 오신 것을 환영하오. 나는 당신이 무슨 의도로 이 여행에 나섰는지 알고 싶소."

"고귀한 브륀힐트 여왕이시여, 제 앞에 서 계신 이 훌륭한 용사보다 먼저 저를 환영해 주시니 대단히 친절하십니다. 이분은 저의 군주이십니다. 그래서 저는 이런 식으로 존경받기를 원치 않습니다. 제가 당신께 무슨 말씀을 더 드리겠습니까? 이분은 라인 지역의 왕족 출신으로 당신께 청혼하기 위해 이곳에 오셨습니다. 이분은 그 소망이 어떤 결과를 빚든 여왕님을 아내로 맞이하기를 갈망하고 계십니다. 아직 시간이 있으니 깊이 생각해 보십시오. 저의 군주께서는 그 계획을 단념하지 않으실 것입니다. 이분의 이름은 군터요, 고귀한 왕이십니다. 여왕님을 아내로 얻게 된다면 이분의 소원은 남김없이 이루어지는 것입니다. 고귀한 왕께서는 이 행차에 제가 동행하도록 명령하셨습니다. 만약 제가 마음대로 할 수 있었다면, 저는 기꺼이 이 모험에서 물러섰을 것입니다.”

그러자 브륀힐트가 말했습니다.

“만약 그가 당신의 군주시고 당신이 단지 그의 가신이라면 그가 정해진 시합에서 승자로 남아야만 나는 그의 아내가 될 것이오. 그러나 내가 이긴다면 당신들 모두 목숨을 잃게 될 것이오.”

그때 하겐이 말했습니다.

“여왕이시여, 우리에게 당신의 그 까다로운 시합의 조건을 알려 주십시오. 저희의 군주이신 군터왕께서 다른 이에게 승리를 허용하기 전에 조건을 충족시키실 것입니다. 군터왕께서는 아름답고 젊은 여왕을 얻을 것이라고 이미 확신하고 계십니다.”

이에 사랑스러운 여인이 말했다.

“그는 돌을 던지고 뛰어서 그것을 따라잡아야 하오. 그리고 나와 창던지기를 해야 하오. 그러니 너무 다급하게 굴지 마시오. 당신네들은 이곳에서 명예와 생명을 모두 잃을 수 있으니 말이오. 그 점을 아주 깊이 숙고해 보시오!”

용감한 지크프리트는 왕에게 아무 두려움을 갖지 말고 여왕과 겨루어 계획을 끝까지 지키라고 당부했습니다.

“제가 마법의 힘으로 그녀로부터 전하를 확실히 보호할 것입니다.”

그러자 군터왕이 여왕에게 말했습니다.

“여왕이시여, 이제 당신이 원하는 대로 규칙을 정하시오. 비록 그

것이 대단히 어려운 것이라 할지라도 나는 당신의 아름다움에 대한 욕망으로 모든 조건을 충족시킬 것이오. 당신을 아내로 맞이하지 못한다면 차라리 목숨을 잃고 싶소이다!"

여왕은 군터왕의 말을 듣고 나서 가능한 한 빨리 타당한 방식으로 시합이 치러지도록 하라고 명령했습니다. 여왕은 시합을 위해 훌륭한 갑옷과 방패 그리고 황금으로 된 흉갑을 가져오게 했습니다. 젊은 여왕은 예전에 어느 전투에서든 무기에 의해 손상된 적이 없는 리비아산 천으로 만든 놀랍도록 아름다운 비단 갑옷을 입었습니다. 그 옷에서는 값비싼 금테두리를 두른 자수들이 반짝이고 있었습니다.

그런 와중에 하겐과 당크바르트는 여왕의 용사들의 방자한 언사로 여러 번 자극을 받아 매우 불쾌했습니다. 그들은 군터왕에게 어떤 일이 일어날지 무척 염려스러웠습니다. 그들은 '이 여행이 우리를 불행으로 몰고 가는구나' 하는 오직 한 가지 생각만 했습니다. 그러는 동안 당당한 지크프리트는 아무도 눈치 채지 못하게 배 안으로 숨어들었습니다. 그곳에 마법의 망토를 숨겨 놓았던 것입니다. 그는 즉시 그 것을 뒤집어썼으므로 어느 누구의 눈에도 띄지 않았습니다. 그는 서둘러 군터왕에게 돌아왔습니다. 지크프리트는 여왕이 위험한 시합을 열기로 한 바로 그 광장에서 수많은 용사들을 보았습니다. 그러나 그 광장에 있는 사람들은 어느 누구도 지크프리트가 그곳으로 들어오는 것을 보지 못했습니다. 마법의 망토가 지닌 힘 덕분이었습니다.

용맹스러운 용사들이 시합을 지켜볼 광장에는 벌써 경계가 표시되어 있었습니다. 모든 영웅이 무기를 들고 있었습니다. 그들은 시합에서 누가 승자인지 증언할 임무를 갖고 있었습니다. 브륀힐트 여왕은 마치 세상의 모든 왕국을 건 싸움이라도 벌이는 것처럼 무장을 하고 나왔습니다. 여왕은 비단 갑옷 위에 무수한 금팔찌 장식들을 달았고, 그 밑으로 그녀의 아름다운 피부가 선명하게 비치고 있었습니다.

여왕의 시종들은 번쩍이는 황금으로 만든 강철같이 단단한 죔쇠로 조여진 거대한 방패 하나를 그곳으로 가져왔습니다. 방패의 엄호 아래 사랑스런 여왕은 시합을 벌이려 했습니다. 그 방패의 어깨띠는 값비싼 것이었으며 그 위에는 녹색 보석들이 박혀 있었는데, 금빛과 서로 경쟁하듯 굴절하면서 다채롭게 빛나고 있었습니다. 여왕의 사랑을 차지할 남자는 정말로 용감해야만 했던 것입니다. 들은 바로는 그때 여왕이 들었던 방패는 돌기의 폭이 무려 세 뼘이나 되었다고 합니다. 거기에는 많은 강철과 금이 붙어 있었기에 브륀힐트의 시종이 그것을 옮기려면 조수 3명과 힘을 써야 했습니다. 그 방패가 운반되는 모습을 보았을 때, 힘센 하겐은 우울한 눈빛으로 말했습니다.

"왕이시여, 이게 도대체 어찌된 일이옵니까? 이제 우리는 끝장이옵니다! 왕께서 구혼하시려는 여인은 바로 악마의 연인인가 봅니다."

그녀의 의상에 대한 이야기를 더 들어 보십시오. 여왕의 의상은 무척 화려했습니다. 그녀는 아자구크산 비단으로 만든 세련되고 값비싼 갑옷을 입었으며, 갑옷의 빛깔과 거기 박힌 번쩍이는 보석들의 색은 대조를 이루었습니다.

사람들은 그녀가 던지던 무겁고 크며 날카로운 창을 여왕에게 가져다주었습니다. 그것은 육중하고 조잡했으며 엄청나게 길고 두꺼우면서도 날은 무시무시할 만큼 예리했습니다.

그것은 믿을 수 없을 정도로 상당히 무거웠습니다. 거기에는 3과 2분의 1마스*(1~2ℓ)의 금속이 들어갔다는군요. 브륀힐트 여왕의 종사 4명이 온 힘을 쏟아야 그것을 들 수 있었습니다. 고귀한 군터왕은 차츰 불안해졌습니다.

저것으로 무엇을 하려는 건가? 지옥의 악마라 할망정 어떻게 이런 올가미에서 벗어날 수 있겠는가? 만약 내가 부르군트 땅에 있고 또한 내 목숨이 위험에 처해 있지 않다면, 나는 세상의 마지막 날까지 브륀힐트에게 구혼하려던 일을 그만둘 텐데!'

그때 하겐의 아우인 용감한 당크바르트가 말했습니다.

"우리가 이 궁정에 오기로 했던 것이 정말 마음에 안 든단 말이오! 사람들은 우리를 영웅이라고 여기고 있는데, 이 나라에서 여자들의 손에 죽임을 당한다면 우리는 매우 치욕적으로 목숨을 잃게 된단 말이오. 나는 이 나라에 온 것이 무척 괴로울 따름이오. 하지만 만약 내가 형님과 함께 칼을 쥔다면, 브륀힐트 여왕의 사람들이 여기서 백일하에 드러내고 있는 이 불손함을 틀림없이 단번에 꺾어 놓을 수 있을 텐데 말이오. 이런 태도를 버리는 것이 그들에게 이로울 것이라는 사실을 형님은 분명히 수긍할 수 있을 거요. 내가 평화를 준수하겠다고 수천 번이나 맹세했다 하더라도 친애하는 나의 군주가 목숨을 잃는 것을 보느니 차라리 그전에 아름다운 여왕을 죽여야 마땅할 거요!"

"우리가 싸움에 필요한 무장을 하고 있고 또 유용한 검을 지니고 있다면야, 우리는 자유인으로서 이 땅을 떠날 수 있을 뿐 아니라 여왕의 뻔뻔스러운 교만함을 꺾을 수 있을 것이 확실하오."

고귀한 처녀 여왕은 당크바르트의 형 하겐이 이렇게 말하는 것을 들었습니다. 그녀는 비웃으면서 말했습니다.

"하겐이 스스로 용감하다고 여기니 그들에게 갑옷을 가져다주고 예리한 무기를 다시 쥐어 주어라!"

브륀힐트 여왕의 명령에 따라 다시 무기를 가질 수 있게 되자 용감한 당크바르트는 기뻐서 희색이 만면했습니다. 그 용감한 용사는 말했습니다.

"이제 그들이 원하는 대로 시합을 해도 좋소. 우리가 무기를 가지고 있는 한 왕께서는 승자로 남을 것이오."

브륀힐트가 무시무시하게 강하다는 것이 드디어 드러나게 되었습니다. 사람들은 그녀를 위해 무거운 바위 하나를 원형 경기장으로 날라 왔습니다. 그것은 크고 거친데다가 말할 수 없이 무거웠습니다. 12명의 용감하고 힘센 용사들이 온 힘을 기울여서야 겨우 들 수 있었습니다. 그녀는 언제나 창을 던지고 나서 돌을 던지곤 했습니다. 부르군트 사람들은 완전히 자신감을 잃어버렸습니다.

하겐이 말했습니다.

"신이시여, 저희에게 은총을 베푸소서! 왕께서는 대체 어찌하여 이런 여인을 고르셨을까? 저 여자는 차라리 지옥에 있는 사탄의 신부가 되는 편이 나을 뻔했어."

그녀는 눈부시게 하얀 팔의 소매를 걷어붙이고는 힘센 손으로 방패를 잡고 창을 위로 높이 흔들었습니다. 드디어 시합이 시작된 것입니다. 군터왕과 지크프리트는 브륀힐트 여왕의 적개심을 두려워했습니다. 지크프리트가 군터왕을 도우러 오지 않았던들 왕비는 군터왕의 목숨을 앗아갔을 것입니다. 지크프리트는 몰래 군터왕에게 다가가서는 그의 손을 살짝 스쳤습니다. 지크프리트의 마술은 군터왕을 매우 놀라게 했습니다. '나를 건드린 것은 무엇일까?'

그 용감한 영웅은 중얼거리며 사방을 둘러보았으나 아무도 보이지 않았습니다. 그때 지크프리트가 말했습니다.

"접니다. 당신의 진정한 친구 지크프리트요. 여왕을 두려워하지 마십시오. 방패를 제게 주시고 이제부터 제가 이야기하는 것을 명심해서 들으십시오. 당신은 움직이기만 하면 됩니다. 그 다음은 제가 처리할 터입니다."

군터왕은 목소리의 주인이 지크프리트임을 알고 매우 기뻤습니다.

"저의 마법에 대해서는 비밀을 지켜 주십시오. 이것에 대해 어느 누구에게든 말씀하셔서는 안 됩니다. 그래야만 여왕이 당신에게 승리함으로써 얻으리라고 기대하고 있는 영광을 얻지 못할 것입니다. 그녀가 당신을 전혀 두려워하지 않고 서있는 저 모습을 한번 보십시오."

그때 아름다운 여왕이 있는 힘껏 지크프리트의 손에 들려 있는 크고 넓은 새 방패를 향해 창을 던졌습니다. 마치 바람으로 인해 불꽃이 위로 소용돌이치는 것처럼 강철로 된 창은 불꽃을 튀겼습니다. 강력한 창의 날이 방패를 뚫고 들어와 갑옷에서도 불길이 치솟았습니다. 두 사람의 힘이 비록 세기는 했으나 창의 엄청난 무게로 그들은 비틀거렸습니다. 마법의 망토가 없었다면 그들은 분명 목숨을 잃었을 것입니다. 용감한 지크프리트의 입에서 피가 쏟아졌지만, 그 힘센 전사는 즉시 앞으로 뛰어나와 방패를 뚫고 들어온 창을 잡았습니다. 지크프리트는 창을 그녀에게 던지려다가 문득 이런 생각이 들었습니다.

'창을 던져서 저 아름다운 여자를 다치게 해서는 안 되지.' 그래서 지크프리트는 날이 선 창을 거꾸로 들어 창자루로 그녀의 갑옷을 세게 맞추었습니다. 지크프리트가 기운 센 손으로 던진 투창에 맞은 갑옷은 철그렁하고 반향을 일으켰습니다. 바람 때문에 위로 소용돌이치는 것처럼 갑옷에서 불꽃이 튀었습니다. 지크문트왕의 아들이 대단히 세게 창을 던졌기 때문에 힘센 브륀힐트조차 엄청난 충격을 견딜 수 없었습니다. 사실 군터왕은 그렇게 던질 수 없었을 것입니다. 그러나 아름다운 브륀힐트는 곧 다시 일어섰습니다.

"고귀한 기사 군터왕이시여, 이렇게 창을 던져 주신 것에 대해 감사하오!"

그녀는 군터왕이 혼자 힘으로 그렇게 세게 던졌다고 믿었던 것입니다. 하지만 몰래 그녀를 쓰러뜨린 사람은 훨씬 힘이 센 지크프리트였습니다.

고귀하고 용기 있는 처녀 여왕은 노여움에 불타 바위가 있는 쪽으로 급히 달려가 억센 손으로 바위를 번쩍 들어 올리더니 들판 너머로 멀리 던졌습니다. 그러고서 바로 돌이 날아가는 쪽으로 철그렁거리는 요란한 소리를 내며 뒤쫓아 뛰어갔습니다.

바위는 12발*(약 400m)이나 날아가서 땅에 떨어졌습니다. 하지만 아름다운 여왕은 바위가 떨어진 거리보다 더 멀리 도약했습니다. 지크프리트는 그 바위가 놓여 있는 곳으로 갔습니다. 군터왕이 바위를 움직였으나, 실제로 바위를 던진 사람은 영웅 지크프리트였습니다.

지크프리트는 용감하고 기운이 강력한데다 키도 컸습니다. 그는 바위를 더 멀리 던졌을 뿐 아니라 멀리뛰기 역시 브륀힐트 여왕을 능가했습니다. 더구나 그는 마법의 망토 덕분에 군터왕을 업고 도약할 힘까지 가지고 있었습니다. 멀리뛰기는 끝났고 바위는 땅에 놓였습니다. 사람들은 영웅 군터왕 외에는 아무도 보지 못했습니다. 아름다운 브륀힐트 여왕은 격분하여 얼굴이 달아올랐습니다. 지크프리트가 군터왕을 확실하게 죽음으로부터 지켜준 것입니다.

군터왕이 다치지 않고 원형 경기장의 끄트머리에 서있는 것을 본 여왕은 신하들에게 크게 소리쳤습니다.

"친척들과 종사들이여, 당장 이쪽으로 오시오! 그대들은 이제 모두 군터왕의 신하가 되어야 하오."

그러자 용감한 용사들은 손에서 무기를 내려놓고 부르군트에서 온 강력한 군터왕에게 무릎을 꿇었습니다. 그들은 군터왕이 스스로의 힘으로 시합에서 이겼다고 믿었던 것입니다.

군터왕은 브륀힐트 여왕에게 예의 바르게 허리를 굽혔습니다. 그는 정말로 모범적인 예의범절을 갖추고 있었습니다. 그러자 고귀한 처녀 여왕은 군터왕의 손을 잡고 그에게 지배권을 넘겨주었습니다. 대담하고 용기 있는 하겐은 기뻐했습니다. 브륀힐트 여왕은 고귀한 기사 군터왕에게 넓은 궁전으로 함께 갈 것을 청했습니다. 군터왕이 그 초대에 응하자 사람들은 더욱 열렬히 그의 시중을 들었습니다. 하겐과 당크바르트까지 이런 열의에 즐거워했습니다. 용감한 지크프리트는 마법의 망토를 숨겨 놓았던 곳에 다시금 두고 올 만큼 현명했습니다. 그리고 나서 그는 홀로 달려왔는데, 그곳에는 벌써 수많은 귀부인들이 모여 있었습니다. 지크프리트는 교활하게 태도를 바꾸어 왕에게 이렇게 말했습니다.

"왕이시여, 도대체 무엇을 기다리고 계십니까? 여왕이 전하께 제안한 시합을 왜 아직 시작하지 않으십니까? 어떤 것들인지 알려 주십시오."

현명한 지크프리트는 아무것도 모르는 양 행동했던 것입니다. 여왕이 말했습니다.

"지크프리트왕자여, 군터왕이 여기에서 몸소 치러낸 시합에 관해 전혀 모르다니 어찌 그럴 수가 있소?"

이 물음에 부르군트의 영웅 하겐이 여왕에게 대답했습니다.

"여왕이시여, 당신이 우리를 고민하게 만드시고 라인의 왕께서 시합에서 승자가 되시는 동안 뛰어난 용사 지크프리트왕자는 저 아래 배에 가 있었습니다. 그렇기에 지크프리트왕자는 그 사이에 일어난 일에 대해 모르고 있습니다."

그러자 영웅 지크프리트는 아름다운 처녀 여왕에게 말했습니다.

"이 얼마나 기쁜 소식입니까? 당신의 거만한 자신감이 끝내 한 번은 꺾였고, 당신을 정복할 수 있는 누군가가 살아 있으니 말입니다. 이제 고귀한 여왕께서는 여기를 떠나 라인강으로 저희를 따라가는 길 외에 딴 도리가 없겠습니다."

"지금 당장은 곤란하오. 나의 친척들과 종사들이 우선 이 일을 알아야 할 것이오. 두말없이 나라를 떠날 수는 없소. 나의 가장 가까운 친족들이 사전에 일단 회동을 해야만 하오."

그녀는 친척들과 종사들이 지체 없이 이젠슈타인으로 모이도록 하기 위해 파발꾼으로 하여금 사방으로 말을 달리게 했습니다. 그녀는 모든 파발꾼에게 값지고 화려한 의상을 나누어 주도록 했습니다. 이제 그들은 하루가 멀다 하고 매일 이른 아침부터 밤늦게까지 무리를 지어 브륀힐트의 성으로 달려왔습니다. 그러자 하겐이 말했습니다.

"빌어먹을, 우리는 무얼 하고 있는 겁니까? 자진해서 브륀힐트 여왕의 부하들을 기다리고 있는 건가요? 만약 그들이 온전한 전투력을 지니고 여기에서 회동한다면 그 고귀한 여왕은 우리를 불행한 처지에 빠뜨릴 것입니다. 결국 우리는 저 여왕이 무엇을 계획하고 있는지 모르지 않습니까? 어쩌면 그녀는 우리의 생명을 노릴 정도로 분노하고 있는지도 모르죠."

힘센 지크프리트가 말했습니다.

"그것은 내가 막을 수 있소. 당신들이 불안해 하는 일이 벌어지지 않도록 하겠소, 당신들을 도와줄 용사들을 구해 다시 여기로 오겠소. 당신들이 한 번도 들어 본 적이 없는 뛰어난 영웅들을 데려올 테니 지금부터는 더 이상 내 이름을 들먹이지 마시오. 내가 일단 여기를 떠나 있는 동안 하느님께서 줄곧 당신들의 명성을 보호해 주시기를 빌겠소. 내가 지금까지 알게 된 용사들 중 가장 뛰어난 전사 천 명을 데려올 것이오."

"하지만 지크프리트왕자여, 너무 오래 있지 말기 바라오. 우리는 그대의 지원군을 학수고대할 것이오."

군터왕의 말에 지크프리트가 대답했습니다.

"저는 곧 돌아올 것입니다. 브륀힐트 여왕에게는 당신이 저에게 임무를 맡겨 떠나보냈다는 말씀만 하십시오."

## Chapter 08

# 지크프리트의 니벨룽족 부하들

마법의 망토로 몸을 감춘 채 바닷가에 이르는 성문에 도착한 지크프리트는 바닷가에서 배 한 척을 발견했습니다. 지크프리트는 아무도 모르게 배에 올라타 힘차게 노를 저었으므로 배는 순풍에 돛단 듯 미끄러져 갔습니다. 그가 세차게 물살을 헤친 나머지 배는 앞으로 나아가는 데 키잡이가 보이지 않았으니, 모두들 거센 바람이 배를 움직이는 것이라고 믿었습니다. 그는 남아 있는 낮과 이어지는 밤사이 족히 백 마일, 아니 그 이상의 거리를 쉬지 않고 배를 저어갔습니다. 그리하여 천신만고 끝에 엄청난 보물이 있는 니벨룽의 땅에 다다랐습니다. 지크프리트는 재빨리 강변에 배를 묶어 두고 성곽이 높이 솟아 있는 산으로 올라가서, 지친 나그네가 늘 그런 것처럼 쉬어갈 수 있는 잠자리를 청했습니다. 그러나 성문은 잠겨 있었습니다. 오늘날과 마찬가지로 성안에 있는 사람들은 명예를 지킬 줄 알았습니다. 그 용사는 잠긴 성문을 격렬하게 두드리며 안을 들여다보았습니다. 그 안에는 무기를 들고 성을 지키며 서있는 한 거인의 모습이 보였습니다.

"도대체 누가 성문을 이렇게 지독하게 두드리느냐?"

그러자 지크프리트는 목소리를 바꾸어 말했습니다.

"나는 떠돌이 기사다. 어서 문을 열라! 그렇지 않으면 자리에 누워 편안하게 휴식하기를 원하는 이곳의 사람들을 노엽게 만들 것이다."

지크프리트가 이렇게 대꾸하자, 문지기는 매우 화가 났습니다. 용감한 거인은 무기들을 챙기고 머리에 투구를 썼습니다. 힘센 전사는 지체 없이 방패를 들고 성문을 활짝 열더니 지크프리트를 공격했습니다. 지크프리트가 어떻게 감히 그렇게 많은 용감한 영웅들을 잠에서 깨울 엄두를 낼 수 있었을까요! 용감한 거인이 잽싸게 무기를 휘둘렀지만 훌륭한 이방인은 잘 막아냈습니다. 그때 문지기 용사는 이방인의 방패 죔쇠를 쇠막대기로 박살내는 데 성공했습니다.

그로 인해 영웅 지크프리트는 큰 곤경에 빠졌고, 문지기가 그토록 세차게 쇠막대기를 내려칠 때에는 죽을지 모른다는 두려움을 갖게 되었습니다. 그럼에도 불구하고 거인의 주인인 지크프리트는 문지기의 공격적인 임전 태도에 기뻐했습니다. 그들이 너무나 열띤 싸움을 벌였기에 성이 온통 울릴 지경이었습니다. 니벨룽의 회당 안으로까지 요란하게 싸우는 소리가 들렸습니다. 결국 지크프리트가 그 문지기를 제압하여 사슬로 묶었습니다. 소식은 순식간에 니벨룽의 온 나라에 퍼졌습니다.

그때 마법의 난쟁이인 용감한 알베리히가 산 너머 멀리서 들려오는 시끄러운 싸움 소리를 들었습니다. 그는 민첩하게 전투 장비를 걸치고 그곳으로 달려갔습니다. 그곳에서는 고귀한 이방인이 장승같은 문지기를 묶고 있는 중이었습니다. 어마어마한 힘을 가진 알베리히는 투구와 갑옷을 입고 있었고 손에는 묵직한 황금 채찍을 들고 있었습니다. 화가 난 그는 재빠르게 도약하며 지크프리트에게 달려들었습니다.

채찍의 앞부분에는 육중한 단추가 7개 달려 있었는데 용감한 영웅이 들고 있던 방패는 그것에 세차게 맞아 여러 조각으로 부서져 버렸습니다. 그래서 훌륭한 영웅은 다시 목숨이 위태로운 처지에 빠졌습니다. 지크프리트는 완전히 부서진 방패를 집어던지고 긴 칼을 칼집에 꽂았습니다. 그는 자신의 직속 시종장을 죽이고 싶지 않았던 것입니다. 지크프리트는 자기가 받은 교육의 가르침을 잊지 않고 기사가 행해야 하는 법도에 따라 행동한 것입니다.

지크프리트는 무기 없이 힘센 맨손으로 알베리히를 공격했습니다. 지크프리트가 수염을 움켜잡고 너무 거칠게 비트는 바람에 늙은 난쟁이는 고래고래 고함을 질렀습니다. 지크프리트의 징벌은 그에게 큰 아픔을 안겨 주었기 때문에 그는 야단스럽게 고통을 호소했습니다. 용감한 난쟁이 전사는 외쳤습니다.

"제발 살려만 주십시오! 제가 이미 다른 영웅에게 예속된 몸이 아니라면, 그에게 절대적인 복종을 맹세하지 않았더라면, 여기에서 죽기 전에 당신에게 봉사할 수 있었을 것입니다."

영리한 난쟁이가 말했습니다. 지크프리트는 앞서 거인을 묶었던 것처럼 알베리히도 묶었습니다. 난쟁이는 그에게 물었습니다.

"도대체 당신의 이름은 무엇이오?"

"나는 지크프리트라네. 자네는 나를 알고 있으리라고 생각했는데."

"제가 그런 말을 듣다니 정말로 운이 좋군요! 당신은 용맹한 행동으로 저희 땅의 군주임이 지당하다는 것을 똑똑히 보여주셨습니다. 목숨만 살려 주신다면 당신이 무엇을 명령하든 간에 그 명령을 수행하겠습니다.

"즉시 성으로 가서 우리 니벨룽족의 정예 기사 천 명을 여기로 데려오너라. 여기에서 그대들을 기다리고 있겠노라."

지크프리트가 그렇게 시키는 까닭을 아는 사람은 아무도 없었습니다. 지크프리트는 거인과 알베리히를 묶었던 사슬을 풀어주었습니다. 그러자 난쟁이는 서둘러 기사들에게 갔습니다. 난쟁이는 여전히 불안에 떨면서 니벨룽족 종사들을 깨우며 말했습니다.

"용사들아, 일어나라. 그대들은 지크프리트 군주께 가야하느니라!"

용사들은 잠자리에서 벌떡 일어나 전투 준비를 했습니다. 천 명의 용감한 기사들은 전투 복장을 갖추고 지크프리트에게 가서 공손한 말과 행동으로써 인사했습니다. 수많은 초에 불이 붙여졌고 사람들은 환영의 주연을 베풀었습니다. 지크프리트는 용사들이 모두 즉시 와준 것에 대해 고마워했습니다.

"그대들은 나와 함께 바다를 건너가야 하노라!"

그러자 훌륭하고 용감한 용사들은 당장 열성적으로 준비 태세를 갖추었습니다. 족히 3천 명이나 되는 훌륭한 용사들이 왔고, 그들 가운데 천여 명의 정예가 선발되었습니다. 사람들은 그들에게 투구와 갑옷을 갖다 주었습니다. 지크프리트가 그들을 브륀힐트 여왕의 왕국으로 데려가려 했기 때문입니다.

"고귀한 용사들이여, 내 말을 잘 들어라! 사랑스러운 귀부인들이 궁중에서 우리를 지켜볼 터이니 그곳에서는 값비싼 옷을 입어야 하느니라. 그러므로 그대들은 화려한 옷으로 치장하도록 하라!"

다음날 아침 일찍 그들은 출발했습니다. 지크프리트가 거느린 동반자들은 정말이지 무척 용감했습니다. 그들은 훌륭한 말과 휘황찬란한 갑옷을 갖추고 늠름한 대형을 이루며 브륀힐트 여왕의 나라에 도착했습니다.

그럴 즈음 사랑스러운 아가씨들은 성벽에 서있었습니다. 그때 여왕이 말했습니다.

"저 멀리 바다에서 용사들이 건너오는 것이 보이는데, 저들이 누군지 아는 사람이 있느냐? 저들은 눈보다 더 환하게 빛나는 귀한 범선들을 가지고 있구나."

그때 라인에서 온 군터왕이 말했습니다.

"여왕이여, 저들은 내 부하들이오. 내가 이 근처에 그들을 남겨 두었다오. 그들은 내 명령을 받고 지금 여기로 오고 있는 것이오."

사람들은 잔뜩 긴장한 시선으로 빛나는 이방인들을 감시했으며, 지크프리트와 많은 용사들이 훌륭한 옷차림을 하고 뱃머리에 서있는 것을 보았습니다. 여왕이 말했습니다.

"왕이시여, 제가 저 이방인들을 환영해야 할지, 아니면 경의의 표시를 거부해야 할지 말씀해 주세요."

여왕의 말에 군터왕이 답했습니다.

"만나게 되어 기쁘다는 것을 표시하기 위해 왕궁 앞까지만 마중하러 나가 주시오."

여왕은 군터왕의 충고를 따랐습니다. 그녀는 나름의 예의를 갖추어 지크프리트를 다른 사람들 중에서 돋보이게 했습니다. 사람들은 그들의 숙소를 보살피고 장비를 보관해주었습니다. 너무 많은 이방인들이 왔기에 그들은 무리를 지어 곳곳에서 북적거렸습니다. 그때 용감한 용사들은 부르군트 왕국으로 돌아갈 계획을 세웠습니다. 그러자 여왕이 말했습니다.

"내가 가진 엄청난 금은보화를 나와 군터왕의 손님들에게 공평하게 나누어 줄 수 있는 사람이 있다면, 그는 나의 은총을 입으리라!"

이에 용감한 기젤헤어의 봉신 당크바르트가 응답했습니다.

"고귀한 여왕이시여, 열쇠를 저에게 맡겨주십시오. 제가 그것을 공평하게 분배할 수 있습니다. 그리고 어떠한 비난이 쏟아지든 제가 책임을 지겠습니다."

얼마 후 당크바르트가 인색하지 않다는 사실이 명백하게 드러났습니다. 하겐의 아우는 열쇠를 넘겨받자 기꺼이 수많은 선물을 선사했습니다. 단지 1마르크만 원하는 사람들에게조차 풍족하게 주었기에, 그 나라에서는 가난한 이들도 여유롭고 즐겁게 살 수 있게 되었습니다. 그렇게 당크바르트가 수백 파운드를 헤아리지도 않고 나누어 주었기에, 이제껏 근사한 옷을 입어 본 적이 없는 많은 사람들이 값비싼 옷을 입고 회당 앞을 활보하고 다녔습니다. 여왕은 그 이야기를 듣고 몹시 화를 냈습니다. 고귀한 여왕이 군터왕에게 말했습니다.

"왕이시여, 저는 당신의 시종장이 노골적으로 저의 옷을 아낌없이 나누어 주는 것에 대해서는 체념할 수 있습니다. 하지만 황금까지 전부 주고 있으니, 지금이라도 그에게 중지하라고 명해 주신다면 영원히 감사할 것입니다. 값비싼 황금을 마구 나누어 주고 있는 것으로 보아 그는 제가 삶과 관계를 끊으려 한다고 생각하는 모양입니다. 그렇지만 저는 아버님의 유산을 좀 더 오래 보존했으면 합니다. 제가 그것을 낭비하려 했다면 혼자서도 능히 그렇게 할 수 있었을 터입니다."

사실 여왕은 그토록 인심이 후한 시종장을 본 적이 없었던 것입니다. 그때 하겐이 말했습니다.

"여왕이시여, 라인에서 온 왕께서는 엄청난 양의 황금과 옷을 소유하고 계시기에 당신의 옷을 포기해도 된다고 알려 주셨습니다."

"안 될 말이오. 제발 나를 위해 스무 개의 여행용 옷궤에 금과 비단을 가득 채우도록 해주시오. 그래야 우리가 바다 건너 군터왕의 나라에 도착했을 때, 그것들을 나누어 줄 수 있지 않겠소?"

여왕의 이 말에 사람들은 옷궤들에 잔뜩 값진 보석을 채웠습니다. 그녀가 기젤헤어의 봉신 당크바르트에게는 더 이상 이 일을 맡기려고 하지 않았으므로 그녀의 시종장이 현장에서 감독했습니다. 군터왕과 하겐은 그것을 보고 내심 웃고 말았습니다. 여왕이 군터왕에게 말했습니다.

"제 나라를 누구에게 맡길까요? 저와 당신은 무엇보다 먼저 이 나라를 다스리는 일에 대해 조치를 취해야 합니다."

"이런 과제의 수행에 적합하다고 여겨지는 사람을 지금 우리 앞에 데려오도록 하시오. 그를 이 나라의 섭정으로 임명토록 합시다."

여왕은 가장 가까운 친척인 외숙이 근처에 있는 것을 보고 그에게 말했습니다.

"군터왕이 직접 지배권을 행사할 때까지 나의 성들과 영지들을 그대에게 맡기고자 하오."

그리고 그녀는 자신의 종사들 중에서 2천 명을 선발했는데, 그들은 니벨룽에서 온 천여 명의 용사들과 함께 부르군트 왕국으로 가기로 했습니다. 그들은 출발 준비를 갖추고 말에 올라 해안으로 내려갔습니다. 여왕은 뛰어난 미모를 갖춘 68명의 귀부인과 천여 명의 처녀를 수행자로 뽑았습니다. 그들은 오래 지체하지 않고 곧바로 출발했습니다. 성에 남은 사람들은 뜨거운 눈물을 흘렸습니다.

여왕은 나라를 떠나기에 앞서 완벽한 예의범절을 갖추고 거기에 있는 가까운 모든 친척에게 입을 맞추었습니다. 의례적인 작별이 끝난 후 그들은 먼 바다 한가운데로 떠났습니다. 이리하여 브륀힐트 여왕은 다시는 아버지의 나라로 돌아오지 못했던 것입니다.

사람들은 도중에 한데 어울려서 즐겁게 떠들어대는 소리를 들었습니다. 그들은 온갖 종류의 여흥으로 시간을 보냈고, 바람이 신선하게 불어와 여행은 순조로웠습니다. 그들은 아주 유쾌한 기분으로 범선을 타고 브륀힐트 여왕의 나라를 떠났습니다. 그러나 여왕은 항해 중에 벌써 군터왕과 잠자리를 같이할 생각은 추호도 없었습니다. 그러한 기쁨은 보름스궁에서 있을 결혼 축제 때까지 기다려야만 한다고 여겼습니다. 그들은 얼마 후 보름스에 무사히 도착했습니다.

## Chapter 09

# 군터왕의 사자가 된 지크프리트

꼬박 9일 동안 범선으로 항해를 하고 난 후 하겐이 군터왕에게 말했습니다.

"제 말씀을 들어 보소서. 라인강변의 보름스궁에 소식을 보내는 일이 너무 지체되었사옵니다. 전하의 사자는 지금쯤 부르군트 왕국에 가 있어야만 하옵니다."

"친애하는 하겐, 그대의 말이 옳소. 그대만큼 이 여행길에 적당한 사람이 없을 것이오. 그러니 내 왕국으로 가서 알려 주시오. 그대는 이 청혼 여행에 대해 누구보다 가장 잘 보고할 수 있을 것이오."

그러자 하겐이 말했습니다.

"저는 사자로서 적합하지 않사옵니다. 제발 이 배에 남아 시종장으로 있게 해주십시오. 귀부인들을 안전하게 부르군트 왕국으로 모시고 갈 때까지 제가 보필하겠사옵니다. 저 대신 지크프리트왕자에게 소식을 전하는 일을 부탁드려 보소서. 그는 용감하므로 그 일을 잘해낼 것이옵니다. 만약 지크프리트왕자가 전하의 청을 거절한다면, 전하의 누이동생에 대한 그의 사랑을 상기시켜서라도 아주 간절하게 부탁하셔야 할 것이옵니다."

왕은 지크프리트를 보는 즉시 데려오라는 명령을 내렸습니다. 지크프리트가 오자 군터왕은 말했습니다.

"이제 고향 땅에 가까워지니 내 사랑하는 누이동생과 어마마마께 사자를 보내 우리가 곧 라인강에 도착한다는 사실을 알려야겠소. 지크프리트왕자여, 그대에게 청하노니 내 뜻이 이루어지게 해주시오. 그러면 나는 늘 그대에게 감사할 것이오!"

그러나 용맹스러운 영웅 지크프리트는 그 부탁을 거절했습니다. 마침내 왕은 지크프리트에게 애원하기에 이르렀습니다.

"나를 위해, 또 무엇보다 아름다운 크림힐트 공주를 위해 가주시오. 고귀한 처녀 여왕과 나는 그대의 공로에 보답할 것이오."

이 말을 듣자 지크프리트의 마음은 즉시 떠날 태세가 되었습니다.

"그럼 제가 무엇을 보고해야 하는지 말씀해 주십시오. 모든 것을 전해드리겠습니다. 아름다운 공주를 위해 저는 기꺼이 전하의 분부를 수락하겠습니다. 제 마음을 사로잡고 있는 공주를 생각하면 어찌 이 일을 거절할 수 있겠습니까? 공주의 이름으로 전하께서 제게 명하시는 것은 무엇이든 이미 이루어진 것이나 진배없습니다."

"자, 우테 대비마마께 우리가 사기충천하여 귀향한다고 전해주시오. 그리고 형제들에게는 우리가 어떻게 지냈는지 자초지종을 알리도록 하시오. 물론 그대는 우리의 친구들에게도 모든 이야기를 해야만 할 것이오. 또한 그대는 내 아름다운 누이동생과 가족들 그리고 시종들에게 나와 브륀힐트 여왕의 안부를 전하는 것을 잊어서는 안 되오. 내가 늘 동경해 마지않았던 일이 비로소 멋지게 실현된 것이오. 오르트빈에게는 라인강변의 보름스궁에 머물 곳은 마련해 달라고 부탁해 주시오. 그리고 친척들에게 내가 브륀힐트 여왕과 함께 화려한 결혼식을 올리려 한다는 사실을 꼭 알려주시오. 마지막으로 누이동생에게는 내가 손님들과 왕국으로 돌아간다는 사실을 듣는 즉시 보름스궁에서 사랑하는 신부를 맞을 채비를 부지런히 해주었으면 한다고 전해주시오. 그리고 그 일에 대해 그녀에게 항상 감사할 것이라는 말을 잊지 마시오."

지크프리트는 형편이 허락하는 대로 브륀힐트 여왕과 그녀의 모든 수행원들에게 작별을 고했습니다. 그리고 서둘러 라인강가로 말을 달렸습니다. 이 세상에서 그보다 더 훌륭한 전령은 있을 수 없었습니다. 지크프리트는 24명의 용사들을 거느리고 보름스궁을 향해 달렸습니다. 하지만 지크프리트가 왕과 함께 오지 않았다는 소식이 전해지자, 궁정의 사람들은 모두 매우 침통해 했습니다. 그들은 왕이 먼 나라에서 행여 목숨을 잃지나 않았을까 두려워했기 때문입니다.

궁성에 도착한 사자들이 말에서 뛰어내렸습니다. 그들은 당당했고 사기가 드높았습니다. 젊고 훌륭한 기젤헤어와 그의 형 게르노트가 급히 달려왔습니다. 기젤헤어는 지크프리트 옆에 군터왕이 없는 것을 본 순간 이렇게 말했습니다.

"지크프리트왕자여, 환영하오. 내 형님이신 군터왕이 어디에 계신지 말해 주시오. 혹시 브륀힐트 여왕의 힘이 형님을 우리로부터 앗아 간 것은 아니오? 만약 그렇다면 우리는 여왕의 고귀한 사랑을 얻기 위한 그 어려운 모험에 값비싼 대가를 치른 셈이 되었구려."

"걱정하지 마십시오. 군터왕께서는 저에게 당신과 친척들에게 안부를 전하라고 하셨습니다. 전하께서는 평안하게 계시며, 그 소식을 전하도록 저를 사자로 임명해 이곳에 먼저 보내신 것입니다. 가능한 한 빨리 제가 대비마마와 전하의 누이동생을 뵐 수 있도록 주선해 주십시오. 그분들께 군터왕과 브륀힐트 여왕의 말씀을 전해드려야 하니까요. 지금 그 두 분의 행복은 절정에 이르러 있습니다."

젊은 기젤헤어가 지크프리트에게 말했습니다.

"즉시 공주에게 가시오. 그런 소식이라면 그대는 누이동생에게 커다란 기쁨을 줄 것이오. 크림힐트는 형님을 무척 걱정하고 있소, 아울러 당신을 만나고 싶은 소망도 가지고 있다는 사실을 내 확실히 보장하리다."

"제가 어디서 공주를 섬기게 되더라도 기꺼이 이 몸을 바칠 것입니다. 하지만 제가 뵙고 싶어 한다는 말을 누가 귀부인들에게 전해 주시겠습니까?"

늠름한 용사 기젤헤어가 스스로 전령으로 나서서 달려갔습니다. 용감한 기젤헤어는 어머니 우테와 공주가 함께 있는 것을 보고 이렇게 말했습니다.

"네덜란드의 영웅 지크프리트왕자가 여기 오셨습니다. 군터왕께서 그를 먼저 이곳으로 보내신 것입니다. 지크프리트왕자는 우리에게 군터왕에 관한 소식을 갖고 왔습니다. 지크프리트왕자가 여기에 들 수 있도록 허락해 주십시오. 그는 이슬란트에서 있었던 일을 소상하게 보고할 것입니다."

귀부인들은 그때까지 큰 걱정 속에서 불안에 떨고 있던 중이었습니다. 그녀들은 벌떡 일어나 손님을 맞을 의관을 챙겼습니다. 알현해도 된다는 말을 전해들은 지크프리트는 즉시 그렇게 할 준비를 갖추었습니다. 지크프리트는 크림힐트가 몹시 보고 싶었기 때문입니다. 고귀한 크림힐트는 지크프리트에게 친절하게 말했습니다.

"명성이 높으신 기사 지크프리트님, 어서 오세요. 고귀하고 막강하신 제 오라버니 군터왕은 어디에 계십니까? 우리는 브륀힐트 여왕의 엄청난 힘에 오라버니를 잃지나 않을까 몹시 걱정하고 있었답니다. 정말 그런 일이 일어난다면 아마 저는 이 세상에 태어난 것을 후회하게 될 것입니다."

"제게 심부름의 대가를 주셔도 됩니다. 아름다운 귀부인들이시여, 당신들은 공연히 우시는 겁니다! 제가 군터왕을 떠나올 때까지 그분은 무사하셨습니다. 군터왕과 브륀힐트 여왕은 이 소식을 두 분께 전하라고 저를 먼저 이곳으로 보내셨습니다. 고귀하신 공주여, 군터왕과 그 분의 사랑하는 신부께서는 각별히 진심에서 우러나는 인사를 당신께 전하라 하셨습니다. 그러니 그만 슬픔을 거두십시오. 그분들은 곧 오실 것입니다!"

크림힐트는 오랫동안 이처럼 기쁜 소식을 들어 본 적이 없었습니다. 크림힐트는 아름다운 눈에서 흘러내리는 눈물을 눈처럼 하얀 옷자락으로 닦았습니다. 그리고 그런 소식을 전해 준 지크프리트에게 감사를 표했습니다. 더 이상 슬퍼하거나 비통해 할 필요가 없었습니다. 지크프리트는 앉으라는 공주의 분부에 기꺼이 따랐습니다. 사랑스러운 처녀는 지크프리트에게 이렇게 말했습니다.

"제가 당신께 이 대가로 금을 드릴 수 있다면 매우 기쁘겠습니다만, 그러기에 당신께서는 너무나 막강하십니다. 그래서 저는 영원히 당신께 깊은 호의를 간직하고 싶습니다."

"비록 제가 3십 개의 왕국을 소유하고 있다 하나 당신이 손수 주는 하사품이라면 기꺼이 받고 싶습니다."

"그렇다면 그렇게 해야죠."

그녀는 시종에게 심부름의 대가를 가져오라고 명했습니다. 값진 보석이 박힌 스물네 개의 팔찌가 그에게 상으로 내려졌습니다. 그러나 지크프리트는 그것을 가질 생각이 없었습니다. 지크프리트는 그 팔찌들을 마침 규방에 있던 공주의 가까운 신임자들에게 선사했습니다. 크림힐트의 어머니께서 친히 지크프리트에게 아주 다정한 감사의 말을 건네자, 용감한 영웅은 이렇게 말했습니다.

"왕께서 라인강에 도착하실 때를 위해 당신께 무엇을 간청하고 계신가를 들어 주십시오! 여주인이신 당신께서 군터왕의 청을 들어주신다면 영원히 그 신세를 잊지 않겠다고 약속하셨습니다. 왕의 소원은 당신께서 보름스궁 앞 강가까지 마중 나와 막강한 손님들을 화려하게 맞을 수 있도록 채비를 해주시는 것입니다. 왕께서는 그것을 부탁하셨습니다."

그러자 사랑스런 크림힐트 공주가 말했습니다.

"기꺼이 그 명을 따르겠어요. 제가 오라버니를 위해 할 수 있는 일은 무엇이든지 마다하지 않을 것입니다. 저는 이 일을 누이동생의 애정으로 하는 것이니까요."

이 말을 하는 크림힐트의 두 뺨은 기쁨으로 상기되었습니다. 이처럼 극진하게 대접받은 제왕의 사신은 없었을 것입니다. 그녀가 엄두만 내었더라면 아마 지크프리트에게 키스를 할 수도 있었을 것입니다. 지크프리트는 정답게 귀부인들과 작별을 했습니다. 부르군트 왕국 사람들은 지크프리트가 충고한 대로 행동했습니다.

진돌트, 후놀트 그리고 영웅 루몰트에게는 해야 할 일들이 많이 주어졌습니다. 그들은 보름스궁 앞 강가에 단상을 만들었습니다. 왕의 집사들이 열심히 일하는 모습이 보였습니다. 오르트빈과 게레는 그 사이에 도처에 있는 군터왕의 친구들에게 축제가 열릴 것이라는 사실을 알리고 초대하는 일에 혼신을 다했습니다. 아름다운 처녀들은 즐거운 기다림 속에서 곱게 치장했습니다.

궁전 본관과 성벽은 모두 손님들을 위해 장식되었습니다. 군터왕의 연회장에는 많은 낯선 손님들을 위한 자리가 마련되었습니다. 화려한 축제가 즐거운 음악 소리와 함께 시작되었던 것입니다. 세 왕의 친척들은 전령의 부름을 받고 왕의 귀향을 환영하고자 왕국의 곳곳에서 육로로 말을 달려왔습니다. 사람들은 옷궤에서 값진 옷들을 꺼내 입었습니다. 파수꾼이 달려와 벌써 브륀힐트 여왕의 사람들이 말을 타고 오는 모습이 보인다고 보고했습니다.

부르군트 왕국의 모든 백성은 몹시 분주하게 움직이기 시작했습니다. 사람들은 양편에 많은 용감한 영웅들이 있는 것을 보았습니다. 아름다운 크림힐트가 말했습니다.

"나의 어여쁜 시녀들이여, 나를 따라 마중하기를 원한다면 옷궤에서 가장 아름다운 옷을 꺼내 입도록 하여라. 그러면 손님들에게 우리 왕국의 명성과 영예를 널리 알리게 될 것이니라."

용사들이 와서 크림힐트 공주 일행이 라인강가의 보름스로 타고 갈 말의 안장을 가져오도록 했습니다. 안장은 눈부시게 아름다운 순금으로 된 것이었습니다. 이 세상에 그보다 훌륭한 마구는 있을 수 없을 것입니다. 안장의 황금은 눈부시게 빛나고 재갈에 장식된 보석들은 수많은 광채를 발하고 있었습니다. 은은한 빛깔의 부드러운 비단 덮개 위에는 여자들을 위해 황금 의자가 놓여졌습니다. 곳곳에서 즐거운 부산함이 넘쳐흘렀습니다.

이미 이야기했듯이 이제 궁정의 마당에는 고귀한 아가씨들이 타고 갈 말들이 준비되었습니다. 모두가 가장 좋은 비단으로 만든 고운 가슴 장식띠를 두르고 있었는데, 사람들은 그것에 대해 일찍이 들어 알고 있었습니다.

머리치장을 한 귀부인 86명이 성에서 나오는 모습이 보였습니다. 화사한 옷을 입은 그녀들은 화려한 행렬을 지어 크림힐트 공주에게 다가갔습니다. 값비싼 옷을 입은 사랑스러운 처녀들이 많이 있었으며, 54명에 달하는 처녀들은 하나같이 부르군트 왕국 출신으로 행렬을 뒤따랐습니다. 첫눈에도 알아볼 수 있듯이 그녀들은 귀족으로서 광택이 나는 장식띠로 금발을 땋았습니다. 왕이 소원하던 일이 남김없이 이루어진 셈이었습니다.

낯선 용사들이 보기에 그녀들이 입고 있는 옷은 가장 화려한 옷감들로 만들어져 있었으며, 값비싼 그 옷들은 귀부인들의 뛰어난 아름다움과 잘 어울렸습니다. 누구든 그녀들 가운데 한 여인에게라도 언짢은 마음을 품은 사람이 있었다면 그는 아마 온전한 정신이 아니었을 것입니다.

담비와 족제비털로 만든 옷들이 수없이 보였습니다. 여자들은 팔과 손을 팔찌와 반지로 장식했으며, 그것들을 비단 옷소매 위에 걸치고 있었습니다. 이 세상의 어느 누구도 이 여인들이 얼마나 열심히 치장했는가를 완벽하게 알려드릴 수는 없을 것입니다. 수많은 귀부인들은 밝게 빛나는 옷과 귀한 옷감으로 만들어진 화려한 치마를 아라비아산 옷감을 이용해 예술적으로 만든 값비싼 긴 허리띠로 휘감고 있었습니다. 그 귀부인들의 가슴은 기쁨으로 점점 더 크게 고동쳤습니다.

수많은 아름다운 처녀들의 옷에서는 잠금 장식들이 우아하게 빛나고 있었습니다. 그렇지만 찬란한 피부가 옷의 광채를 압도하지 못했더라면, 그녀들의 마음은 심히 불쾌해졌을 것입니다. 오늘날 어느 왕족도 그토록 아름다운 시녀들을 거느리고 있지는 못할 것입니다. 사랑스러운 귀부인들이 옷을 모두 입었을 때, 기품 있는 용사들이 그녀들을 호위하고자 즉각 몰려왔습니다. 그들은 방패와 함께 물푸레나무 창을 들고 있었습니다.

## Chapter 10

# 브륀힐트와 크림힐트

라인강 저편에서 군터왕이 손님들과 함께 강가로 말을 타고 오는 모습이 보였습니다. 또 귀부인들의 말들이 고삐에 끌려 인도되는 모습도 보였습니다. 한편 이쪽에서는 영접에 동참할 모든 사람이 만반의 준비를 하고 서있었습니다. 이슬란트에서 온 사람들과 함께 지크프리트의 부하들인 니벨룽의 용사들이 승선하자, 사람들은 왕의 친척들이 기다리고 있는 라인강의 다른 편으로 열심히 노를 저었습니다.

막강한 대비마마 우테가 시녀들을 궁성으로부터 강가로 이끌고 온 일이며, 그녀 역시 이곳으로 말을 몰고 온 이야기를 들어 보십시오. 많은 기사들과 귀부인들은 그곳에서 마주치게 되었습니다.

게레 공작이 크림힐트 공주의 말고삐를 잡고 왔습니다. 물론 성문 앞까지 그가 동반한 다음 그곳부터는 용감한 기사 지크프리트가 아름다운 공주를 모셨습니다. 이 일의 대가로 후에 공주는 지크프리트에게 제일 멋진 상을 주었습니다.

용맹한 오르트빈이 말을 타고 대비마마 우테 옆을 지켰고, 그들 뒤로 기사와 귀부인들이 유쾌하게 짝을 지어 따라왔습니다. 그토록 많은 여자들을 한꺼번에 볼 수 있는 거창한 환영식은 다시는 없을 것이라고 한들 과언이 아닐 것입니다. 그러한 행사에서는 늘 그렇듯이 사람들이 말을 타고 배를 향해 달려가는 동안 명성 높은 영웅들은 크림힐트 앞에서 마상창 시합을 벌였고, 사람들은 아름다운 귀부인들을 말에서 내려주었습니다. 그 사이 왕과 지위가 높은 손님들은 이미 강을 건너왔습니다. 강한 물푸레나무 창들은 귀부인들이 지켜보는 앞에서 이루 헤아릴 수 없을 만큼 산산조각 났습니다. 수많은 방패들이 부딪쳤고 그때마다 방패의 값비싼 장식들이 굉음을 내는 것을 들을 수 있었습니다.

사랑스러운 귀부인들은 군터왕이 손님들과 함께 배에서 내려 브륀힐트 여왕을 손수 인도하고 오는 동안 강가에 서있었습니다. 번쩍이는 보석들과 옷들은 서로 경쟁하듯 밝은 광채를 발했습니다. 크림힐트는 완벽한 예의를 갖추어 브륀힐트와 그녀의 수행원들을 환영하려고 우아하게 다가갔습니다. 그녀들이 서로 환영의 키스를 나눌 때, 그들은 궁중의 관습에 따라 두 손으로 머리 장식을 뒤로 젖혔습니다. 크림힐트가 소녀다운 겸손함을 띠고 말했습니다.

"저는 어머니와 우리 왕국의 모든 충성스런 친척들과 함께 진심으로 환영합니다."

브륀힐트는 고개를 숙여 그녀에게 답례했습니다. 귀부인들은 서로 몇 번이나 포옹했습니다. 우테와 그녀의 딸이 젊은 신부를 맞이하는 지금처럼 사랑으로 가득한 환영이 이전에 있었다는 이야기는 들어본 적이 없었습니다. 그들은 끊임없이 브륀힐트에게 입을 맞추었습니다.

브륀힐트 여왕의 귀부인들 모두가 강가에 당도하자, 늠름한 용사들이 다가가서 아름다운 여인들의 손을 다정하게 잡았습니다. 사랑스러운 궁녀들은 브륀힐트 앞에 줄을 맞추어 서있었습니다. 그녀들의 인사가 끝나기까지는 꽤 오랜 시간이 걸렸습니다. 수많은 장밋빛 입술들이 입맞춤을 했기 때문입니다. 막강한 여왕과 공주는 여전히 나란히 서있었는데, 그 광경을 보는 명성 높은 기사들의 마음은 기뻤습니다.

사람들은 그때까지 진실로 이토록 아름다운 여인들을 보지 못했다는 말이 옳았음을 비로소 확인했습니다. 그녀들에게서는 화장으로 꾸민 점을 전혀 발견할 수 없었던 것입니다. 여성과 여성 신체의 아름다움에 일가견을 가지고 있는 사람은 군터왕의 신부가 아름답다고 칭송했습니다. 그러나 더 정통한 사람은 크림힐트의 아름다움을 브륀힐트의 아름다움보다 우위에 두어야 한다고 했습니다.

매우 아름답게 치장한 귀부인과 처녀들은 서로를 향해 걸어갔습니다. 보름스 성문 앞 들판은 온통 값비싼 비단으로 만든 수많은 크고 작은 천막들로 뒤덮였습니다. 게다가 왕의 친척들이 몰려들자, 사람들은 브륀힐트와 크림힐트 그리고 귀부인들에게 좀 더 그늘진 곳으로 옮겨가도록 권했습니다. 부르군트 왕국의 기사들이 그들을 그쪽으로 모셔갔습니다.

손님들 역시 이제는 말에 올라 여러 가지 어려운 마상창 실력을 겨루기 시작했습니다. 방패가 창에 찔려 자주 뚫어졌습니다. 들판에는 먼지가 회오리쳤고, 마치 온 나라가 무두질하는 불길에 휩싸인 것 같았습니다. 누가 과연 진짜 영웅인지 판가름이 났습니다.

많은 처녀들은 용사들이 벌이는 시합을 구경했습니다. 내 생각에는 지크프리트왕자가 자신의 용사들과 함께 말을 달리며 자주 천막들 앞을 오간 것으로 여겨집니다. 그는 늠름한 전사 천 명을 이끌고 있었지요.

이때 하겐이 어명을 받고 왔습니다. 하겐은 친절한 말로써 무술 시합을 끝내게 했습니다. 그리하여 아름다운 귀부인들이 먼지로부터 벗어날 수 있었습니다. 손님들은 공손하게 이 요구에 따라 주었습니다. 게르노트가 말했습니다.

"저녁때까지 말들을 쉬게 하시오. 그리고 우리는 귀부인들을 궁전의 넓은 본관 안으로 안내하여 새로운 기분으로 그녀들에게 봉사할 것이오. 전하께서 말을 타고 자리를 떠나시는 경우를 대비해 그대들 모두 준비 자세를 취해야겠소."

무예 시합이 온 들판에서 중단되자, 기사들은 즐겁고 흥미로운 환담을 기대하면서 팽팽하게 펼쳐진 무수한 천막 안의 귀부인들에게 갔습니다. 그들은 떠나고 싶을 때까지 거기에서 시간을 보냈습니다.

해가 지고 날이 추워지기 시작하는 저녁 무렵, 사람들은 더 이상 기다리지 않았습니다. 많은 남자들과 여자들이 궁성을 향해 길을 떠났습니다. 사람들은 정감이 넘쳐흐르는 만족감으로 여인들의 아름다운 모습을 쳐다보았습니다. 용감하고 유쾌한 기사들은 이 나라의 관습대로 왕이 궁전 앞에서 말을 내릴 때까지 난폭하게 말을 타고가면서 전투복들을 찢었습니다. 그리고 진정한 기사답게 귀부인들이 말에서 내리는 것을 도왔습니다.

막강한 두 여인은 헤어졌습니다. 우테와 크림힐트 공주는 시종들을 거느리고 넓은 방으로 들어갔습니다. 그러는 사이 유쾌한 축제의 징표인 요란스러운 소음이 사방에서 들려왔습니다. 식사가 준비되어 군터왕은 손님들과 함께 식탁으로 갔습니다. 아름다운 브륀힐트가 왕 옆에 서 있었습니다. 그녀는 왕비의 권능에 어울리게 왕관을 쓰고 있었습니다. 이미 들은 바대로 식탁은 갖가지 음식으로 거창하게 차려져 있었습니다. 왕의 식탁으로서 부족함이 없었습니다. 왕의 가까이에는 지위가 높은 손님들이 앉아 있었습니다.

시녀들은 손 씻을 물이 담긴 번쩍이는 황금 그릇을 가져왔습니다. 만약 누군가가 일찍이 어느 곳에서든 이 결혼 축제에서보다 나은 봉사를 받은 적이 있다고 말한다면, 그것은 결단코 틀린 말일 것이며 나는 그 말을 믿지 않을 것입니다. 지크프리트왕자는 라인의 왕이 손을 씻기 전에 이슬란트로 브륀힐트를 찾아나설 때 자신에게 했던 약속을 군터왕에게 상기시켰습니다.

"저와 약속하신 일을 기억하고 계시는지요? 브륀힐트 여왕을 이 나라로 데려오기만 하면 제게 누이동생을 아내로 주신다고 한 약속 말입니다. 이제 그 맹세는 어떻게 하시겠습니까? 저는 전하의 청혼 여행에서 중요한 일을 모두 해냈습니다."

"그대는 내게 그 사실을 상기시킬 권리가 있소. 실로 내가 거짓 맹세한 자가 되어서는 안 될 일이오. 나는 그대의 소원이 이루어지도록 정성을 다해 도울 것이오."

군터왕은 사람을 시켜 크림힐트가 어전에 나와 주었으면 좋겠다는 전갈을 보냈습니다. 크림힐트는 아름다운 시녀들을 거느리고 홀 앞에 도착했습니다. 그러자 기젤헤어가 계단을 뛰어내려가 공주 일행을 맞이했습니다.

"이 처녀들은 돌려보내시오. 내 누이동생을 제외하고는 아무도 어전에 나아가서는 안 되오."

크림힐트는 왕에게 인도되었습니다. 많은 영주국에서 온 고귀한 기사들이 넓은 홀 안에 모여 있었습니다. 시종들은 그들에게 잠깐만 자리에 멈추어 서 달라고 요청했습니다. 그러는 사이 크림힐트는 식탁이 있는 곳까지 올 수 있었습니다. 군터왕이 말했습니다.

"사랑하는 공주여, 아무쪼록 호의를 베풀어 내가 약속을 이행할 수 있도록 해다오. 나는 한 영웅에게 그대를 주기로 서약했노라. 그 영웅이 그대의 남편이 된다면 그대는 내 소원을 충실히 들어주는 셈이 되느니라."

고귀한 크림힐트가 말했습니다.

"사랑하는 오라버니, 그렇게 간청하시지 않으셔도 됩니다. 저는 늘 오라버니 뜻에 따를 것입니다. 오라버니께서 골라 주신 그 남자를 기쁜 마음으로 남편으로 받아들이겠습니다."

그녀의 사랑에 가득 찬 시선에 지크프리트의 얼굴은 붉어졌습니다. 지크프리트는 크림힐트에게 헌신적으로 봉사하겠다는 마음으로 고마워했습니다. 두 사람은 빙 둘러앉은 사람들 안으로 들어가도록 권유받고, 크림힐트에게는 그 용감한 영웅을 남편으로 맞이하겠느냐는 질문이 주어졌습니다. 크림힐트는 처녀다운 수줍음으로 몹시 부끄러워습니다. 그러나 크림힐트는 지크프리트의 행운과 이 세상에 다시 없을 것 같은 아름다운 모습에 그를 전혀 거절할 수 없었습니다. 네덜란드의 고귀한 왕자 역시 그녀를 아내로 맞이할 것을 약속했습니다.

그들이 서로 언약했을 때, 아름다운 크림힐트는 사랑이 넘치는 지크프리트의 품에 기꺼이 안겼고, 지크프리트는 즉시 모든 영웅 앞에서 아름다운 공주에게 입을 맞추었습니다. 지크프리트는 크림힐트와 함께 왕의 맞은편에 위치한 명예로운 자리에 앉았고, 모든 니벨룽 사람들이 지크프리트와 함께 행동하는 모습을 볼 수 있었습니다. 많은 종사들이 지크프리트에게 충성하기 위해 그의 곁으로 갔습니다.

군터왕과 브륀힐트 왕비는 이제 식탁에 자리를 잡고 앉았습니다. 브륀힐트 왕비는 크림힐트가 지크프리트 옆에 다정하게 앉아 있는 것을 보고 마음이 아팠습니다. 그녀는 울기 시작했고, 뜨거운 눈물이 그녀의 상기된 뺨 위로 흘러내렸습니다. 그러자 나라의 주인인 왕이 아름다운 브륀힐트에게 말했습니다.

"사랑하는 부인이여, 그대의 빛나는 눈이 이토록 흐려지다니 어찌된 일이오? 그대는 한껏 기뻐할 만하지 않소? 내 나라, 내 성곽들 그리고 수많은 늠름한 전사들이 이제 그대의 휘하에 있으니 말이오."

"저는 매우 슬플 수밖에 없습니다. 전하의 누이동생이 심히 걱정됩니다. 그녀가 전하께 예속된 종신들 중 한 사람 곁에 꼭 붙어 앉아 있기 때문이에요. 그녀가 그런 식으로 명예를 더럽히고 있으니 저는 그 일을 한탄하지 않을 수 없습니다."

군터왕이 말했습니다.

"그 일에 대해 더는 이야기하지 마시오! 나는 그대에게 다음 기회에 누이동생을 지크프리트의 아내로 준 까닭을 말해 주겠소. 크림힐트는 분명코 그 용사 곁에서 언제나 행복하고 즐겁게 살 것이오."

그러나 브륀힐트가 이렇게 말했습니다.

"저는 진정으로 그녀의 아름다움과 세련된 교양을 애석하게 여길 것입니다. 돌아가는 길을 알기만 한다면, 저는 당신과 잠자리를 같이하지 않고 당장 달아날 거예요. 크림힐트가 왜 지크프리트의 연인이 되었는지 말씀해 주시지 않는 한 반드시 그렇게 할 거예요."

"그럼 그대에게 말해 주리다. 지크프리트는 나처럼 성들과 넓은 영토를 소유하고 있소. 그대는 그가 힘센 왕이라는 사실을 믿을 수 있을 것이오. 그렇기 때문에 아름답고 칭송이 자자한 내 누이동생이 그의 아내가 되는 데에 동의한 것이라오."

하지만 브륀힐트는 군터왕이 어떤 이야기를 해도 슬픔에 젖어 있을 뿐이었습니다. 많은 기사들이 식탁에서 일어나 무술 시합을 하러 달려갔습니다. 그 시합은 아주 격렬해져서 온 성에 무기들이 부딪치는 소리가 크게 울렸습니다.

군터왕은 손님들과 함께 있자니 기분이 조금씩 나빠져 갔습니다. 아름다운 왕비 옆에 누워 있는 것이 더 편안할 것이라고 여겨졌기 때문입니다. 왕은 여전히 왕비로 인해 행복할 수 있다는 희망을 가슴속에 품고 있었습니다. 그래서 그는 브륀힐트를 간절히 원하면서 쳐다보았습니다. 왕이 왕비와 함께 침실에 들기를 원했기에 시종들은 손님들에게 무술 시합을 끝내라고 부탁했습니다. 잠시 후 크림힐트와 브륀힐트는 본관 홀로 올라가는 계단에서 만났는데, 이때만 하더라도 그녀들 사이에는 적개심이 감돌지 않았습니다.

그녀들의 시녀들은 즉시 가까이에 대령했습니다. 자부심이 강한 시녀들은 그녀들에게 서둘러 등불을 가져다주었습니다. 왕의 종사인 용사들은 갈라지더니 많은 영웅들이 지크프리트와 함께 나가는 모습이 보였습니다.

군터왕과 지크프리트는 각자 침실에 다다랐습니다. 그들은 제각기 머릿속으로 사랑싸움에서 아름다운 아내를 제압하리라고 생각했습니다. 이러한 생각으로 그들은 아주 부드러워졌습니다. 지크프리트로서는 참으로 아름다운 사랑의 행복을 누릴 시간이 되었던 것입니다. 지크프리트가 크림힐트 곁에 누워 다정하게 자신의 고귀한 사랑을 그녀에게 고백했을 때 두 사람은 한 몸이 되었습니다. 지크프리트는 다른 여자 천 명을 준다 한들 결코 크림힐트와 바꾸지 않았을 것입니다.

지크프리트가 아내와 나눈 사랑의 행위에 대해서는 더 이상 이야기하지 않겠습니다. 차라리 훌륭한 영웅 군터왕이 어떻게 브륀힐트 곁에 눕게 되었는지를 말씀드리겠습니다. 그는 예전의 다른 여자들 곁이 오히려 편안했을 것입니다.

시종들이 물러가자마자 침실 문은 닫혔고 군터왕은 이제 아름다운 여인을 안을 수 있을 것이라고 믿었습니다. 그러나 천만의 말씀이었습니다. 브륀힐트가 그의 아내가 되기까지는 오랜 시간을 기다려야 했습니다. 브륀힐트가 부드러운 흰 속옷을 걸치고 침대로 다가왔습니다. 그 고귀한 왕은 생각했습니다. '내가 이제야 평생 동안 소원했던 모든 것을 갖게 되는구나.' 그는 그녀의 아름다움에 매료될 수밖에 없었습니다. 고귀한 군터왕은 불빛을 낮추었습니다. 그런 다음 그 용감한 영웅은 브륀힐트에게 다가가서 그녀 곁에 바짝 붙어 누웠습니다. 사랑스러운 여인을 두 팔로 품에 안았을 때, 그의 심장은 기쁨으로 고동쳤습니다. 고귀한 브륀힐트 왕비가 허락했더라면, 군터왕은 다정한 사랑의 유희를 할 수가 있었을 것입니다. 하지만 브륀힐트가 너무나 거칠게 화를 냈기에 왕은 충격을 받았습니다. 그는 그녀에게서 상냥함을 발견하리라고 기대했었는데 오로지 차가운 적개심만 발견했을 뿐입니다.

"고귀하신 기사님, 그만두세요. 전하가 생각하시는 일은 이루어지지 않을 것입니다. 저는 전하의 비밀을 알 때까지는 처녀로 남을 것임을 명심해 두세요."

그러자 군터왕의 가슴에는 일종의 분노가 피어올랐습니다. 군터왕은 그녀를 굴복시키기 위해 브륀힐트와 몸싸움을 벌여 그녀의 속옷을 끌어내렸습니다. 그러자 그 빛나는 처녀 브륀힐트는 허리에 두르고 있던, 단단하고 촘촘히 짜인 천으로 된 허리띠를 꽉 움켜잡았습니다.

브륀힐트는 왕의 발과 손을 꽁꽁 묶어서 벽의 못에 매달아 놓았습니다. 왕이 그녀의 잠을 방해하려 했기에 그의 사랑을 거부했던 것입니다. 왕은 그녀의 막강한 힘으로 인해 거의 죽을 뻔했습니다. 그녀는 왕에게 커다란 창피를 주었던 것입니다. 그녀를 정복하려는 생각에 빠져 있었던 왕은 구걸할 수밖에 없었습니다.

"고귀한 왕비여, 제발 이 포승을 풀어 주시오. 아름다운 여주인이여, 나는 더 이상 당신을 이길 수 있다고 생각하지 않겠소. 앞으로 절대 당신 옆에 가까이 누울 엄두를 내지 않겠소."

그녀는 왕에 대한 걱정은 조금도 하지 않고 침대에 편히 누워 잠이 들었습니다. 반면에 왕은 아침이 되어 창문을 통해 햇빛이 환하게 비칠 때까지 밤새도록 벽에 매달려 있어야 했습니다. 일찍이 막강한 힘을 자랑하던 군터왕은 더 이상 그렇지 못했습니다. 아름다운 처녀 여왕 브륀힐트가 말했습니다.

"이제 말씀해 보시지요, 전하. 전하의 시종이 전하가 이렇게 묶여 벽에 매달려 있는 것을 발견한다면, 그것도 여자의 손에 말입니다. 그때는 전하께 치욕이 되지 않겠습니까?"

"그대는 이 일로 혼쭐이 날 것이오. 그러나 내 명예도 이 일로 실추될 것이오. 그대의 입장을 생각하여 나를 풀어 주시오. 내 다정함이 그렇게 싫다면 다시는 당신의 속옷에 손대지 않을 것이오."

그래서 브륀힐트는 포승을 풀어주었습니다. 브륀힐트가 왕을 해방시켜 주자, 왕은 침대로 가서 브륀힐트 옆에 누웠습니다. 그러나 한순간이라도 그녀의 아름다운 속옷에 닿지 않게 멀찍이 떨어져 누웠습니다. 그것이 바로 브륀힐트가 원하던 바였습니다. 그때 시녀들이 새 연회복을 가져다주었습니다. 그날의 축제를 위해 여러 벌의 옷이 마련되었던 것입니다. 축제는 즐겁게 진행되었지만, 왕은 왕관을 썼음에도 불구하고 기분이 매우 좋지 않았습니다. 관습대로 군터왕과 브륀힐트는 지체 없이 사원으로 갔습니다. 그들을 위해 미사곡이 불려지고 있는 사원에는 엄청나게 많은 사람들이 모여들어 북적댔습니다. 지크프리트의 모습도 보였습니다. 왕관과 의관 등 왕실의 권위와 체면이 요구하는 것이라면 무엇이든지 이미 성당으로 옮겨져서 준비되어 있었습니다. 그렇게 해서 그들은 성대한 결혼식을 올렸습니다. 축제 의식이 끝난 후 네 사람 모두 대관(戴冠)의 영광 속에서 빛나는 모습으로 서있는 것을 볼 수 있었습니다.

6백 명, 아니 그 이상의 젊은 귀족들이 이날 왕들의 명예를 위해 기사의 검을 받았습니다. 부르군트 왕국은 축제의 기쁨으로 들떠 있었습니다. 기사들의 손에서는 창자루가 울리는 소리가 났습니다. 아름다운 처녀들은 창턱에 앉아 있었고 그녀들이 지켜보는 앞에서 많은 방패들이 찬란히 빛났습니다. 모든 이가 축제를 즐기고 있었으나, 신하들로부터 멀리 떨어져서 우울한 얼굴을 하고 어슬렁거리는 군터왕의 모습을 볼 수 있었습니다.

군터왕과 지크프리트의 기분은 완전히 달랐습니다. 무슨 일이 있없는지를 눈치 챈 고귀하고 빼어난 기사 지크프리트는 군터왕에게 다가가서 물었습니다.

"자, 제게 말씀해 주시죠. 어젯밤에 무슨 일이 있었던 것입니까?"

그러자 군터왕은 지크프리트에게 말했습니다.

"나는 완전히 망신과 창피를 당했소, 스스로 사악한 악마를 궁으로 불러들였기 때문이오. 그녀와 동침하리라고 기대했는데, 그녀는 나를 묶어 벽의 못에 높이 매달아 놓았소. 나는 밤새도록 묶인 채 공포에 떨며 매달려 있었소. 그녀는 아침에야 나를 풀어 주었다오. 반면에 그녀는 편안히 베개를 베고 누워 잤소, 아, 친구여, 그대가 굳게 입을 다물고 있으리라고 믿기에 오직 그대에게만 이를 호소하는 것이라오."

"정말 유감스러운 일이군요. 만약 전하가 반대하지 않는다면, 한번 본때를 보여드리겠습니다. 오늘 밤에는 브륀힐트 왕비가 전하 곁에 바짝 붙어 누워 육체적 결합을 더 이상 거절하지 못하도록 손을 쓰겠습니다."

군터왕은 지난밤에 고생을 치른 후라 이 말에 기뻐했습니다.

"일이 모두 잘 풀릴 것입니다. 지난밤 전하와 저, 두 사람은 같은 기분이 아니었던 것 같습니다. 제게는 전하의 누이동생 크림힐트가 생명보다 더욱 사랑스런 존재가 되었습니다. 브륀힐트 왕비 역시 오늘 밤에는 전하의 아내가 될 것입니다. 오늘 밤 제가 마법의 망토를 걸치고 전하의 침실로 몰래 들어가겠습니다. 아무도 저의 계략을 눈치 챌 수 없을 것입니다. 전하는 시녀들을 침실에서 내보내기만 하시면 됩니다. 그러면 제가 시녀들의 손에 들려 있는 등불을 꺼버리겠습니다. 그것으로 제가 방 안에 들어와 전하를 위해 일하고 있다는 사실을 알아차릴 수 있으실 것입니다. 그런 다음 저는 왕비를 강제로 제압할 것입니다. 그리하여 오늘 밤에는 그녀와 함께 주무실 수 있게 될 것입니다. 그렇지 않으면 제가 목숨을 잃게 될 테니까요."

"그대가 내 사랑스러운 아내와 직접 자지 않는다는 조건하에 동의하겠소. 그대는 그녀를 마음대로 해도 좋소. 만약 그대가 그녀의 목숨을 뺏는다 해도 나는 거기에 대해 그대를 벌하지 않을 것이오. 그녀는 무서운 여자니까."

"제가 그녀와 동침하지 않겠다는 것을 약속드리지요. 제게는 전하의 아름다운 누이동생이 이 세상에서 여태껏 보았던 어떤 여자보다 훨씬 소중하니까 말입니다."

지크프리트의 이 말을 군터왕은 전적으로 신뢰했습니다.

기사들의 마상창 시합은 기쁨과 슬픔을 동시에 가져다주었지만, 귀부인들이 연회장으로 가야했기에 시합을 중지하라는 명령이 내려졌습니다. 시종들은 사람들에게 길을 비키라고 요구했습니다. 말들과 사람들은 금방 궁정에서 물러났습니다. 귀부인들은 왕들이 보는 앞에서 한 주교의 인도를 받으며 식탁으로 안내되었습니다. 수많은 건장한 수행원들이 그들을 따라 식탁으로 갔습니다.

왕은 즐거운 기대감에 휩싸여 유쾌한 마음으로 앉아 줄곧 지크프리트가 자신에게 한 약속을 생각하지 않을 수 없었습니다. 왕에게는 하루가 한 달같이 느껴졌습니다. 왕은 오로지 아내 브륀힐트를 완전히 정복하는 일만 골똘히 생각하고 있었으며, 상을 치울 때까지 도저히 기다릴 수가 없었습니다. 그래서 아름다운 부인 브륀힐트와 누이 동생 크림힐트를 그녀들의 방으로 모셔가도록 했습니다. 용감한 영웅들이 두 여왕을 선도했습니다.

지크프리트는 한없는 행복감에 젖어 사랑스럽고 아름다운 부인 옆에 앉아 있었습니다. 크림힐트는 부드러운 손길로 그의 손을 쓰다듬었습니다. 그러다가 어느 순간 지크프리트는 그녀의 눈앞에서 감쪽같이 사라졌습니다. 크림힐트는 그와 함께 있고 싶었으나, 지크프리트의 흔적조차 찾을 수 없자 시녀들에게 물었습니다.

"왕께서는 어디로 종적을 감추셨느냐? 누가 그의 손을 내게서 빼앗아갔는지 정말 알고 싶구나."

그녀는 더 이상 아무 말하지 않았습니다. 그러는 사이 시종들이 등불을 들고 서있는 곳에 당도한 지크프리트는 그들의 손에 들려 있는 등불들을 차례차례 꺼버렸습니다. 이것을 본 군터왕은 지크프리트의 짓이라는 것을 알아차렸습니다. 군터왕은 지크프리트의 계획을 잘 알고 있었습니다. 그래서 왕은 시녀들을 물러가게 했습니다. 그런 다음 막강한 왕은 문을 잠갔습니다. 그리고 재빨리 문 앞에 매우 튼튼한 빗장 두 개를 지른 후 등불들을 잽싸게 침대가리개 밑에 숨겼습니다.

이제 더 이상 피할 수 있는 다른 방도가 없었으므로 힘센 지크프리트와 아름다운 처녀 여왕 브륀힐트는 사랑의 유희를 시작했습니다. 따라서 군터왕의 마음은 흥분하다가도 냉담해졌습니다. 지크프리트는 젊은 여왕 곁으로 다가가 누웠습니다. 그러나 브륀힐트는 이렇게 말했습니다.

"왕이시여, 당신이 또다시 어젯밤 같은 고생을 하지 않으시려거든 제발 손을 떼세요."

그 말을 마치자마자 이 여걸은 용감한 지크프리트를 곤경에 빠뜨렸습니다. 지크프리트는 정체를 드러내지 않기 위해 소리를 지르지 않았습니다. 군터왕은 비록 볼 수는 없었지만, 그들 사이에 은밀한 행위가 일어나지 않았음을 소리로 알 수 있었습니다. 그들이 누워 있는 침대 위에서 편안함 따위는 발견할 수 없었기 때문입니다.

지크프리트는 군터왕인 양 두 팔로 아름다운 그 여왕을 안았습니다. 그러자 브륀힐트는 그를 침대 밖으로 냅다 내동댕이쳤습니다. 지크프리트가 의자 위로 나가떨어질 때 의자에 머리를 부딪쳐 꽝 소리가 났습니다. 그 용감한 남자는 힘차게 다시 일어나 좀 더 잘해보려고 했습니다. 지크프리트는 그녀를 힘으로 제압하려고 시도했으나 제대로 되지 않았습니다. 내가 생각하기에 오늘날 어느 여자도 그 이상 격렬하게 한 남자를 방어하지는 못할 것입니다. 지크프리트가 그의 계획을 그만두려고 하지 않자, 아름다운 브륀힐트는 벌떡 일어나 말했습니다.

"저의 하얀 속옷을 제발 그렇게 찢지 마세요. 그렇게 하시면 정말 안 됩니다. 전하께서는 그 일로 더욱 곤경에 빠지실 것입니다. 저는 그것을 당신께 분명히 보여 드릴 거예요!"

그녀는 팔을 뻗어 용감한 지크프리트를 감싸 안았습니다. 그러고는 그를 군터왕처럼 묶어 놓고 침대 위에서 휴식을 취하려고 했습니다.

그가 그녀의 옷을 뒤죽박죽으로 만들어 놓은 것에 대해 단단히 복

수한 셈이었죠. 지크프리트의 억센 힘과 막강한 권세가 무슨 도움이
될 수 있었겠습니까? 그녀는 자신이 얼마나 우월한가를 보여 주었던
것입니다. 지크프리트 역시 아무것도 할 수 없었습니다. 그녀는 그를
꽉 붙잡고 벽과 장롱 사이로 난폭하게 밀어붙였습니다. 그때 그 영웅
은 생각했습니다.

'아차, 내가 여기에서 이 여인의 손에 생명을 잃는다면, 평소에 전
혀 그런 생각을 하지 않던 여자들마저 항상 남편에게 거만을 부리려
할지도 모르겠군.'

군터왕은 모든 것을 다 들었습니다. 그는 친구를 염려했습니다. 치
욕에 화가 난 지크프리트는 온 힘을 다하여 저항했습니다. 그는 브뤼
힐트를 이기려고 필사적으로 애썼습니다.

지크프리트가 그녀를 힘으로 제압할 때까지의 시간이 군터왕에게
는 끝없이 길게만 느껴졌습니다. 브뤼힐트가 그의 손을 너무 세게 조
였기 때문에 손등에서 피가 솟았으며 엄청난 고통이 그를 엄습했습
니다. 그렇지만 지크프리트는 잠시 후 그 막강한 왕비가 군터왕에게
내뱉었던 무례한 저주의 말들을 취소하게끔 만들었습니다.

군터왕은 지크프리트가 아무 말 하지 않았음에도 불구하고 모든
것을 들었던 것입니다. 그 힘센 남자가 브뤼힐트를 굉장한 힘으로 침
대에 눕히고 짓눌러 버렸기에 그녀는 크게 소리를 질렀고 커다란 고
통으로 온몸을 전율했습니다. 그녀는 허리에 두르고 있던 허리띠를
풀어 지크프리트를 묶으려고 했습니다. 그러나 지크프리트는 그녀의
팔다리와 온몸에서 우지끈 소리가 날 정도로 저항했습니다. 싸움은

끝났습니다. 드디어 브륀힐트는 군터왕의 아내가 된 것입니다.

"고귀한 왕이시여, 살려주세요. 제가 당신한테 했던 일을 모두 갚겠습니다. 앞으로는 절대로 당신의 다정함을 거절하지 않겠어요. 저는 이제 당신이 여자를 정복할 줄 아신다는 것을 알았어요."

지크프리트는 옆으로 물러나 브륀힐트를 눕혔습니다. 그리고 그는 마치 스스로 옷을 벗으려는 것처럼 행동했습니다. 그는 고귀한 여왕이 눈치 채지 못하게 그녀의 손에서 금반지 한 개를 빼냈습니다. 그리고 아주 훌륭한 금몰 장식품인 허리띠를 가졌습니다. 물론 고상한 기품을 가진 지크프리트가 과연 그렇게 했는지 안 했는지에 대해서는 말씀드릴 수 없습니다. 어쨌든 지크프리트는 반지와 허리띠를 아내에게 선사했으며, 나중에 그 일로 인해 속죄하지 않을 수 없게 됩니다. 하여튼 군터왕과 아름다운 브륀힐트는 나란히 누웠습니다.

신랑으로서 당연히 하는 것처럼 군터왕은 사랑스럽게 브륀힐트를 안았습니다. 브륀힐트는 분노라든가 처녀다운 부끄러움 따위는 모두 포기했습니다. 사랑의 행위는 큰 효력을 발휘하여 그녀는 창백해졌을 뿐 아니라 마술과 같던 이전의 힘을 잃고 말았던 것입니다. 이제 그녀는 힘에 있어서는 여느 여자들과 다를 바가 없었습니다. 군터왕은 그녀의 아름다운 육체를 상냥하게 껴안았습니다. 그녀가 계속 저항을 했다 한들 무슨 소용이 있었겠습니까? 군터왕이 육체의 포옹으로 그녀에게서 힘을 빼앗아 버렸던 것입니다.

그녀는 그의 옆에 누워 새벽이 될 때까지 헌신적으로 그를 부드럽게 사랑했습니다. 그 사이 영웅 지크프리트는 그곳에서 나와 자신의 침실로 갔습니다. 그리고 아름다운 크림힐트로부터 다정한 사랑을 받았습니다.

지크프리트는 그녀가 깊이 생각했던 질문을 건성으로 들었습니다. 크림힐트가 그의 나라에서 왕관을 쓸 때까지의 오랜 시간 동안 지크프리트는 자신이 가져온 것을 그녀에게 주지 않았습니다. 아, 크림힐트에게 주지 않을 수 없었던 것, 바로 그것은 결코 주어서는 안 되는 것이었습니다.

다음날 아침 왕의 기분은 전날보다 한결 좋은 편이라서 온 나라의 사람들이 기뻐해 마지않았습니다. 그는 궁성에 초대한 모든 사람에게 각별한 배려를 베풀었습니다. 축제는 2주일 동안 계속되었습니다. 그 기간 동안 손님들이 즐거워할 만한 수많은 여흥들로 왁자지껄한 소리가 그치지 않았습니다. 왕이 축제를 위해 지출한 비용은 무척 높게 평가되었습니다. 왕의 명령에 따라 그의 명예를 위해 고귀한 친척들은 방문객 모두에게 옷과 순금과 말, 거기에 은까지 선물했으니까요. 풍족한 선물을 기대했던 사람들은 무척 만족해하면서 궁정과 작별을 나누었습니다. -

네덜란드의 왕자 지크프리트와 천여 명의 부하들은 부르군트 왕국으로 올 때 지녔던 모든 장비를 선사했음은 물론이고 말들과 안장들까지 함께 선물로 주었습니다. 그들은 당당한 주인처럼 행세할 줄 알고 있었던 것입니다.

다시 고향으로 돌아가기를 원하는 사람들에게 온갖 값비싼 선물들이 하사될 때까지의 시간은 길게 느껴졌습니다. 그러나 귀빈들이 이처럼 풍족하게 작별을 나누어 본 적은 일찍이 없었습니다. 이렇게 하여 축제는 군터왕이 원했던 대로 끝을 맺었습니다.

## Chapter 11

# 지크프리트의 귀향

손님들이 모두 떠나갔을 때, 지크프리트는 부하들에게 말했습니다.

"이제 우리도 고향 땅으로 돌아갈 채비를 해야겠구나."

크림힐트는 이 말을 들었을 때 기뻐하며 남편에게 말했습니다.

"우리는 언제 떠나게 되나요? 저는 너무 급하게 떠나고 싶지는 않거든요. 그전에 저의 오라버니들이 제 몫을 저에게 나누어 주어야 하니까요."

지크프리트는 크림힐트의 이 이야기를 들었을 때 몹시 언짢았습니다.

세 왕이 모두 지크프리트에게 와서 말했습니다.

"지크프리트여, 당신은 우리가 죽는 날까지 당신에게 충실히 봉사할 것이라는 사실을 확신해도 좋소."

영웅들이 그토록 정답게 이야기를 꺼냈을 때, 지크프리트는 그들에게 고맙다고 고개 숙여 인사했습니다. 그러자 젊은 기젤헤어가 말했습니다.

"우리는 당신과 함께 우리가 소유하고 있는 영토를 나누어 가질 것이며, 당신은 크림힐트와 더불어 우리에게 예속되어 있는 모든 거대한 제국 중 상당 부분을 얻을 것이오."

지크프리트는 제후들이 이러한 제의를 하며 맹세하자 그들에게 말했습니다.

"하느님께서 당신들의 땅과 그 안에 살고 있는 백성들을 영원히 보호해주시를 바랍니다. 여하튼 저의 사랑하는 아내는 당신들이 주고자 하는 그 할당분을 분명히 포기할 것입니다. 그녀는 왕관을 쓰게 될 우리 왕국에서 제가 살아 있는 동안 어떤 사람보다 막강할 테니까요. 당신들이 저에게서 무엇을 바라든 저는 당신들에게 봉사함으로써 기꺼이 당신들의 처분에 따르겠습니다."

그때 크림힐트가 말했습니다.

"오라버니들께서 영토에 대한 서약을 파기하신다 하더라도 저는 부르군트의 영웅들만은 그렇게 쉽게 포기하고 싶지 않아요. 그 까닭은 제후라면 누구나 그 영웅들을 자기 나라로 데려가고 싶은 소망을 지닐 것이기 때문이죠. 그러니 사랑하는 오라버니들께서 직접 그들을 할당해 주셨으면 하는 것이 저의 솔직한 심정이에요."

게르노트 군주가 말했습니다.

"그대가 원한다면 누구든 데려가도록 하라. 그대와 동행하기를 원하는 많은 사람들을 발견하게 될 터인즉 3천 명의 영웅 중 그대에게 천 명을 주겠다. 그들은 그대의 개인 호위병이 될 것이다."

그래서 크림힐트는 하겐과 오르트빈을 데려오라고 사람을 보냈고, 혹시 그들이 친척들과 함께 자신의 호위대로 들어올 의향이 있는지를 알아보도록 했습니다. 하겐은 무척 화가 나서 말했습니다.

"군터왕께서는 결코 이 세상의 어느 누구에게 저희를 넘겨주셔서는 안 됩니다. 궁정에 있는 다른 사람들로 하여금 동행하게 하시지요. 여왕께서는 트론예 사람들의 생활 방식을 잘 알고 계실 테니까요. 저희가 할 일은 여기 이 궁정의 왕들 곁에 머무르는 것이옵니다. 저희는 종신으로서 지금까지 섬겨 온 분들께 계속 봉사할 것입니다."

그래서 그들은 그런 일에서 관심을 돌려 여행 준비를 했습니다. 크림힐트는 고귀한 시종으로서 처녀 32명과 용사 5백 명을 불러오도록 했습니다. 에케바르트 백작이 지크프리트를 따라나섰습니다.

기사들과 종사들, 처녀들과 부인들 모두가 작별을 나누었고 그렇게 하는 것이 당연했습니다. 입맞춤 끝에 그들은 헤어졌고 즐거운 분위기 속에서 부르군트 왕국을 떠나갔습니다. 그녀의 친척들이 상당한 거리를 그들과 동행했습니다. 세 왕의 영토 어디서나 사람들은 그들이 쉬기를 원하는 곳에 숙소를 마련해 주었습니다. 그리고 지크문트왕에게 그의 아들과 우테의 딸인 아름다운 크림힐트 공주가 보름스를 떠나 라인강을 건너고 있다는 소식을 전하기 위해 급히 사자를 보냈습니다.

이보다 더 기쁜 소식은 없었을 것입니다. 이 희소식을 접한 지크문트왕이 말했습니다.

"짐에게 어찌 이런 행운이 있는가! 내 살아생전에 아름다운 크림힐트 공주가 여왕으로서 우리 왕국을 다스리는 일을 보게 되다니. 지크프리트가 앞으로 세습하게 될 나의 왕국에는 커다란 영광이로다."

그때 지크린트 왕후는 사자들에게 많은 붉은 벨벳과 금과 은을 하사했습니다. 더없이 기쁜 소식을 들었기 때문입니다. 왕후의 시녀들은 아주 신경을 써서 그런 경우에 잘 어울리는 의상을 입었습니다. 사신들은 그들에게 지크프리트와 함께 누가 이 나라로 오는지 빠짐없이 보고했습니다. 그들은 대관식 때 지크프리트가 이 나라의 새 왕으로서 친척들 앞으로 걸어 들어올 곳에 좌석을 마련케 했습니다. 지크문트왕의 종사들은 말을 타고 지크프리트를 마중하러 갔습니다.

나는 일찍이 지크문트의 왕국에 있는 유명한 영웅 가운데 이보다 호화로운 환영을 받은 사람을 보지 못했습니다. 지크린트 왕후는 수많은 아름다운 귀부인들과 자랑스런 기사들을 거느리고 하루 종일 말을 달려 손님들의 행렬과 만날 수 있는 곳까지 크림힐트를 맞으러 갔습니다. 그리하여 나중에 지크프리트와 크림힐트가 지배할 거대한 크산텐궁에 도착할 때까지 이곳 사람들이나 새로 오는 손님들은 여독을 참고 견뎠습니다.

지크린트와 지크문트는 기쁨에 겨워 크림힐트와 지크프리트에게 수천 번이나 입을 맞추었습니다. 그들의 고통은 사라졌습니다. 그들은 모든 수행원에게 진심으로 환영의 뜻을 표했습니다. 손님들을 궁정 홀 앞으로 인도하라는 명령이 내려졌습니다. 거기에서 사람들은 아름다운 처녀들을 말에서 내려주었습니다. 사람들이 아름다운 여인들에게 열성적으로 온갖 경의를 표했을 때, 많은 기사들이 모습을 드러냈습니다. 라인강변의 축제가 아무리 칭송을 듣는다 한들 여기 크산텐궁에 비할 수 있을까요? 영웅들에게는 그들이 지금껏 걸쳤던 어떠한 옷보다 훌륭한 의상이 선물로 주어졌습니다. 네덜란드인들의 부와 호화로움에 관해서는 놀라운 이야기들이 많습니다.

그들이 권세의 영광과 온갖 사치스러움 속에 앉아 있을 때, 종사들은 헤아릴 수 없이 많은 금줄로 휘감기고 진주와 보석이 박힌 황금빛 창들을 가지고 왔습니다. 고귀한 왕비 지크린트가 그들을 세심하게 보살폈던 것입니다. 지크문트왕은 그곳에 있는 측근들 앞에서 말했습니다.

"모든 친지에게 알리노니 여기 모인 이 영웅들 앞에서 지크프리트는 짐의 왕관을 쓰게 될 것이오!"

네덜란드인은 이 선언을 아주 기쁜 마음으로 들었습니다. 지크문트왕은 아들에게 왕관과 재판권과 왕국을 물려주었습니다. 그때부터 지크프리트는 자신의 재판권과 통치권 아래 놓인 모든 것을 지배하게 되었습니다. 그의 판결은 빈틈없이 엄격했기에 사람들이 두려워할 정도가 되었습니다.

아시는 바와 같이 그의 아름다운 아내가 왕실의 친척들 소원에 따라 십 년 만에 아들을 낳을 때까지 그는 지배의 영광을 누리면서 왕가의 재판권을 행사했습니다. 사람들은 기쁜 마음으로 세례를 서둘렸고, 왕자는 외숙부의 이름을 따 군터라고 불렸습니다. 그것은 부끄러워할 필요 없는 이름이었습니다. 왕자가 외가를 닮는다면 좋은 일만 있을 것이기 때문입니다. 의당 그러하듯이 왕자는 대단히 조심스럽게 양육되었습니다.

그즈음 지크린트 대비께서 돌아가셨습니다. 그래서 고귀한 우테의 딸이 통치권을 잡게 되었고, 그것은 아주 강한 왕비에게 잘 어울렸습니다. 죽음이 지크린트를 앗아 갔을 때, 수많은 사람들이 그녀를 애도했습니다.

한편 저 라인강변에 있는 부르군트 왕국의 강력한 군터왕의 궁전에서도 아름다운 브륀힐트 여왕이 아들을 낳았습니다. 그 아이는 영웅다운 고모부를 본떠 지크프리트라 불러졌습니다. 고귀한 군터왕은 아들을 대단히 세심하게 교육시켰고, 그를 유능한 인재로 키워낼 수 있는 스승을 붙여주었습니다. 그러나 운명은 나중에 그에게서 친척들을 앗아갔습니다.

사람들은 지크문트왕의 왕국의 자랑스러운 용사들이 명성을 떨치면서 살았던 일에 관한 많은 이야기를 들었습니다. 군터왕과 그의 유명한 친척들 역시 그들과 똑같은 일을 수행했습니다.

군터왕의 친척들 중 어느 누구도 그전에는 지크프리트보다 더 세력이 강하지는 못했습니다. 니벨룽 제국뿐 아니라 쉴붕의 모든 무사와 두 지배자의 왕실 재산까지 지크프리트의 명령 하에 있었기 때문입니다. 따라서 용감한 지크프리트는 당연히 자부심을 지니고 의기양양할 수 있었던 것입니다.

이전의 소유자들을 도외시한다면 일찍이 한 영웅이 소유했던 것 중에서 가장 거대한 보물을 지금은 용감한 지크프리트가 가지고 있었습니다. 그는 한 산기슭에서 그것을 얻었는데, 그것을 손에 넣기 위해 많은 자랑스런 기사들을 죽였습니다. 그래서 지크프리트는 최고의 명성을 누리게 되었습니다. 설사 그가 보물을 쟁취하지 못했다 한들 사람들은 일찍이 말에 올라탔던 자들 가운데 그가 가장 훌륭한 사람이라는 사실을 인정하지 않을 수 없었을 것입니다. 사람들은 지크프리트의 강인함을 두려워했으며 그럴 만한 충분한 이유가 있었습니다.

## Chapter 12

# 군터왕의 초대

군터왕의 아내는 틈만 나면 이런 생각을 했습니다.

크림힐트의 남편 지크프리트왕이 우리의 봉신임에도 불구하고 그녀가 그렇게 도도하게 구는 까닭은 도대체 무엇일까? 지크프리트왕은 지나칠 정도로 오랫동안 우리에 대한 신사(臣事)의 의무를 미루고 있단 말이야!'

그녀는 이런 생각을 내색하지 않을 정도로 영리했으나 마음은 불쾌했습니다. 그녀는 두 사람이 멀리 떨어져 살고 있는 것과 지크프리트의 나라에서 아무도 봉신의 의무를 행하지 않는 것이 못마땅했습니다.

그녀는 어째서 그렇게 되었는지를 반드시 알아내고 싶었습니다.

그녀는 군터왕에게 크림힐트를 다시 만나게 해달라고 졸라댔습니다. 그녀는 왕에게 자신의 뜻이 어디에 있는지를 은밀히 말했습니다. 그러나 군터왕은 그 제안이 적절하지 않다고 생각했습니다. 권세 있는 왕은 말했습니다.

"대체 어떻게 그들을 이곳으로 오게 만들 수 있겠소? 그것은 불가능한 일이오. 그들은 우리와 너무 멀리 떨어져 살고 있소. 나는 그들에게 그렇게 하도록 감히 청할 수 없소."

브륀힐트 왕비는 아주 재치 있게 대응했습니다.

"왕의 봉신이 아무리 힘이 엄청나다 할망정 왕의 분부에 따르는 일을 결코 거절할 수는 없을 터입니다."

그녀의 말에 군터왕은 억지웃음을 지어 보였습니다. 그전에 그렇게 자주 지크프리트를 곁에서 보았지만, 그로서는 신사의 의무는 전혀 생각지 못했던 일이었습니다.

"사랑하는 왕이시여, 저를 사랑하신다면 지크프리트왕이 당신의 누이동생과 함께 이 나라로 와서 여기 우리 궁에서 만날 수 있도록 해주세요. 정말이지 이 세상에서 그보다 더 신나는 일은 없을 거예요. 크림힐트 왕비의 그 섬세한 태도와 완벽한 교양을 생각하면, 또 제가 막 당신의 아내가 되었을 당시 우리가 나란히 앉아 있었던 일을 떠올리면, 제 기분이 정말 흐뭇해지거든요. 용감한 지크프리트왕으로서는 그녀를 아내로 맞이한 것이 오직 영광스러울 뿐이죠."

군터왕은 그녀의 끈질긴 청에 못이겨 이렇게 말했습니다.

"나는 사실 어느 누구도 절실하게 보고 싶지 않은 것이 솔직한 심정이라오. 하지만 그대의 부탁이니 두 사람에게 사자를 보내 이곳으로 오도록 하겠소."

여왕이 말했습니다.

"언제 사자를 보내실 생각이며, 또 언제 그들이 이 나라에 도착할 것인지 말씀해 주시면 좋겠어요. 그리고 누구를 그곳으로 보낼지도 알려 주세요."

"물론이오, 나는 사자 3십 명을 그곳으로 보낼 것이오."

군터왕은 즉시 사자 3십 명을 임명해 그들로 하여금 지크프리트의 왕국에 용건을 전달토록 했습니다. 브륀힐트는 그들에게 대단히 화려한 옷들을 선사했으므로 그들은 기뻐해 마지않았습니다. 군터왕이 말했습니다.

"영웅들이여, 그대들은 과제를 부여받았네. 그대들은 짐이 크산텐 궁에 알리고 싶어 하는 것을 하나도 빠뜨리지 않아야 하네. 강력한 지크프리트왕과 나의 누이동생에게 이 세상에서 우리보다 더 절실히 그들을 사랑하는 사람은 없다는 말을 전하게. 그리고 그들에게 꼭 라인강변의 우리를 만나러 오도록 간청해야 하네. 나와 왕비는 그 일에 대해서 언제나 감사할 것이라고도 전하게나. 다음 하지가 되기 전에 지크프리트왕과 그의 종사들이 여기 이 나라에서 왕에게 충성하는 많은 사람들을 만날 수 있도록 말이네. 지크프리트왕에게는 나의 정성 어린 인사를 전하고, 나와 나의 친척들이 그에게 언제나 깊은 애정을 갖고 있다고 전하게. 그리고 나의 누이동생에게는 친지들에게 오는 것을 거절하지 말아 달라고 이르게나. 그녀가 이번에 참여할 축제가 지금까지의 어떤 축제보다 영예로울 것이기 때문이네.”

브륀힐트와 우테 그리고 궁정의 다른 귀부인들은 지크프리트의 나라에 있는 사랑스러운 여인들과 용감한 기사들 모두에게 겸허한 인사를 전하도록 했습니다. 왕실의 종사들이 의논하여 허락함으로써 사자들은 드디어 출발하게 되었습니다.

모두에게 말과 옷이 마련되었고 그들은 빈틈없이 장비를 갖추고 길을 떠났습니다. 그들은 무사히 목적지에 도착하기를 갈망했습니다. 왕은 사자들이 안전하게 갈 수 있도록 신경을 썼습니다. 그리하여 그들은 3주 후에 목적지인 니벨룽의 궁성에 도착했습니다. 그들의 말은 먼 여행으로 완전히 지쳐 있었습니다.

군터왕의 사자들이 도착했다는 소식이 지크프리트와 크림힐트에게 전해졌습니다. 기사들이 부르군트 왕국에서 유행하는 옷을 입고 있다는 소식을 듣자, 누워서 휴식을 취하고 있던 크림힐트는 침상에서 벌떡 일어났습니다. 그녀는 당장 한 시녀를 시켜 창가에 가보라고 했습니다. 사자의 자격으로 온 용감한 게레와 그의 수행원들이 궁정 마당에 서있는 모습이 보였습니다. 향수병을 앓고 있었던 크림힐트에게는 얼마나 반가운 소식이었을까요! 그녀는 남편 지크프리트왕에게 말했습니다.

“저기 저 아래 마당에 지금 건장한 게레와 함께 걸어오고 있는 용사들을 좀 내려다보세요. 오라버니께서 저들을 우리에게 보낸 거예요.”

“우리에게 온 저들을 환영하라.”

모든 시종이 달려가 사자 한 사람 한 사람에게 친절한 인사말을 건 냈습니다. 지크문트 또한 그들의 방문을 매우 반가워했습니다. 사람들은 게레와 그의 수행원들에게 머물 곳을 제공했고 그들의 말들을 돌보았습니다. 사자들은 지크프리트가 크림힐트와 나란히 앉아 있는 곳으로 갔습니다. 사전에 그들은 어전에 나아가도 좋다는 허락을 받았던 것입니다. 지크프리트왕과 왕비는 즉시 일어났습니다. 게레와 군터왕의 신하들, 부르군트의 수행원들은 정성스러운 영접을 받았습니다. 사람들은 힘센 게레에게 의자에 앉기를 권하기까지 했습니다.

　"먼 여로에 지친 용사들이 숙소로 가기 전에 우선 사자로서 말씀을 전해드릴 수 있도록 허락해 주십시오. 저희는 행복의 절정에 있는 군터왕과 브륀힐트 왕비께서 두 분에게 드리는 말씀을 전할 임무를 지니고 왔습니다. 또한 왕비님의 어머니이신 우테 대비께서 전하시는 말씀도 가지고 왔사옵니다. 기젤헤어왕, 게르노트왕 그리고 두 분의 가장 가까운 친척들 모두가 저희를 여기로 보낸 것이옵니다. 그분들은 부르군트 왕국에서 두 분께 공손한 인사를 전하셨습니다."

　"그들에게 은총이 있기를! 참된 친척들 사이가 의당 그래야 하듯이, 이는 왕비에게도 똑같이 해당되는 일이지만, 나는 그들의 충정과 애정에 깊은 신뢰를 가지고 있다네. 고향 땅 부르군트에 살고 있는 사랑하는 친척들 역시 잘 지내고 있는지 전해 주게나. 우리가 그들과 헤어진 이후 누군가가 조금이라도 해를 끼치지나 않았는지 알려 주게, 친척들의 적이 나를 저주할 충분한 이유를 가질 때까지는 나는 언제나 늘 깊은 신뢰를 갖고 그들을 도울 준비가 되어 있네."

뛰어난 전사이자 변경백인 게레가 말했습니다.

"친척들은 모든 면에서 의기충천하고 명예롭게 살고 계시옵니다. 그분들은 라인의 축제에 두 분을 초대했으며, 이는 의심할 여지가 없는 일이지만 두 분을 뵙기를 간절히 바라고 계십니다. 군터왕께서는 전하와 존경하는 왕비님이 함께 그곳에 오시도록 청하셨습니다. 겨울이 지나고 하지가 되기 전에 두 분을 만나보고 싶어 하십니다."

강력한 지크프리트가 말했습니다.

"그렇게 하는 것이 쉽지 않을 것 같구려."

그러자 부르군트에서 온 게레가 재차 청했습니다.

"크림힐트 왕비님의 어머니 우테 대비마마 그리고 게르노트왕, 기젤헤어왕까지 두 분이 당신들의 염원을 저버리지 않기를 바라고 계시옵니다. 저는 그분들이 두 분이 너무 멀리 떨어져 산다고 한탄하시는 소리를 매일 듣고 있습니다. 저의 여주인이신 브륀힐트 왕비님과 시녀들은 벌써부터 반가운 소식이 오리라는 기대로 잔뜩 부풀어 있습니다. 다시 전하를 볼 수 있게 된다면, 그들의 심장은 영광스러운 나머지 크게 고동칠 것입니다."

아름다운 크림힐트 왕비는 사자의 말에 기뻐했습니다. 더군다나 게레는 크림힐트의 친척이었습니다. 왕은 그에게 앉도록 권했습니다. 그후 왕이 손님들에게 포도주를 따라 주라고 명했습니다. 지크문트왕이 사자들에게 다가가 정답게 인사했습니다.

"군터왕의 종사들이여! 여기에 오신 것을 진심으로 환영하오. 내 아들 지크프리트왕이 크림힐트 왕비를 일단 우리 왕국으로 데려온 이상 그대들이 우정을 진지하게 생각하고 있다면, 그대들을 여기 우리 왕국에서 자주 만나 볼 수 있어야 하는 게 도리가 아니겠소."

사자들은 지크문트왕이 원한다면 기꺼이 오겠노라고 말했습니다.

부담 없는 환담을 나누면서 사람들은 그들의 피로를 풀어주려고 애썼습니다. 그들은 자리에 앉을 것을 권유받았으며 음식을 대접받았습니다. 지크프리트왕은 손님들을 부족함 없이 보살피도록 했습니다.

그들은 꼬박 9일동안 크산텐궁에 머물렀습니다. 그러나 용감한 기사들은 귀향이 아직 허용되지 않고 있는 것에 대해 마침내 불평을 늘어놓았습니다. 그사이 지크프리트왕은 심복들을 불러오도록 파발꾼을 보냈습니다. 그는 라인으로 가야 할지 그들의 조언을 구했습니다.

"나의 처남인 군터왕과 친척들이 나에게 축제에 참석해 달라고 하는구려. 이렇게 멀리 떨어져 있지만 않다면야 그를 방문하는 것이 나의 소망일 수 있으련만 …… . 또한 그들은 크림힐트 왕비도 같이 와달라고 요청했다오. 사랑하는 친구들이여, 왕비가 그곳으로 어떻게 하고 가야 하는지 조언을 해주시오! 하기야 3십 군데나 되는 곳에서 혼란스러운 전쟁을 치르는 일이 부르군트 왕국에 문제가 되고 있다면, 기꺼이 무기를 들고 그들을 도우러 달려가겠지만 말일세."

용사들이 말했습니다.

"축제에 참석하고자 하신다면 전하께서 취하셔야 할 태도에 대해 조언을 드리겠사옵니다. 전하께서는 천 명의 용사들을 데리고 가셔야 하옵니다. 그렇게 해야만 전하의 등장이 부르군트 사람들에게 아주 명예롭게 보일 수 있기 때문입니다."

지크문트왕이 말했습니다.

"왜 나에게는 축제에 가자고 하지 않는가? 그대가 반대하지 않는다면 나도 함께 그곳에 갈 것이다. 나는 백 명의 용사들을 대동할 것이며, 그것으로 한층 힘을 얻게 될 것이다."

"존경하는 아바마마, 아바마마께서 함께 가신다면 저로서는 대단한 기쁨이옵니다. 12일 이내에 이곳을 출발하고자 하옵니다."

용맹스러운 지크프리트가 말했습니다. 원하는 사람에게는 여행에 필요한 말과 장비가 제공되었습니다. 고귀한 왕이 초대에 응하겠다는 결정을 내리자, 유능하고 날렵한 사자들에게는 귀향하라는 명령이 내려졌습니다. 지크프리트는 자신이 축제에 기꺼이 참석하리라는 것을 라인의 친척들에게 알리게 했습니다.

듣던 바와 같이 지크프리트는 위대한 군주였습니다. 지크프리트와 크림힐트는 사자들에게 너무나 많은 선물을 주었기에 그들의 말로는 선물을 다 실어갈 수가 없었습니다. 사자들은 새로 얻은 재물에 대해 기뻐하면서 힘센 짐바리 말들을 몰고 그곳을 떠났습니다.

지크프리트와 지크문트는 시종들에게 의상을 마련케 했습니다. 에케바르트 백작은 즉각 여인들에게 이미 소유하고 있거나 조달할 수 있는 것 중에서 최고의 옷들을 선택하게 했습니다. 사람들은 안장과 방패를 손질했습니다. 기사들과 함께 갈 귀부인들에게는 원하는 모든 것을 갖추어 주었기에 그들에게는 부족하거나 소홀한 것이 전혀 없었습니다. 지크프리트는 엄선된 사람들을 크림힐트의 고향에 데려갔던 것입니다.

그러는 동안 사자들은 육로를 통해 귀향을 서둘렀습니다. 용감한 게레는 부르군트 왕국으로 돌아와 친절한 영접을 받았습니다. 사자들은 군터왕의 왕궁 홀 앞에서 말을 내렸습니다. 그럴 경우 흔히 그렇듯이 남녀노소가 달려와서는 새로운 소식을 물었습니다. 고귀한 게레가 말했습니다.

"먼저 전하께 소식을 전해드리고 나면 여러분도 곧 전해들을 수 있을 것이오."

그는 수행원들과 함께 군터왕에게 갔습니다. 왕은 매우 반가워하면서 자리에서 벌떡 일어났습니다. 아름다운 브륀힐트 여왕은 그들이 이렇게 빨리 돌아온 것에 대해 고마워했습니다.

"나에게 그토록 커다란 호의를 베풀었던 지크프리트왕은 어떻게 지내고 계시던가?"

"그분은 기쁨으로 흥분하셨사옵니다. 그분뿐 아니라 크림힐트 왕비께서도 그러셨습니다. 어느 누구도 지크프리트왕과 그분의 부친 지크문트왕보다 더 멋지게 친척들에게 솔직한 인사를 전할 수는 없을 것이옵니다."

용맹스러운 게레가 말했습니다. 그러자 고귀한 왕의 반려자 브륀힐트 왕비가 변경백에게 물었습니다.

"말해 주세요. 크림힐트 왕비는 온다고 하던가요? 그렇게 뛰어난 모습을 보여 주던 그녀의 완벽한 태도는 여전하던가요?"

"크림힐트 왕비는 틀림없이 오실 것이옵니다."

즉석에서 변경백 게레는 말했습니다. 우테는 당장 사자를 불러오라고 시켰습니다. 사람들은 그녀가 딸이 잘 지내고 있는지를 알고 싶어 한다는 점을 알아차릴 수 있었습니다. 게레는 그녀에게 크림힐트를 만났던 일과 그녀가 곧 올 것이라는 말을 전해 주었습니다.

그들은 지크프리트 군주가 하사한 선물들을 감추기는커녕 금과 의복을 백성들이 구경하도록 해주었으며, 지크프리트와 크림힐트의 놀랄 만한 관대함에 감사의 말을 했습니다. 그때 하겐이 말했습니다.

"그가 선물하는 것은 어렵지 않을 것이오! 설사 지크프리트왕이 영원히 산다 하더라도 소유하고 있는 니벨룽의 보물을 모두 써버릴 수는 없을 것이오. 아, 그 보물이 정말 언제고 이 부르군트 땅으로 오게 된다면 …… "

궁정에 있던 모든 사람은 손님들이 올 것이라는 소식을 듣고 마냥 즐거워했습니다. 세 왕의 시종들은 이른 아침부터 밤늦게까지 바빴으며 수행원들을 위한 자리를 준비했습니다. 특히 용감한 영웅 후놀트와 진돌트는 할 일이 많았습니다. 그들은 수많은 자리를 마련하는 작업에서부터 시종 담당관들과 주류 담당관들을 감시해야 했기 때문이었습니다. 용사 오르트빈이 옆에서 도와주었으며 군터왕은 그들 모두의 노고를 치하했습니다.

비로소 주방장 루몰트가 등장했습니다. 그는 부하들을 엄격하게 부렸고, 수많은 거대한 솥과 국그릇과 냄비들을 잘 정돈하게 했습니다. 사람들은 손님들을 위해 음식을 장만하는 일에 열중했습니다.

## Chapter 13

# 라인의 축제

이제 그들의 열성적인 노력에 관한 이야기는 그만두고 크림힐트 왕비와 그녀의 시녀들이 니벨룽의 땅을 떠나 어떻게 라인에 왔는지 이야기해 드리겠습니다.

말들이 그토록 많은 화려한 의상들을 운반한 적은 한 번도 없었습니다. 그 여행을 위해 수많은 여행용 궤들이 꾸려졌습니다. 드디어 영웅 지크프리트왕과 크림힐트 왕비는 친척들과 함께 행복한 시간을 누리리라고 기대되는 곳으로 출발했습니다. 그러나 이 여행은 결국 그들 모두에게 슬픈 종말을 안겨 주었습니다.

지크프리트와 크림힐트는 어린 아들을 고향에 남겨 두었는데 그것은 운명이었습니다. 마침내 이 여행으로 말미암아 지크프리트의 아들에게는 엄청난 고통이 찾아옵니다. 어린 아들은 다시는 아버지와 어머니를 보지 못하는 신세가 되었던 것입니다.

지크문트왕도 역시 함께 떠났습니다. 축제에서 어떤 일이 벌어질지를 미리 정확하게 알았더라면 그는 축제에 가지 않았을 것입니다. 예전에 받았던 그 어떤 고통도 축제에서 그에게 가해진 고통보다 더하지는 않았기 때문입니다.

사람들은 도착을 알릴 사자들을 먼저 궁정으로 보냈습니다. 수많은 우테의 친지들과 군터왕의 부하들이 축제 행렬을 이루어 그들을 맞으러 말을 타고 왔습니다. 국왕은 손수 손님을 맞이하기 위해 여러 가지 준비를 해놓았던 것입니다. 군터왕은 브륀힐트가 있는 방으로 들어갔습니다.

"당신이 이 나라에 처음 왔을 때, 내 누이동생이 당신을 어떻게 영접하였소? 당신은 이제 그때처럼 지크프리트왕의 부인을 환영해야 할 것이오."

"그럼요. 저는 정말 그녀를 좋아한답니다."

"그들은 내일 아침 여기 우리 왕국에 도착할 것이오. 당신이 그들을 영접할 마음이라면, 궁 밖에서 맞이할 수 있도록 서둘러 준비하시오. 그들만큼 내가 좋아하는 손님이 왔던 기억이 없소.",

브륀힐트는 시녀들과 귀부인들에게 자신의 수행원들이 손님 앞에서 입을 만한 가장 훌륭한 옷을 당장 찾아오라는 분부를 내렸습니다. 그들은 이 임무를 무척 즐겁게 수행했다고 해도 전혀 과장이 아닐 터입니다.

군터왕은 모든 종사를 모이게 한 후, 도착하는 손님들에게 봉사하기 위한 준비를 서두르게 했습니다. 브륀힐트는 왕족다운 치장을 하고 의젓하게 말에 올라 출발했습니다. 사랑하는 손님들을 맞이하는 일에 모든 것이 동원되었습니다. 사람들은 얼마나 기뻐하면서 손님들을 맞이했는지 모릅니다. 동참했던 사람들의 기억으로는 크림힐트조차 예전에 브륀힐트를 맞을 때 이처럼 열렬하지 않았습니다. 지금껏 크림힐트를 본 적이 없었던 사람은 그녀를 보고서야 비로소 궁정의 축제 분위기를 올바르게 즐길 수 있었습니다.

그러는 사이 지크프리트가 종신들과 함께 도착했습니다. 온 들판에는 용사들이 무리를 지어 이리저리 말을 달리는 모습이 보였습니다. 먼지가 일고 북적대는 것은 당연한 일이었습니다. 라인의 군주는 지크프리트왕과 지크문트왕을 보자 친절한 말로써 인사를 건넸습니다.

"나와 나의 친척 모두는 진심으로 당신들을 환영하는 바이오. 당신들이 우리의 궁을 방문하셨으니 우리는 기쁨과 자랑스러움으로 충만하다오."

명예를 추구하는 영웅 지크문트왕이 말했습니다.

"신의 은총이 당신에게 있기를 바라오. 내 아들 지크프리트가 당신을 친척으로 얻었으니 내 당신을 한번 방문하고 싶었소."

군터왕이 말했습니다.

"그 말씀을 들으니 매우 기쁘군요."

지크프리트는 신분에 어울리는 왕족다운 의식에 따라 영접을 받았습니다. 모두가 그를 좋아했습니다. 기젤헤어와 게르노트는 모범적인 사교 형식을 통해서 이 영접이 성공적으로 치러지는 데에 기여했습니다. 손님들이 그토록 영광스럽게 환영을 받은 적은 일찍이 없었습니다.

그때 두 왕의 부인들이 서로를 향해 다가갔습니다. 많은 안장들이 비워졌습니다. 아름다운 귀부인들이 용사들의 힘센 팔에 안겨 말에서 풀밭으로 내려졌기 때문입니다. 여인들에게 봉사하고자 수많은 사람들이 분주하게 일했습니다.

이제 사랑스런 귀부인들은 서로 마주 서게 되었고, 많은 기사들은 그녀들이 그토록 완벽한 격식을 갖추며 인사를 나누는 것을 보고 진심으로 기뻐했습니다. 사람들은 기사들이 이미 귀부인들 옆에 서있는 것을 보았습니다. 훌륭하게 수행한 남녀들은 손을 맞잡았습니다. 그들은 매우 우아하게 허리를 굽혀 거듭 인사를 했고 귀부인들은 정겹게 입맞춤을 주고받았는데, 군터왕과 지크프리트왕의 종사들은 이 광경을 아주 흡족한 마음으로 지켜보았습니다. 그들은 오래 머물지 않고 말을 타고 궁중으로 들어갔습니다.

군터왕은 손님들이 환영받고 있다고 느낄 수 있도록 백성들의 주의를 환기시켰습니다. 거기에 있었던 젊은 아가씨들의 눈앞에서는 격렬한 창 시합이 벌어졌습니다.

트론예의 하겐과 오르트빈 역시 축제를 직접 총괄하고 있었습니다. 그들이 지시하는 것이 무엇이든 감히 누구도 거역하지 못했습니다. 그들은 언제나 손님들을 도울 자세를 갖추고 있었습니다.

성문 앞에서는 기사들이 좌충우돌하며 찌르고 던지는 바람에 수많은 방패가 부딪히는 소리가 요란하게 울렸습니다. 국왕은 손님들과 더불어 오랫동안 교외에서 머물다가 마침내 안으로 들어갔습니다. 유쾌한 여흥을 즐기는 가운데 시간이 너무 빨리 지나갔습니다. 그들은 즐거워하면서 거대한 궁성 앞으로 말을 타고 왔습니다. 사람들은 품위 있는 귀부인들의 안장에 최고의 품질로 된 뛰어난 맵시의 화려한 덮개가 드리워진 것을 보았습니다.

군터왕의 종신들이 도착했고 손님들은 즉시 숙소로 안내되었습니다. 사람들은 브륀힐트가 끊임없이 크림힐트의 옆을 바라보는 것을 목격할 수 있었습니다. 크림힐트의 얼굴색은 황금빛 광채 속에 화려하게 반영되어 무척 아름다웠습니다.

보름스의 곳곳에서 종신들이 축제 분위기에 싸여 떠들어대는 소리가 들렸습니다. 군터왕이 마구 담당관 당크바르트에게 그들을 배려하라고 지시했습니다. 당크바르트는 종신들에게 매우 친절하게 숙소를 지정해 주었습니다.

성 안팎에서는 손님들을 위해 음식이 차려졌습니다. 낯선 손님들이 이처럼 정중하게 대접받은 적은 일찍이 없었습니다. 그들이 무엇을 원하든 모든 것이 마련되었습니다. 어느 누구에게든 못해 줄 것이 없을 정도로 왕의 권세는 막강했기 때문입니다. 사람들은 적의 없이 친절하게 손님들을 대접했습니다.

군주는 손님과 함께 연회석에 앉았습니다. 사람들은 지크프리트에게 그가 이전에 앉았던 자리에 앉으라고 권했습니다. 그러자 위풍당당한 왕의 종사들이 지크프리트를 그의 자리로 모셔갔습니다. 그의 주변에는 천2백 명의 용사들이 식탁에 앉아 있었습니다. 브륀힐트 여왕은 지크프리트보다 강한 종사는 있을 수 없으리라고 생각했습니다. 물론 그녀는 지크프리트에게 여전히 호감을 갖고 있었고, 그가 살아 있는 것 외에 다른 소망은 없었습니다.

왕이 참석한 만찬으로서 작인들이 유별나게 자주 연회석으로 달려가야 했던 이날 저녁 수많은 값비싼 예복에 포도주가 엎질러졌습니다. 손님들은 대단한 열의와 함께 풍성하게 대접받았습니다. 이는 축제 때면 언제나 그래 왔던 바였습니다. 귀부인들과 처녀들에게는 퍽 아름다운 방들이 제공되었습니다. 손님들이 어디로부터 부르군트의 궁성으로 왔든 간에 군주는 이들 모두에 책임을 졌습니다. 사람들은 그들에게 경의를 표했고 더할 나위 없이 정성스럽고 정중한 태도를 보였습니다.

밤이 지나고 날이 밝아 환해지자 여인들은 값비싼 옷들을 펼쳐 놓았습니다. 궤에서는 수많은 보석들이 빛을 발하고 있었습니다. 사람들은 거기에서 많은 훌륭한 예복들을 찾아냈습니다.

날이 미처 완전히 밝기 전에 기사들과 종신들이 궁중 홀 앞에 모여들었습니다. 왕을 찬양하기 위한 새벽 미사가 집전되기 전이지만 벌써 부산하게 소란이 일었습니다. 젊은 용사들은 아주 멋진 승마술 시범을 보여 왕의 갈채를 받았습니다.

여러 개의 트롬본 소리가 크게 울리고, 북소리와 피리소리가 너무나 요란하여 넓은 보름스에 메아리쳤습니다. 모든 용사는 즐거운 기대감 속에서 말에 올라탔습니다. 우수한 용사들은 궁중에서 열리는 무술 시합에 참가했습니다. 아직 젊기만 한 그들의 마음이 벌써 기사 정신으로 충만해 있는 것을 볼 수 있었습니다. 이 멋지고 훌륭한 기사들의 손에는 방패가 들려 있었습니다. 화사한 부인들과 아름다운 처녀들은 호화롭게 옷을 차려입고 창가에 앉아서 씩씩한 용사들이 벌이는 유흥을 구경하고 있었습니다. 이어 왕과 신하들이 말을 타고 축제장으로 왔습니다.

시간은 그렇게 흘러갔지만, 그들에게는 이 시간이 전혀 지루하게 여겨지지 않았습니다. 그때 마침 대성당으로부터 종소리가 크게 들려왔습니다. 사람들은 귀부인들에게 말을 가져왔고, 귀부인들은 의젓하게 말을 타고 대성당으로 출발했습니다. 고귀한 왕비들은 용감한 무사들의 호위를 받았습니다. 그들은 사원 앞에서 내렸습니다. 이때까지만 해도 브륀힐트는 손님들을 친절한 마음으로 대했습니다. 손색없이 왕족다운 성장을 한 두 왕비는 거대한 사원에 함께 발을 들여놓았습니다. 그러나 뒷날 그들의 화목은 깨지고 말았는데, 그것은 결국 치명적인 적대 관계 때문이었습니다.

미사 참례를 마치자 그들은 다시 발길을 돌렸습니다. 그후 사람들은 그들이 즐거운 마음으로 영예롭게 행렬을 지어 식사하러 가는 모습을 보았습니다. 그리하여 십 일째 되는 날까지 계속된 행복한 축제는 아무런 불협화음이 없었던 것입니다.

## Chapter 14

# 두 왕비의 자존심 다툼

어느 날 오후 떠들썩한 행사가 벌어졌습니다. 언제나처럼 여흥으로 많은 용사가 경기장에서 무술 시합을 하면서 힘을 겨루자, 수많은 구경꾼이 그곳으로 몰려들었습니다.

막강한 두 왕비는 평화롭게 나란히 앉아 명성 높은 두 용사를 생각하고 있었습니다. 아름다운 크림힐트 왕비가 브륀힐트 왕비에게 말했습니다.

"내 남편은 너무 뛰어나 이 모든 왕국이 그의 수중에 있어야 마땅할 거예요."

그러자 브륀힐트 왕비가 말했습니다.

"도대체 어떻게 그럴 수 있겠어요? 다른 사람이 없고 단지 지크프리트왕과 당신만 산다면야 모든 왕국이 그에게 종속될 수 있겠지만, 군터왕께서 살아 계시는 한 그것은 도저히 불가능한 일이지요."

"저기 서있는 그 이가 다른 용사들 앞에서 얼마나 탁월하게 말을 달리고 있는지 보이지 않으세요? 밝은 달빛이 별빛을 무색하게 만드는 것과 흡사하잖아요? 내가 기뻐하는 데에는 그만한 이유가 충분히 있다고요."

브륀힐트 왕비가 다시 말했습니다.

"당신 남편이 아무리 당당할지라도, 또 아무리 용감하고 멋질지라도 당신은 고귀한 오라버니인 용사 군터왕을 당신 남편보다 상석에 올려놓아야 할 거예요. 내 말을 믿으세요. 그는 사실 다른 모든 왕보다 높은 위치에 있거든요."

이번에는 크림힐트 왕비가 말했습니다.

"내 남편은 내가 칭송할 만한 근거가 있는 지위에 있어요. 그의 명성은 도처에서 아주 대단하다고요. 부디 그것을 믿으세요. 지크프리트왕은 오라버니와 완전히 동등한 신분이랍니다."

"크림힐트 왕비, 정말이지 내 말을 기분 나쁘게 받아들여서는 안돼요. 아무 근거 없이 이렇게 말하는 것은 아니니까요. 내가 처음으로 그들이 함께 있는 것을 보았을 때, 그러니까 군터왕께서 시합에서 나를 제압하여 청혼 승낙을 받아냈던 그곳에서 지크프리트왕은 왕의 종사라고 말했어요. 나는 그에게서 직접 들었기 때문에 그를 군터왕의 예속인으로 여기는 거라고요."

"그렇다면 나는 형편없는 취급을 당했다는 이야기로군요. 어찌하여 나의 고귀한 오라버니들께서 일찍이 내가 한낱 종의 여인이 되는 일에 그렇게 진력할 수 있었을까요? 브륀힐트 왕비, 당신의 친척으로서 호의를 베풀어 달라고 간청하겠으니 제발 나를 위해 이제는 그러한 말을 하지 말아 주세요."

아름다운 크림힐트가 말했습니다.

"하지만 나는 그 이야기를 그만둘 수 없어요. 내가 왜 지크프리트 왕을 포함해서 우리의 신하들인 많은 기사들의 봉사를 포기해야 된단 말인가요?"

그러자 아름다운 크림힐트는 매우 화가 나고 말았습니다.

"지크프리트왕께서 당신에게 봉사를 하리라고 기대하지 마세요. 그는 왕족인 나의 오라버니 군터왕보다 지체가 높답니다. 방금 당신이 한 그러한 요구들로 더 이상 나를 괴롭히지 마세요. 게다가 그가 당신의 종이고 당신이 우리 두 사람에게 지배권을 행사하고 있다면, 지크프리트왕께서 그토록 오래 공납을 유보한 것은 어쩐지 좀 이상하게 여겨지는군요. 따라서 당신의 오만함은 법적 상황으로 보았을 때, 터무니없다는 사실이 저절로 드러나는 셈이죠."

그러자 브륀힐트가 말했습니다.

"당신은 콧대가 너무 높군요. 그렇다면 정말 사람들이 당신을 나만큼 높이 존경하는지를 한번 보고 싶네요."

이렇게 해서 두 왕비는 몹시 화가 나고 말았던 것입니다. 크림힐트 왕비가 말했습니다.

"그렇게 해보죠. 당신은 내 남편을 당신의 종이라 했는데, 내가 당신보다 먼저 성당에 발을 들여놓는 일이 허락되는지 안 되는지 오늘 두 왕의 종사들은 똑똑히 지켜보아야만 할 거예요. 당신은 오늘 내가 자유 가문 출신이며, 심지어 내 남편이 당신 남편보다 더 고귀하다는 것을 깨닫게 될 거예요. 그렇기 때문에 나는 체면을 손상시킬 수가 없어요. 오늘 안으로 당신은 당신의 나라에서 당신의 종이 왕비로서 시종들의 맨 앞에 나타나는 것을 직접 보게 될 것입니다. 나는 일찍이 왕관을 썼던 어느 여왕보다 지위가 높기를 원하거든요."

두 여인의 마음속에서는 불구대천의 증오심이 생겨났습니다. 그때 브륀힐트가 크림힐트에게 또다시 말했습니다.

"당신이 나에게 복종할 마음이 추호도 없다면, 대성당으로 가는 도중 당신은 시녀들과 함께 나와 나의 시녀들로부터 멀찌감치 떨어져 있어야 해요."

"맞아요. 반드시 그래야겠죠."

지크프리트의 부인은 자신의 시녀들에게 말했습니다.

"예복을 입도록 하라! 나는 개인적인 모욕을 어쩔 수 없는 것으로 여겨 참아 내고 싶지가 않구나. 그러니 너희들도 값비싼 옷들을 갖고 있다는 것을 똑똑히 보여 주어야 할 것이니라. 브륀힐트 왕비는 자신이 주장했던 것을 취소하고 싶은 생각이 들게 될 테지."

값비싼 옷을 꺼내오라는 명에 따라 귀부인들과 처녀들은 한껏 치장했습니다. 고귀한 군터왕의 부인은 시녀들과 함께 발걸음을 옮겨 놓았는데, 아름다운 크림힐트는 그때 벌써 몸단장을 끝냈을 뿐 아니라 라인강변으로 데려온 44명의 아가씨들 역시 성장을 하고 있었습니다. 그들은 모두 아라비아산 옷감으로 된 찬란한 옷을 차려입고 있었습니다. 그리하여 여인들의 화려한 행렬이 대성당에 이르렀습니다. 성당 정문 앞에서는 지크프리트의 모든 종신들이 진작부터 그녀들을 기다리고 있었습니다.

사람들은 두 왕비가 보통 때처럼 나란히 걷지 않고 서로 떨어져 있는 것을 보고 대체 어찌된 영문인가 하고 의아하게 여겼습니다. 두 왕비의 결별은 나중에 많은 영웅에게 말 못할 고통을 안겨 주었습니다.

군터왕의 부인은 이미 대성당 앞에 서있었습니다. 많은 기사들은 아름다운 귀부인들의 모습에서 즐거움을 느끼고 있었습니다. 그때 크림힐트 왕비가 화려한 차림의 시녀들과 도착했습니다. 다른 고상한 아가씨들도 그전에 아름다운 옷을 입은 적이 있지만, 크림힐트의 시녀들이 입고 있는 옷에는 비할 바 없는 것이었습니다. 크림힐트 왕비는 헤아릴 수 없을 정도로 부유했기에 그녀가 보여준 값비싼 옷들은 왕비 33명을 합하더라도 당하지 못했을 것입니다.

크림힐트 왕비가 시녀들에게 좋은 옷을 입힘으로써 브륀힐트 왕비의 마음을 상하게 할 자신이 없었다면 그렇게 하지 않았을 것이 명백합니다. 그녀들은 거대한 대성당 앞에서 마주쳤습니다. 군터왕의 부인 브륀힐트는 크림힐트에게 극도로 적의에 차서 가혹한 말로 멈춰서라고 했습니다.

"정녕 종의 계집이라면 왕의 부인인 나보다 앞서 걸어갈 권리가 없도다."

그러자 아름다운 크림힐트는 격분해서 브륀힐트에게 말했습니다.

"당신이 잠자코 있었더라면 좋았을 거예요. 당신은 스스로 치욕을 자초했군요. 일찍이 종의 첩이 도대체 어떻게 왕의 부인이 되었는지 모르겠군요."

"누구를 첩이라고 부르는 거죠?"

"바로 당신이지요! 나의 사랑하는 남편인 지크프리트왕이 당신의 아름다운 몸에 손을 댄 첫 남자니까요. 당신을 여자로 만든 사람은 나의 오라버니가 아니란 말입니다. 당신은 실성했었나요? 그것은 당신의 비열한 계산이었겠죠. 그가 당신의 종이라면 어째서 당신은 그에게 몸을 바쳤나요? 당신의 한탄은 결코 정당성을 가지지 못한다고요."

"맙소사! 군터왕께 고할 거예요."

브륀힐트는 말했습니다.

"그것이 나와 무슨 상관이죠? 당신의 오만이 당신의 눈을 멀게 했는데 말이에요. 당신은 나에게 봉신의 의무가 있다고 주장했지만, 알아 둘 것이 있어요. 그것은 돌이킬 수 없는 모욕이었어요. 이제 우리 사이의 진정한 신뢰는 끝장나 버렸어요."

브륀힐트 왕비는 울음을 터뜨렸습니다. 하지만 크림힐트는 더 이상 주저하지 않고 브륀힐트를 지나쳐 시종들을 대동하고 대성당에 발을 들여놓았습니다. 그것은 격앙된 적대 관계의 시작이었습니다. 그로 인해 빛나는 눈들은 눈물로 흠뻑 젖게 되었던 것입니다.

사람들이 경건하게 미사를 올렸지만 브륀힐트에게는 그 시간이 너무나 길게 느껴졌습니다. 그녀가 심신에 받은 충격의 대가로 후에 용감하고 유능한 영웅들이 목숨을 잃었던 것입니다.

브륀힐트는 귀부인들과 함께 성당을 나와서 정문 앞에 서서 생각했습니다.

'나를 독설로 중상모략한 크림힐트 왕비는 여러 사람 앞에서 나를 비난한 것에 대해 해명해야만 할 것이야. 지크프리트왕이 그것을 사방에 자랑하고 다녔다면 그는 마땅히 목숨으로 보상해야겠지.'

고상한 크림힐트가 용감한 전사들과 함께 성당을 나오자, 브륀힐트 왕비가 크림힐트 왕비에게 말했습니다.

"잠깐만 기다려요! 당신은 나를 첩이라고 불렀는데, 그것을 증명해야 할 거예요. 당신이 지껄인 말은 나에게 모욕이었어요. 이 점을 명심해두어야 할 거예요."

크림힐트가 말했습니다.

"나를 가만히 내버려 두는 게 나을 텐데요! 여기 이 금반지로써 입증하겠어요. 나의 사랑하는 남편이 그대와 잠자리를 같이한 첫 번째 남자라는 표시로 나에게 이 반지를 가져다주었죠." 브륀힐트가 이렇게 깊은 마음의 상처를 받은 것은 난생처음이었습니다.

"그 아름다운 금반지는 내가 도난당한 거예요. 그것은 악의적으로 오랫동안 나에게 돌아오지 못했던 것이죠. 나는 누가 내 반지를 훔쳐 갔는지 반드시 밝혀내고 말 거예요."

두 왕비는 격분하고 말았습니다. 크림힐트가 다시 말했습니다.

"나는 당신이 나를 도둑이라고 부르는 것을 용납할 수 없어요. 만약 당신이 당신의 명예를 조금이라도 유지하고 싶었다면, 입을 다물었어야 했어요. 내가 진실을 말하고 있다는 것을 여기 두르고 있는 이 허리띠로 증명하지요. 내 남편 지크프리트왕은 예전에 당신의 남자였지 뭐예요."

크림힐트는 정말 니니베산 비단으로 만들어진 보석 박힌 훌륭한 허리띠를 차고 있었던 것입니다. 브륀힐트는 그것을 보자 그만 울음을 터뜨리고 말았습니다. 군터왕과 부르군트 사람들은 이제 그 사건을 덮어 둘 수가 없게 되었습니다. 브륀힐트 왕비가 말했습니다.

"라인의 왕을 나에게 오도록 해주오. 나는 그에게 그의 누이동생이 나를 어떻게 비방했는지 알려야겠어요. 그녀는 많은 사람 앞에서 내가 지크프리트왕과 함께 잤다고 주장하고 있어요."

군터왕이 전사들과 함께 왔습니다. 그는 사랑하는 아내가 울고 있는 것을 보고 그녀에게 다가가 정답게 말했습니다.

"왕비, 누가 당신에게 무슨 짓을 했는지 나한테 말해 주구려."

그 말에 브륀힐트는 군터왕에게 말했습니다.

"저는 슬픔을 참을 수 없어요. 당신의 누이동생이 저의 명예를 모두 앗아가려고 하니 당신 앞에서 불만을 털어놓아야겠어요. 크림힐트 왕비는 그녀의 남편 지크프리트왕이 저를 첩으로 만들었다고 주장하고 있어요."

군터왕이 말했습니다.

"괘씸한 말을 했군"

"그녀는 제가 잃어버린 허리띠를 두르고 제 금반지를 끼고 있었어요. 당신이 저의 이 견디기 어려운 수모를 깨끗이 치유해주시지 않으면 저는 이 세상에 태어난 것을 후회할 거예요. 당신이 일을 바르게 처리해 주신다면 영원히 감사하겠어요."

그러자 군터왕이 말했습니다.

"지크프리트왕을 모셔오도록 하라! 네덜란드 출신의 영웅께서는 그와 같은 것을 주장을 했는지 실토하거나 부인해야 할 것이니라."

그러자 시종들이 크림힐트의 사랑하는 남편을 그곳으로 모셔왔습니다. 무슨 일이 있었는지를 모르는 지크프리트왕은 침울해 하고 있는 여인들을 보자 말했습니다.

"대체 왜 왕비들이 울고 있는 것입니까? 그 까닭을 알고 싶습니다. 그리고 왕께서 저를 부르신 까닭은 무엇입니까?"

그러자 군터왕이 지크프리트에게 말했습니다.

"나는 참기 어려운 모욕을 받았소. 내 아내 브륀힐트가 말하기를, 당신이 사방으로 돌아다니면서 그녀의 아름다운 몸에 손을 댄 첫 번째 남자라고 자랑했다는 거요. 당신의 부인 크림힐트가 그런 주장을 했다는 군요."

그러자 지크프리트가 말했습니다.

"그 말이 사실이라면, 이 사건을 그냥 덮어 두지 않고 그녀에게 책임을 추궁할 것입니다. 당신의 모든 종사들 앞에서 신성한 맹세로써 내가 그녀에게 그런 이야기를 했다는 비난을 반박하겠습니다."

라인의 왕이 말했습니다.

"당신은 그것을 공개적으로 보여 주어야 하오. 당신이 선서할 준비가 되어 있는 맹세가 법률상 유효한 것이라면, 나는 당신을 모든 비방으로부터 구할 것이오."

당당한 부르군트 사람들은 두 왕 주위에 빙 둘러서 줄 것을 요청받았습니다. 용감한 지크프리트가 맹세하기 위해 손을 높이 들어올렸습니다. 그러자 강력한 왕이 말했습니다.

"나는 당신의 결백을 알고 있소, 나는 내 누이동생이 당신에게 책임을 지운 그 과오로부터 당신을 풀어 주겠소. 또 당신이 아무 짓도 하지 않았음을 선언하는 바이오."

그러자 다시 지크프리트가 말했습니다.

"크림힐트 왕비가 브륀힐트 왕비의 마음을 상하게 했는데도 벌을 받지 않는다면, 옳은 일이 아니라고 생각합니다."

이 말을 들은 기사들은 서로 의미심장하게 쳐다보았습니다. 영웅 지크프리트가 말했습니다.

"여자들이란 무책임한 말을 떠들지 못하도록 잘 다스려야 합니다. 당신이 왕비께 그렇게 하신다면 저 또한 크림힐트 왕비에게 그렇게 하겠습니다. 저는 그녀가 그 같은 짓궂은 행동을 한 데 대해서 부끄러울 따름입니다."

그 아름다운 여인들은 더 이상 말을 나누지 않았습니다. 브륀힐트가 너무나 슬퍼했기에 군터왕의 종사들은 그녀에게 동정을 느꼈습니다. 그 무렵 하겐이 브륀힐트에게 왔는데, 왕비가 울고 있는 것을 보자 그 이유를 물었습니다. 그러자 왕비는 하겐에게 전부 이야기했습니다. 하겐은 즉시 왕비에게 크림힐트의 남편으로 하여금 대가를 치르게 하겠다고 약속했습니다. 하겐은 그러지 않고서야 그런 모욕을 당하고 어떻게 다시 즐거움을 누릴 수 있겠느냐고 했습니다.

영웅들이 지크프리트의 암살에 관해 의논하고 있을 때, 오르트빈과 게르노트 그리고 우테의 또 다른 고귀한 아들인 기젤헤어도 거기에 도착했습니다. 그들이 나누는 이야기를 듣고 나서 기젤헤어가 충성스런 본연의 모습대로 이렇게 말했습니다.

"그대들 발군의 용사들이여, 무엇 때문에 그런 행동을 하려는 거요? 지크프리트왕은 결코 한 번도 죽어 마땅한 적대감을 불러일으키지 않았소. 여인들이 그토록 사납게 싸웠던 까닭은 전혀 중요하지 않소."

하겐이 다시 말했습니다.

"우리가 모든 것을 참고 감수해야만 한단 말이옵니까? 그렇게 하는 것은 뛰어난 용사들에게 명예스러운 일이 될 수 없을 것이옵니다. 지크프리트왕은 우리의 사랑스런 여주인과 잠자리를 했다고 으스댄 대가로 죽어 마땅하옵니다. 그렇지 않으면 제가 목숨을 버리겠사옵니다."

왕이 말했습니다.

"지크프리트왕은 우리를 위해 오직 선한 일만 했고, 우리의 명성을 높여 주었소. 그러니 그를 살려 주어야 할 것이오. 지금 적개심에 불타 그를 함정에 빠뜨리는 게 무슨 도움이 되겠소? 그는 언제나 충성스럽게 우리 편에 서지 않았소?"

영웅 오르트빈이 말했습니다.

"그가 아무리 힘이 세다 한들 별 문제가 되지 않을 것이옵니다. 전하께서 허락만 하신다면 저는 그를 해치울 준비가 되어 있사옵니다."

그래서 부르군트의 영웅들은 지크프리트가 그 일에 책임이 없었음에도 불구하고 그를 적으로 단정했던 것입니다. 그리고 누구 하나 그 일을 더 이상 따지고 들지 않았습니다. 다만 하겐은 영웅 군터왕을 부추기기를 그만두지 않았습니다. 그는 군터왕에게 지크프리트왕이 죽게 되면 그가 소유한 왕국의 거대한 영토를 지배하게 될 것이라고 속삭였습니다. 그로 인해 군터왕은 심한 갈등에 빠졌습니다.

그들은 일단 그 사건을 그대로 덮어두었습니다. 그리하여 기사들의 무술 시합을 다시 볼 수 있었습니다. 지크프리트왕의 부인이 주시하는 가운데 대성당 광장 앞으로부터 저 아래 궁정 회당 건물에 이르기까지 사방에서 날카로운 창들이 무수히 부러졌습니다. 군터왕의 종사들은 화가 나 있었습니다. 군터왕이 말했습니다.

"가슴속의 과격한 살의는 버리시오. 지크프리트왕이 목숨을 부지할 때, 우리에게 행복과 명예가 다가올 것이오. 그 용감한 영웅은 두려울 정도로 강하기 때문에 그가 조금이라도 눈치 채는 날에는 누구도 감히 그를 공개적으로 공격할 수 없을 것이오."

그러자 하겐이 말했습니다.

"그렇사옵니다. 그는 이번 일에 관해 아무것도 알아서는 아니 되옵니다. 전하께서는 절대 이것에 관해 말씀하셔서는 안 될 것이옵니다. 저는 감쪽같이 그 일을 준비할 자신이 있사옵니다. 그는 브륀힐트 왕비의 눈물에 대한 대가를 톡톡히 치러야 하옵니다. 저는 그를 영원히 적으로 여길 것이옵니다.

"그대는 그 일을 어떻게 행하려는 것이오?"

왕이 묻자 하겐이 대답했습니다.

"이제 전하께 그것을 말씀드리겠습니다. 여기 있는 사람들이 전혀 모르는 사자들로 하여금 말을 타고 우리나라로 와서 공식적인 선전 포고를 하도록 하는 것이옵니다. 그러면 전하께서는 손님들 앞에서 싸움에 출정한다는 의사를 공표하는 것이지요. 일이 그렇게 되고나 면 지크프리트왕은 전하께 출정을 약속할 것이옵니다. 그렇게 해서 그는 목숨을 잃을 것입니다. 저는 그 용감한 영웅의 부인에게서 비밀 을 알아낼 것이기 때문입니다."

왕이 종사 하겐의 말에 완전히 넘어가 버린 것은 옳지 않은 처사였 습니다. 그 일에 관한 소문이 새나가기 전에 이미 불충스런 그 계획 은 용감한 기사들에 의해 실천에 옮겨졌습니다. 두 왕비의 싸움으로 인해 많은 영웅이 목숨을 잃어야만 했던 것입니다.

## Chapter 15

# 배신당한 지크프리트

그후 네 번째 아침 사람들은 32명의 전사가 말을 달려 궁으로 오는 것을 보았습니다. 곧이어 강력한 군터왕에게 도전이 들어왔다고 보고되었습니다. 이 거짓말은 여인들을 극도의 고통 속으로 몰아넣었습니다. 사자들은 얼마 전 지크프리트가 직접 제압한 인질로서, 부르군트 왕국으로 데려왔던 뤼데거왕의 군사들이라고 했습니다. 군터왕은 사신들을 환영했고 그들에게 앉으라는 신호를 보냈습니다. 그들 중 하나가 말했습니다.

"전하, 저희가 당신께 보고 드려야 할 소식을 전할 때까지는 서있게 해주십시오. 그리고 저희를 믿어 주시옵소서. 당신은 정말이지 많은 이들을 적으로 삼으셨사옵니다. 전에 당신께서 치욕적인 패배를 안겨 준 뤼데가스트왕과 뤼데거왕은 이제 당신에게 도전을 선언하면서, 군대를 이끌고 당신의 나라로 말을 몰아 쳐들어오려는 확고한 의도를 갖고 있사옵니다."

왕은 이 보고를 듣고 화를 냈습니다. 거짓으로 꾸민 그 사신들은 객사로 안내되었습니다. 지크프리트 군주를 비롯해 어느 누가 그들이 은밀히 꾀하고 있는 음모로부터 안전할 수 있었겠습니까? 나중에 그들은 스스로 화를 자초하는 꼴이 되고 말았던 것입니다.

왕은 측근들과 비밀리에 의논했습니다. 하겐이 그를 가만히 놓아두지 않았기 때문입니다. 왕의 수많은 신하들이 그 갈등을 평화적으로 해결하기를 간절히 원했음에도 불구하고 하겐은 이미 예정된 계획에서 물러서려 하지 않았습니다.

어느 날 지크프리트는 은밀히 회의를 하고 있던 그들과 마주쳤습니다. 그때 네덜란드 출신의 지크프리트가 군터왕에게 물었습니다.

"당신과 당신의 신하들이 이토록 걱정스런 표정을 지으며 걸어오니 어인 일입니까? 만약 당신들에게 누군가가 조금이라도 해를 가했다면, 저는 언제든지 복수에 나설 태세가 되어 있습니다."

"나는 걱정하지 않을 수 없소. 뤼데가스트왕과 뤼데거왕이 또다시 도전을 해왔소. 그들은 공식적인 전투를 통해 내 나라에 침입하려 하고 있다오."

"그렇다면 이 지크프리트가 직접 모든 수단을 강구해서 당신네 왕실의 모든 명예를 털끝만큼도 손상시키지 않고 저지하겠습니다. 전에 했던 것과 마찬가지 방법으로 적진의 무사들을 요리할 것입니다.

그들의 성과 영토를 초토화시키기 전에는 결코 그만두지 않을 것을 제 목숨을 담보로 당신에게 약속하는 바입니다. 당신과 당신의 전사들은 조용히 여기 남아 있고, 다만 제가 이곳으로 데려온 부하들과 함께 말을 타고 가도록 해주십시오. 당신을 돕게 되어 제가 얼마나 기쁜지 증명할 것입니다. 믿어 주십시오. 저는 당신의 적들을 궁지에 몰아넣을 것입니다."

"내게는 얼마나 다행스러운 일인가!"

군터왕은 지크프리트의 제안에 진심으로 기뻐하는 것처럼 말했습니다. 그 배신자는 짐짓 감사하는 체하며 지크프리트에게 깊이 허리를 굽혔습니다.

"추호도 걱정하지 마십시오!"

그러고 나서 그들은 지크프리트와 그의 신하들이 전혀 눈치 챌 수 없을 정도로 감쪽같이 종신들에게 출정 준비를 서두르게 했던 것입니다.

지크프리트는 네덜란드 전사들에게 싸움에 나설 준비를 갖추라고 명령을 내렸고, 그의 전사들은 전투 장비를 끄집어냈습니다. 강력한 지크프리트는 지크문트왕에게 말했습니다.

"아바마마, 아바마마께서는 여기에 머무시옵소서! 신이 우리에게 승리를 선사한다면 우리는 곧 라인으로 돌아올 것이옵니다. 아바마마께서는 그사이 편안하고 즐겁게 군터왕과 함께 계실 수 있을 것이옵니다."

그들은 당장 떠나려는 것처럼 장대에 군기를 매달았습니다. 군터왕의 부하 대부분은 무엇 때문에 출발해야 하는지조차 알지 못했습니다. 지크프리트 주위에는 거대한 병사의 무리가 모였습니다. 그들은 투구들과 흉갑들을 미리 짐바리 노새에 끈으로 묶었습니다. 용감한 기사들은 그 나라를 떠날 준비를 했습니다. 하겐이 크림힐트에게 가서 출발을 허락해 줄 것을 청했습니다.

"나 스스로 무척 행복하다고 말해도 괜찮겠죠? 나는 내 남편 지크프리트왕이 지금 실행하고 있는 것처럼, 저렇게 용감하게 사랑하는 친척들 앞에 나서고자 하는 이를 남편으로 얻었으니까요. 나는 진심으로 이 점을 기쁘고 자랑스럽게 여기고 싶어요. 내 사랑하는 친구 하겐이여, 내가 얼마나 당신에게 우호적이었으며 당신을 한 번도 적대시하지 않았다는 점을 생각해서 내게 도움이 되도록 배려해 주세요. 내가 만약 브륀힐트 왕비에게 조금이나마 고통을 주었더라도, 내 남편이 그에 대한 대가를 치러서는 안 될 거예요. 나는 그후 그 일을 후회했어요. 훌륭하고 용감한 영웅 지크프리트왕은 나를 호되게 때려 브륀힐트 왕비의 마음을 아프게 했던 말들을 발설한 것에 대해서 벌했어요."

하겐이 말했습니다.

"두 분은 틀림없이 얼마 후에 화해하실 겁니다. 사랑스런 크림힐트 왕비시여, 제가 당신 남편을 위해 무엇을 해야 하는지 말씀해 주십시오. 저는 기꺼이 봉사하겠습니다. 왕비시여! 저는 지크프리트왕보다 더 봉사하고 싶은 분을 알지 못합니다."

고귀한 왕비가 말했습니다.

"그가 자신의 만용을 억누르는 고삐를 풀어놓지 않는 한, 전투 중에 누군가가 그를 죽일 수 있다는 걱정은 전혀 하지 않아요. 훌륭하고 용감한 영웅인 그는 영원히 안전할 거예요."

"왕비시여, 혹시라도 그분이 상처를 입게 될까 봐 걱정하고 계시다면, 제가 어떤 방법으로 막을 수 있을지 말씀해 주셔야 합니다. 저는 말을 탈 때조차 걸을 때와 같이 항시 그분을 보호해 드리고 싶으니까요."

그러자 그녀는 말했습니다.

"당신은 나와 피를 나누고 있고 나 또한 당신과 피를 나누고 있으니, 당신을 믿고 당신에게 내 사랑하는 남편을 맡기겠어요. 나를 생각해서라도 그를 잘 보호해 주세요."

그러면서 크림힐트 왕비는 자신만이 알고 있는, 차라리 누설하지 말아야 했을 비밀을 그에게 털어놓았던 것입니다.

"내 남편은 용감하고 지나칠 정도로 강해요. 그가 산에서 문제의 괴물을 죽였을 때, 자랑스런 전사는 용의 피로 목욕을 했어요. 그렇기 때문에 어떠한 싸움에서든 무기로 그를 더 이상 다치게 할 수가 없었던 거죠. 그럼에도 불구하고 나는 전사들의 손에서 수없이 많은 창들이 던져질 때면 행여 남편을 잃게 되지나 않을까 하는 큰 걱정에 사로잡히곤 한답니다. 정말 나는 지크프리트왕 때문에 얼마나 자주 불안에 휩싸이는지 몰라요. 나는 당신의 오랜 친교를 믿고 당신이 신의를 지킨다는 것을 확신하기 때문에 당신에게 신체의 어느 부분이 남편에게 치명타가 될 수 있는지 그 비밀을 털어놓는 거예요. 용감하고 탁월한 전사가 용의 상처에서 흘러내리는 뜨거운 피로 목욕하고 있을 때, 그의 두 어깻죽지 사이에 상당히 큰 보리수 잎이 하나 떨어졌지요. 그래서 바로 그곳에만 상처를 입힐 수 있습니다. 이것이 바로 내가 그토록 크게 걱정하는 이유죠."

하겐이 말했습니다.

"왕비께서는 왕의 옷에 실로 작은 표시를 해놓으십시오. 그러면 전투에 임할 때, 그것을 보고 제가 보호해야 할 곳이 어디인지 알 수 있을 것입니다."

크림힐트는 남편을 죽음으로부터 지킬 수 있다고 믿게 되었습니다. 그러나 그것이 곧 남편의 목숨을 앗아가는 일이 될 줄은 꿈에도 몰랐던 것입니다.

"눈에 띄지 않게 섬세한 비단실로 그의 옷에 십자가 모양을 새겨놓겠어요. 격렬한 대결의 상황이 닥치거나 그가 적 앞에 나설 때 탁월한 영웅인 그대가 그것을 보고 남편을 보호해 주셔야 합니다."

하겐이 말했습니다.

"소중한 왕비시여, 약속하옵니다!" 크림힐트 왕비는 지크프리트를 위해 최선의 행동을 했다고 생각했습니다. 그러나 사정은 그렇지가 않았습니다. 크림힐트의 남편은 결국 배반당했던 것입니다. 하겐은 그녀에게 작별을 고하며 매우 흐뭇한 마음으로 그곳을 떠났습니다. 왕의 종신들 사이에는 무척 만족해 하는 기분이 감돌았습니다. 내 생각으로는, 크림힐트 왕비가 하겐의 기만적인 충성심을 믿음으로써 하겐이 지크프리트에게 저지른 음흉한 배반은 어떠한 영웅도 두 번 다시 감행할 수 없을 것입니다.

다음날 아침 지크프리트 군주는 천 명의 부하와 함께 유쾌한 기분으로 말을 타고 떠났습니다. 그는 여전히 모욕에 대해 복수하는 것이 문제없다고 생각했습니다. 하겐은 지크프리트의 매우 가까이에서 말을 달렸기에 그의 옷을 정확하게 관찰할 수 있었습니다. 그는 옷의 표시를 보자, 부하들 중 2명을 몰래 떠나보냈습니다. 그들은 뤼데거왕이 군터왕에게 보낸 사자라며 나라가 평화를 회복할 것이라는 새로운 소식을 보고하도록 되어 있었던 것입니다.

지크프리트는 화가 나서 다시금 말머리를 돌리고 말았습니다. 정말 그는 친구들이 받았던 모욕을 통렬하게 복수하고 싶었습니다. 군터왕의 부하들은 그를 되돌아오게 하려고 온갖 노력을 다했습니다. 그래서 지크프리트는 말을 타고 군터왕에게로 돌아왔고, 군터왕은 그에게 감사의 말을 했습니다.

"친구 지크프리트왕이여, 내가 당신에게 부탁한 일을 그토록 순순히 들어준 것에 대해 하느님께서 상을 내리시길 바라겠소, 너무나 당연하고 정당한 일이지만, 나는 언제나 당신에게 그 점에 대해 감사드릴 것이오. 모든 친지 가운데 나는 특히 당신을 믿소이다. 자, 이제 출정의 부담으로부터 해방되었으니, 종종 해왔듯이 바스켄숲에서 곰과 멧돼지 사냥을 할 계획이오."

이것은 음흉한 사나이 하겐이 군터왕에게 조언해 준 것입니다.

"모든 손님에게 아주 일찍 출발할 것이라고 알리시오. 나와 함께 사냥하러 가기를 원하는 사람은 필요한 장비를 갖추어야 할 것이오. 하지만 누구든 귀부인들과 즐거운 시간을 갖기 위해 이 궁에 머무르고자 한다면, 그 또한 나의 기쁨이 될 것이오."

그때 지크프리트가 아주 공손하게 말했습니다.

"만약 당신이 사냥하러 가신다면 나 또한 기쁘게 동행하겠습니다. 내게 짐승의 발자국을 잘 아는 사냥꾼 1명과 개 몇 마리를 내주신다면 숲으로 출발하겠습니다."

왕이 제의했습니다.

"왜 당신은 단지 한 사람만 원하는 거요? 원한다면, 나는 당신에게 짐승들이 잘 다니는 길과 숲을 정확히 알고 있어 당신을 잘 안내하고, 노획물 없이 사냥 캠프로 돌아오지 않게 할 수행원을 붙여 주겠소."

자랑스런 영웅은 아내에게로 말을 달렸습니다. 하겐은 재빨리 용맹한 영웅을 제거할 방법을 왕에게 알렸습니다. 그러나 사나이라면 결코 그 같은 흉계는 꾀해서는 안 될 일이었습니다.

## Chapter 16

# 지크프리트의 죽음

대담한 용사들인 군터왕과 하겐은 음흉한 의도를 갖고 숲속에서 사냥한다는 소식을 알리게 했습니다. 그들은 날카로운 창으로 곰과 멧돼지, 들소를 사냥하기로 했습니다. 무엇이 이보다 더 대담할 수 있었겠습니까?

지크프리트는 항상 그렇듯 훌륭한 모습으로 그들과 함께 말을 타고 갔습니다. 그들은 여러 가지 음식을 준비해 갔습니다. 결국 지크프리트는 어느 한 시원한 샘물가에서 목숨을 잃게 되었습니다. 그것은 군터왕의 아내인 브륀힐트 왕비의 사주로 일어난 일이었습니다. 그들은 라인을 가로질러 건너려는 계획을 가지고 있었습니다. 담대한 영웅 지크프리트는 자신과 일행을 위해 정선된 사냥복이 노새에 실리자, 다시 한 번 크림힐트에게 갔습니다. 크림힐트에게는 이보다 더 나쁜 일이 일어날 수 없었을 것입니다.

지크프리트는 사랑하는 아내의 입술에 입을 맞추었습니다.

"주께서 은총을 내리시어 내 사랑하는 아내인 당신을 건강하게 다시 만나고 당신 역시 나를 다시 볼 수 있게 되기를 빌겠소. 당신은 친지들과 즐거운 시간 보내구려. 나는 곧 이곳을 떠날 것이오."

그때 그녀는 하겐에게 지크프리트의 약점을 알려준 일이 생각났습니다. 하지만 그녀는 감히 그것에 대해 말할 수가 없었습니다. 그러나 그로 인해 고귀한 왕비는 자신이 세상에 태어난 것 자체를 한탄하게 되었습니다. 지크프리트 군주의 아내는 감정을 억제하지 못하고 그만 눈물을 쏟았습니다. 그녀는 지크프리트에게 말했습니다.

"제발 사냥을 그만두세요! 저는 지난밤에 멧돼지 두 마리가 들판을 가로질러 당신을 쫓는 꿈을 꾸었어요. 그때 꽃들이 붉게 변했지 뭐예요. 그래서 이렇게 울지 않을 수 없답니다. 혹여 당신 생명에 관한 음모가 있는 것은 아닐까 싶어 정말 두렵습니다. 우리가 가령 어떤 사람의 마음을 상하게 해서, 그가 적대감을 품고 우리에게 치명타를 가할지 누가 알겠어요? 그러니 제발 여기에 머무세요. 저의 성실한 충고를 들어주세요."

지크프리트가 말했습니다.

"사랑하는 크림힐트, 나는 틀림없이 다시 돌아올 거요. 이곳에 내게 악의를 품고 있는 자는 아무도 없다오. 당신의 친지들은 모두 예외 없이 나와 우호적인 관계를 맺고 있소. 그리고 나 역시 그들에게 그런 관계 외에 다른 어떤 것을 얻을 만한 짓을 한 적이 없소."

"안 돼요, 정말 안 된다니까요, 지크프리트! 저는 정말 당신 생명이 위태로울까 걱정이에요. 간밤에 저는 두 산이 당신 위로 내리 덮치는 꿈을 꾸었기에 마음이 아파요. 그때 저는 더 이상 당신을 볼 수가 없었어요. 당신이 지금 저에게서 떠나가신다면 제 심장은 이별로 터져 버릴 거예요."

지크프리트는 두 팔로 소중한 아내를 포옹한 다음 부드러운 키스로 애무해 주었습니다. 그러고 나서 이별을 고하고 이내 말을 타고 떠나갔습니다. 그녀는 그후 살아서는 그를 다시 볼 수 없는 운명으로 고통을 당했던 것입니다.

그들은 사냥을 즐기기 위해 말을 타고 깊은 숲속으로 계속 들어갔습니다. 많은 용감한 기사들이 군터왕과 그의 종사들을 수행하고 있었습니다. 게르노트와 기젤헤어는 궁에 머물러 있었습니다. 짐을 실은 말들은 그들보다 먼저 라인강을 건넜습니다. 말들은 사냥꾼 일행을 위해 빵과 포도주, 고기와 생선 그리고 막강한 왕이 자유자재로 사용하기 위해 필요한 다른 비축물들을 날랐습니다.

그들이 사냥을 즐기고자 했던 곳은 강변에 있는 드넓은 반도였습니다. 그곳은 푸른 숲의 가장자리에 접해 있었는데, 짐승들은 그곳으로 내몰리지 않을 수 없었습니다. 그들은 바로 그곳에 자랑스럽고 대담한 사냥꾼들을 위해 캠프를 설치했습니다. 그동안 지크프리트가 도착했고, 이 사실은 왕에게 보고되었습니다.

사냥꾼 일행은 이제 사방으로 흩어져 매복지에 자리 잡았습니다.

그때 용감한 전사인 힘센 지크프리트가 말했습니다.

"그대들 용감하고 대담한 용사들이여, 누가 우리를 숲속으로 인도하여 짐승의 발자국을 쫓게 해주겠소?"

그러자 하겐이 말했습니다.

"여기에서 사냥을 시작하기 전에 차라리 서로 떨어지는 것이 좋지 않겠습니까? 그러면 이 사냥에서 누가 최고의 사냥꾼인지를 알 수 있을 테니까요. 우리는 사람들과 사냥개의 무리를 정확히 나누어 갖는 것입니다. 그러면 누구든 가고 싶은 곳으로 방향을 정할 수 있지요. 가장 훌륭한 사냥감을 잡은 사람은 상을 받게 될 것입니다."

이제 사냥꾼들은 더 이상 서로를 붙들고 시간을 낭비하고 싶지 않았습니다. 크림힐트의 남편인 지크프리트 군주가 장담했습니다.

"내게는 숲속에서 짐승의 발자취를 쫓을 수 있을 만큼 예민한 개 1마리 외에는 아무것도 필요 없소이다. 그러면 나는 절대로 승리를 놓치지 않을 거요."

한 늙은 사냥꾼이 유능한 사냥개 1마리를 골라냈고, 얼마 후 짐승들을 많이 만날 수 있는 곳으로 지크프리트 군주를 안내했습니다. 두 사람은 보금자리로부터 도망치는 짐승들을 모조리 잡았습니다.

네덜란드의 영웅인 용감한 지크프리트는 사냥개가 찾아내는 짐승들을 모두 손수 때려잡았습니다. 어떠한 짐승도 그에게서 벗어날 수 없을 정도로 그의 말이 빨리 달렸기 때문입니다. 그래서 그는 이 사냥에서 다른 어느 누구보다 뛰어난 사냥 솜씨를 보였습니다.

모든 점에 있어서 그는 자기만의 솜씨를 발휘했습니다. 그가 손으로 때려잡은 어리고 힘센 멧돼지 1마리는 그날의 첫 번째 사냥 노획물이었습니다. 그 다음에는 사나운 사자 1마리를 해치웠습니다. 사냥개가 사자를 놀라게 하자, 그는 활을 쏘아 사자의 몸뚱이에 예리한 화살을 꽂았던 것입니다. 화살에 맞은 사자는 겨우 세 발자국을 뛰다가 쓰러졌습니다. 지크프리트의 동반자는 이 성공에 축하를 보냈습니다. 그러고 나서 그는 금방 야생소와 고라니 각각 1마리, 야생 들소 4마리 그리고 사나운 사슴 1마리를 잡았습니다. 그의 말이 너무 빨라 짐승들이 미처 달아나지 못했습니다. 결국 지크프리트 앞에서는 단 1마리의 사슴도 달아날 수가 없었습니다.

사냥개가 거대한 멧돼지 1마리를 찾아냈는데, 멧돼지가 도망가려고 방향을 잡자 능숙한 사냥꾼이 즉시 공격했습니다. 그러자 잔뜩 성난 멧돼지는 그 영웅을 향해 달려들었습니다. 지크프리트는 검 하나로 멧돼지를 처치했습니다. 어떤 사냥꾼이든 이런 일을 그렇게 쉽게 성공시키지는 못했을 것입니다. 그가 멧돼지를 때려잡자, 사람들은 사냥개를 붙들었습니다. 지크프리트의 엄청난 사냥물들은 부르군트 사람들 앞에 전시되었습니다. 그와 동행한 사냥꾼이 말했습니다.

"지크프리트 군주님, 저희가 당신께 정중하게 부탁드려도 된다면 짐승들 중에서 몇 마리는 놓아주셨으면 합니다. 그렇지 않으면 당신께서는 오늘 산과 숲을 텅 비게 해놓으실 것입니다."

이 말을 듣고 대담하고 용기 있는 영웅은 빙그레 웃었습니다. 그때 그들은 무사와 수행원들 그리고 개들이 사방에서 떠들어대는 와자지껄한 소리를 들었습니다. 그 소리는 무척 쩌렁쩌렁했기에 산과 숲에 메아리쳤습니다. 사냥꾼들이 사냥개들 가운데 최소한 24마리 이상을 풀어놓았던 것입니다. 그래서 수많은 짐승이 생명을 잃었습니다. 사냥꾼들은 상이 돌아올 거라고 생각했습니다. 그러나 힘센 지크프리트가 숙영지의 모닥불 가에 나타났을 때 그에 대해 더 이상 이야기할 수가 없었습니다.

이제 사냥은 거의 끝나가고 있었습니다. 그러나 완전히 끝난 것은 아니었습니다. 숙영지로 향하는 사냥꾼들은 많은 짐승 가죽과 고기를 가져왔습니다. 물론 사람들은 그 가운데 상당한 양을 왕의 종사들을 위해 부엌으로 가져갔습니다. 그때 군터왕은 식사를 할 생각이라는 것을 정예 사냥꾼들에게 알리게 했습니다. 뿔피리가 단 한 번 울렸으며, 그것은 사냥꾼들이 사냥 캠프로 돌아와 고귀한 왕과 만나자는 신호였습니다. 지크프리트의 사냥꾼 중 한 사람이 말했습니다.

"군주시여, 이제 사냥 캠프로 돌아오라는 뿔피리 소리가 들렸습니다. 저는 이 신호에 응하려 하옵니다."

뿔피리 신호는 되풀이해서 함께 사냥 나온 사람들을 불러들였습니다. 지크프리트 군주가 말했습니다.

"자, 우리도 그만 숲을 떠나세!"

그를 태운 말은 잔잔한 속보(速步)로 걸었고 종신들은 그의 뒤를 따랐습니다. 하지만 그들은 말발굽 소리를 요란하게 내면서 맹수인 야생곰 한 마리를 뒤쫓아갔습니다. 지크프리트는 어깨 너머로 종신들에게 말했습니다.

"우리 사냥꾼 일행에게 재미있는 놀이 한 가지를 가르쳐 주겠네,

개를 풀어놓게! 곰 한 마리를 보았는데 그 놈은 우리와 함께 사냥 캠프로 가야 하네. 만약 그 놈을 보통 빠르기로 몰기만 하면 달아날 수가 없을 것이네."

사냥개가 풀어놓아졌고 곰은 달아나기 시작했습니다. 지크프리트는 말을 타고 곰을 따라잡으려고 했으나 쉬운 일이 아니었습니다. 그는 통행하기 어려운 지대로 들어섰기 때문입니다. 그 힘센 동물은 이제 확실히 사냥꾼들로부터 달아날 수 있으리라고 생각했을 것입니다. 그러나 그때 그 훌륭하고 자랑스런 기사가 말에서 뛰어내려 곰의 뒤를 쫓았습니다. 곰은 너무 방심했기에 지크프리트를 피할 수가 없었습니다. 그래서 지크프리트는 상처 하나 입히지 않고 곰을 잡아 그 자리에서 묶었습니다. 곰은 지크프리트를 할퀼 수도, 물 수도 없었습니다. 대담하고 뛰어난 그 영웅은 그 놈을 안장에 꼭꼭 붙잡아맸습니다. 그리고 순식간에 안장에 올라앉아 사냥꾼 일행을 즐겁게 해주려고 아무 거리낌 없이 분방한 기분으로 그것을 캠프의 모닥불 가로 가져갔습니다.

그는 얼마나 신나게 사냥 캠프로 말을 달렸는지 모릅니다. 그의 거대한 창은 튼튼한 손잡이와 넓은 날을 지니고 있었고 그가 찬 훌륭한 칼은 박차 있는 데까지 다다랐습니다. 또 그가 갖고 있었던 사냥 피리는 황금으로 만들어진 것이었습니다. 나는 이보다 더 훌륭한 사냥꾼에 관한 이야기를 한 번도 들어 본 적이 없습니다. 사람들이 본 대로 그는 검은 천으로 만든 윗도리를 입고 있었고, 매우 귀한 검은색 담비 모피로 된 모자를 쓰고 있었습니다. 더군다나 그가 화살통에 두르고 다녔던 그 뛰어난 장식에 이르러서는 이루 말할 필요가 없었습니다! 거기에서는 향기로운 냄새가 스며나왔으므로 표범 가죽으로 팽팽하게 둘러쳐져 있었습니다. 그 밖에 그는 활을 하나 지녔었는데, 모든 사람이 활을 팽팽하게 당겨보고자 했지만 지크프리트가 아니면 오직 권양기의 도움이 있어야만 가능했습니다.

그의 사냥복은 전체가 수달 가죽으로 된데다가 위에서 아래까지 다양한 모피로 덮여 있었으며, 그 양쪽에 붙은 수많은 황금 죔쇠들이 번쩍번쩍 빛났습니다. 그는 날이 넓은 보검 발뭉도 지녔었는데, 그것은 너무나 날카로워서 일단 투구를 내려치기만 하면 언제든 효력이 있었습니다. 그만큼 보검의 칼날은 비할 데 없이 예리했습니다. 그 화려한 사냥꾼은 자부심과 삶의 기쁨으로 가득 차 있었습니다.

이제 여러분에게 그 이야기를 완벽하게 표현해 드리고자 합니다. 그의 멋진 화살통은 뾰족한 화살로 가득 차 있었고, 화살 끝부분은 금으로 되어 있었으며, 칼날은 한 뼘이나 넓었습니다. 그가 그것으로 맞추기만 하면 무엇이든 그 자리에서 죽지 않을 수 없었습니다. 그때 어느 모로 보나 사냥꾼다운 고귀한 기사가 말을 타고 나타났습니다. 지크프리트가 다가오는 것을 보고 군터왕의 신하들이 그에게로 달려가서 말을 잡아 주었습니다. 그는 자신의 안장에 커다랗고 힘센 곰 1마리를 달고 왔습니다.

그는 말에서 뛰어내려 곰의 발과 주둥이에 채웠던 족쇄를 풀어주었습니다. 곰을 본 개들이 격렬하게 짖기 시작했습니다. 그러자 그 곰은 숲으로 달아나려고 하다가 개들이 짖어대는 소리에 놀라 그만 취

사장으로 뛰어들고 말았습니다. 그 놈이 얼마나 재빨리 주방에서 일하는 사람들을 으르대어 내쫓아 버렸던지 솥들은 엎어졌고 화덕의 불은 흩어져 버렸습니다. 많은 훌륭한 음식들은 잿더미 속에 쏟아졌습니다. 사람들의 심사는 그다지 편치가 못했습니다.

영주들과 신하들이 소스라치게 놀라며 자리에서 일어나자 곰은 더욱 사나워지고 말았습니다. 그래서 왕은 그때까지 묶어 두었던 개떼를 풀도록 했습니다. 모든 것이 잘 끝났더라면, 그들은 즐거운 하루를 보낼 수 있었을 것입니다.

용감한 자들은 더 이상 꾸물거리지 않고 활과 창을 들고 곰이 달아난 쪽으로 잽싸게 달려갔습니다. 그러나 거기에는 개들이 군집해 있어서 그 누구도 감히 활을 쏘지 못했습니다. 사람들이 내는 소리로 산 전체가 울렸습니다.

곰은 개를 피해 달아났습니다. 단지 지크프리트만이 곰을 따라갈 수 있었습니다. 그는 곰을 따라잡아 칼로 일격을 가해 치명타를 주었습니다. 그런 다음에야 사람들은 곰을 다시 사냥 캠프로 운반해 올 수 있었습니다. 이것을 함께 체험한 모든 사람은 지크프리트가 힘센 용사라는 것을 다시 한 번 확인했습니다. 의기양양한 사냥꾼 일행은 식탁으로 오라는 권고를 받았습니다. 많은 고귀한 사냥꾼들이 훌륭한 초원에 자리를 잡았고 그들을 위해서 정선된 음식들이 제공되었습니다.

비록 술을 나르는 시종들이 기다리게 하기는 했지만, 전반적으로 용사들은 매우 친절한 대접을 받았습니다. 그들의 마음속에 거짓이 감추어져 있지만 않았다면, 그 영웅들은 모든 오점으로부터 보호받았을 것입니다. 지크프리트 군주가 말했습니다.

"주방의 요리사들이 이렇게 많은 음식을 대접하면서 왜 포도주는 내오지 않는지 알고 싶소. 사냥꾼들을 더 잘 대접하지 않는다면 나는 사냥꾼 일행에서 빠지고 싶소. 나는 더 나은 대접을 받을 만한 일을 충분히 했다고 여겨집니다만."

그러자 왕이 자신의 식탁에서 음흉하게 말했습니다.

"부족한 것은 기꺼이 응분의 보상을 해드리겠소. 이는 하겐의 책임이오. 우리가 여기서 갈증을 느끼고 죽을 지경이 되는 것에 재미를 느끼고 있나 보구려."

트론예의 하겐이 말했습니다.

"존경하는 지크프리트 군주시여, 저는 오늘 사냥이 스페사르트숲에서 열릴 것으로 생각했사옵니다. 그래서 술을 그곳으로 보내고 말았습니다. 오늘은 비록 마실 것 없이 지낼지 모르지만, 앞으로는 보다 나은 대접이 되도록 미리 주의를 기울이겠습니다."

지크프리트 군주가 말했습니다.

"빌어먹을 포도주로군! 사람들은 나에게 일곱 마리의 노새에 가득 실은 꿀술을 갖다 주어야 했어. 그렇게 할 수 없었다면, 최소한 캠프를 라인강에 좀 더 가까이 설치했더라면 좋았을 텐데 말이야!"

하겐이 다시 말했습니다.

"고귀하고 용감하신 기사님, 제가 이 부근에 시원한 샘이 있는 곳을 알고 있사옵니다. 빨리 그곳으로 가시지요. 그러면 더 이상 화를 내시지 않을 것입니다."

그러나 이 충고는 많은 영웅들을 큰 곤경에 빠뜨렸던 것입니다. 하지만 갈증은 영웅 지크프리트를 괴롭혔습니다. 그래서 그는 여느 때보다 빨리 식탁을 거두라는 명령을 내렸습니다. 산기슭에서 시작되는 그 샘으로 서둘러 가고 싶었기 때문입니다. 그러나 그 충고는 음흉한 의도에서 나온 함정이었습니다.

사람들은 지크프리트가 손수 때려잡은 짐승들을 마차로 부르군트 땅까지 옮겼습니다. 그것을 본 사람은 누구나 도가 지나칠 정도로 지크프리트를 칭찬했습니다. 그러나 하겐은 지크프리트의 그 충성을 치욕적으로 파괴하고 말았습니다. 그들이 넓게 가지들이 뻗쳐 있는 보리수로 가려고 할 때, 하겐이 지크프리트에게 말했습니다.

"달리기에 있어서는 어느 누구도 당신을 따라갈 수 없다는 이야기를 자주 들었습니다. 지금 그것을 증명해 주십시오."

"나와 샘이 있는 곳까지 달리기 시합을 하겠다면 당장 증명해 보일 수 있을 것이오. 그런 다음 승리하는 사람에게 상을 주어야 할 것이오."

"좋습니다. 이제 시험해 보시지요."

"두 분이 달려가시오. 나는 풀밭에 누워 있겠소."

군터왕은 이 말을 들었을 때 매우 기뻤습니다. 용감한 용사 지크프리트가 말했습니다.

"당신들에게 또 한 가지 유리한 조건을 제시하겠소. 나는 옷, 창, 방패 그리고 사냥 장비를 모두 지니고 달리겠소."

그러면서 지크프리트는 즉시 화살통과 칼을 몸에 둘렀습니다. 다른 두 사람은 반대로 입고 있던 옷을 벗었습니다. 그러자 달랑 두 개의 흰 속옷만 걸친 모습이 되었습니다. 3마리의 야생 표범처럼 그들은 초원 위를 돌진했습니다. 사람들은 용감한 지크프리트가 샘에 먼저 당도하는 것을 보았습니다.

어느 모로 보나 지크프리트는 다른 남자들을 능가했습니다. 그는 차고 있던 칼을 풀고 화살통을 내려놓았으며, 막강한 창은 한 보리수 둥치에 기대어 놓았습니다. 그 훌륭한 용사는 물가에 섰습니다.

지크프리트는 심한 갈증으로 괴로웠으나 참고 있었습니다. 그 영웅은 방패를 샘 옆에 내려놓고서 군터왕이 아직 그 물을 마시지 않은 이상 먼저 마시지 않았습니다. 하지만 지크프리트는 자신의 고귀한 양보에 대해 대가를 치러야만 했습니다. 군터왕은 그런 그에게 아주 좋지 않게 감사 표시를 했던 것입니다.

그 샘물은 시원하고 매우 깨끗했습니다. 군터왕은 샘물을 마시려고 허리를 굽혔습니다. 물을 마시고 나자, 그는 일어서서 옆으로 비켜났습니다. 이제 용감한 지크프리트가 물을 마실 차례였습니다. 하겐은 지크프리트의 활과 칼을 옆으로 치워버렸습니다. 그리고 창을 기대어 놓은 보리수 쪽으로 달려갔습니다. 용감한 영웅의 사냥복에서 실로 꿰 맨 표시를 찾은 그는 지크프리트가 물을 마시고 있을 때, 창을 던져 그곳을 관통시키고 말았습니다. 상처에서 뿜어져 나온 심장의 피가 높이 치솟더니 원을 그리면서 하겐의 상의에까지 흩뿌려졌습니다. 그처럼 부당한 행위는 오늘날 어떠한 영웅도 할 수 없을 것입니다.

하겐은 지크프리트의 심장에 창을 꽂고서 미친 듯이 서둘러 도망쳤습니다. 하겐은 그전에 사람을 피해 도망친 적이 없었습니다. 지크프리트는 심한 상처로 인해 고통을 느끼고 엄청난 분노가 치밀었습니다. 그의 어깻죽지로부터는 긴 창자루가 나와 있었습니다. 그는 벌떡 일어서서 활과 칼을 찾았습니다. 만약 지크프리트가 그것을 찾아냈더라면 하겐은 자신의 배은망덕한 봉사에 대한 대가를 치렀을지도 모를 일입니다.

그러나 그는 치명적인 상처를 입었기에 칼을 찾지 못했고 방패 외에 다른 것은 집을 수가 없었습니다. 그는 샘의 가장자리에서 방패를 확 집어 들고는 하겐을 향해 돌진했습니다. 군터왕의 종사는 더 이상 그로부터 달아날 수가 없었습니다.

지크프리트가 제아무리 치명적인 상처를 입었다 하더라도 엄청난 힘으로 가격했으므로 방패에서 수많은 보석들이 튕겨져 나왔고, 방패는 완전히 부서져버렸습니다. 그 훌륭한 영웅은 오로지 복수하려는 일념뿐이었습니다.

하겐은 지크프리트의 공격을 받고 땅바닥에 쓰러졌는데, 그의 엄청난 힘에 반도 전체가 크게 울렸습니다. 지크프리트가 자신의 보검을 가지고 있었다면 하겐을 바로 죽였을 것입니다. 다친 자는 무섭게 날뛰었는데 당연히 그럴 만했습니다. 지크프리트의 안색은 점점 변해 갔습니다. 그는 더 이상 버티고 서있을 수가 없었습니다. 사지의 힘은 사라져 갔고 이미 죽음이 그의 빛나는 이마에 흔적을 그렸기 때문입니다. 후에 그는 수많은 아름다운 부인들의 애도를 받았습니다.

크림힐트의 남편은 꽃밭 속으로 쓰러졌습니다. 그의 상처에서는 끊임없이 피가 흘러나왔습니다. 그는 단말마의 고통 속에서 불충한 마음으로 살인 계획을 꾸몄던 자들을 원망하기 시작했습니다. 치명적인 상처를 입은 지크프리트가 말했습니다.

"아, 당신들 비겁한 겁쟁이들이여, 당신들이 이렇게 나를 죽이는 마당에 내가 행한 봉사가 무슨 소용이 있겠소? 나는 당신들에게 항상 충실하였소. 그런데 그 대가를 이렇게 받게 되는구려. 당신들은 친척에게 무서운 죄악을 저지르고 만 거요. 이제부터 이 종족에서 태어나는 자는 오점을 달고 살게 될 것이오. 당신네들은 눈먼 증오 때문에, 나에게 도가 지나친 복수를 행하는 일에 휩쓸리고 만 거요. 치욕스럽게도 당신들은 위대한 용사의 반열에서 제외되어야 마땅할 것이오!"

모든 기사들은 지크프리트가 피를 쏟고 누워 있는 곳으로 달려갔습니다. 그날은 그들 모두에게 비통한 하루였습니다. 마음속으로 그에게 충성심을 느꼈던 사람들은 지크프리트의 죽음을 애통해했습니다. 용감하고 자랑스런 기사 지크프리트로서는 사실 그런 대접을 받기에 충분했던 것입니다. 심지어 부르군트 왕국의 군터왕마저 그의 죽음에 눈물을 흘렸습니다. 그때 죽어 가는 자가 말했습니다.

"범행을 저지른 자는 나중에 자신의 잘못을 필히 한탄하게 될 것이오. 그는 비난받아 마땅할 것이오. 이 행위는 차라리 일어나지 않았더라면 더 좋았을 것이오."

그러자 격분한 하겐이 말했습니다.

"난 도대체 당신이 무엇을 그렇게 슬퍼하는지 모르겠소. 이제 우리의 불안과 치욕은 모두 끝났소. 감히 또 우리에게 대적하려는 자는 단지 소수에 불과할 뿐이오. 난 어쨌든 당신의 주도권에 종지부를 찍었다는 것을 행운으로 간주하고 있소이다."

지크프리트가 말했습니다.

"그렇게 호언장담까지 할 필요는 없소. 만일 내가 그대의 음흉한 살해 음모를 미리 알아차렸더라면, 날 지킬 수가 있었을 것이오. 지금은 크림힐트에 대한 걱정만큼 날 괴롭히는 것은 없소. 신께서 나에게 은총을 내리셔서 아들을 선사해 주셨는데, 이제 그의 친척들이 누군가를 음흉하게 살해했다는 오점을 남겨 주고 말았소. 내게 힘이 조금 남아 있다면 그 일을 정당하게 하소연할 수 있을텐데 ……."

치명상을 입은 영웅은 고통 속에서 떨리는 목소리로 말했습니다.

"그대 고귀한 왕이시여, 만약 당신이 이 세상에서 단 한 사람에 대해서 만이라도 성실하다는 것을 보여주시려면, 제 사랑하는 아내를 정성껏 돌보아 주십시오. 그래서 그녀가 당신의 누이동생이라는 것이 도움이 되도록 해주십시오. 모든 제후의 명예를 걸고 당신에게 간절히 바라노니 성실히 그녀를 돌보아 주소서. 저의 아버님과 종사들은 이제 오래오래 저를 기다려야만 하겠죠. 지금까지 사랑하는 친척들이 한 여인에게 이렇게 고통을 준 적은 결코 없었을 것이오."

사방의 꽃들은 지크프리트의 피로 붉게 물들었습니다. 그는 죽음과 싸우면서 꽃들 속에 누워 있었습니다. 그러나 그것은 그리 오래 걸리지 않았습니다. 죽음은 벌써부터 날카롭게 낫질을 했기 때문입니다. 용감하고 자랑스런 영웅의 목소리는 마침내 사라졌습니다.

영웅이 숨을 거둔 것을 확인한 영주들은 그를 황금 방패 위에 올려 놓고, 하겐이 범인이라는 것을 어떻게 감출지 심사숙고했습니다. 많은 사람들이 말했습니다.

"골치 아픈 일이로군. 우리는 이 일을 완벽하게 꾸며야 합니다. 크림힐트 왕비의 남편이 숲속에서 혼자 사냥을 하고 있을 때 도적들이 그를 살해했다고 합시다."

하겐이 말했습니다.

"내가 그를 보름스로 운반하겠소. 브륀힐트 왕비께 그렇게 심하게 모욕을 주었던 크림힐트 왕비가 알게 되든 말든 나와는 상관없는 일이오. 크림힐트 왕비가 아무리 슬피 울더라도 나는 아무렇지 않을 것이오."

Chapter **17**

# 끝없는 애도

그들은 밤까지 기다렸다가 라인강을 건너갔습니다. 영웅들이 사냥을 하면서 그보다 사악하게 행동할 수는 없었을 것입니다. 고귀한 여인들은 그들이 죽인 그 '동물'을 애도하여 울었으며, 더욱이 용감한 영웅들은 후에 그 대가로 목숨을 잃어야만 했습니다.

이제 여러분은 야만적인 범죄와 잔혹한 복수에 관한 이야기를 들으실 것입니다. 하겐은 죽은 니벨룽의 지크프리트를 크림힐트가 잠들어 있는 규방 앞으로 날라 오게 했습니다. 하겐은 크림힐트가 한 번도 빠진 적이 없는 새벽 미사에 갈 때, 발견할 수 있도록 지크프리트의 시체 를 문 앞에 내려놓게 했던 것입니다.

성당에서는 평소처럼 종이 울렸고, 아름다운 크림힐트는 시녀들을 깨워 등불과 옷을 가져오게 했습니다. 그때 시종장이 지크프리트의 주검과 마주쳤던 것입니다. 그는 옷이 새빨간 피로 흠뻑 젖은 채 피범벅이 되어 쓰러져 있는 사람을 보았습니다. 시종장은 그것이 자신의 주인인 줄은 꿈에도 몰랐습니다. 시종장은 크림힐트 왕비에게 가장 끔찍한 보고를 드리기 위해 규방으로 불을 가져갔습니다. 왕비가 시녀들과 함께 성당으로 출발하려고 할 때 시종장은 말했습니다.

"잠깐만 기다리소서. 방 앞에 살해된 기사의 시체가 있사옵니다!"

그리하여 크림힐트는 한없는 통곡의 울음을 터뜨리게 되었던 것입니다. 그녀는 그것이 정말 자기 남편인지 확인하기에 앞서 하겐이 어떻게 하면 지크프리트왕을 보호할 수 있겠느냐고 물었던 것이 생각났습니다. 그제야 비로소 그녀는 쓰라린 비통함에 사로잡혔습니다. 지크프리트의 죽음으로 그녀는 현세의 모든 행복을 단념하지 않을 수 없었기 때문입니다. 그녀는 끝내 기절하고 쓰러져 더 이상 말을 할 수가 없었습니다. 사람들은 아름답고 불행한 여인이 바닥에 쓰러져 있는 것을 보았습니다. 그녀의 비통함의 폭발은 끝이 없었습니다. 그녀는 인사불성에서 깨어나자 너무나 크게 소리쳐 울부짖는 바람에 전 규방이 울음소리로 메아리쳤습니다.

시녀들이 말했습니다.

"어쩌면 그 사람은 이방인일지도 모르옵니다."

하지만 그녀는 쓰라린 아픔으로 인해 입에서 피를 토하면서 말했습니다.

"그 사람은 내 사랑하는 남편 지크프리트왕이다. 브륀힐트 왕비가 사주했고 하겐이 저지른 짓이야!"

크림힐트 왕비는 죽은 영웅에게 가까이 다가가 부드럽고 하얀 손으로 그의 아름다운 머리를 조심스럽게 안아 들었습니다. 비록 피범벅이 되어있었지만 그녀는 곧 그를 알아보았습니다. 정말 거기에는 니벨룽의 나라에서 온 영웅이 처참하게 쓰러져 그녀의 발밑에 누워 있었던 것입니다. 고귀한 왕비는 고통으로 울부짖었습니다.

"아, 나에게 저주를! 당신의 방패는 검으로 부서지지 않았군요. 당신은 암살당해 내 앞에 누워 있네요. 누가 그랬는지 알 수만 있다면, 난 그를 죽여 버릴 생각만 할 거예요."

모든 시녀들은 그들의 사랑하는 여주인과 함께 슬퍼하고 통곡했습니다. 고귀한 주인의 죽음이 너무나 슬펐던 것입니다. 결국 하겐은 브륀힐트의 노여움을 철저히 복수해 준 셈이 되었습니다. 슬픔에 가득 찬 여인은 말했습니다.

"시종장, 그대는 빨리 가서 지크프리트왕의 종사들을 깨우시오. 그리고 지크문트대왕께 나의 비통함을 알리고 용감했던 지크프리트왕을 위해 밤샘하는 데 도와주실 수 있는지 여쭈어 보시오."

그래서 전령 한 사람이 곧 니벨룽의 나라에서 온 지크프리트의 용사들에게로 달려갔습니다. 그에 관한 비통한 소식은 그들로 하여금 순식간에 축제 기분에서 벗어나게 했지요. 그들은 직접 통곡소리를 들을 때까지는 그 사실을 믿으려 하지 않았습니다. 전령은 또한 곧장 왕이 누워 있는 침실로 갔습니다. 지크문트대왕은 자고 있지 않았는데, 내 생각으로는 그가 아들의 신상에 벌어진 일을 예감하고 있었던 것 같았습니다. 그는 그의 사랑하는 아들을 살아서는 두 번 다시 볼 수 없었습니다.

"지크문트대왕이여, 일어나시옵소서! 크림힐트 왕비님께서 대왕님께 급히 달려가라는 분부를 내리셨사옵니다. 왕비님은 지금 다른 어떤 일보다 깊이 가슴 에이는 고통을 당하셨습니다. 대왕님께서는 슬픔에 빠진 그분을 위로해 주셔야 합니다. 대왕님께서도 아주 큰 충격을 받으실 것이옵니다."

그러자 지크문트대왕은 벌떡 일어나서 흐느끼는 전령에게 말했습니다.

"자네가 나에게 보고한 아름다운 크림힐트 왕비의 비통함이란 도대체 무엇인고?"

"전 그것을 숨길 수가 없사옵니다. 네덜란드의 용감한 지크프리트 왕께서 살해되셨사옵니다. 정말이옵니다."

"아무한테나 하듯 지크프리트왕이 살해되었다는 그런 끔찍한 이야기로 장난치는 일은 부디 그만두게나. 나는 그가 나보다 먼저 죽는 것을 결코 참을 수 없네!"

"지금 들으신 제 말에 의심이 가신다면, 대왕님 스스로 크림힐트 왕비님과 시녀들이 지크프리트왕의 죽음에 대해 얼마나 슬퍼하고 있는지 직접 들어보시옵소서."

지크문트왕은 깜짝 놀랐습니다. 그는 그럴 만한 이유를 충분히 갖고 있었던 것입니다. 그는 백 명이나 되는 종사들과 함께 잠자리에서 벌떡 일어났습니다. 그들은 서둘러 날카롭고 긴 검을 허리에 차고, 크게 울부짖는 가운데 통곡하는 소리가 나는 곳으로 달려갔습니다. 용감한 지크프리트의 부하 천 명의 용사들도 달려왔습니다. 시녀들이 처절하게 통곡하는 소리를 들으니 그들 중 몇몇은 여인들이 우선 옷부터 단정하게 입어야 한다고 생각했습니다. 여자들은 고통스러움으로 제정신이 아닌 것 같았고, 그들 또한 마음이 우울했기 때문입니다. 그때 지크문트왕이 크림힐트에게 다가가서 말했습니다.

"아, 이 땅으로 우리를 인도한 이번 여정은 정말 괴롭고 슬프도다.

우리는 그래도 좋은 친구들 가운데에 있다고 생각했었는데, 대체 어떤 살인자가 나에게서는 아들을 그리고 왕비에게서는 남편을 앗아갔단 말인가?"

그 기품 있는 여인은 말했습니다.

"아, 그자를 알기만 한다면, 그는 더 이상 용서받을 수 없을 것입니다. 저는 그에게 가장 끔찍한 종말을 준비할 것입니다. 그의 혈육들은 저의 복수로 인해 처절하게 눈물을 흘릴 수밖에 없을 것입니다."

지크문트왕이 아들의 시체를 팔에 안았을 때, 왕의 친구들이 너무나 큰소리로 처절하게 통곡했기에 궁정과 본관 홀은 그 소리로 쩌렁쩌렁 울렸고, 보름스 역시 그들의 통곡소리로 메아리쳤습니다. 그때 지크프리트왕의 미망인을 어떻게 위로할 수 있을지 아무도 몰랐습니다. 아름다운 지크프리트의 시체에서 옷이 벗겨졌습니다. 그의 상처를 닦고 관대(棺臺) 위에 올려놓자 또다시 격렬한 고통이 종사들을 사로잡았습니다. 니벨룽족 출신의 전사들이 말했습니다.

"우리는 언제든지 원수를 갚을 준비 자세를 취하고 있을 것입니다.

이런 일을 저지른 자는 여기 이 궁성 어딘가에 있는 것이 틀림없습니다."

지크프리트의 부하 모두가 무기를 챙기러 달려갔습니다. 천백 명의 정예 용사들은 방패를 들고 돌아왔습니다. 그들은 모두 지크문트 왕의 명령을 받들게 되었고, 지크프리트의 죽음에 복수할 것을 재촉했습니다. 그들은 충분히 그렇게 할 만한 근거를 가지고 있었던 것입니다. 그러나 그들은 지크프리트 군주가 사냥을 하면서 함께 말을 달렸던 군터왕과 그의 부하들을 제외하고는 도대체 누구에게 대항해야 할지를 몰랐습니다.

크림힐트는 무사들이 무장을 하고 있는 것을 보고 깜짝 놀랐습니다. 그녀는 슬픔과 고통이 아무리 심하다 할지라도, 오라버니들의 종사들로부터 니벨룽 사람들에게로 치명적인 위험이 닥쳐옴을 명확하게 알아차렸던 것입니다. 그래서 그녀는 이의를 제기했고, 친한 친구들이 서로에게 흔히 하는 것처럼 신중한 말로써 경고했습니다. 고통으로 가득 찬 여인이 지크문트대왕에게 말했습니다.

"아버님, 지금 무엇을 계획하고 계시나요? 아버님께서는 상황을 충분히 알고 있지 못하십니다. 군터왕에게는 아주 용감한 부하들이 많이 있사옵니다. 만약 아버님께서 그들을 공격하신다면 스스로를 파멸시킬 뿐이옵니다."

그러나 그들은 방패를 들어 올리면서 싸우기를 원했습니다. 기품 있는 왕비는 자랑스러운 용사들에게 제발 그 계획을 중단하라고 간청했고 또 명령했습니다. 그러나 그들이 말을 듣지 않자, 그녀는 깊은 수심에 빠졌습니다.

"아버님, 부디 좋은 기회가 찾아올 때까지 그 계획을 중단하시옵소서. 그러면 저는 언제든지 아버님과 함께 제 남편의 원수를 갚을 태세를 갖출 것이옵니다. 우선 누가 저에게서 남편을 앗아갔는지 그 증거를 확보하기만 하면, 그 살인자는 화를 면치 못할 것이옵니다. 여기 라인에는 용감한 용사들이 너무 많기 때문에 저는 오직 싸움을 하지 말라는 충고만 드릴 수 있을 뿐이옵니다. 우리 용사 1명당 그들 3십 명이 맞서게 될 테니까요. 신이시여, 그들이 우리를 곤경에 빠뜨렸듯이 그들에게도 똑같은 일이 일어나게 하소서!"

그러고 나서 크림힐트는 용사들에게 말했습니다.

"자랑스런 용사들이여, 여기에 머무르면서 내가 이 고통을 이겨내는 것을 도와주시오! 그리고 날이 새면 나의 사랑하는 남편을 관에 옮기는 일을 거들어 주시오."

"당연히 그렇게 하겠습니다."

기사들과 귀부인들이 얼마나 고통스럽게 통곡하기 시작했는지, 그 것에 관해서는 어느 누구도 여러분에게 정확하게 말씀드릴 수가 없을 것입니다. 그 울부짖는 소리는 대단히 컸기에 시내에서도 들을 수 있었습니다. 그래서 지체 높은 시민들이 궁정으로 달려왔습니다. 그들은 손님들과 함께 서럽게 울었습니다. 그들 또한 심한 아픔을 느꼈기 때문입니다. 그러나 무슨 이유로 그 고귀한 영웅이 죽었는가에 대해 그들에게 이야기해 주는 사람은 없었습니다. 대장장이들에게는 금과 은으로 된 호화스럽고 견고한 관을 만들라는 분부가 내려졌습니다. 관은 강한 고리쇠로 빙 둘러 조이게 되어 있었습니다. 모든 사람은 지크프리트의 죽음을 슬퍼했습니다.

이제 밤은 지나가고 아침이 가까워졌습니다. 고귀한 군주의 부인은 사랑하는 남편 지크프리트의 관을 대성당으로 옮기게 했습니다. 사람들은 지크프리트의 모든 친구가 울면서 그 뒤를 따라가는 것을 보았습니다. 그들이 성당으로 관을 옮겼을 때, 종들이 일제히 울렸습니다. 사람들은 사방에서 수많은 성직자들의 성가를 들었습니다. 군터왕은 종사들과 함께 거기에 합류했고, 음흉한 하겐 역시 통곡하고 있는 사람들 무리에 합류했습니다. 군터왕이 말했습니다.

"아, 사랑하는 누이동생이여, 얼마나 괴롭소! 우리가 이런 손실을 면할 수 있었다면 얼마나 좋았겠소! 우리는 언제나 지크프리트왕을 애도할 것이오."

그러자 슬픔에 잠겨 있던 크림힐트가 말했습니다.

"오라버니께서는 그럴 이유가 없으실 텐데요. 그것이 정말 오라버니께 고통이 된다면 이런 일은 결코 일어나지 않았을 거예요. 나는 오라버니가 그랬다고 맞대 놓고 말하는 거예요. 나와 내 사랑하는 남편이 작별하게 되었을 때, 오라버니는 나에 대해서는 전혀 생각지 않았어요. 신께서는 차라리 오라버니가 나를 죽이게 하셨더라면 나았을 것을 그랬어요."

그들은 단호히 부인했습니다. 그러나 크림힐트는 계속 말했습니다.

"죄가 없는 사람은 그것을 공개적으로 입증해야 할 것이며, 모든 이가 주시하는 가운데 사자의 관 앞으로 걸어가야 할 것입니다. 그러면 사람들은 모든 진실을 당장 알게 될 겁니다."

그것은 기적에 가까운 일이었습니다. 그렇지만 그런 일은 오늘날에도 여전히 일어나고 있습니다. 살인을 한 자가 그 시체 앞으로 다가가면 그때 그런 일이 일어났던 것처럼 상처에서는 또다시 피가 흐르게 된다는 것입니다. 그렇게 해서 죄는 하겐에게 있다는 것이 밝혀졌습니다. 조금 전처럼 피가 흘렀고, 이전에 통곡했던 사람들은 비탄의 소리를 더 강하게 질렀습니다. 그때 군터왕이 말했습니다.

"그대에게 진실을 말하겠소. 그를 죽인 것은 도적들이었소, 하겐이 한 짓이 아니오."

이에 크림힐트는 말했습니다.

"나는 그 도적들을 분명히 알고 있어요. 신이시여, 남편의 혈육들이 그들의 손으로 복수할 수 있도록 허락하소서. 오라버니와 하겐, 당신 들이 살인자였다니 ……."

지크프리트의 용사들은 싸울 태세를 취했으나 크림힐트는 다시 말했습니다.

"지금은 내가 나의 힘겨운 운명을 견뎌내는 걸 도와주시오!"

그녀의 오라버니 게르노트와 젊은 기젤헤어가 지크프리트의 관으로 다가와서 다른 사람들과 함께 진심으로 그의 죽음을 슬퍼했습니다. 그들은 크림힐트의 남편에 대해 마음에서 우러나오는 눈물을 흘렸습니다. 이제 미사곡을 부를 때가 되었고 남녀노소 할 것 없이 많은 사람들이 대성당으로 몰려왔습니다. 심지어는 지크프리트의 죽음과 하등의 상관이 없었던 사람들조차 그를 애도했습니다. 게르노트와 기젤헤어가 말했습니다.

"사랑하는 누이동생이여, 이제 이 심각한 손실을 당하고 난 마당에 스스로 위로받아야 하오. 이제 어떻게 해볼 도리가 없잖소, 우리는 살아있는 한 그대가 고통을 극복할 수 있도록 돕고 싶소."

그러나 이 세상의 어느 누구도 그녀에게 위안을 줄 수가 없었습니다. 지크프리트의 관은 정오쯤에 완성되었습니다. 사람들은 그가 누워 있던 관대에서 그를 들어 올렸습니다. 그러나 왕비는 그를 파묻는 것을 여전히 허락하지 않았습니다. 그 바람에 비탄에 잠겨 있던 사람들은 또 다시 깊은 슬픔에 빠졌습니다. 사람들은 시체를 값비싼 천으로 감쌌습니다. 내 생각에 그때 울지 않은 사람은 없었으리라 여겨집니다. 고귀한 우테 대비마마와 그녀의 모든 시종들은 진심으로 그 당당했던 영웅을 애도했습니다.

미사곡이 불리기 시작했고 영웅이 관 속에 안치되었다는 이야기를 듣고, 엄청난 사람들이 모여들어 대성당은 붐비기 시작했습니다. 모두가 지크프리트의 영혼에 구원의 봉헌 선물을 바치고 싶어 했기 때문입니다. 이 적대적인 환경 속에서 지크프리트는 많은 선량한 친구들을 가지고 있었던 것입니다. 불쌍한 크림힐트는 의관 시종들에게 말했습니다.

사자에게 경의를 표하고 나에게 친절을 베풀고자 하는 사람은 나를 사랑하는 마음에서 밤샘의 노고를 맡아 주어야겠소. 그리고 지크프리트왕의 영혼을 구원하기 위해서 사람들에게 그가 소유했던 황금을 나누어 주도록 하라."

약간이나마 분별력을 지닌 아이라면 누구나 미사성제(聖祭)에 갔습니다. 지크프리트가 무덤에 안치되기 전에 대성당에서는 이날 백 번이 넘는 미사가 봉헌되었습니다. 지크프리트의 친구들은 다시 관 주위로 몰려들었습니다. 미사곡을 부르고 난 후 사람들은 사방으로 흩어졌습니다. 크림힐트 왕비가 말했습니다.

"오늘 이 발군의 영웅 옆에서 나 혼자 밤샘하게 하지는 말아주시오. 내 모든 행복은 그와 더불어 무덤 속으로 들어가는 것이오. 내 사랑하는 남편과 마지막 작별을 할 때까지 나는 그를 사흘 동안 관대 위에 올려놓고자 하오. 죽음이 나마저 저승으로 데려간다면 그것은 신의 섭리일 것이오. 그러면 불쌍한 이 사람의 고뇌는 단숨에 끝나버릴 것이오."

도시에서 온 사람들은 그들의 거처로 되돌아갔습니다. 크림힐트는 망자를 위해 밤샘을 한 사제와 수도승 그리고 하인들에게 가지 말라고 부탁했습니다. 그렇게 해서 그녀는 슬프고도 울적한 하루 밤낮을 보냈습니다. 많은 사람들이 먹지도 마시지도 않고 견뎌냈습니다. 그러나 먹을 것을 원하는 자들에게는 나중에 풍족한 장례 음식이 제공될 것이라는 약속을 했습니다. 지크문트왕이 그것을 주선했던 것입니다. 그러나 니벨룽 사람들은 커다란 곤욕을 치렀습니다. 미사곡을 부를 줄 알았던 사람들은 사흘 동안 그 힘든 일을 줄곧 해내야만 했습니다. 그 대가로 그들에게는 제물이 풍족하게 제공되었습니다. 가난했던 사람들이 그로 인해 갑자기 부자가 되기도 했습니다. 아무것도 가진 것이 없는 가난한 이들에게는 지크프리트의 금고에서 황금을 꺼내주어 봉헌하게 했습니다. 지크프리트는 이제 다시는 살아날 수 없었기에 그의 영혼을 구제하기 위해 최소한 수천 마르크를 바쳤던 것입니다.

크림힐트는 토지에서 생겨난 수익들을 나라 곳곳의 수도원과 병자들에게 나누어 주었습니다. 또 엄청난 은과 옷을 가난한 이들에게 선물했습니다. 그럼으로써 그녀는 자신이 지크프리트를 얼마나 사랑했던가를 보여 주었습니다.

그후 사흘째 되던 날 아침 미사 시간에 대성당 앞의 거대한 광장은 우는 사람들로 꽉 메워졌습니다. 그들은 가까운 친척들에게 하는 것처럼 망자를 위한 장례 의식에 참석했던 것입니다. 이 나흘 동안 지크프리트의 영혼을 구제하기 위해서 약 3만 마르크 내지 그 이상이 가난한 자들에게 나뉘어졌다고 합니다.

그 영웅의 남성다운 아름다움과 생명력은 이렇게 막을 내렸습니다. 주님을 향한 봉헌 미사곡이 울려 퍼졌을 때, 많은 이들의 마음은 다시금 격렬한 아픔으로 휩싸였습니다. 이제 사람들은 관을 성당 밖으로 들고 나가 장지로 운구했습니다. 그의 죽음을 못내 아쉬워했던 사람들이 억제하지 못하고 통곡하는 소리가 크게 들렸습니다. 사람들은 큰소리로 울부짖으며 관을 뒤따랐습니다. 남녀를 불문하고 모두가 슬퍼했습니다. 매장하기 전에 사람들은 또 한 번 성가를 불렀으며 기도를 드렸습니다. 장례식에는 수많은 고위 성직자들이 참석했습니다. 지크프리트의 충실한 아내는 너무나 격심한 고통으로 장지에 가기 전에 까무러쳤기에 연방 찬물을 끼얹어 정신을 차리게 해주어야만 했습니다. 그녀의 절망감은 한도 끝도 없었던 것입니다.

크림힐트가 살아 있는 것은 기적에 가까웠습니다. 많은 귀부인들이 애통해 하는 그녀의 옆에서 도와주었습니다. 크림힐트 왕비가 말했습니다.

"그대들 지크프리트의 종신들이여, 나는 그대들의 신의를 믿고 그대들에게 내 소원 한 가지를 들어줄 것을 간청하노니, 이 모든 일이 끝난 지금 한 번만 더 그의 아름다운 얼굴을 볼 수 있는 조그마한 은총을 나에게 허락해 주시오!"

절실한 슬픔의 격정에 싸인 그녀가 아주 오랫동안 애원했으므로 사람들은 마침내 그 훌륭한 관을 열어야만 했습니다. 사람들은 왕비를 망자에게 인도했습니다. 그녀는 부드러운 손길로 지크프리트의 아름다운 머리를 감싸 안고 싸늘한 시체로 누워 있는 고귀하고도 용감했던 기사에게 입을 맞추었습니다. 그녀의 빛나는 눈에서는 아픔으로 피눈물이 났습니다.

그녀는 격렬하게 통곡하면서 지크프리트와 작별했습니다. 사람들은 거기서 크림힐트를 들고 가야만 했습니다. 그녀의 발이 말을 듣지 않았던 것입니다. 아름다운 여인은 완전히 의식을 잃어버렸고 고통으로 죽어 버릴 것 같은 위험에 처해 있었습니다.

고귀한 왕이 매장되고 났을 때, 그와 함께 니벨룽의 나라에서 온 모든 사람들이 한결같은 깊은 슬픔 속에 있었습니다. 지크문트왕 역시 기쁨을 잃어버린 모습이었고, 절실한 아픔으로 사흘 동안 먹지도 마시지도 않은 사람들이 적잖았습니다. 그러나 완전히 식음을 전폐할

수는 없었습니다. 오늘날에도 관행이 되고 있듯이 모든 슬픔을 가라
앉힌 후에야 음식을 먹었던 것입니다.

Chapter **18**

# 홀로 돌아가는 지크문트왕

크림힐트의 시아버지가 그녀에게 말했습니다.

"우리는 이제 우리나라로 돌아가야겠소. 여기 라인에서는 불청객이라고 여겨지기 때문이오. 사랑하는 크림힐트 왕비, 나와 함께 우리나라로 돌아갑시다. 여기 이 땅에서의 배신행위가 왕비의 고귀한 남편을 앗아갔으니 더 이상 고통을 당해서는 아니 될 것이오. 내 아들에 대한 사랑과 마찬가지로 나는 지금도 그대에게 호의를 가지고 있소. 굳게 믿어도 좋을 거요. 또한 왕비인 그대에게 담대한 영웅 지크프리트왕이 행했던 모든 지배권을 위임했던 바 당연히 그대가 행사해야 할 것이오. 영토와 왕관이 그대 손에 있으며, 지크프리트왕의 모든 종사들 또한 그대에게 봉사하는 것 외에는 아무것도 더 간절히 바

216

라지 않을 것이오."

사람들은 시종들에게 곧 떠나게 될 것을 알리라고 했습니다. 그들은 즉시 말들이 있는 곳으로 달려갔습니다. 그들은 숙적들 속에서 오래 머문다는 것은 견디기 어렵다고 여겼습니다. 시중을 드는 부인들과 처녀들은 옷들을 꾸려야만 했습니다.

지크문트왕에게는 당장 떠나는 것이 제일 바람직스러웠던 반면에, 크림힐트의 친척들은 그녀에게 어머니 곁에 머물러 달라고 간청했습니다. 당당한 왕비는 말했습니다.

"나는 결코 그렇게 하지 않을 것이오. 이 연약한 여인에게 고통을 안겨준 그자를 항시 눈앞에서 보아야 하는데 내가 어찌 참아 낼 수 있겠소?"

젊은 기젤헤어가 크림힐트 왕비에게 말했습니다.

"사랑하는 누이동생이여, 마마를 사랑하는 마음에서라도 제발 여기 머물러 주오. 그대의 마음을 심히 상하게 했던 사람들과는 더 이상 관계를 맺을 필요가 없소. 그대는 내가 보살펴주겠소."

"그럴 수는 없어요. 어쩌다 하겐을 만나게 되면, 필경 내 심장은 고통으로 멈추어 버릴 테니까요."

"내가 그런 것으로부터 그대를 지켜 줄 것이오, 사랑하는 누이동생이여! 나의 집에 머무르시오. 나는 그대가 남편의 죽음을 극복하는 데 도움이 되도록 노력하겠소."

이제 완전히 홀로 된 왕비가 말했습니다.

"이 불쌍한 크림힐트는 그것을 절실히 필요로 하고 있지요."

젊은 기젤헤어가 그녀에게 남매로서 간곡한 위로의 말을 한 후에 우테, 게르노트 그리고 그녀의 친척 중 충직한 사람들 역시 그녀에게 보름스에 머물 것을 간청했습니다. 지크프리트의 신하들 가운데에는 그녀와 피를 나눈 친척이 한 사람도 없었던 것입니다. 게르노트가 말했습니다.

"그대에게는 모두가 낯선 사람들이오. 사랑하는 누이동생이여! 그러니 곰곰이 생각해 보시오. 결국 죽지 않을 만큼 강한 사람은 이 세상에 아무도 없소. 여기 그대의 친지들 곁에 머무르면서 위로받는 것이 최선의 길이오."

그녀는 오빠인 기젤헤어에게 보름스에 머물 것을 약속했습니다. 지크문트왕의 신하들이 고국으로 돌아가고자 했을 때, 사람들은 그들을 위해 이미 마구간에서 말을 끌어냈고 영웅들의 모든 장비는 꾸려져 노새에 실려 있었습니다. 지크문트왕이 크림힐트 앞으로 다가가서 말했습니다.

"지크프리트왕의 신하들은 그들의 말 옆에서 지금껏 그대를 기다리고 있소. 이제 우리를 떠나게 해주시오. 나는 여기 부르군트 사람들과는 한순간도 더 이상 마주치고 싶지 않소."

"친척들이 제가 여기 저를 충심으로 생각해 주는 이들 곁에 머물러야 한다고 충고하는군요. 니벨룽에는 제 혈연이 단 한 명도 없다고 말입니다."

크림힐트로부터 이런 말을 듣는 것은 지크문트왕으로서는 고통스러운 일이었습니다. 지크문트왕이 크림힐트에게 말했습니다.

"제발 아무 말도 듣지 마시오. 그대는 우리 궁정에서 이전에 그랬던 것과 똑같이 강력한 지배권을 행사할 수 있소, 보다 정확하게 말하면, 나의 모든 친척들 앞에서 말이오. 영웅을 잃은 것에 대해 그대가 대가를 치러서는 안 될 것이오. 그대는 무엇보다 어린 왕자를 위해서 우리와 함께 가야 할 것이오. 왕자를 고아로 자라게 해서는 안 되오. 왕자가 성장하면 그대에게 위안이 될 것이오. 그 사이에 많은 용감하고 훌륭한 영웅들이 그대를 모실 것이오."

"왕이시여, 저는 아버님과 함께 떠나고 싶지 않사옵니다. 저에게 어떤 일이 생길지라도, 저는 고통 속에 있는 저를 돌보아 줄 이곳의 친척들 곁에 머물러 있겠사옵니다."

크림힐트의 대답은 훌륭한 용사들의 마음에 들지 않았습니다. 그들은 이구동성으로 말했습니다.

"사정이 그러시다면, 이제 우리의 고통 역시 한계에 이르렀다고 말씀드립니다. 왕비님마저 여기 우리의 적들에게 남으신다면, 축제에 초대되었던 영웅들이 지금처럼 어려운 조건하에게 귀향한 적은 결코 없었을 것입니다."

"걱정하지 마시오. 내가 그대들을 지켜주겠소. 사람들이 그대들을 니벨룽까지 잘 수행해 줄 것이고, 나 또한 그대들의 신상에 아무 일도 일어나지 않도록 보살필 테니 말이오. 용사들이여, 나의 사랑하는 아들은 그대들의 보호에 맡겨 두겠어요."

그녀가 함께 떠나려 하지 않는다는 것을 안 지크문트왕의 사람들은 모두 눈물을 흘렸습니다. 아, 지크문트대왕이 크림힐트 왕비와 작별할 때, 얼마나 큰 고통이 그의 마음을 사로잡았는지 모릅니다. 그는 정말로 가슴 깊이 슬퍼하고 있었던 것입니다. 고귀한 대왕은 말했습니다.

"이 축제에 저주를 내리소서. 여기에서 우리가 당한 일이 어떠한 왕이나 그의 친척에게도 다시는 일어나지 말아야 할지어다. 앞으로 우리는 부르군트 왕국을 두 번 다시 찾지 않을 것이니라."

그러자 지크문트대왕의 종사들은 모든 사람들에게 들으라는 듯이 말했습니다.

"누가 우리의 왕을 살해했는지 정확히 밝혀지게 되면 필경 또 한 차례 이 나라로 행군해 올 것입니다. 그 살인자는 지크프리트왕의 친척들 가운데에서 가장 강력한 적들을 맞이하게 될 것입니다."

지크문트대왕은 크림힐트에게 작별의 키스를 했습니다. 남아있고자 하는 그녀의 확고한 결심을 안 그는 눈물을 흘리면서 말했습니다.

"자, 우리는 아무 기쁨 없이 돌아가오. 지금에야 나는 나의 고통이 얼마나 큰지 알 것 같소."

그들은 수행원조차 없이 보름스로부터 라인강으로 말을 타고 갔습니다. 그 용감한 니벨룽의 사람들은 적으로부터 공격을 받으면 스스로 방어하겠다는 결심이 굳건했던 것입니다.

그들은 누구와도 작별 인사를 나누지 않았습니다. 그러나 게르노트와 기젤헤어는 친절하게 지크문트왕에게 다가갔습니다. 두 용감하고 자랑스런 영웅은 지크프리트의 죽음이 자신들을 얼마나 슬프게 하는지 왕에게 보여주었습니다. 게르노트는 군주로서 어울리는 방식으로 말했습니다.

"하늘에 계신 주님께 맹세하지만, 저는 지크프리트의 죽음에 관여하지 않았습니다. 여기서 누가 그의 적이었는지를 안 이상 그의 죽음을 대단히 유감스럽게 생각합니다."

젊은 기젤헤어가 그들을 수행하게 되었습니다. 그는 조심스럽게 왕과 영웅들을 고향인 네덜란드로 모셔다드렸습니다. 지크프리트의 친척들 중에서 처절하게 슬퍼하지 않는 사람은 없었습니다. 그들의 여행이 어떻게 진행되었는지에 대해서는 여러분에게 이야기해 드릴 수가 없습니다. 하지만 크림힐트는 보름스에 있는 동안 성실한 오라버니 기젤헤어를 제외하고는 어느 누구도 그녀의 영혼에 위로를 주지 못했다고 끊임없이 한탄했습니다.

그런 가운데 브륀힐트는 자부심에 찬 만족감 속에서 옥좌에 앉아 크림힐트가 비통하게 우는 것에 전혀 신경 쓰지 않았습니다. 그녀는 다시금 크림힐트와 정답게 교류하고 싶은 마음이 생기지 않았습니다. 그러나 후에 그녀 또한 크림힐트에 의해서 깊은 고통 속으로 떨어지고 말았습니다.

## Chapter 19

# 라인강에 잠기는 니벨룽의 보물

고귀한 크림힐트가 과부가 되었을 때, 에케바르트 백작은 종신들과 함께 그녀의 집에 머물고 있었습니다. 그는 늘 그녀를 돌보며 그녀가 고인이 된 지크프리트왕을 끊임없이 그리워하며 슬퍼하자 위로해 주었습니다.

사람들은 그녀를 위해 보름스에 있는 대사원 옆에 크고 높으며 넓고 화려한 집을 한 채 지어 주었습니다. 그후 그녀는 그 집에서 하인들과 아무 즐거움 없이 살았습니다. 그러다가 종교적 열정을 갖고 교회에 다녔습니다. 그녀는 슬픔에 가득 차 사랑하는 남편의 무덤에 가서 자비로우신 하느님께 그의 영혼을 위해 간절히 기도하는 일을 게을리 하지 않았습니다. 그녀의 정절로써 그 영웅은 애도를 받았던 것입니다.

우테와 그녀의 하인들은 줄곧 그녀를 위로해 주었습니다. 그러나 그녀의 마음은 너무나 깊이 상처를 받아서 어떤 위로조차 소용없었습니다. 그녀는 사랑하는 남편이 무척 보고 싶어 고통스러웠습니다. 그러한 그리움은 일찍이 어떤 부인도 느껴 보지 못했을 그런 것이었습니다. 그런 점에서 사람들은 그녀의 내면적 가치를 가늠할 수 있었습니다. 크림힐트는 삶이 끝날 때까지 용감했던 남편을 애도했습니다. 그러다가 그녀는 처절한 복수를 감행하게 되었던 것입니다.

내가 보증하지만, 그녀는 남편과 고통스러운 사별을 한 지 3년 반 동안 군터왕과 말 한마디 나누지 않았고, 또 그녀의 적인 하겐 역시 보지 않고 살았습니다. 트론예의 하겐이 군터왕에게 말했습니다.

"전하께서 누이동생의 기분을 풀어 주신다면, 니벨룽의 금은 저절로 우리나라로 굴러 들어올 것입니다. 크림힐트 왕비께서 우리에게 다시 호의를 갖게 된다면 그때는 전하께서 큰 보물을 얻으실 수 있을 것이옵니다."

"우리가 노력해야 할 것이오. 아우들이 누이동생과 계속 관계를 유지하고 있소. 그들의 중재로 우리가 그녀와 화해를 하고, 그녀가 보물을 곁에 두며 보고 싶다는 소원을 직접 말하게 하도록 형제들에게 부탁할 수 있을 것이오."

"저는 그렇게 쉽지는 않다고 생각하옵니다."

군터왕은 메츠의 오르트빈과 변경백 게레를 불러왔습니다. 게르노트와 젊은 기젤헤어도 불러 왔습니다. 그때부터 4명은 친절한 말로써 크림힐트를 달래려고 노력했습니다. 부르군트 왕국의 용감한 게르노트가 크림힐트에게 말했습니다.

"누이동생이여, 그대는 지크프리트왕의 죽음을 너무 오랫동안 슬퍼하고 있소. 군터왕께서는 그의 죽음과 아무런 관련이 없다는 것을 법정에서 진술할 것이오. 그런데도 그대는 끊임없이 애도하고 있소."

"아무도 오라버니를 의심하지는 않았어요. 하겐이 지크프리트왕을 살해했으니까요. 하겐이 나에게서 지크프리트왕을 다치게 할 수 있는 곳을 알아냈을 때, 난들 어찌 그가 지크프리트의 적이라는 것을 알 수 있었겠어요? 알았다면 나는 평생 그 비밀을 혼자 간직했을 거예요! 나는 그 착한 지크프리트왕을 배반하지 말았어야 했어요. 그랬더라면 지금 이렇게 울고 있지 않을 거예요. 나는 그런 살인을 한 사람들과는 절대로 화해하지 않겠어요.

당당한 기젤헤어가 그녀에게 간청하기 시작했습니다. 그러자 마침내 그녀는 그에게 약속했습니다.

"좋아요. 내가 오라버니를 접견하겠어요."

군터왕은 그의 가장 가까운 친척들과 함께 그녀 앞에 나타났습니다. 그러나 하겐은 감히 그녀 앞에 나타나지 못했습니다. 하겐은 그의 과오가 크림힐트에게 가한 고통을 알고 있었기 때문입니다.

그녀가 군터왕에 대해 적대적인 태도를 포기할 용의가 있었기에, 어쨌든 그녀에게 화해의 키스를 하는 것이 최소한 그의 의무였을 것입니다. 하겐의 조언에 말미암아 그녀가 깊은 슬픔의 나락에 떨어지지만 않았더라면, 그는 보다 홀가분한 기분으로 그녀에게 다가갈 수 있었을 것입니다.

친척들 간의 화해가 그렇게 많은 눈물을 흘리는 가운데 이루어졌던 경우는 일찍이 없었습니다. 크림힐트가 입은 손실은 그들의 마음을 아프게 했지만, 그녀는 모든 이에게 화해의 손길을 내밀었던 것입니다. 그러나 하겐에게만은 예외였습니다. 그 말고는 지크프리트를 죽일 수 있는 사람은 없었기 때문입니다.

얼마 후 그들은 니벨룽의 그 엄청난 보물을 라인의 보름스로 날라 오도록 크림힐트를 설득했습니다. 그 보물은 지크프리트의 결혼 선물이었으며, 당연히 크림힐트의 소유였습니다. 기젤헤어와 게르노트가 보물이 있는 곳으로 갔습니다. 크림힐트는 8천 명의 무사들에게 그것을 감추어 두었던 장소에서 가져오도록 명령을 내렸는데, 난쟁이 용사 알베리히가 부하들과 함께 보물을 지키고 있었습니다. 무사들이 라인강으로부터 보물을 운반하러 오는 것을 보았을 때, 용감한 알베리히는 친구들에게 말했습니다.

"우리는 보물 중에서 조금이라도 유보할 권리가 없소. 왕비께서는 당연히 그 결혼 선물을 요구할 수 있기 때문이오. 그렇지만 만약 우리가 지크프리트왕과 함께 그 유용한 마법의 망토를 잃어버리지 않았더라면, 이러지 않아도 되었을 것이오. 아름다운 크림힐트 왕비의 사랑하는 남편 지크프리트왕은 그것을 항상 옆에 두고 계셨다오, 왕이 겪은 고통은 우리에게서 마법의 망토를 빼앗아가서 이 나라 전체를 복속시켰던 바로 그 일로 인해 생겨난 것이오."

시종장이 열쇠를 가져왔습니다. 크림힐트 여왕의 사람들과 몇몇 친척들 역시 그 산 앞에 서 있었습니다. 사람들은 물을 거슬러 올라가서 보물을 배에 싣고 라인강으로 운반하기 위해 아래쪽 바다로 그것을 날랐습니다.

이제 여러분은 그 보물에 관해 놀라운 이야기들을 듣게 될 것입니다. 그 보물은 12대의 거대한 마차가 나흘 밤낮을 하루에 3번씩 오가며 날라야 하는 어마어마한 양이었습니다. 그것은 온통 금과 보석뿐이었습니다. 그것을 사람들에게 나누어 주었다 해도 그 가치는 단 1마르크도 줄어들지 않았을 것입니다. 그렇습니다. 하겐은 전적으로 부르군트 사람들을 위해 이 보물을 몽땅 요구할 만했던 것입니다. 그 보물 중에서 제일 멋진 것은 금으로 된 마법의 지팡이였습니다. 누군가가 그것을 한번 시험해 보았더라면 그는 모든 사람들의 지배자가 되었을 것입니다. 알베리히의 친척들 중 많은 사람들은 출발할 때 게르노트의 행군에 합세했습니다.

그들이 그 보물을 군터왕의 나라로 가져오고 크림힐트가 그 모든 것을 관장하게 되었을 때, 방은 물론 탑의 꼭대기까지 보물로 꽉 찼습니다. 보물에 관해 그토록 놀라운 이야기를 들어 본 적은 두 번 다시 없었습니다. 하지만 크림힐트는 그 보물이 천 배나 더 있었다 할지라도 지크프리트만 살아 있었다면, 차라리 빈손일지언정 그의 곁에 있기를 원했을 것입니다. 그녀보다 더 성실한 여자를 발견할 용사는 이 세상에 없었을 터입니다.

그녀는 그 보물을 차지하자, 수많은 낯선 용사들을 불러들여 많은 선물을 주었기에 사람들이 이보다 관대한 왕비를 만날 수는 없다고 할 정도였습니다. 정말 그녀는 지배자로서의 모든 미덕을 행사했고, 따라서 사람들은 그녀를 칭찬했습니다. 그녀는 가난한 사람들뿐 아니라 세력가들에게까지 재산을 나누어 주었습니다. 그래서 하겐이 군터왕에게 경고의 말을 했습니다. 그녀가 앞으로 상당한 기간을 살아 있게 된다면, 부르군트인들에게 위험한 존재가 될 만큼 많은 용사들이 그녀에게 봉사할 것이라고 했습니다.

군터왕이 하겐에게 말했습니다.

"그녀는 자유롭게 자신의 재산을 처리할 수 있소. 그녀가 보물을 가지고 하고자 하는 일을 왜 방해해야만 하오? 나는 간신히 그녀와 다시 화해할 수가 있었소, 그러니 그녀가 금과 은을 누구에게 나누어 주든 더 이상은 개의치 말아야 할 것이오."

"분별 있는 사람이라면 그러한 보물을 한 여자의 손안에 두게 해서는 안 될 것이옵니다. 그녀는 그 보물들을 한없이 선물함으로써 용감한 부르군트인들에게 불행한 종말을 안겨 줄 것입니다."

"나는 이제 그녀에게 더 이상 슬픔을 주지 않겠다고 맹세했고, 앞으로 그 맹세를 지킬 것이오. 그녀는 결국 나의 누이동생이 아니겠소!"

"저 혼자 책임질 테니 맡겨 주시옵소서."

수많은 맹세에 오점은 있었습니다. 그들은 미망인에게서 엄청난 보물을 빼앗았고, 하겐이 모든 열쇠를 소유하게 되었습니다. 게르노트는 그 이야기를 듣자 격노했습니다. 그때 기젤헤어가 말했습니다.

"하겐이 내 누이동생에게 또다시 고통을 주었소. 나는 그것에 반대하는 조처를 취하겠소. 그가 내 친척이 아니라면 그는 벌써 숨을 거두었을 것이오."

그때 지크프리트의 미망인이 또다시 슬프게 울기 시작했습니다. 게르노트왕이 크림힐트에게 말했습니다.

"이 보물을 소유함으로써 우리 스스로 영원히 짐을 지게 되는 것 대신 누구도 다시는 갖지 못하도록 모든 것을 라인강 속에 수장시키는 것이 좋겠소."

그래서 크림힐트는 격렬한 불만을 터뜨리면서 기젤헤어 앞에 나서게 되었습니다.

"사랑하는 오라버니, 적어도 오라버니는 나를 생각해 주고 또 마땅히 나의 생명과 재산을 보호해 줄 의무가 있어요."

"돌아오는 즉시 나 또한 그렇게 할 것이오. 하지만 지금은 유감스럽게도 급히 떠나야만 하오."

군터왕과 그의 친척들은 말을 타고 나라 밖으로 나갔고, 보름스에 있던 훌륭한 용사들이 그들과 같이 갔습니다. 다만 크림힐트의 숙적 하겐만이 궁성에 남아 있었습니다.

막강한 국왕이 돌아오기 전에 하겐은 그 엄청난 보물들을 몽땅 강탈하여 로호하임 근처 라인강 속에 숨겼습니다. 그때까지만 해도 그는 언젠가는 그것을 다시 사용할 수 있으리라는 희망을 가졌는데, 그렇게는 되지 않았습니다. 군주들은 다시 돌아왔고, 더불어 수많은 종사들이 돌아왔습니다. 크림힐트의 시중을 드는 아가씨들과 부인들이 합세하여 그 보물의 상실에 대해서 격렬한 불만을 호소했습니다. 군주들에게 그 일은 몹시 언짢았습니다. 특히 기젤헤어는 이제 전적으로 크림힐트 편을 들 정도였습니다. 그들은 이구동성으로 말했습니다.

"하겐은 중죄를 저질렀습니다."

그래서 하겐은 한동안 왕들의 노여움을 사서 뒤로 물러나 있었지만, 마침내는 다시 그들의 호의를 얻어 벌을 면하게 되었습니다. 평소에도 그랬지만, 크림힐트가 그때보다 더 강렬한 적개심을 하겐에게 품을 수는 없었을 것입니다.

하겐이 보물을 라인강 속에 빠뜨리기 전에 그들은 살아 있는 한 말을 해서는 안 된다는 굳은 서약을 했던 것입니다. 그러나 훗날 그들도 그 보물을 사용할 수 없었고, 다른 사람에게 줄 수도 없었습니다. 지크프리트가 죽고 보물을 모조리 강탈당했을 때 크림힐트는 격렬한 고통에 사로잡혔으니, 죽을 때까지 그녀의 비탄은 끝을 맺지 못했던 것입니다.

이것이 사실입니다. 지크프리트가 죽고 난 후 그녀는 13년 동안 그 영웅의 죽음을 잊지 못한 채 처절한 고통 속에서 살았습니다. 온 세상이 인정해 주지 않을 수 없을 만큼 그녀는 정절을 지켰습니다.

## Chapter 20

# 에첼왕의 청혼

헬헤 왕비가 죽고 에첼왕이 아내를 구하던 때 있었던 일입니다. 그의 측근들이 그에게 부르군트 왕국의 한 도도한 미망인을 왕비로 맞으라는 충고를 했는데, 그녀가 곧 크림힐트였습니다. 측근들은 에첼왕에게 말했습니다.

"이제 아름다운 헬헤 왕비께서는 이 세상 분이 아니시므로 전하께서 다시 고귀한 명문 집안의 부인을 궁정에 들일 마음이 있으시다면, 그분을 왕비로 삼으시기 바라옵니다. 다시 말씀드리면 그분은 일찍이 어느 왕께서도 맞아들인 적이 없는 지극히 고결하고 훌륭하신 왕비감이옵니다. 바로 힘센 지크프리트왕의 부인이었사옵니다."

그러자 권세 높은 왕은 신하들에게 이렇게 말했습니다.

"하나 이 몸은 이교도라 세례의 축성을 받지 못했거늘 어찌 그런 일이 있을 수 있겠는가? 반면에 그 부인은 기독교도인지라 이 청혼을 받아들이지 않을 것이다. 행여 그런 일이 일어난다면 그것은 틀림없이 기적일 것이니라."

"하오나 그 부인은 전하의 높으신 지위와 크나큰 재산으로 말미암아 청혼을 받아들일 것으로 여겨지옵니다. 그러니 먼저 저희가 귀하신 부인의 뜻을 타진해보도록 윤허해주소서. 전하께서는 그분의 아름다운 몸을 안으실 수 있을 것이옵니다."

"그러면 대체 그대들 가운데 누가 라인강변의 나라와 사람들에 대해 알고 있는가?"

그러자 위풍당당한 베헬라렌의 뤼디거가 나서서 에첼왕에게 말했습니다.

"저는 그 나라의 고귀하고 훌륭하신 왕들을 어렸을 때부터 알고 있사옵니다. 그 나라에는 고귀하고 탁월한 기사 군터왕과 게르노트왕 그리고 기젤헤어왕이 있사옵니다. 그분들은 각기 자신만이 할 수 있는 영예롭고 모범적인 행실을 세상에 보이고 있습니다. 그분들의 선조 역시 그들과 다를 바 없었습니다."

"친구여, 그 부인이 내 나라에서 왕관을 쓸 만한 여자인지 내게 말해주게나. 들은 대로 그녀가 정말 그토록 아름답다면 나의 친지들은 나의 결정을 결코 후회하는 일이 없으리라."

"아름다움을 두고 말하자면 그녀는 소중하신 헬헤 왕비님과 견줄 만합니다. 진정한 왕의 아내로서 이 세상에서 그 여인보다 아름다운

231

사람은 아마 없을 것이옵니다. 그녀를 아내로 맞이하는 분은 참으로 행복할 것입니다."

"그렇다면 뤼디거여, 그대에게 명하노니 이 청혼 문제를 그대가 맡아 주게나. 내가 장차 크림힐트 왕비와 결합한다면, 그대에게 할 수 있는 한 최고로 후하게 상을 내리리라. 그렇게만 된다면 그대는 나의 소망을 완전히 실현시켜 주는 셈이 될 테니 말일세. 그대와 그대의 수행원들이 만족스럽게 먹고 지낼 수 있을 만큼 나의 금고에서 충분한 상을 내주도록 하겠네. 이번 사절 여행에서 넉넉히 쓸 수 있도록 말이나 옷가지 등 그대가 원하는 것이면 무엇이든 부족함 없이 지원토록 하겠네."

이에 대해 강성한 변경백 뤼디거는 대답했습니다.

"제가 전하의 재산을 축내고자 한다면 저로서는 명예롭지 못한 일일 것입니다. 저는 전하의 특명을 받고 떠나는 이번 여행만큼은 전하께서 이미 저에게 내려 주신 바 있는 저의 재산으로써 감당하고 싶습니다."

"그러면 그대는 언제 그 사랑스러운 부인에게로 떠나고자 하는가? 이번 여행 중에 신께서 그대의 명예를 지켜 주시고, 크림힐트 왕비에게 신의 가호가 있기를 바라네. 간절히 바라건대 나에게 행운이 찾아와 그녀가 우리의 청을 자비롭게 들어주었으면 좋겠노라."

"이곳을 떠나기 전에 그 군주들 앞에 명예롭게 나설 수 있도록 무기와 장비를 정비해야겠습니다. 그리고 5백 명의 건장한 용사들을 라인 강변으로 데려가고 싶습니다. 그렇게 해야만 부르군트 왕국의 사람들이 어디서 저와 제 부하들을 만나든 전하를 칭송하게 될 것이옵니다. 말하자면 어떠한 왕도 일찍이 이러한 여행을 위해 그토록 많은 사람들에게, 이번 라인행 사절 여행에서 전하께서 하신 것보다 훌륭한 장비를 갖추어 보낸 걸 본 적이 없었노라고 말입니다. 강력하신 왕이시여, 크림힐트 왕비는 전하께서 전에 왕궁에서 보신 적이 있는 지크문트왕의 아들이요, 고귀한 남편인 지크프리트왕에게 몸과 마음을 충실하게 바쳤었습니다. 그런 이유 때문에 청혼을 그만두고자 하시는 것은 아니겠지요. 진실을 아는 자라면 누구든 오직 지크프리트왕의 명예로움만 칭송할 것이옵니다."

"그녀가 그 영웅의 아내였다면 그 지고한 군주의 고결함을 보아서라도 무시할 수는 없으리라. 그런 점이 아니더라도 그녀는 그녀가 지닌 크나큰 아름다움으로 내 마음을 끌고 있도다."

"그러면 저희는 앞으로 2주 일 후에 출발할 것임을 전하께 아뢰옵니다. 저는 이제 사랑스러운 제 아내 고테린트에게 크림힐트 왕비께 직접 전하의 분부를 전달하는 일을 맡게 되었노라고 알리도록 하겠사옵니다."

뤼디거는 베헬라렌으로 전령을 보냈습니다. 소식을 전해들은 변경의 부인, 즉 태수비의 마음은 한편으로는 슬픔으로, 다른 한편으로는 자부심으로 가득 찼습니다. 전령은 그녀에게 뤼디거가 왕을 대신해서 한 여인에게 청혼하러 가는 임무를 맡았노라고 전했습니다. 고테린트는 이 소식을 접하자 애정 어린 마음으로 아름다웠던 헬헤 왕비를 생각했습니다. 변경백의 부인은 전에 섬겼던 왕비 같은 분을 과연 다시 모실 수 있을까 하는 의문을 품게 되자, 그만 울음을 터뜨리고 말았습니다. 헬헤 왕비를 돌이켜 생각한다는 것은 그녀에게 깊은 고통을 안겨 주었기 때문입니다.

일주일 후에 뤼디거는 헝가리 지방을 떠나 말을 달렸습니다. 에첼 왕은 그 소식을 듣고서 몹시 기뻐했습니다. 빈시(市)에서는 그들에게 여러 가지 옷을 장만해 주었습니다. 하지만 그는 그곳에서 더 이상 오래 지체할 수는 없었습니다. 베헬라렌에서는 고테린트가 남편 뤼디거를 기다리고 있었습니다. 변경백의 젊은 영애는 아버지와 그의 수행원들을 크나큰 기쁨으로 맞이했습니다. 거기서 그들은 아름다운 처녀들로부터 극진한 영접을 받았습니다. 늠름한 뤼디거가 빈에서 베헬라렌으로 말을 달려오기 전에, 이미 그들의 옷가지들은 짐바리 노새에 의해 단 한 점도 도난당하지 않고 안전하게 운송되었습니다.

그들이 베헬라렌으로 왔을 때, 태수인 뤼디거는 동반자들을 친절히 접대하게 했고 편안한 숙소를 마련해 주었습니다. 권세 있는 고테린트는 남편이 오는 것을 보자 몹시 기뻐했습니다. 변경백의 젊은 영애도 똑같이 기뻐했습니다. 젊은 그녀로서는 아버지가 오신다는 말에 더 이상 기쁠 수가 없었습니다. 그녀가 훈족의 영웅들을 직접 맞이하면서 얼마나 큰 행복을 느꼈는지 모릅니다. 그 고결한 기품을 지닌 처녀는 미소를 지으면서 이렇게 말했습니다.

"아버님을 비롯해 여러분께서 저희 집에 오신 것을 충심으로 환영하옵니다."

그러자 많은 고귀한 기사들은 서로 앞을 다투어 이 젊은 영애에게

깍듯이 예를 갖추고는 감사의 뜻을 표하고자 열성이었습니다. 하지만 고테린트는 오로지 남편 뤼디거가 무슨 생각을 품고 있는지에만 관심이 있었습니다. 태수비는 밤에 남편 곁에 누웠을 때, 매우 다정하게 훈족의 왕이 어디로 보내는 거냐고 물었습니다.

"사랑하는 고테린트, 내 그대에게 기꺼이 이야기해 주겠소. 아름다우신 헬헤 왕비께서 돌아가신 지 여러 해가 지났소, 나는 군주를 대신하여 어떤 여인에게 청혼해달라는 명을 받았소. 그래서 말을 달려 라인강변에 있는 크림힐트 왕비에게 가려는 것이오. 그녀는 이제 이곳 훈족의 나라에서 강력한 왕비가 되어 통치하게 될 것이오."

"정말이지 제발 그렇게 되었으면 좋겠어요. 그녀의 훌륭한 면모에 대해 칭송하는 소리가 자자하거든요. 그녀는 장차 친애하는 우리의 헬헤 왕비를 대신할 수 있을 것 같아요. 그녀가 훈족의 나라에서 왕비의 왕관을 쓸 수 있게 된다면 우리로서도 좋은 일이겠네요."

"참으로 사랑스런 나의 아내여, 미안하오만 나와 함께 라인강변으로 달려갈 수행자들에게 그대의 보물을 나누어 주도록 하시오. 우리의 영웅들이 만반의 장비를 갖추고 출발해야만 사기가 드높아지지 않겠소."

"당신과 그들이 떠나기 전에, 제가 주는 것을 기꺼이 받아들이는 자에게는 누구에게나 필요한 것을 주겠어요."

"그 말을 들으니 무척 기쁘구려."

정말이지 그녀의 보고(寶庫)로부터 얼마나 많은 화려한 비단 옷감들이 실려 나왔는지 모릅니다. 더욱이 신분이 높은 기사들은 목에서부터 저 아래 박차에 이르기까지, 부드러운 모피로 안감을 댄 아주 많은 옷가지들을 받았습니다. 뤼디거는 이번 여행에 가장 적합한 자들을 선발했던 것입니다. 일주일째 되던 날 아침 태수는 자신의 기사들과 함께 베헬라렌을 떠나 말을 달렸습니다. 그들은 무기와 옷을 풍성하게 갖추고 바이에른 지방을 가로질러 갔지만, 도중에 도적들의 습격은 받지 않았습니다.

12일이 못 되어서 그들은 라인 지역에 도달했습니다. 그러자 이 소식은 자연히 알려졌습니다. 사람들은 왕과 신하들에게 낯선 손님이 왔노라고 알렸습니다. 그러자 군주는 그들을 아는 자가 있다면 그들이 누군지 말해달라고 했습니다. 사람들은 짐바리 말들이 매우 무거운 짐을 싣고 오는 모습을 보고 그들이 대단한 권세를 지니고 있다는 사실을 알았던 것입니다. 사람들은 즉시 그들에게 객사를 마련해주었습니다.

이 이방인들이 숙소를 제공받았을 때, 그들은 매우 면밀한 관찰의 대상이 되었습니다. 부르군트인들은 기사들이 어디에서 왔는지 알고 싶어 했습니다. 군터왕은 하겐에게 사람을 보냈습니다. 혹시 그가 알고 있는지 알아보기 위해서였습니다. 그러자 트론예의 영웅은 이렇게 말했습니다.

"저는 아직 그들 중 아무도 보지 못했사옵니다. 일단 그들을 마주하고 나서 그들이 어디서 이 땅으로 말을 타고 왔는지 전하께 확실히 말씀드리겠사옵니다. 만약 제가 그들을 즉시 알아보지 못한다면, 그들은 분명 낯선 자들일 것이옵니다."

손님들은 숙소에서 매우 화려한 옷들을 차려입고 나와 말을 타고 궁정으로 향했습니다. 그들은 잘 재단된 우아한 옷들을 입고 있었습니다. 용감한 하겐이 군터왕에게 말했습니다.

"오랫동안 만나보지 못했지만 제가 아는 바로는 용감하고 출중한 저 영웅은 훈족의 나라에서 온 뤼디거처럼 보입니다. 옆에 있는 저들 역시 그곳에서 온 것으로 생각되옵니다."

"베헬라렌의 영웅이 어찌 이 땅에 왔는지 도무지 알 수 없구나!"

군터왕이 이 의문의 말을 막 입 밖에 낸 순간, 용감한 하겐은 고귀한 뤼디거를 알아보았습니다. 그와 그의 측근들은 전부 홀 밖으로 달려 나갔습니다. 그러자 5백 명의 기사들이 말에서 내리는 모습이 보였습니다. 훈국에서 온 손님들은 극진한 영접을 받게 되었습니다. 일찍이 이렇게 훌륭한 복장을 갖추고 온 사신들은 없었던 것입니다. 하겐이 우렁찬 목소리로 말했습니다.

"베헬라렌의 태수님을 비롯해서 모든 용사들이여, 잘들 오셨소이다!"

용맹스런 훈국의 사람들은 이렇듯 대단히 명예로운 영접을 받았던 것입니다. 왕의 가까운 친척들이 훈국에서 온 손님들을 맞이하러 왔습니다. 메츠의 오르트빈은 뤼디거에게 이렇게 말했습니다.

"저희 나라에서는 이제껏 이렇게 기쁜 마음으로 손님을 맞이해 본 적이 없었습니다. 제 말을 믿어도 될 것입니다."

그들은 도처에서 환영의 인사를 받았으며 그들 또한 답례로 감사의 뜻을 표했습니다. 그들은 수행자들을 거느리고 홀 안으로 들어가 용맹스런 사람들에게 둘러싸여 군터왕을 알현했습니다. 왕은 옥좌에서 몸을 일으켜 세웠는데 그것은 궁정 예법에 따른 행동이었습니다. 군터왕은 예의 바른 행동으로 사신들을 향해 다가갔습니다. 군터왕과 게르노트 군주는 주빈과 그의 사람들을 지극히 친절하게 영접했으며, 이는 뤼디거로서 응당 받을 만한 대접이었습니다. 왕은 기품 있는 뤼디거의 손을 잡고 자신이 앉아 있던 옥좌 쪽으로 인도했습니다. 손님들에게는 맛좋은 밀주와 라인 지역에서 생산되는 최고급 포도주를 따라주도록 했습니다. 사람들은 대단히 기쁜 마음으로 이 일을 행했습니다.

기젤헤어와 게레는 함께 왔고, 당크바르트와 폴커도 이들 이방인 손님들에 관한 이야기를 듣고 즉시 왔습니다. 그들 모두는 매우 기뻐했고, 왕이 있는 자리에서 귀하고 훌륭한 기사들에게 환영의 인사를 했습니다. 그러자 하겐은 군터왕에게 말했습니다.

"저 변경백이 우리를 위해 한 일은 영웅들에게 득이 될 것입니다. 하지만 아름다운 고테린트의 남편인 뤼디거 역시 넉넉하게 상을 받아야 할 것입니다.

그러자 군터왕이 변경백 뤼디거에게 말했습니다.

"나는 더 이상 묻지 않을 수가 없소. 훈국의 에첼왕과 헬헤 왕비는 대체 어떻게 지내고 계신지 말해 주시게."

"기꺼이 대답해 드리겠사옵니다."

변경백은 앉은 자리에서 몸을 일으켜 세웠고 그의 부하들 모두 그렇게 했습니다.

"전하, 윤허하여 주신다면 저는 기꺼이 전하께 드릴 전언을 숨김없이 말씀드리겠사옵니다."

"훈국에서 그대에게 부과한 특명이 어떤 것인지 모르나, 나는 신하들과 먼저 상의하지 않고 바로 그대에게 허락하노니 어서 말해보시오. 그대는 나와 여기 이 사람들 앞에서 특명의 내용을 보고해도 좋소. 나는 그대가 이곳에서 되도록 큰 명예를 얻게 되기를 바라고 있으니 말이오."

"저의 지엄하신 군주께서는 라인의 여러분, 즉 전하와 전하의 모든 친지들께 정성 어린 안부를 전하라고 하셨습니다. 그분은 저희들을 크나큰 신뢰로써 여기로 보내셨사옵니다. 저의 군주께서는 전하께 당신의 곤경을 호소토록 하셨사옵니다. 저희 백성들은 지금 비탄에 잠겨 있사옵니다. 군주의 부인이셨던 막강한 헬헤 왕비께서 돌아가셨기 때문이옵니다. 왕비의 승하로 말미암아 많은 처녀들이 고아처럼 처량하게 되었사옵니다. 처녀들이란 그분께서 길러 내신 고귀한 제후의 딸들을 일컫는 것이옵니다. 그리하여 온 나라에 커다란 슬픔이 드리워졌습니다. 고통스럽게도 이제 그녀들에게는 성심으로 자신들을 돌보아 줄 분이 더 이상 안 계신 셈이옵니다. 그 때문에 왕의 근심이 그칠 날이 없으신 줄 아뢰옵니다."

"에첼왕께서 나와 나의 친구들에게 자신의 일을 기꺼이 전하도록 한 것에 대해 신께서 보답해 주시기를 바라는 바이오. 나는 기쁜 마음으로 에첼왕의 안부를 들었소. 나의 친지들과 종사들은 이제 그에 대한 답례를 준비할 것이오."

그러자 부르군트의 용사 게르노트가 말했습니다.

"온 세상은 아름다운 헬헤 왕비의 죽음을 영원히 애도할 것이오. 그분은 온갖 미덕의 총화셨으며, 또 그것을 몸소 실천해오셨으니 말이오."

하겐과 많은 영웅들이 그의 말에 동의했습니다. 그러자 고귀하고 훌륭한 사신 뤼디거는 다시 말했습니다.

"전하, 전하께서 윤허하셨으므로 저의 친애하는 군주께서 하신 말씀을 마저 전해 드리겠사옵니다. 헬헤 왕비께서 돌아가신 이후 저의 군주께서는 우울한 날들을 보내고 계셨사옵니다. 그런 와중에 사람들이 크림힐트 왕비께서 부군인 지크프리트왕의 죽음으로 지금 남편이 없는 처지이니, 훈국의 왕비로 추대하자는 의견을 내놓았습니다. 사정이 이러한 바, 전하께서 허락해 주셔서 크림힐트 왕비께서 저희 에첼왕의 궁정에서 왕비의 관을 쓰시도록 하면 어떨까 하옵니다. 이 것이 저의 군주께서 바라시는 바이며 저희를 여기로 보내신 이유이옵니다."

권세 높은 군터왕은 이럴 때 적합한 말이 무엇인지 알고 있었습니다.

"나의 누이동생이 이에 대해 동의한다면, 그때 내가 원하는 것이 무엇인지 그녀도 알게 될 것이오. 그녀의 의견을 알아보기 전에 내 어찌 에첼왕의 뜻을 거절하는 말을 조금이라도 할 수 있겠소?"

그 사이에 사람들은 이 이방인 손님들을 위해 좋은 숙소를 마련했습니다. 사람들이 무척 친절하게 대해 주었기에 뤼디거는 군터왕의 사람들 가운데에서 진정한 친구들을 얻었노라고 고백했습니다. 하겐도 그의 일을 기쁜 마음으로 돌보아주었습니다. 예전에는 뤼디거 쪽에서 그에게 이와 똑같은 대접을 해준 적이 있었습니다. 뤼디거는 사흘째 되는 날까지 그렇게 머물렀습니다. 그동안 왕은 궁정회의를 소집하라는 분부를 내렸습니다. 그는 이 점에서 매우 현명하게 행동했습니다. 그리고 친지들에게는 크림힐트가 에첼왕을 남편으로 맞이하는 일이 옳다고 생각하는지 물어보았습니다. 모두들 그렇게 하는 것을 찬성했지만, 하겐만은 반대했습니다.

"전하께서 사리를 알고 계시다면, 그런 일이 있어서는 아니 될 것이옵니다. 설사 크림힐트 왕비가 그것에 동의한다 하시더라도, 전하께서는 결코 그것을 승낙해서는 아니 될 줄로 아뢰옵니다."

"어찌하여 승낙을 해서는 안 된단 말이오? 크림힐트 왕비에게 행운이 다가올 때, 그녀가 그 행운을 잡도록 도와주는 게 나의 도리 아니겠소? 여하튼 나의 하나밖에 없는 누이동생의 일이오. 이 일이 그녀에게 좋은 일이 된다면 우리 모두가 나서서 이 일을 추진해야 마땅할 것이오."

"그런 말씀은 거두어 주시옵소서. 전하께서는 저만큼 에첼왕을 잘 알고 계시지 않사옵니까! 전하께서 말씀하시는 것처럼 크림힐트 왕비가 그분과 결혼을 하게 될 경우, 전하께서는 가장 먼저 그로 인해 생길 위험을 경계하시지 않으면 안 될 것이옵니다."

"어째서 그렇소? 크림힐트 왕비가 에첼왕의 아내가 되더라도 에첼왕이 드러낼지 모를 적대 행위를 꼼짝없이 당할 지경이 되도록 그를 가까이 하는 일은 결코 없을 것이오!"

"저는 그것에 동의할 수 없사옵니다. 그들은 게르노트와 기젤헤어를 불러오게 해서 크림힐트가 막강하고 출중한 에첼왕과 결혼하는 것이 어떤지 두 사람의 의견을 물어보았습니다. 하겐은 여전히 반대했으나, 그 말고는 반대하는 사람이 없었습니다. 그러자 부르군트인들의 영웅 기젤헤어가 말했습니다.

"친구 하겐이여, 그대도 이제 한번 신뢰를 보여줄 때가 된 것 같소. 그대가 안겨 준 고통을 그녀가 잊어버릴 수 있도록 말이오. 그녀를 행복하게 해줄 수 있는 일을 그대가 막고 나서서는 안 될 것이오. 그대는 내 누이동생에게 참으로 크나큰 슬픔을 안겨주었소. 그러니 그녀는 그대를 증오하지 않을 수 없을 것이오. 이제껏 그대보다 더 잔인하게 한 여인의 행복을 짓밟아 버린 자는 아무도 없었소."

"제가 예견하고 있는 것이 있는데, 그것을 솔직하게 알려드리겠습니다. 크림힐트 왕비가 에첼왕과 결혼하신다면 어떻든 간에 그분은 우리에게 크나큰 불행을 안겨 주실 것입니다. 무수한 맹장이 그분의 사람이 되고 말 테니까요."

이에 대해 용감한 게르노트는 하겐에게 응답했습니다.

"두 사람이 죽을 때까지 우리는 절대로 에첼왕의 나라로 말을 타고 들어가지 않기로 합시다. 하지만 우리는 그녀에게 신의를 지켜야 하오, 그것이 우리에게는 떳떳한 일이 될 것이오."

진정으로 저를 반박할 수 있는 분은 안 계실 것입니다. 고귀한 크림힐트 왕비가 헬헤 왕비의 왕관을 쓰게 되는 날에는 어떤 식으로든 우리에게 불행을 안겨 줄 것입니다. 그러니 그 일을 그만두도록 하심이 좋겠습니다. 그렇게 하는 것이 전하들께 해가 없으실 것이옵니다."

이에 우아한 우테의 아들인 기젤헤어가 화를 내며 말했습니다.

"우리 모두가 배신행위를 할 필요는 없지 않겠소? 우리는 그녀가 얻게 될 영예에 대해 기뻐해야 하오. 하겐, 그대가 무슨 말을 한다 해도 나는 충실하게 그녀의 편에 서겠소."

하겐은 이 말을 듣자 몹시 기분이 언짢아졌습니다. 당당하고 기품 있는 기사 게르노트와 기젤헤어 그리고 강력한 군주인 군터왕은 크림힐트가 이 청혼을 수락한다면, 그것에 대해 아무런 반대 의사를 표하지 않기로 최종적인 의견 일치를 보았습니다. 영주 게레가 말했습니다.

"저는 크림힐트 왕비께 가서 에첼왕의 청혼을 기쁜 마음으로 받아들이시라고 전해드리고 싶습니다. 많은 기사들이 경외하고 순종하는 마음으로 에첼왕을 섬기고 있으니, 그는 분명히 크림힐트 왕비께서 지금까지 겪었던 고통에서 벗어날 수 있도록 도와줄 능력이 있는 분일 것입니다."

용감한 영웅 게레가 크림힐트에게 갔습니다. 그녀는 그를 다정하게 맞이해 주었습니다.

"왕비께서는 제게 기쁜 마음으로 인사를 하시고, 제가 가져온 기쁜 소식에 대해 치하의 선물을 주셔도 좋을 것입니다. 왕비께서는 좋은 연분으로 모든 고통으로부터 구원받을 수 있으실 것 같사옵니다. 왕비시여, 일찍이 온전한 존경을 받으며 왕국을 소유하고 왕관을 쓰신 최고의 군주인 에첼왕께서 왕비님의 사랑을 얻기 위해 사절단을 이곳으로 보내셨습니다. 훌륭한 기사들이 직접 그 소식을 가져왔기에 군터왕께서 왕비께 이를 전하라고 하셨습니다."

그러자 고통으로 수척해진 그 여인이 말했습니다.

"주여, 이 사람과 제 모든 친구들이 이 가련한 여인을 놀림감으로 삼지 못하도록 하여 주시옵소서. 일찍이 고결한 부인과 행복을 누리 셨던 분에게 저 같은 것이 무슨 의미가 있겠습니까?"

크림힐트는 그 청혼을 완강히 물리쳤습니다. 하지만 나중에 그녀의 오라버니인 게르노트와 젊은 기젤헤어가 와서 그녀에게 자신들의 말을 믿으라고 간곡한 조언을 했습니다. 그들의 이야기는, 그녀가 에 첼왕을 부군으로 맞이한다면 그것은 그녀에게 참으로 큰 행운이 되리라는 것이었습니다. 그러나 누구도 재혼하도록 그녀를 설득시킬 수가 없었습니다. 그래서 영웅들은 그녀에게 매우 강력하게 당부했습니다.

"그대가 다른 일은 모두 거절한다 하더라도 사신을 접견하는 일만은 피하지 말아 주오."

"뤼디거를 접견하는 일은 거부하지 않겠어요. 그의 여러 훌륭한 면모를 보아 기쁜 마음으로 만나보겠어요. 만일 그가 아닌 다른 사신이 왔더라면, 나는 어느 누구도 접견하지 않았을 거예요. 내일 그를 접견실로 모셔오세요. 내가 원하는 바를 직접 그에게 말해 주겠어요."

그녀는 다시 수심에 잠긴 채 한탄하기 시작했습니다. 고귀한 기사 뤼디거 역시 그 빼어난 미모의 왕비를 만나 뵙는 일을 가장 애타게 바랐던 터였습니다. 그는 기회가 주어지기만 하면, 그녀에게 영웅 에첼왕과의 혼인을 납득시킬 자신이 있었던 것입니다.

다음날 이른 아침 미사가 봉헌되고 있을 때, 기품 있는 뤼디거 일행이 당도하자 큰 무리의 사람들이 밀려들었습니다. 사람들은 뤼디거와 함께 궁정에 들어가기를 원했던 많은 훌륭한 기사들이 화려하게 차려 입고 성큼성큼 걸어오는 모습을 보았습니다.

슬픔에 잠긴 우아한 크림힐트는 기품 있는 훌륭한 사신 뤼디거를 기다리고 있었습니다. 뤼디거가 그녀를 보았을 때, 그녀는 매일같이 입고 있는 옷차림을 하고 있었던 반면 그녀의 시종들은 지극히 화려한 옷을 입고 있었습니다. 크림힐트는 문까지 걸어가서 에첼왕의 사신인 뤼디거를 매우 친절하게 영접했습니다.

뤼디거는 수행자를 11명만 데리고 왔습니다. 그는 다정한 환영을 받았습니다. 이보다 더 기품 있는 사신이 찾아온 적은 예전에 없었습니다. 뤼디거와 같이 온 사람들은 자리에 앉으라는 분부를 받았습니다. 기품 있고 훌륭한 무사인 두 변경백, 에케바르트와 게레가 왕비 앞에 서있었습니다. 왕비의 처지를 생각한 탓인지 아무도 기쁜 표정을 짓는 자가 없었습니다. 이때 크림힐트의 비탄에 찬 한숨 소리 외에 다른 소리는 들리지 않았습니다. 그녀가 입고 있는 옷의 가슴 부분은 뜨거운 눈물로 얼룩져 있었습니다. 기품 있는 변경백 뤼디거는 그것을 똑똑히 알아볼 수 있었습니다. 지체 높은 사신 뤼디거가 말했습니다.

"고귀하신 왕비시여, 저를 비롯해 함께 온 저의 종사들에게 당신 앞으로 나아가 저희들이 가져온 전언을 말씀드릴 수 있도록 허락해 주시옵소서. 저희는 바로 그 때문에 이리로 말을 달려온 것이옵니다."

"내 그대에게 허락하노니, 그대가 무슨 소식을 알린다 하더라도 기꺼이 경청하겠소. 그대는 나의 고귀한 사신이니 말이오."

그러나 다른 사람들은 그녀가 내심 얼마나 꺼리고 있는지 명백히 알아차릴 수 있었습니다. 그러자 베헬라렌의 태수 뤼디거는 크림힐트에게 말했습니다.

"왕비시여, 탁월한 군주이신 에첼왕께서는 저희를 이 나라로 보내시어 당신께 충심으로 지극히 정중한 인사를 드리도록 당부하셨사옵니다. 다시 말씀드려 에첼왕께서는 왕비님께 청혼을 하셨고, 그 허락을 받아오도록 저희들을 이곳으로 보내신 것이옵니다. 왕께서는 당신께 깊은 애정을 품고 극진한 사랑의 예도(禮度)와 함께, 예전에 몹시 사랑하셨던 헬헤 왕비님과 당신을 맺어주었던 바와 똑같은 영원한 혼인 공동체를 약속하고 계십니다. 정말이지 온갖 미덕의 총화셨던 헬헤 왕비께서 돌아가신 이후로 에첼왕께서는 기쁨 없는 나날들을 보내고 계시옵니다."

"변경백 뤼디거여, 누구든 내 마음의 깊은 고통을 안다면 내게 다시 다른 남자를 사랑하라고 권하지는 않을 것이오. 나는 일찍이 한 여인이 섬겼던 남편 중에서 최고의 남편을 잃었다오."

담대하고 용감한 뤼디거가 말했습니다.

"진정한 사랑 말고 또 무엇이 왕비님의 불행을 잊게 해드릴 수 있겠사옵니까? 그런 사랑을 할 줄 알고 또 왕비님께 어울리는 사람을 선택하신다면 말입니다. 깊은 마음의 고통을 치유해 줄 만한 것은 그 외에는 달리 없을 것이옵니다. 게다가 왕비께서 고귀하신 저희 군주와 혼례를 올리시게 된다면, 막강한 12개의 옥좌를 지배할 수 있는 권세를 얻게 되실 것이옵니다. 그 밖에 군주께서는 용감무쌍한 힘으로 몸소 정복하신 세 제후의 나라를 모두 왕비님께 주실 것이옵니다. 또한 헬헤 왕비를 섬겼던 수많은 훌륭한 신하들까지 거느리게 되시옵니다. 나아가 지체 높은 영주 가문의 수많은 귀부인들도 수하에 두시게 될 것이옵니다. 지금까지 그 귀부인들은 헬헤 왕비의 뜻에 따라 왔으니까요. 그뿐이 아닙니다. 에첼왕께서는 헬헤 왕비께서 행사했던 최고의 권력을 왕비님께 드릴 것이라는 말씀을 전하라고 하셨습니다. 왕비님께서는 저희 왕국의 모든 신하들을 다스리시는 왕비로서 마땅히 그만한 권력을 지니셔야 할 줄로 아뢰옵니다."

"내 어찌 영웅이신 한 군주의 아내가 되는 걸 소망할 수 있겠소? 이미 한 영웅의 죽음이 내게 이토록 커다란 고통을 안겨 주었거늘, 나는 목숨이 다하는 마지막 날까지 이 슬픔을 간직할 수밖에 없는 몸이라오!"

그러자 훈국의 사신은 다시 말했습니다.

"권세 높으신 왕비님, 당신께서는 에첼왕가에서 필경 영예로운 삶을 영위하실 것이옵니다. 그리하여 이 일이 성사될 경우, 당신께서는 언제나 기쁨을 누리시게 될 것이옵니다. 막강하신 저희들의 왕께서는 수많은 늠름한 영웅들을 거느리고 계시기 때문이옵니다. 헬헤 왕비님의 시녀들과 당신의 시녀들이 하나로 화합하면 저희 궁정의 분위기는 다시 살아나리라고 보옵니다. 왕비님, 황공하오나 저희의 간청을 통촉하여 주시옵소서! 이는 참으로 당신께 크나큰 복이 될 것이옵니다."

크림힐트는 정중한 예를 갖추어 말했습니다.

"그렇다면 내일 아침까지 결정을 연기할 수 있도록 해주시오. 그후 다시 이리로 오면 그때 나의 대답을 들려주리라."

용감하고 훌륭한 기사들은 이를 따르지 않을 수 없었습니다. 그들 모두가 숙소로 돌아가자, 고귀한 여왕은 기젤헤어와 어머니를 모셔오도록 했습니다. 그녀는 두 사람에게 말하기를, 자기로서는 지크프리트를 애도하여 우는 일 이외에는 다른 어떠한 것도 해야 할 의무로 생각지 않는다고 했습니다. 그녀의 오빠인 기젤헤어가 크림힐트에게 말했습니다.

"나의 누이동생이여, 나는 그대가 에첼왕을 남편으로 맞이하게 된다면 그대의 모든 고통을 몰아내 줄 수 있으리라는 말에 동의하오, 다른 사람들이 뭐라 하든 나는 그렇게 하는 것이 좋을 것으로 여겨진다오. 에첼왕은 그대의 모든 불행을 보상해 줄 것이오. 론강에서 라인강까지, 엘베강에서 북해에 이르기까지 그보다 강력한 왕은 없다오, 에첼왕이 그대를 아내로 선택한다면, 이는 매우 기쁘게 받아들일 만한 일이 될 것이오."

"사랑하는 오라버니, 제게 왜 그러한 충고를 하시나요? 제게는 늘 울고 한탄하는 편이 더 나을 거예요. 제가 어찌 그 기사들을 앞장세워 그곳 왕궁으로 걸어 들어갈 수 있겠어요? 예전에는 제가 아름다웠을망정 지금은 그렇지 않습니다."

그러자 우테 대비가 사랑스런 딸에게 말했습니다.

"왕비, 오라버니가 하라는 대로 하세요. 친지들의 말을 따라야죠. 그렇게 하면 잘살 것이오. 이 어미도 이제는 그대가 그토록 오랫동안 깊은 시름에 잠겨 있는 모습을 보는 것이 안타깝습니다."

그녀는 여러 차례 기도를 통해 남편이 살아 있었을 때처럼 금은보화와 옷을 마음대로 누리고 살 수 있도록 해달라고 빌었던 터였습니다. 하지만 훗날에도 그녀는 두 번 다시 그렇게 즐거웠던 시절을 누릴 수는 없었던 것입니다. 그녀는 심사숙고했습니다.

내가 이교도와 결혼하면 온 세상의 비웃음거리가 될 테니, 그 사람이 내게 온 세상을 다 준다 한들 결코 이 청혼에 동의할 수는 없어 그녀는 이런저런 궁리만 하다가 그 일을 매듭짓지 못하고 그대로 마음에 남겨 둔 채 가슴앓이만 했습니다. 다음날 아침이 되기까지 왕비는 밤새도록 잠자리에 누워 불안한 생각을 떨쳐 버리지 못했습니다. 새벽 미사를 드리러 갈 때까지 그녀의 반짝이는 두 눈에서는 눈물이 마르지 않았습니다. 미사에는 왕들이 나와 있었습니다. 그들은 다시 누이동생의 마음을 돌리고자 했습니다. 그들은 그녀에게 재차 훈국의 왕을 남편으로 맞이하라고 권유했습니다. 그러나 그들 중 누구도 크림힐트의 마음을 기쁘게 해주지는 못했습니다.

사람들은 다시 에첼왕의 사신들을 불러오게 했습니다. 그들은 이제 성공하든 실패하든, 궁정에서 허락만 내린다면 기꺼이 출발해 버릴 심산이었습니다. 이윽고 뤼디거가 궁정에 당도했습니다. 영웅들은 서로 의견을 나누었습니다. 그리하여 고귀한 왕의 진심이 어디에 있는지 때를 놓치지 않고 알아내야 할 것이라고 의견을 모았습니다. 그들 모두는 그렇게 하는 것이 옳다고 여겼던 것입니다. 그들이 고향으로 돌아가는 길은 멀었기 때문입니다.

사람들은 뤼디거를 크림힐트에게 인도했습니다. 영웅 뤼디거는 고귀한 여왕에게 다정하게 간청하기 시작했습니다. 그녀가 에첼왕에게 전할 말이 무엇인지 어서 들려달라고 청했습니다. 그때만 해도 뤼디거는 왕비의 완강한 거절에 부딪힐 것이라고 여겼습니다.

한마디로 크림힐트는 '어떠한 남자와도 더 이상 결혼할 마음이 없다'고 말했습니다. 그러자 변경백 뤼디거가 말했습니다.

"그렇다면 그건 잘못 생각하신 것이옵니다. 어째서 당신께서는 당신의 아름다움을 그렇게 헛되이 소멸시키고자 하십니까? 왕비님께서는 아직 크나큰 명망을 누리며 귀하신 분의 아내가 되실 자격이 충분히 있으시옵니다."

그들은 계속해서 그녀의 마음을 움직여보려고 시도했으나 소용이 없었습니다. 하지만 종국에 가서 뤼디거는 고귀한 왕비와 단둘이 있게 되었을 때, 지금까지 그녀가 겪었던 불행을 모두 보상해 주고 싶다는 말을 했습니다. 그러자 그녀의 커다란 고통은 벌써 상당히 줄어들었습니다. 뤼디거는 왕비에게 말했습니다.

"이제 그만 눈물을 거두시옵소서. 당신께서 훈국에 오셔서 저와 제 충실한 친지들과 종사들 말고는 지낼 사람이 없다 한들 누군가가 당신께 조금이라도 해를 끼칠 자가 있다면 저는 그자를 중벌에 처할 것이옵니다."

그러자 여왕의 고통은 좀 더 줄어들었습니다. 그녀는 이렇게 말했습니다.

"그렇다면 누군가가 내게 조금이라도 해를 입힌다면, 그대는 내 인격의 손상에 대해서 맨 먼저 복수해 주겠다고 맹세해주시오."

"그렇게 하겠사옵니다."

뤼디거는 자신의 종사들과 함께 그녀에게 언제나 충성을 바치겠다는 맹세를 했습니다. 그는 에첼왕의 나라에서 선발된 이 뛰어난 기사들이 그녀를 명예롭게 하는 일이라면 무엇이든 아낌없이 희생할 각오가 되어 있노라고 굳게 다짐했습니다. 뤼디거는 손을 들어 이 모든 것을 굳게 서약했습니다. 그러자 왕비는 생각했습니다.

'내 이제 이렇게 많은 동맹자를 얻었으니, 기쁨을 잃은 여인으로서 이들이 과연 무엇을 원하는지 알아야겠구나, 혹시 내 사랑하는 남편을 살해한 자에 대한 복수가 이루어질지 몰라.'

그녀는 또 생각했습니다.

'에첼왕은 많은 무사들을 거느리고 있으니 그들에게 명을 내리기만 하면 내가 원하는 일을 이룰 수 있을 거야. 게다가 그는 아주 부유하니까 남에게 선물을 할 수 있을 만큼 여유가 생길 테지. 그 흉악한 하겐이 내 전 재산을 빼앗아 갔으니!'

크림힐트는 뤼디거에게 말했습니다.

"내가 알고 있는 것처럼 에첼왕께서 이교도만 아니라면, 그분이 원하는 곳 어디든 따라갈 것이며 기꺼이 그를 남편으로 맞이할 것이오.”

"왕비님, 그런 말씀은 말아 주십시오. 에첼왕께서는 기독교 신앙을 지닌 용사들을 많이 거느리고 계셔서 당신께서 왕 곁에서 지내시더라도 결코 향수를 느끼지 않으실 것이옵니다. 왕비께서는 에첼왕께서 세례를 받도록 이끌어 주실 수도 있을 것이옵니다. 그러니 추호도 염려치 말고 저희 나라의 왕비가 되어 주시옵소서!"

그러자 그녀의 오라버니들이 말했습니다.

"자, 이제 승낙해주구려. 그리고 이제 그대의 근심일랑 땅속에 묻어버리시오.”

그들은 슬픔에 찬 이 여인이 영웅들이 있는 자리에서 '에첼왕의 아내가 되겠노'라고 마침내 약속할 때까지 오래도록 재촉했던 것입니다. 이윽고 그녀가 말했습니다.

"이 가련한 여인은 그대들과 훈국으로 가겠소. 하지만 나를 훈국으로 데려갈 수행자들이 과연 누군지 알고 나서 갈 것이오.”

이로써 아름다운 크림힐트 왕비는 영웅들이 보는 앞에서 드디어 그 청혼을 수락했던 것입니다. 그러자 변경백 뤼디거가 대답했습니다.

"당신께서 만약 2명의 수행자를 데리고 계시다면, 제게는 그보다 훨씬 많은 사람들이 있습니다. 당신의 지위에 어울리게 라인강을 건너가실 수 있도록 준비를 갖추겠습니다. 왕비님, 더 이상 이곳 부르군트 왕국에 오래 머무르시면 아니 되옵니다. 제게는 5백 명의 종사와 친지가 있습니다. 이 사람들이 이곳에서 당신을 모실 것이며, 저희 나라로 간 후에도 그들은 당신의 뜻에 따를 것이옵니다. 물론 저 또한 그렇게 할 것이옵니다. 왕비님께서는 저희들의 약속만 기억하시면 됩니다. 당연히 저는 명예를 잃지 않도록 행동하겠습니다. 이제 당신께서 타고 가실 말을 위한 마구를 준비하겠습니다. 당신께서는 이 뤼디거의 권고에 따른 것을 결코 후회하지 않으실 것이옵니다. 당신께서 함께 데리고 가고 싶은 시녀들에게 말씀해 두십시오. 수많은 뛰어난 영웅들이 거리에서 우리의 행렬에 끼어들 것이옵니다."

그들은 지크프리트가 살아 있었던 시절에 사용했던 값비싼 마구류들을 여전히 가지고 있었습니다. 그래서 크림힐트는 많은 처녀들을 남부끄럽지 않은 이 행렬에 함께 데려갈 수 있었습니다. 아, 이 아름다운 여인들을 위하여 얼마나 많은 훌륭한 안장들이 준비되었는지 모를 것입니다.

그들은 예전에 화려한 옷을 입어 본 적이 있었지만, 이번 여행을 위해서는 여러 벌 준비되었던 것입니다. 그들은 에첼왕과 그의 화려함에 대한 이야기를 이미 수없이 듣고 있던 터라 그때까지 굳게 닫혀 있던 옷궤들을 활짝 열었습니다. 사흘하고 반나절 동안 그들은 몹시 분주했고, 옷궤 속에서 마땅히 그 안에 들어 있어야 할 것들을 찾아냈습니다. 크림힐트는 자신의 보물 창고의 문을 열었습니다. 뤼디거의 모든 종사들에게 후한 선물을 주려고 했기 때문입니다.

그녀는 니벨룽 왕궁에서 가져온 금을 여전히 많이 가지고 있었는데, 그것은 말 백 필이 다 짊어지고 갈 수 없을 정도였습니다. 그녀는 그것을 훈국 사람들에게 아낌없이 나누어 주려고 했던 것입니다. 이때 하겐이 크림힐트의 행동에 관한 보고를 들었습니다.

"크림힐트 왕비가 죽었다 깨어난들 나에 대해서는 결코 호의를 가지지 않을 테니까, 지크프리트왕의 금이 이 땅에서 하나라도 새나가서는 안 될 일이지. 내가 어찌 그렇게 어머어마한 재물이 적들의 손아귀에 들어가도록 내버려 둘 수 있겠는가? 크림힐트 왕비가 그 보물을 가지고 무슨 일을 하려는지 잘 알고 있는 마당에 말이야. 왕비가 그 보물을 이 땅에서 가지고 나간다면, 그 보물은 오직 나에 대한 적개심을 불러일으키기 위한 목적으로 분배될 것이 틀림없어. 그들에게는 그것을 실어 나를 만큼 많은 말이 없으니 이 하겐이 그 보물을 보관해 주겠노라고 크림힐트 왕비에게 전하도록 하라!"

크림힐트는 이 이야기를 듣자 극도로 분노했습니다. 이 이야기는 세 왕에게 전해졌습니다. 그들은 그런 일이 일어나지 못하도록 막으려고 했습니다. 그러나 그런 노력이 허사가 되었을 때, 기품 있는 뤼디거는 명랑하지만 냉정한 어투로 왕비에게 말했습니다.

"막강하신 왕비님, 어찌하여 그까짓 금 좀 잃어버린 일에 대해 그토록 원통해 하시옵니까? 에첼왕께서 일단 왕비님을 보시고 나면, 깊은 애정을 느껴 평생 동안 미처 쓸 수 없을 만큼 많은 금을 주실 것이옵니다. 왕비님, 저는 이를 확신하옵니다."

"고귀한 뤼디거여, 어떠한 왕비도 여태껏 하겐이 내게서 빼앗아 간 것보다 더 큰 부를 소유했던 적은 없었소."

그때 그녀의 오라버니인 게르노트가 보물 창고로 왔습니다. 그는 군주의 직권으로 열쇠를 자물쇠에 꽂았습니다. 그리하여 크림힐트의 금은 다시 밖으로 반출되었습니다. 그것은 대략 3만 마르크, 아니 그보다 더 큰 값어치가 나가는 것이었습니다. 게르노트는 그것을 사신들에게 나누어 주도록 했습니다. 이 소식을 듣고 군터왕은 기뻐했습니다. 그러자 베헬라렌의 태수이자 고테린트의 남편인 뤼디거가 말했습니다.

"이제 저의 여주인이신 크림힐트 왕비께서 예전에 니벨룽의 나라에서 이곳 보름스로 날라 왔던 보물을 모두 되찾게 된다 할지라도, 왕비님이나 저는 보물에 손댈 필요가 없을 것이옵니다. 그것은 도로 창고 안에 보관해 두십시오. 저는 그것을 받고 싶지 않습니다. 저는 저희 나라에서 너무나 많은 보물을 가지고 왔기에 왕비님의 금을 포기하더라도 여행비용은 넉넉히 충당되기 때문이옵니다."

그러는 사이 왕비의 시녀들은 12개의 옷궤에 그 어느 곳에서도 볼 수 없는 순도 높은 금을 채워 넣었습니다. 그들은 그 보물들을 지참했으며, 여자들이 여행 중에 지니고 가야 할 수많은 장신구들을 함께 챙겼습니다.

음흉한 하겐의 단호한 자세는 그들에게 너무나 위험해 보였습니다. 그녀에게는 봉헌을 위해 바칠 돈으로 약 천 마르크가 남아있었습니다. 그녀는 소중한 옛 남편의 영혼을 구원하기 위해 그것을 모두 바쳤습니다. 이것을 본 뤼디거는 그녀가 얼마나 성실한 여인인지 알 수 있었습니다. 여인은 비탄조로 말했습니다. .

"내 친구들은 어디에 있는가? 나와 함께 이국땅으로 가고자 하는 자는 훈국으로 말을 달려야 할지니 내 재물의 일부를 받아 말과 장비를 마련토록 하라."

이때 변경백 에케바르트가 크림힐트에게 말했습니다.

"당신의 종신으로서 당신을 모시기로 한 이후 저는 충실히 당신께 봉사해 왔으며 앞으로도 죽을 때까지 충성을 다하겠사옵니다. 저는 또한 당신께 충성을 바칠 5백 명의 제 종사들을 함께 데려갈까 하옵니다. 죽음 말고는 그 무엇도 저희들을 당신과 갈라놓을 수는 없을 것입니다."

크림힐트는 이 말에 감동하여 그에게 머리 숙여 감사했습니다. 그녀에게는 그럴 만한 이유가 충분히 있었던 것입니다. 이때 사람들이 말들을 몰고 왔습니다. 출발할 때가 되었기 때문입니다. 그러자 친지들이 울음을 터뜨리기 시작했습니다. 막강한 우테 대비와 많은 아름다운 처녀들은 크림힐트 왕비와의 작별이 얼마나 괴로운 것인가를 보여주었습니다. 크림힐트는 백 명의 고귀한 처녀들을 거느리고 왔습니다. 그녀들은 모두 신분에 어울리는 복장을 하고 있었으며, 초롱초롱한 눈에서는 눈물이 흘러내렸습니다. 그러나 그녀들은 훗날 에첼왕의 궁에서 행복한 시간을 보냈습니다.

기젤헤어와 게르노트는 궁정 예법대로 많은 수행원들을 거느리고 왔습니다. 그들은 사랑하는 누이동생을 수행하고자 했던 것입니다. 그들은 족히 천 명이나 되는 당당한 용사들을 거느리고 있었습니다. 용맹스러운 게레와 오르트빈도 왔습니다. 주방대신 루몰트 역시 빠지지 않았습니다. 그들은 도나우강가에서 첫 숙영을 했습니다. 군터왕은 얼마 안 되는 도시의 성문 앞까지 그들과 같이 말을 타고 갔습니다.

그들은 라인 땅에서 출발하기에 앞서 우수한 사자들을 선발대로 훈족의 나라로 보냈습니다. 사자들의 임무는 뤼디거가 고결하고 숭고하신 크림힐트를 왕비로 모시는 데 성공했다는 소식을 훈족의 왕에게 전하는 일이었습니다.

## Chapter 21

# 훈국으로 가는 크림힐트

　사자들은 먼저 달려갔습니다. 이제 여러분께 왕비가 어떻게 영토
를 가로질러 갔으며 기젤헤어와 게르노트가 어디서 누이동생과 작별
을 고했는지에 관해서 이야기해 드리겠습니다. 그들은 형제의 의리
에 따라 그녀에게 봉사했던 것입니다. 그들은 도나우강가에 있는 푀
링까지 말을 타고 갔습니다. 거기서 그들은 라인으로 돌아가고자 했
으므로 그녀에게 작별을 고했습니다. 사랑하는 친척들은 눈물바다를
이루면서 이별했습니다. 용감한 기젤헤어는 누이동생에게 이렇게 말
했습니다.

　"누이동생이여, 만약 그대가 어떤 곤경에 처하여 나를 필요로 하게
되면 곧 연락해 주시오. 그러면 나는 그대에게 봉사하기 위해 에첼왕

의 나라로 즉시 달려가리다.”

그녀는 친척들에게 작별의 입맞춤을 했습니다. 사람들은 용맹한 부르군트인들이 뤼디거의 사람들과 작별 인사를 나누는 것을 애정 어린 눈으로 바라보았습니다. 왕비는 많은 아름다운 처녀들을 데리고 갔는데, 그 수는 104명이나 되었습니다. 그들은 화려한 무늬로 장식된 고급 비단으로 지은 의상을 입고 있었습니다. 사람들은 그 여인들을 보호하기 위해 지나가는 길에 가까이 다가서서 넓은 방패를 받쳐 들고 도열해 있었습니다. 위풍당당한 수많은 영웅들은 보름스로 회군한 것입니다.

그들이 도나우강을 건너 바이에른으로 들어섰을 때, 오늘날에도 수도원이 서 있고 인강이 큰 물거품을 일으키며 도나우강과 합류하는 바로 그곳으로 많은 외부 손님들이 당도했다는 소식이 전해졌습니다. 당시 파사우시(市)는 한 주교가 다스리고 있었습니다. 모든 사람들이 바이에른으로 손님들을 맞이하러 갔기 때문에 숙소들이나 제후의 궁성은 텅 비었습니다. 거기서 필그림 주교는 아름다운 크림힐트를 만났습니다.

주교의 용사들은 크림힐트를 수행하고 온 사람들 중에 많은 아름다운 처녀들이 있는 것을 보고 매우 흐뭇해했습니다. 그들은 그 고귀하고 정숙한 처녀들에게 연모의 시선을 보냈습니다. 사람들은 이 손님들에게 좋은 숙소를 마련해 주었습니다.

주교는 말을 타고 질녀와 함께 파사우로 돌아왔습니다. 시민들은 제후의 질녀인 크림힐트가 온다는 소식을 접했고, 그녀는 상인들로부터 자신의 신분에 손색없는 영접을 받게 되었습니다. 주교는 그들이 오래 머물다 가기를 희망했습니다. 그때 에케바르트가 말했습니다.

"그것은 불가능합니다. 우리는 곧 뤼디거의 영지로 가야 합니다. 많은 영웅들이 우리를 기다리고 있습니다. 우리가 그곳에 도착한다고 이미 소식을 보냈기 때문입니다."

아름다운 고테린트는 그 소식을 들었습니다. 그녀는 부지런히 영접 준비를 했고 자신의 고귀한 처녀들에게도 준비를 갖추게 했습니다. 뤼디거는 아내가 왕비를 기쁘게 맞아드리는 것이 도리라고 생각했으며, 벌써 자신의 견해를 그녀에게 전달해 두었던 것입니다. 더불어 그녀가 사람들을 거느리고 엔스강까지 말을 타고 마중하러 왔으면 좋겠다는 희망을 같이 전했습니다. 그녀는 그 말에 따랐고 거리마다 영접 준비로 부산한 모습들이었습니다. 그들은 말을 타거나 걸어서 손님을 맞이하러 나왔습니다.

그때 크림힐트는 에페딩까지 와 있었습니다. 여느 때처럼 바이에른 사람들이 그 일행에게 강도짓을 감행했더라면, 아마 큰 피해를 입힐 수 있었을 것입니다. 그러나 고귀한 변경백은 그런 일이 일어날 것에 대비하고 있었습니다. 그는 항상 천 명 이상의 기사들을 거느리고 있었습니다. 그곳으로 뤼디거의 아름다운 아내 고테린트가 도착했고, 그 뒤를 이어서 고귀한 용사들의 화려한 행렬이 도착했습니다. 그들이 트라운강을 건너 엔스강변의 평원에 당도했을 때, 손님들이 숙영을 하게끔 도처에 쳐놓은 크고 작은 천막들이 보였습니다. 그 손님들의 접대비용은 뤼디거가 맡았습니다. 많은 우수한 말들이 장신구들을 딸랑거리면서 사방에서 몰려들었습니다. 그 영접은 아주 화려했고, 뤼디거는 무척 만족스러워했습니다. 길 좌우에서 그 행렬에 합류한 기사들은 훌륭한 솜씨로 말을 몰았습니다. 그들은 적잖은 수의 영웅들이었습니다. 많은 여자들은 그들이 보여주는 무예를 구경했는데, 왕비 역시 그들이 제공하는 기사도에 입각한 봉사가 결코 싫지 않았습니다.

뤼디거의 사람들이 손님들과 대면하게 되었을 때, 관행에 따라 기사들은 일제히 창들을 하늘 높이 쳐들었습니다. 그리하여 여인들의 눈앞에서 박수갈채를 받으며 마상창 시합이 벌어졌습니다. 시합은 곧 끝이 났으며, 기사들은 서로 우정 어린 인사를 주고받았습니다. 그들은 아름다운 고테린트를 크림힐트에게 인사시키려고 왕비에게 데려갔습니다. 귀부인들을 섬기는 법을 아는 사람은 이날 쉴 틈이 없었습니다.

베헬라렌의 태수는 아내에게 말을 타고 갔습니다. 고귀한 태수비는 남편이 건강하게 라인 땅으로부터 돌아온 것을 보자 매우 기뻐했습니다. 태수비가 지금까지 품고 있었던 근심은 이제 완전히 커다란 기쁨으로 바뀌어 버렸습니다. 태수비가 그에게 인사하자, 태수는 그녀와 함께 있던 모든 여인들과 그녀를 푸른 잔디밭에 앉게 했습니다. 고귀한 남자들은 아주 열심히 여인들에게 봉사를 하느라 퍽 분주했습니다.

이때 크림힐트 왕비가 변경백의 부인과 그녀의 시종들이 있는 것을 보았습니다. 그녀는 고삐를 당겨 말을 세운 다음 사람들이 자신을 빨리 말에서 내려 주기를 원했습니다. 사람들은 주교와 에케바르트가 그녀를 고테린트에게 안내하는 것을 보았습니다. 그들은 즉시 길을 비켜 주었습니다. 고향을 등진 크림힐트는 고테린트에게 키스를 했습니다. 그러자 뤼디거의 부인이 정답게 말했습니다.

"귀하신 왕비님, 이 나라 이곳에서 제 눈으로 왕비님의 아름다운 모습을 볼 수 있다니 얼마나 행복한지 모르겠사옵니다. 저에게는 이보다 더 좋은 일이 있을 수 없을 것이옵니다."

"주께서 그대를 축복해 주시기 바라오. 고귀한 고테린트여! 내가 살아 있고 보테룽의 아들도 살아 있는 한, 이곳에서 나를 영접해 준 그대에게 보답이 있을 것이오."

크림힐트가 말했습니다. 그때만 해도 두 사람은 나중에 어떤 일이 일어날지 모르고 있었던 것입니다.

많은 처녀들이 예의 바르게 서로 다가섰습니다. 용사들은 그녀들에게 봉사할 준비가 되어 있었습니다. 환영 인사가 끝나자 모두 풀밭에 앉았고, 조금 전에는 서로 서먹서먹해 하던 사람들이 이제는 친해졌습니다. 사람들은 여인들에게 마실 것을 따라주었습니다. 정오 가까이 되자, 그 고귀한 분들은 더 이상 그곳에 머물러 있지 않고 널찍한 천막들이 있는 곳으로 말을 타고 갔습니다. 그들은 거기서 여러 가지로 대접을 받았습니다.

다음날 아침까지 그들은 평안한 밤을 보냈습니다. 베헬라렌의 사람들은 귀한 손님들을 맞을 채비가 되어 있었습니다. 성벽의 창문은 모두 열려 있었고 성 전체가 개방되어 있었습니다. 사람들이 기쁨으로 맞아들일 손님들이 말을 타고 성문으로 들어왔습니다. 고귀한 성주는 그들에게 편안한 숙소를 마련해 주었습니다.

뤼디거의 딸이 시종들을 거느리고 크림힐트에게 가서 그녀의 정다운 환대를 받았습니다. 그때 그녀의 어머니인 태수비도 자리를 함께 했고 많은 처녀들은 정다운 인사를 주고받았습니다. 그들은 서로의 손을 마주 잡고 매우 화려하고 넓은 궁정 안으로 들어갔습니다. 성밖의 저 아래에는 도나우강이 흐르고 있었습니다. 그들은 열려진 창가에 앉아서 격의 없는 대화를 나누었습니다.

나는 그들이 거기서 그 밖에 무슨 일을 했는지에 관해서는 보고드릴 것이 없습니다. 그때 크림힐트의 용사들이 매우 지지부진한 이 여행에 대해서 불평을 늘어놓았습니다. 얼마나 많은 훌륭한 용사들이 그녀와 함께 베헬라렌으로 말을 타고 왔었는지 모릅니다.

뤼디거는 그들에게 정성 어린 봉사를 다했습니다. 그래서 크림힐트는 고테린트의 딸에게 12개의 붉은 금팔찌와 에첼왕의 나라로 가지고 갈 것 중 가장 아름다운 의복을 선물했습니다. 그녀는 비록 니벨룽의 보물을 빼앗기고 말았지만, 자신에게 인사하는 모든 사람들에게 아직은 자기 소유로 남아 있는 아주 작은 물건이라도 선물함으로써 호의를 나타냈습니다. 뤼디거의 신하들에게도 많은 선물이 주어졌습니다. 고테린트는 라인강의 손님들에게 명예로운 보답의 선물을 정성껏 마련해 주었기에, 손님들 중에서 그녀로부터 받은 패물이나 훌륭한 의상을 달거나 입고 있지 않은 사람은 찾아보기 힘들었습니다.

그들이 식사를 마치고 출발할 시간이 되자, 변경백의 부인은 에첼 왕의 아내가 될 사람에게 다시 한 번 정성스럽게 봉사를 했습니다. 그래서 크림힐트는 아름답고 젊은 고테린트의 딸을 사랑스럽게 안아 주었습니다. 그녀는 말했습니다. .

"왕비님께서 승낙만 하신다면, 사랑하는 저의 부친께서 저를 왕비님이 가시는 훈족의 나라로 보내 주실 것이옵니다."

크림힐트는 그녀가 자신에게 진심으로 헌신적이라는 것을 알게 되었습니다. 안장이 얹힌 말들이 성 앞에서 대기하고 있었기에 왕비는 뤼디거의 부인과 딸에게 작별을 고했습니다. 많은 아름다운 처녀들 역시 서로 인사를 하고 헤어졌습니다. 그러나 그들은 그후로는 결코 만나지 못했습니다.

뮐크 사람들은 포도주가 담긴 금제 술잔들을 손에 들고 거리로 나왔습니다. 그들은 그곳에서 환영의 포도주 인사를 받았던 것입니다. 그곳에는 한 성주가 살았는데, 그의 이름은 아스톨트였습니다. 그는 그들에게 도나우강을 따라 동방의 마우테른으로 가는 길을 안내해 주었습니다. 그곳 사람들은 나중에 막강한 왕비에게 훌륭한 충성을 증명해 보였던 것입니다. 주교는 정다운 분위기 속에서 질녀와 작별했습니다. 그는 진심으로 그녀가 이제 많은 어려움을 잘 감당해내고 그전의 헬헤 왕비처럼 커다란 명예를 얻기 바란다고 말했습니다. 후에 그녀는 훈족에게서 막대한 명예를 얻었습니다.

사람들은 그 손님들을 트라이젠강까지 바래다주었습니다. 뤼디거의 사람들은 훈족들이 국경을 넘어서 말을 달려 올 때까지 그들을 보호하기 위해 매우 사려 깊게 수행했습니다. 사람들은 그 왕비에게 커다란 경의를 표했습니다. 트라이제강변에는 트라이스마우어라는 매우 유명하고 굳건한 성이 있었는데, 그것은 훈족 왕의 소유였습니다. 그 전에 바로 거기서 헬헤 왕비가 기거하면서 일찍이 그 누구도 따를 수 없을 정도로 모범적인 삶을 영위했습니다. 그런데 크림힐트가 바로 거기에 필적했으니, 그녀는 아주 풍성하게 베풀 줄 알았으므로 오랫동안의 고통 후에 비로소 에첼왕의 사람들로부터 칭송받는 기쁨을 누릴 수 있었습니다. 그래서 훗날 영웅들 사이에는 그녀에 대한 칭송의 소리가 높았습니다.

에첼왕의 통치는 대단히 광범위하게 명성을 떨쳤기 때문에 사람들은 그의 궁정에서 기독교도든 이교도든 간에 여태껏 알려진 가장 훌륭한 영웅들과 마주칠 수 있었습니다. 그들 모두가 그를 호위하고 있었습니다. 그의 주변에는 기독교의 계명에 따라 사는 사람들과 이교의 계율에 따라 사는 사람들이 공존하고 있었는데, 그후로는 결코 없었던 일입니다. 누가 어떤 방식의 삶을 택하든 왕은 너무나 관대하여 모든 사람은 망극한 성은을 입었던 것입니다.

## Chapter 22

# 에첼왕의 환영

그녀는 나흘 동안 트라이스마우어에 머물렀습니다. 그 기간 내내 거리마다 먼지 구름이 가라앉을 줄 몰랐으니, 마치 불이라도 난 것같이 여기저기에서 먼지가 뽀얗게 일었습니다. 에첼왕의 사람들이 오스트리아 전역을 말을 타고 달렸기 때문이었습니다.

그동안 크림힐트가 어떠한 위용을 갖추고 있는지에 대한 상세한 소식이 왕에게 보고되었으며, 그 즐거운 기다림은 지금까지의 울적함을 모두 사라지게 했습니다. 에첼왕은 아름다운 그 여인을 만나리라 예상 되는 곳으로 신속히 마중을 나갔습니다. 여러 나라에서 온 수많은 건장한 영웅들, 기독교도와 이교도의 거대한 무리가 에첼왕에 앞서 말을 타고 가는 모습이 보였습니다. 그들은 왕비를 만나게 될 곳으로 멋진 행렬을 지어 갔던 것입니다.

러시아와 그리스 출신의 많은 종사들이 말을 타고 갔습니다. 폴란드인과 발라크인들도 잽싸고 힘있게 말을 몰고 가는 모습이 보였습니다. 그들은 엄격한 관습에 따라 행동했던 것입니다. 거기에는 키에프의 나라에서 온 영웅들과 야성적인 페체나인들 또한 있었습니다. 사람들은 공중을 나는 새들을 볼 때마다 활로 쏘아 떨어뜨리곤 했습니다. 그들은 화살을 가장 높은 곳까지 쏘아 올렸습니다.

오스트리아의 도나우강가에 있는 툴른이라는 곳에서 크림힐트는 예전에는 보지 못했던 외국의 관습들을 여러 가지 익히게 되었습니다. 많은 사람이 그녀를 영접하러 왔는데, 그들은 나중에 그녀로 인해 커다란 고통을 겪게 되었던 것입니다. 24명의 막강하고 훌륭한 영주들이 에첼왕 앞으로 기쁘고 힘차게 그리고 예의 바르고 당당하게 말을 타고 나아갔습니다. 그들에게는 왕비를 알현하는 것보다 더 간절한 소망은 없었던 것입니다. 발라크인들의 나라에서는 라뭉 태수가 7백 명의 수행원들을 거느리고 말을 달려 왔습니다. 사람들은 그들이 공중의 새처럼 들판 위로 쏜살같이 달리는 모습을 보았습니다. 기배헤 영주는 위용을 자랑하는 기사들을 데리고 왔습니다.

씩씩한 호른보게는 천 명의 부하들을 거느리고 왕에게 갔다가 거기서 말머리를 돌려 왕비에게로 향했습니다. 각 나라의 관습대로 그때마다 커다란 소란이 벌어졌습니다. 훈족의 친척들은 기사 시합에서 열심히 기량을 겨루었습니다. 덴마크의 씩씩한 하바르트, 비열함을 모르는 대담한 이링 그리고 당당한 영웅인 튀링겐의 이른프리트도 왔습니다. 그들은 크림힐트를 훌륭하게 영접함으로써 자신들의 명성을 높였습니다.

그들의 무리는 천2백 명이나 되었습니다. 그리고 훈족의 나라에서는 에첼왕의 형제인 블뢰델이 3천 명이나 되는 병사들로 근사한 행렬을 이루어 크림힐트에게 왔습니다. 에첼왕과 디트리히는 수행원들을 데리고 왔습니다. 거기서는 고귀하고 유능하며 탁월한 많은 기사들의 명예로운 모습이 보였습니다. 그 광경은 크림힐트의 가슴을 몹시 설레게 했습니다. 변경백 뤼디거가 크림힐트에게 말했습니다.

"저 숭고한 왕께서 당신을 이곳에서 영접하시고자 하옵니다. 이제 제가 지적해 드리는 분들께만 입맞춤을 하시옵소서. 저들 모두에게 같은 방식으로 명예를 줄 수는 없기 때문입니다."

사람들은 숭고한 왕비를 말에서 내려주었습니다. 막강한 에첼왕은 더 이상 기다리지 않고 많은 용맹스러운 종사들과 함께 말에서 내렸습니다. 사람들은 그가 기쁨으로 크림힐트에게 성큼성큼 다가서는 것을 보았습니다. 사람들이 전한 바에 따르면, 에첼왕이 그녀에게 다가서자 그녀가 고귀한 왕에게 다정한 입맞춤을 했는데, 그때 그녀를 수행했던 2명의 막강한 제후가 그녀의 끌리는 옷자락을 들어주었다고 합니다. 그녀가 머리 장식을 약간 들어 올리자, 머리에 두른 황금빛 두건 사이로 그녀의 아름다운 얼굴이 환한 모습을 드러냈습니다. 헬헤 왕비조차 그녀보다 아름답지는 않았다고 이야기하는 영웅들조차 많이 있었습니다. 그녀의 옆에는 왕의 동생 블뢰델이 아주 가까이에 서있었습니다. 막강한 변경백 뤼디거는 그에게 입을 맞추라고 신호해 주었습니다. 에첼왕의 신부는 12명의 용사들에게 명예로운 입맞춤을 했습니다. 그리고 다른 기사들과는 간단한 인사로 접견했습니다.

에첼왕이 크림힐트 곁에 서있는 동안, 오늘날에도 그러하듯이 젊은 기사들은 쉬지 않고 줄곧 말을 달려 화려한 마상창 시합을 벌였습니다. 기독교도 영웅들과 이교도 영웅들은 각자의 관습에 따라 행동했습니다. 디트리히의 종사들은 어찌나 기사다웠던지 창들을 방패 너머로 높이 던져 손잡이들을 산산조각 내버렸습니다. 고귀한 기사들과 라인에서 온 손님들의 힘에 의해서 많은 방패들은 구멍이 뚫리고 말았습니다. 창들이 우지끈하며 부러지는 커다란 소리가 났습니다. 막강한 에첼왕은 크림힐트 왕비와 함께 그곳을 떠났습니다. 그들은 가까운 곳에 화려한 천막 하나가 쳐져 있는 것을 보았습니다. 온 들판은 피곤한 여행을 한 그들이 쉴 수 있도록 자그마한 천막들로 뒤덮여 있었습니다. 많은 아름다운 처녀들은 영웅들에 의해 천막 안으로 안내되었습니다. 왕비 또한 그 안으로 인도되었는데, 그녀는 나중에 그곳에서 값비싼 덮개가 씌워진 옥좌에 앉게 되었던 것입니다. 변경백은 모든 이들의 찬사를 받을 수 있을 만큼 훌륭한 옥좌를 준비시켜 두었으며, 에첼왕은 그것에 대해 매우 기뻐해 마지않았습니다.

거기서 에첼왕이 크림힐트와 무슨 이야기를 나누었는지는 알 수 없습니다. 에첼왕은 오른손으로 그녀의 하얀 손을 꼭 쥐고 정답게 나란히 앉아 있었습니다. 영웅 뤼디거는 왕이 그곳에서 크림힐트와 친밀한 교분을 맺는 것을 허용하지 않았습니다. 사람들은 마상창 시합을 전면 중지시켰습니다. 기사들에게 커다란 명예가 돌아가면서 그 열띤 시합은 끝을 맺었던 것입니다. 에첼왕의 사람들은 천막으로 갔습니다. 광활한 구역 곳곳에서 숙소가 제공되었습니다.

해가 저물자 그들은 밝은 아침 햇빛이 다시 비쳐 올 때까지 편히 잠을 잤습니다. 아침이 되자 다시 수많은 기사들이 말 있는 곳에 가 있었습니다. 그들은 왕에게 영예를 돌리기 위해 경쟁적으로 새로운 묘기를 보여 주기 시작했습니다. 왕은 자신에게 모든 영광을 돌리라는 명을 내렸습니다. 그들은 툴른에서 빈까지 말을 타고 왔습니다. 거기서 그들은 축제일처럼 치장을 한 많은 여인들을 만났습니다. 에첼왕의 왕후는 그들로부터 존경에 찬 환영을 받았습니다.

그들은 필요한 것을 마음껏 사용할 수 있었습니다. 자긍심 높은 영웅들은 그 요란스런 행사에 대해서 기뻐했고 사람들은 숙영을 시작했습니다. 그런 다음 왕의 축제는 거창하게 시작되었던 것입니다. 그들이 모두 시내에서 숙영지를 찾을 수 있었던 것은 아니었습니다. 뤼디거는 손님이 아닌 사람들에게는 교외의 농촌에 숙소를 정하도록 권했습니다. 크림힐트 곁에는 언제나 디트리히와 많은 영웅들이 있었습니다. 그들은 손님들을 기분 좋게 해주기 위해 쉴 새 없이 온갖 노력을 기울였습니다. 뤼디거와 그의 친구들은 한순간도 서먹서먹한 적이 없었습니다. 에첼왕이 빈에서 크림힐트와 치를 혼인 날짜는 마침 성신강림절로 정해졌습니다. 그녀는 전남편과의 결혼식 때조차 그렇게 많은 영웅들의 봉사를 받지는 못했습니다. 크림힐트는 자신을 보지 못한 사람들에게는 선물로써 자기를 알렸습니다. 그들 중 많은 사람들은 손님들에게 이렇게 말했습니다.

"우리는 왕비님의 보물이 더 이상 남아 있으리라고는 생각지 않았습니다. 그런데 왕비님은 참으로 놀랄 만한 선물을 선뜻 나누어주셨습니다."

그 축제는 17일 동안 계속되었습니다. 이보다 큰 축제를 치른 왕의 이름을 말할 수 있는 사람은 없을 것입니다. 어쨌든 그런 말을 한 사람이 없었으니까요. 그 축제에 참석한 사람들은 모두 새 옷을 입고 있었습니다. 크림힐트는 전에 네덜란드에 있을 때조차 그렇게 엄청난 영웅들을 거느리지는 못했습니다. 아무리 지크프리트가 강하고 부유했다 할지라도, 그녀가 지금 에첼왕의 휘하에서 거느리고 있는 것처럼 그렇게 많은 고귀한 영웅들을 거느리지는 못했던 것입니다. 또한 축제 때 에첼왕과 그의 사람들이 크림힐트를 위해 선물로 준 것만큼 값지고 길고 포근한 외투며 훌륭한 의상들을 선사한 사람은 여태까지 없었습니다. 물론 그들은 그것들을 충분히 갖고 있었습니다. 그들의 친구들과 손님들 역시 자신들의 소유를 아끼지 않는 데에 이견이 없었던 것이지요. 어느 누구든 갖고 싶어 하는 것이 있으면 그들은 기꺼이 그것을 건네주었습니다. 마침내 많은 영웅들에게는 한 벌의 옷도 남지 않게 되었습니다.

그녀는 라인강변의 남편 곁에서 통치하던 일을 회상했습니다. 그녀의 두 눈에는 눈물이 고였습니다. 그러나 그녀는 남이 눈치 채지 못하도록 눈물을 삼켰습니다. 긴 고통의 시간이 흐르고 난 후 그녀는 단번에 명예를 누리게 되었습니다. 제아무리 인색하지 않게 행동했다 할지라도 디트리히와 비교하면 그는 구두쇠에 불과했습니다. 보테룽의 아들이 무엇을 선물하든 그는 그 모든 것을 다른 이에게 다시 선물해 버렸던 것입니다. 뤼디거 역시 놀랄 만한 은혜를 베풀었습니다. 헝가리의 군주 블뢰델 역시 엄청난 금이 있던 보물함을 깨끗이 비웠습니다. 모든 것이 남김없이 선물로 주어진 것입니다. 사람들은 영웅들이 기쁜 분위기에 잠겨 있는 것을 보았습니다.

어의를 갖추고 옥좌에 앉아 있는 에첼왕과 아름다운 크림힐트가 참석한 축제에서 에첼왕의 두 음유시인인 베르벨과 슈베멜은 각기 천 마르크 내지 그 이상을 받았습니다.

18일째 되던 날 그들은 빈에서 말을 타고 출발했습니다. 그때 벌어졌던 무술 시합에서는 수많은 방패가 영웅들의 창에 의해 구멍이 뚫렸습니다. 그러한 즐거움을 누리면서 에첼왕은 훈족의 나라에 이르게 되었습니다. 그들은 유서 깊은 도시 하임부르크에서 밤을 보냈습니다. 그때 그 나라로 들어간 사람들의 수가 얼마나 되는지 대략이나마 헤아릴 수 있는 사람은 아무도 없었습니다. 에첼왕의 고향 땅에는 또 얼마나 많은 아름다운 처녀들이 있었던지! 그들은 강성한 도시 마이젠부르크에서 배를 탔습니다. 물 위는 마치 육지처럼 사람의 눈길이 닿을 수 있는 데까지는 온통 말과 사람으로 뒤덮여 있었습니다. 여행으로 지친 여인들은 다소의 안식과 편안함을 찾을 수 있었습니다. 많은 훌륭한 배들이 붙잡아 매어져 있어 어떤 파도도 피해를 끼칠 수가 없었습니다. 배 위에 많은 훌륭한 천막들이 쳐졌기 때문에, 여행자들은 마치 단단한 땅과 들판을 딛고 서있는 것 같았습니다.

선발대는 이미 에첼왕의 궁성에 도착했습니다. 궁성에 있는 모든 남녀는 기뻐했습니다. 전에 헬헤 왕비가 손수 돌보아 주었던 시종들은 나중에 크림힐트의 지배하에서 수많은 기쁜 날들을 맞이했습니다. 헬헤의 죽음으로 커다란 고통을 겪은 많은 고귀한 처녀들이 선 채로 구경하고 있었습니다. 7명의 공주도 크림힐트를 만났습니다. 그녀들은 에첼왕의 나라의 자랑이었습니다.

헬헤의 언니의 딸인 헤라트 공주는 디트리히의 정숙한 약혼녀요 고귀한 왕 넨트빈의 딸로서, 그 사이에 종사들을 돌보는 일을 맡아서 커다란 명성을 누리고 있었습니다. 손님들의 도착 시간이 가까워 오자 모든 이가 매우 기뻐했으며 환영 준비를 위해 막대한 비용이 지출되었습니다. 왕이 후에 어떻게 통치했는지 누가 과연 여러분에게 정확하게 보고드릴 수 있겠습니까? 어쨌든 훈국의 사람들은 한 왕비와 더불어 이보다 더 잘살아 본 적은 일찍이 없었던 것입니다.

왕이 왕비를 동반하고 강가로 점점 가까이 접근하자, 사람들은 거기 서있는 처녀들이 누군지 그녀에게 정확히 알려 주었습니다. 그래서 왕비는 그녀들에게 더욱 다정하게 인사할 수 있었습니다. 나중에 크림힐트는 헬헤 왕비의 자리를 차지하고서 얼마나 전능한 권력을 누렸는지 모릅니다. 사람들은 그녀에게 정성 어린 봉사를 했습니다. 왕비는 그들에게 금과 의복, 은과 보석을 나누어주었습니다. 그녀는 라인강을 건너 훈족의 나라로 가져온 모든 보물들을 마지막 한 개까지 그들에게 선물하고자 했습니다.

그때 이후로 왕의 친척들과 종사들은 그녀에게 충성을 다했습니다. 그리하여 크림힐트는 헬헤 왕비보다 훨씬 강력하게 통치할 수 있었습니다. 그래서 그들은 크림힐트가 죽을 때까지 이 새 통치자에게 충성을 바치지 않을 수 없었던 것입니다. 이제 궁정도 나라도 세력을 떨치는 황금기를 맞이했기에 누구나 마음만 먹으면 언제든 즐길 수 있었습니다. 그것은 왕의 성은과 왕비의 덕망으로 인한 결과였던 것입니다.

# Chapter 23

# 크림힐트의 초대

그들은 정말로 커다란 명예를 누리면서 7년 동안 함께 살았습니다. 그 사이 왕비는 아들을 낳았습니다. 왕은 그렇게 기뻐할 수가 없었습니다. 그녀는 아들에게 기독교식으로 세례를 받도록 하는 일에 있어서는 결코 양보하지 않았습니다. 아들의 이름은 오르트리프로 정했습니다. 에첼왕의 나라는 온통 기쁨으로 충만했습니다. 크림힐트 왕비는 헬헤 왕비가 지니고 있던 장점이라면 무엇이든 전부 본받으려고 애썼습니다. 고향을 떠나온 헤라트가 그녀에게 외국의 관습들에 대해서 자문해주었습니다. 크림힐트는 헬헤 왕비 때문에 마음속으로 고통스러워했습니다.

초면이든 구면이든 간에 모든 사람들이 크림힐트를 알고 있었으며, 또 일찍이 그녀만큼 아낌없이 재물을 나누어 주는 왕비는 없었음을 시인하지 않을 수 없었습니다. 크림힐트는 이런 명예를 훈족의 나라에서 13년 간 누렸습니다.

왕비는 이제 그녀에게 저항하는 사람이 없다는 사실을 경험으로 알게 되었습니다. 오늘날에도 여전히 영웅들이 군주의 부인에게 그러는 것처럼 왕비는 12명의 제후가 그녀에게 충성을 바친다는 것을 알게 되었습니다. 왕비는 고향에서 어쩔 수 없이 받아들여야만 했던 가슴 아팠던 일들을 떠올렸습니다. 왕비는 니벨룽에서 누렸던 많은 명예 그리고 하겐이 지크프리트를 살해함으로써 그것을 빼앗아 버린 사실에 대해 생각했습니다. 왕비는 그 쓰라렸던 고통을 언젠가는 갚아 주리라고 마음먹었습니다.

'그것은 오직 하겐이 이 나라로 올 때에만 성공할 수 있으리라.'

왕비는 오라버니 기젤헤어가 자신을 돕는 꿈을 자주 꾸었습니다. 그녀는 언제나 달콤한 꿈속에서 그에게 키스를 해주었습니다. 그러나 그들은 훗날 불운을 만나게 됩니다.

내가 생각하기에는, 아마도 지옥의 악마가 크림힐트에게 나타나 부르군트 왕국에서 군터왕과 화해의 표시로 입맞춤하고 우호적인 분위기에서 작별하라고 조언했을 것입니다. 그래서 그녀의 옷은 다시금 뜨거운 눈물로 흠뻑 젖었습니다. 아무런 잘못이 없는 자신을 이교도의 남자와 결혼하지 않을 수 없게 만든 사람들에 대한 생각이 새벽부터 밤늦게까지 그녀를 괴롭혔습니다. 하겐과 군터왕이 결국 그녀에게 이러한 불의를 저질렀던 것입니다. 왕비는 마음속으로 계획을 짜기 시작했습니다.

'나는 나의 적들에게 뼈아픈 괴로움을 안겨 줄 수 있을 만큼의 막강한 권력과 부를 누리고 있다. 이 정도면 하겐을 희생의 제물로 삼을 수 있으리라. 내 고통스러운 마음속의 그리움은 충실한 오라버니들에게로 향하지만, 나를 그렇게 아프게 했던 자들과 자리를 함께 한다면 내 사랑하는 남편의 죽음을 처절하게 복수할 수 있겠지. 한순간도 그 일을 지체할 수가 없어.'

왕의 종신들은 이 여주인에게 헌신하고 있었으니 그녀의 판단은 틀리지 않은 셈입니다. 에케바르트는 국고를 관장했기 때문에 많은 친구를 갖고 있었습니다. 따라서 크림힐트의 소원에 반대할 만한 사람은 아무도 없었습니다. 자나 깨나 그녀는 생각했습니다.

'왕께 부탁해서 오라버니들을 초대하는 일을 허락받아야겠어.'

누구도 왕비의 악의에 찬 계획을 꿰뚫어보지는 못했습니다. 어느날 그녀는 왕의 곁에 누워서(왕은 사랑으로 그녀와 하나가 될 때면 늘 그러듯이, 두 팔로 고귀한 여왕을 안고 있었습니다. 왕은 그녀를 자기 생명처럼 사랑했습니다) 적들을 생각하고 있었습니다. 그녀는 왕에게 말했습니다.

"사랑하는 저의 주인 남편이시여, 당신이 허락하신다면 부탁드리고 싶은 것이 있사옵니다. 제게 그럴 자격이 있다면, 당신께서 정말로 저의 친척들에게 진심으로 애정을 느끼고 계신지 확인하도록 해주시옵소서."

그러자 막강한 왕은 아무런 의심 없이 왕비에게 말했습니다.

"그 영웅들에게 기쁘고 좋은 일이 된다면 그 또한 나를 기쁘게 하는 일이오. 지금까지 그 어떤 결혼도 나에게 이보다 더 훌륭한 친척들을 가져다 준 적이 없기 때문이오."

"당신은 제게 높은 지위를 가진 친척이 많다는 것을 잘 알고 계시옵니다. 그런데 그들이 한 번도 이곳을 방문하지 않는 것이 제 마음을 몹시 아프게 하옵니다. 저는 사람들이 저를 '고향을 등진 여인'으로 부른다는 소문을 들었사옵니다."

"사랑하는 왕비여, 너무 멀지 않다면 그대가 만나보고 싶어 하는 모든 이를 이곳으로 초청하겠소."

크림힐트는 왕 역시 그것을 원하고 있음을 알고 기뻐했습니다.

"낭군이시여, 당신이 제게 성은을 보여주려 하신다면 라인강을 건너 보름스로 사자들을 보내시옵소서. 그래서 저의 친척들에게 제가 얼마나 그들을 보고 싶어 하는지를 전해 주시옵소서. 그러면 많은 고귀하고 훌륭한 기사들이 여기로 올 것입니다."

"그대가 명령만 하면 그렇게 될 것이오. 그대가 그대의 친척들을 학수고대하는 것만큼이나 나 또한 고귀한 우테 대비의 아드님들을 만나보고 싶소. 그들이 우리와 멀리 떨어져 있는 것이 내내 가슴 아팠다오. 사랑하는 아내여, 그대가 좋다면 나는 기꺼이 나의 두 음유시인을 그대의 친척이 있는 부르군트 왕국으로 보내겠소."

왕은 그 뛰어난 두 음유시인을 대령하게 했습니다. 그들은 급히 왕과 왕비가 함께 앉아 있는 곳으로 왔습니다. 왕은 두 음유시인에게 사신으로서 부르군트 왕국으로 가라고 말했습니다. 그리고 그들이 입을 훌륭한 의상을 마련하도록 명령했습니다. 그리하여 24명의 영웅이 입고 갈 예복들이 준비되었습니다. 왕은 그들에게 어떻게 군터 왕과 그의 종사들을 초대해야 하는지 정확하게 설명해 주었습니다.

"나는 그대들이 어떻게 처신해야 하는지 일러주겠노라. 우선 나의 친척들에게 행운이 있고 만사형통하기를 기원하면서 그들이 이곳 내 나라로 나를 찾아 주기를 바란다고 전하도록 하라. 나는 지금까지 그들보다 소중한 손님들을 맞이한 적이 결코 없노라. 그래서 왕비의 친척들이 나의 초청에 응한다면 무슨 일이 있어도 이번 여름 축제 때까지 오셔야 한다고 전하라. 나의 기쁨은 왕비의 친척들에게 달려 있노라."

그러자 자긍심 높은 음유시인 슈베멜이 말했습니다.

"그러면 축제가 언제 열리는지 알려주시옵소서. 저희가 전하의 친척들께 전해드리겠사옵니다."

"이번 하지니라."

"신들은 전하께서 명하시는 것을 수행하겠사옵니다."

베르벨이 말했습니다. 왕비는 비밀리에 그 사신들을 자신의 규방으로 불러들여 은밀하게 이야기를 나누었습니다. 그로 인해 많은 영웅들에게는 쓰라린 고통이 생겨났던 것입니다. 그녀는 두 사신에게 말했습니다.

"그대들이 나의 부탁을 성실히 듣고 내 고향 땅에 전한다면 풍성한 상이 돌아갈 것이오. 나는 그대들의 재산을 풍족하게 해줄 것이며 훌륭한 의복을 하사하겠소. 그대들은 라인강변의 보름스에 살고 있는 내 친척들 가운데 그 누구를 만나든 지금껏 내가 우울해 하는 것을 본 적이 있다고 말해서는 안 될 것이오. 그리고 용감하고 뛰어난 영 웅들에게는 나의 진실된 안부를 전하도록 하시오. 부디 왕의 명에 따라 내가 겪고 있는 곤경으로부터 나를 구원해 주시오. 이 나라 사람들은 차츰 나에게 친척이 전혀 없다고 생각하고 있소. 내가 기사라면 언젠가 한 번쯤은 그들에게 가보겠건만! 그리고 나의 고귀한 오라버니 게르노트 왕을 만나거든 내가 이 세상 그 누구보다 그를 사랑하고 있다고 전하시오. 또 우리에게도 영광이 될 수 있도록, 가장 친근한 친구들 중에서 많은 사람들을 이 나라로 모셔 오라고 부탁해 주시오. 그리고 기젤헤어왕에게는 역시 내가 그로 인해 마음 아파해 본 적이 없음을 유념해 달라고 전해 주시오. 나는 기쁜 마음으로 그를 영접할 것이오. 그는 언제나 나에게 충직했으므로 나는 그를 이곳 내 가까이 에서 보고 싶은 것이오. 나의 어머니에게도 내가 이곳에서 누리고 있 는 영광스런 지위를 알리고, 혹시라도 하겐이 그곳 보름스에 남아 있 고자 한다면, 어머니에게 이렇게 말씀드리시오! '그렇다면 도대체 누 가 그들을 인도해서 여러 나라를 지나는 여행을 이끌 수 있겠습니 까?' 라고 말이오. 그는 어려서부터 이곳 훈족의 나라로 오는 길에 익 숙해 있기 때문이오."

사신들은 왜 트론예의 하겐을 절대로 라인 땅에 그냥 남겨두고 와 서는 안 되는지 알지 못했습니다. 나중에 그들은 그로 인해 재앙을 당하게 되었는데, 하겐과 더불어 수많은 영웅들이 비참한 최후를 맞 이했기 때문이었습니다.

음유시인들은 친서와 전갈을 받았습니다. 그들은 금은보화를 풍족

히 지급받고 출발했으므로 여유롭게 여행할 수 있었습니다. 에첼왕
과 아름다운 왕비가 출발을 허락했을 때 그들은 훌륭한 옷으로 치장
하고 있었습니다.

Chapter 24

# 에첼왕의 사신

에첼왕이 사신들을 라인강으로 보냈다는 소식이 나라 전체에 자자했습니다. 왕은 급히 전령을 보내 백성들에게 축제를 알리고 초대했습니다. 그러나 그 축제에서 수많은 사람이 목숨을 잃게 되었습니다.

사신들은 훈족의 왕국을 떠나 부르군트로 향했습니다. 그들은 그곳으로 가서 고귀한 세 왕과 신하들에게 에첼왕의 초대를 전하는 임무를 띠고 있었습니다. 만사가 서둘러 진행되었습니다. 사신들은 말을 달려 베헬라렌에 도착했습니다. 베헬라렌 사람들은 사신들에게 도움을 줄 수 있게 된 것을 기쁘게 여겼습니다. 뤼디거, 고테린트 그리고 그들의 사랑하는 딸은 사신들을 통해 라인의 궁정에 안부를 전하는 것을 잊지 않았습니다.

뤼디거의 사람들은 에첼왕의 사신들에게 선물을 듬뿍 주어 떠나보 냈습니다. 그들이 더욱 편안하게 여행할 수 있도록 하기 위해서였습 니다. 뤼디거는 우테와 그녀의 세 아들에게 자기만큼 호감을 가지고 있는 변경백은 없을 것이라는 말을 전해달라고 부탁했습니다. 뤼디 거의 사람들은 브륀힐트에게도 자신들의 봉사 자세와 온갖 축원, 지 속적인 충성심과 우의를 전해달라고 했습니다. 태수비는 하늘에 계 신 신에게 사신들의 장도를 지켜 달라고 기원했습니다.

발빠른 베르벨은 바이에른을 완전히 통과하기 전에 고귀한 주교를 만났습니다. 주교가 라인 지역에 있는 그의 친척들에게 무엇을 전해 달라고 했는지는 모릅니다. 그러나 나는 주교가 사신들에게 호의의 표시로 순금을 주어 떠나보냈다는 사실만은 알고 있습니다. 그들이 떠날 때 주교는 이렇게 말했습니다.

"내 누이의 아들들을 여기 내가 사는 데서 만나 볼 수 있게 된다면 기쁘기 한량없겠소. 내가 그들을 만나러 라인강변에 갈 수는 없을 것 같기 때문이오."

나는 사신들이 어떤 경로로 여러 나라를 거쳐 라인강으로 갔는지 정확하게 말씀드릴 수 없습니다. 여하튼 어느 누구도 사신들의 은장 식과 의복을 빼앗지는 않았습니다. 사신들의 군주인 에첼왕의 분노 를 살까 두려웠기 때문입니다. 그렇습니다. 그 고귀하고 높은 신분을 타고난 에첼왕은 정말이지 굉장한 위세를 떨치고 있었습니다.

12일 만에 베르벨과 슈베멜은 라인강변에 있는 부르군트 왕국 보 름스에 다다랐습니다. 그때 보름스의 왕과 신하들에게 낯선 사신들이 당도했다는 소식이 전해졌습니다. 그러자 군터왕은 이리저리 알아보기 시작했습니다. 라인의 군주는 말했습니다.

"이 나라로 말을 타고 온 낯선 자들이 어디서 온 자들인지 알고 있는 사람은 없는가?"

트론예의 하겐이 사신들을 살펴보고 군터왕에게 말하기 전까지는 아무도 그들을 알지 못했습니다.

"우리는 새로운 소식을 들을 것이옵니다. 저는 이를 전하께 약속드릴 수 있사옵니다. 저들은 에첼왕의 음유시인들로 보여집니다. 크림힐트 왕비께서 사신들을 보낸 것이옵니다. 그들의 군주를 생각해서 그들을 환영해야 하옵니다."

사신들은 말을 달려 막 궁정 본관 앞에 도착하고 있었습니다. 어떤 제후의 음유시인들도 그들보다 위풍당당하게 당도하지는 못했을 것입니다. 군터왕의 신하들이 즉시 그들을 맞아들였습니다. 사람들은 그들을 객사로 안내했고, 그들의 옷을 받아 보관했습니다.

그들의 여행복은 값비싼 것이었고 또 그 옷을 그대로 입고 왕을 알현하더라도 부끄럽지 않을 만큼 매우 훌륭했습니다. 그러나 그들은 궁정에서는 더 이상 여행복을 입고 싶어 하지 않았습니다. 따라서 사신들은 그 옷을 가지고 싶어 하는 사람이 없는지 알아보게 했습니다. 그 옷을 얻고 싶어 하는 사람이 곧 나타나 그들은 그 옷을 선물했습니다. 손님들은 그보다 훨씬 좋은 예복을 꺼내 입었는데, 왕의 사신에게 잘 어울리는 옷이었습니다.

얼마 후 에첼왕의 사신들은 왕을 알현할 수 있는 윤허를 얻었습니다. 사람들은 두 사신을 기꺼이 만나보고 싶어 했습니다. 하겐은 대단히 조심스럽게 사신들에게 달려가 친절히 맞이했습니다. 두 사신은 환대해 주어서 고맙다고 감사를 표했습니다.

하겐은 에첼왕과 백성들이 잘 지내는지 안부를 물었습니다. 그러자 음유시인은 이렇게 대답했습니다.

"그 어느 때보다 태평성대를 누리고 있으며 백성들은 행복하게 살고 있습니다. 저희 말을 믿으십시오. 저희가 말씀드린 그대로입니다."

그들은 군주 앞으로 나아갔습니다. 궁정 본관은 사람들로 가득 차 있었습니다. 거기서 사람들은 의식에 맞게 사신들을 맞아들였는데, 이는 모든 왕국에서 법도에 따라 사신들에게 마땅히 베풀어야 할 친절한 환대였습니다. 베르벨은 군터왕을 호위하고 있는 많은 용사들을 보았습니다. 왕은 정중하게 그들을 환영했습니다.

"그대들 훈족의 음유시인들과 수행원들이여, 환영하오. 강력한 에첼왕께서 그대들을 보내셨소?"

그들은 왕 앞에 머리를 조아렸습니다. 베르벨이 군터왕에게 말했습니다.

"저희의 고귀하신 군주와 전하의 누이동생이신 크림힐트 왕비께서 저희를 이 나라로 보내 전하께 그분들의 친절하고 공손한 안부를 전하도록 하셨습니다. 그분들은 진실한 애정에서 저희를 보내셨사옵니다."

"그 말을 들으니 기쁘도다. 에첼왕께서는 안녕하신가? 그리고 그곳에 살고 있는 나의 누이동생 크림힐트 왕비 또한 안녕하신가?"

"전하께 분명히 말씀드리겠사옵니다. 두 분은 누구보다 행복하게 지내고 계시옵니다. 이 사실만은 전하께서 아셔야 하옵니다. 저희가 출발할 때, 그분들은 매우 기뻐하셨사옵니다."

"에첼왕께서 나에게 전한 인사에 대해 그리고 내 누이동생에게도 감사하며, 행복을 누리고 있다니 기쁘기 그지없도다! 나는 걱정이 되어서 그들의 안부를 물었던 것이오."

다른 두 젊은 왕이 도착했습니다. 그들은 방금 전에야 사신들이 왔다는 소식을 들었던 것입니다. 젊은 기젤헤어는 누이동생을 사랑하는 마음에서 그 사신들을 반가이 맞이하며 친절하게 말했습니다.

"우리는 그대들을 충심으로 환영하오. 그대들이 여기 이 라인강으로 더 자주 말을 달려온다면, 그대들이 만나보고 싶은 친구들을 많이 사귀게 될 것이오. 이 나라에서는 그대들에게 손해를 끼칠 일은 없을 것이오."

슈베멜이 말했습니다.

"저희는 전하들께서 저희를 매우 명예롭게 대해 주고 계시다는 것을 믿어 의심치 않사옵니다. 제 능력으로는 에첼왕과 전하의 누이동생께서 전하들께 얼마나 애정 어린 인사를 전하라고 하셨는지 올바로 설명할 길이 없사옵니다. 두 분께서는 그 위세가 절정에 달해 계시옵니다. 왕비께서는 전하들의 자애로움과 신의를 잊지 않고 계시오며, 전하들께서 진심으로 잘해 주셨다는 것을 기억하고 계시옵니다. 저희는 전하들께서 저희 나라로 꼭 오셨으면 하는 두 분의 청을 직접 전해드리기 위해 이렇게 오게 된 것이옵니다. 막강한 에첼왕께서 전하들께 초대에 응해 줄 것을 간청 드리라고 저희에게 엄명하셨습니다. 또한 전하들께서 누이동생을 방문하려 하지 않으신다면, 그분이 전하들께 어떤 피해를 입혔기에 기피하시는지 알고 싶다고 전하라고 하셨습니다. 전하들께서 왕비님을 전혀 모르신다 할지라도 에첼왕께서는 전하들의 방문을 받으실 만한 분이옵니다. 전하들께서 그분을 방문하신다면, 그분에게 커다란 기쁨을 선사하는 일이 될 것이옵니다."

그러자 군터왕이 말했습니다.

"일주일 후 종사들과 숙의한 결과를 말해 주겠소. 그동안 그대들은 숙소로 가서 푹 쉬도록 하시오."

이에 다시 베르벨이 말했습니다.

"휴식을 취하기 전에 위풍당당하신 우테 대비마마를 알현할 수가 있겠사온지요?"

고귀한 기젤헤어가 무척 예의바르게 말했습니다.

"그대들이 그러지 못하도록 막을 사람은 아무도 없을 것이오. 그대들이 대비마마를 방문한다면, 그분의 소원을 온전히 충족시켜 드리는 셈이오. 대비마마께서는 나의 누이 크림힐트 왕비를 생각해서 그대들을 기쁘게 맞이하실 것이기 때문이오. 그대들은 대비마마에게 환대를 받을 것이오."

기젤헤어는 그들을 우테 대비에게 안내했습니다. 대비는 훈족의 나라에서 온 사신들을 기쁘게 맞이했고 그들에게 애정 어린 인사를 했는데, 그것은 그녀의 고귀한 마음이 담긴 인사였습니다. 그러자 공손하고 훌륭한 사신은 그녀에게 새 소식을 전했습니다. 슈베멜이 말했습니다.

"저희 왕비께서는 대비마마께 공경과 충정을 전하셨습니다. 왕비께서는 대비마마를 자주 뵈올 수만 있다면, 물론 대비마마께서는 그분의 말을 믿어 마지않으실 것입니다만, 이 세상에서 더 바랄 게 없다고 하셨습니다."

대비가 말했습니다.

"유감스러운 일이오. 내가 아무리 나의 사랑하는 딸을 자주 방문하고 싶다 하더라도 고귀한 왕과 왕비는 너무 멀리 떨어진 곳에 사시는구려. 그러니 왕비와 에첼왕께서 항상 신의 가호 아래 계시기를 기원할 뿐이오. 그대들이 여기를 떠나기 전에, 나에게 언제 출발할 것인지 반드시 알리도록 하시오. 그대들만큼 기쁜 마음으로 사신을 맞아 본지도 오랜만이라오."

사신들은 그렇게 하겠다고 약속했습니다. 훈국의 사신들은 숙소로 갔습니다. 그때 강력한 왕은 벌써 측근들을 부르러 사람을 보내 놓았습니다. 고귀한 군터왕은 신하들에게 에첼왕의 초대에 대해 어떻게 생각하느냐고 물었습니다. 많은 사람들이 안심하고 에첼왕의 나라로 가시라고 대답했습니다. 그러나 하겐만은 심하게 화를 냈습니다. 하겐은 은밀히 왕에게 말했습니다.

"전하께서는 무덤을 파시는 격이옵니다. 전하께서는 우리가 어떤 일을 했는지 너무나 잘 알고 계시잖습니까? 크림힐트 왕비는 우리에게 있어 항상 위험하다는 것을 염두에 두셔야 하옵니다. 그분의 남편을 제 손으로 죽였기 때문입니다. 하물며 우리가 어떻게 감히 에첼왕의 나라로 갈 수 있단 말입니까?"

"나의 누이동생은 이미 화를 풀었소. 그녀는 떠나기 전에 애정 어린 입맞춤을 나누면서 우리가 일찍이 그녀에게 저질렀던 모든 것을 용서하였소. 그녀가 하겐, 자네에게 아직 적의를 품고 있는 것을 제외한다면 말이오."

"훈족의 나라에서 온 사신들의 말에 속지 마시옵소서, 전하와 형제분들께서 크림힐트 왕비를 방문하신다면, 세 분 모두 명예와 목숨을 잃게 될 것이옵니다. 에첼왕의 왕비는 장기적인 안목에서 복수를 기도하고 계실 것이옵니다."

그러자 게르노트 군주가 회의 중에 말했습니다.

"그대가 훈족의 왕국에서 죽음을 당할까 두려워하는 것은 당연하지만, 그렇다고 우리까지 누이동생을 방문하는 것을 포기해야 한단 말이오? 우리가 방문을 포기하는 것은 잘하는 일이 아니오."

기젤헤어 군주도 하겐에게 말했습니다.

"친구 하겐이여, 그대는 스스로 죄가 있다고 느끼고 있으니 안전하게 여기에 머물러 있게. 그러나 우리와 함께 내 누이동생을 만나기 위해 여행하려 하는 사람들을 말리지는 마시오."

이에 하겐은 분노에 사로잡혔습니다.

"어느 누가 저보다 더 용감하게 훈족의 궁정으로 말을 달려 전하들을 수행한다 하더라도 저는 결코 허용하지 않겠사옵니다. 전하들께서 그 계획을 포기하지 않으려 하시니 저의 용감성을 입증해 보이겠사옵니다."

그때 주방대신 루몰트가 말했습니다.

"전하들께서는 손님과 친구 모두를 원하는 대로 대접하실 수 있사옵니다. 전하들께서는 풍족한 식량 창고들을 가지고 계시기 때문이옵니다. 저는 하겐이 한 번이라도 전하들께 해가 되는 충고를 한 적이 있었다고는 여겨지지 않사옵니다. 전하들께서 하겐의 충고를 따르려 하지 않으시니, 이제 이 루몰트가 전하들께 충성을 다하고 있는 한 사람으로서 충언을 드리겠사옵니다. 전하들께서는 저를 생각하셔서라도 여기에 머물러 계시고, 에첼왕은 그의 나라에서 크림힐트 왕비님과 있게 하시옵소서. 세상에 전하들보다 더욱 행복하게 지내시는 분들이 어디에 계시옵니까? 전하들께서는 여기서 적들에게 위협받지 않고 안전하게 살아가실 수 있사옵니다. 전하들께서는 아름다운 옷으로 치장을 하고, 최고급 포도주를 마시며, 아름다운 부인들과 사랑을 즐기실 수 있사옵니다. 또한 전하들께서는 지금까지 어떤 왕도 먹어 보지 못한 최고의 성찬을 드시고 계시옵니다. 설사 그렇지 않다손 치더라도 전하들께서는 아름다운 왕비님들을 생각하셔서 여기에 머무르셔야 하옵니다. 그렇게 어린아이처럼 생명을 걸고 모험을 하셔서는 아니 되옵니다. 때문에 저는 전하들께 여기에 머물러 계시라고 충언을 드리옵니다. 전하들의 나라는 위세를 떨치고 있사옵니다. 사람들은 훈족의 나라에서보다는 역시 이곳에서 충성의 의무를 훨씬 훌륭하게 수행할 수 있사옵니다. 훈족의 나라에 가면 어떤 일이 벌어질지 누가 알겠사옵니까? 이상이 이 루몰트가 드리는 말씀이옵니다."

게르노트가 말했습니다.

"우리는 여기에 머물지 않을 것이오. 나의 누이동생 크림힐트 왕비와 위대한 에첼왕이 정중하게 우리를 초대했기 때문이오. 우리가 왜 가지 말아야 한단 말이오? 가고 싶은 마음이 없는 사람은 이곳에 머물러 있어도 좋소."

이 말을 듣고 하겐이 대답했습니다.

"저의 말씀이 귀에 거슬리신다 할지라도 너무 노여워하지 마시옵소서. 어쨌든 저는 충성심에 가득 차서 드리는 말씀이온데, 전하들께서 살아남으시려거든 완전 무장을 하고 훈족에게 가셔야 할 것입니다. 전하들께서 훈족의 나라로 가는 계획을 포기하지 않으시려거든 신하들을 불러 모으시되 가장 훌륭한 자들을 모으십시오. 그러면 제가 그들 중에서 유능한 기사 천 명을 선발해 드리겠습니다. 그리하면 사악한 크림힐트 왕비가 어떤 음모를 품고 있든 전하들을 해치지는 못할 것이옵니다."

"그 충고를 기꺼이 따르겠소."

군터왕은 즉시 말했습니다. 그리고 나라 방방곡곡에 파발꾼을 보냈습니다. 그리하여 3천 명이 넘는 영웅이 모였습니다. 그들이 이렇게 동원됨에도 불구하고 엄청난 곤경에 빠지게 될 앞날을 전혀 예견할 수 없었습니다. 영웅들은 기쁜 마음으로 말을 달려 왔던 것입니다. 부르군트 왕국을 떠나 함께 출발하기로 결정된 모든 사람들에게 말과 의복이 주어졌습니다. 군터왕은 기꺼이 가겠다는 지원자들을 헤아리기 어려울 만큼 많이 얻을 수 있었습니다.

그때 트론예의 하겐은 동생 당크바르트를 시켜 용감한 기사들 가운데 8십 명을 라인강으로 보내 달라고 했습니다. 그래서 그 용감한 무사들은 기사답게 달려왔으며, 또 많은 갑옷들과 의복들을 군터왕이 있는 곳으로 가져왔습니다. 그 무렵 고귀한 음유시인인 용감한 폴커가 부하 3십 명을 이끌고 궁정 여행에 동참하기 위해 왔습니다. 그의 부하들은 왕이 입어도 손색없을 정도로 화려한 옷을 입고 있었습니다. 폴커는 군터왕에게 자신도 훈족의 나라로 함께 가고 싶다고 말했습니다.

폴커가 누군지 이제 여러분께 설명드리고자 합니다. 그는 고귀한 영주로, 부르군트 왕국의 많은 훌륭한 용사들이 그에게 복종하고 있었습니다. 그는 제금(提琴)을 켜는데 능했기 때문에 제금장이라고 불렸습니다. 하겐은 천 명을 선발했습니다. 그는 그들을 개인적으로 잘 알고 있거니와 피비린내 나는 여러 전투에서 그들이 입증한 능력이나 다른 때에 보여 주었던 기량까지 간파하고 있었습니다. 사람들은 훗날 이 용사들의 용감성을 높이 찬양할 수밖에 없었습니다.

크림힐트의 사신들은 서서히 안달이 나기 시작했습니다. 그들 역시 자신의 군주에 대한 두려움이 매우 컸기 때문이었습니다. 그들은 매일 떠나게 해달라고 탄원했습니다. 그러나 하겐은 허락하지 않았는데, 그것은 치밀히 계산된 행동이었습니다. 하겐은 군주에게 이렇게 말했습니다.

"우리가 사신들을 떠나보낸 지 일주일 후에 에첼왕의 나라로 출발할 수 있게끔 준비될 때까지는 그들을 보내지 말아야 하옵니다. 그렇게 해야 누군가 나쁜 음모를 꾸미더라도 알 수 있을 것이옵니다. 또 그래야만 크림힐트 왕비가 반역적 음모를 품고 사람을 시켜 우리를 함정에 빠뜨릴 시간이 없을 것입니다. 그렇지만 만약 그런 음모를 품고 있다면, 왕비에게 좋지 않은 결과를 안겨 줄 것이옵니다. 우리는 이렇게 고르고 고른 많은 장정들을 대동하고 가기 때문이지요."

"에첼왕의 나라로 갈 때 지니게 될 방패나 안장 등 온갖 장비가 수많은 용감한 장정들을 위해 완벽하게 준비되었습니다. 마침내 크림힐트의 사신들이 군터왕 앞에 불려 왔습니다. 사신들이 오자 게르노트가 말했습니다.

"군터왕께서는 에첼왕께서 전하신 초대를 받아들이기로 하셨소. 우리는 기꺼이 축제에 가서 누이동생을 만나겠소, 거기에 대해서 그대들은 추호도 의심할 게 없소."

군터왕이 말했습니다.

"그대들은 우리에게 말해 줄 수 있겠소? 축제는 언제 있으며, 우리가 언제 축제에 가야 하는지를 말이오."

이에 슈베멜이 대답했습니다.

축제는 정확히 돌아오는 하지에 열릴 것이옵니다."

사신들이 브륀힐트를 방문하기를 원한다면 왕은 윤허하겠다고 말했습니다. 왕의 허락을 받았으므로 사신들은 브륀힐트를 찾아갈 수 있었습니다. 그러나 폴커가 이를 막았습니다. 그는 브륀힐트를 위해 이런 조치를 취했던 것입니다. 그 훌륭한 기사가 말했습니다.

"브륀힐트 왕비께서 편찮으셔서 그대들을 접견하실 수 없습니다.

내일까지 기다려 주시지요. 그러면 왕비님을 알현할 수 있을 것입니다.”

사신들이 왕비를 만날 수 있겠거니 하고 생각했는데 역시 알현은 이루어지지 않았습니다. 군주로서의 예의를 갖추기 위해서 막강한 왕은 넓은 방패에 금을 담아 오라고 시켰습니다. 그는 사신들에게 호의를 품고 있었습니다. 군주의 친척들 또한 사신들에게 값비싼 선물을 주었습니다. 기젤헤어와 게르노트, 게레와 오르트반 또한 풍족히 선물한다는 것을 보여 주었습니다. 그들은 사신들에게 상당히 값진 선물들을 주었지만, 사신들은 자신들의 군주에 대한 체면을 생각해서 그 선물들을 받으려 하지 않았습니다.

그때 사신 베르벨이 군터왕에게 말했습니다.

“전하, 선물들을 여기 이 나라에 놓아두십시오. 저희는 어떠한 선물도 지니고 갈 수가 없습니다. 저희 군주께서는 선물을 받아 오는 것을 금지하셨습니다. 저희 또한 선물을 받을 아무런 이유가 없습니다.”

라인의 군주는 사신들이 막강한 왕의 선물을 거부하는 데 대해서 매우 노여워했습니다. 그래서 사신들은 왕이 주는 많은 금과 의복들을 받아야 했고, 결국 그것을 가지고 에첼왕의 나라로 돌아갔던 것입니다.

그들은 작별을 고하기 전에 우테 대비를 만나고 싶어 했습니다. 용감한 기젤헤어가 그 음유시인들을 우테 대비에게로 안내했습니다. 대비는 크림힐트에게 이렇게 전해 달라고 부탁했습니다. 그녀가 아주 명예롭게 살기만 한다면 그것으로 자신은 흡족하다고 말입니다. 대비는 크림힐트와 에첼왕을 생각해서 음유시인들에게 줄장식과 금을 선사했습니다. 사신들은 이 선물들을 기꺼이 받았는데, 그것들은 마음에서 우러나온 호의의 표시였기 때문입니다.

사신들은 이제 남녀노소 모든 사람과 작별을 나누었습니다. 그들은 기쁜 마음으로 그곳을 떠나 슈바벤까지 갔습니다. 그곳까지는 게르노트가 자신의 용사들을 시켜 그들을 호위하게 했습니다. 어느 누구도 그들에게 해를 끼치지 못하도록 하기 위해서였습니다. 그때까지 그들을 보호해 주었던 사람들이 떠나자, 이제는 가는 곳마다 에첼왕의 커다란 위세가 사신들의 안전을 보장해주었습니다. 따라서 어느 누구도 사신들에게서 말들이나 의복들을 빼앗지 못했습니다. 사신들은 빠르게 말을 달려 에첼왕의 나라로 돌아갔던 것입니다.

그들은 아는 친구들이 있는 곳에 닿으면, 부르군트인들이 곧 라인강으로부터 훈족의 나라로 올 것이라고 알려주었습니다. 그 소식은 필그림 주교에게도 전해졌습니다. 그들은 말을 달려 베헬라렌을 지나 길을 재촉했을 때조차 뤼디거와 고테린트에게 그 소식을 전하는 것을 잊지 않았습니다. 그러자 태수 부부는 얼마 안 있어 부르군트인들을 만나게 되리라는 데 기뻐해 마지않았습니다.

사람들은 음유시인들이 새 소식을 가지고 달려가는 것을 보았습니다. 그들은 에첼왕을 그의 도시 그란에서 알현했습니다. 사신들은 에첼왕을 만나러 올 모든 인사에 대해 한 명 한 명 전했습니다. 기쁨에 젖은 왕의 얼굴에는 홍조가 떠올랐습니다. 왕비는 오라버니들이 훈족의 나라로 온다는 분명한 사실을 알고서는 기뻐했습니다. 그녀는 음유시인들에게 값비싼 선물을 내려 그들의 노고를 치하했습니다. 이런 행동은 그녀의 명예를 드높여 주었습니다. 크림힐트는 말했습니다.

"이야기해 보시오. 베르벨과 슈베멜이여! 우리가 초대한 나의 고귀한 친척들 중에서 누가 축제에 오는가? 또 하겐이 이 소식을 듣고 도대체 무슨 말을 했는지도 들려주시오."

그러자 사신이 말했습니다.

"하겐은 새벽 일찍 회의에 왔사옵니다. 그러나 그로부터는 찬성의 말은 단 한 마디 듣지 못했사옵니다. 다른 사람들이 여기 훈족의 나라로 오기로 합의하자, 소태 씹은 얼굴을 한 하겐은 그것이 자기를 완전히 죽음에 내맡겨 버린 거나 마찬가지인 상황이라고 느끼는 듯했사옵니다. 왕비님의 오라버니시고 찬란한 영웅이신 세 왕께서는 모두 오신답니다. 그 밖에 또 누가 함께 올지 정확한 것은 잘 모르겠사옵니다. 대담한 음유시인 폴커도 그들과 함께 말을 달려올 것이라고 확언했사옵니다."

"폴커를 여기서 볼 수 없더라도 괜찮소, 그러나 하겐에 대해서는 매우 애착을 갖고 있소. 그는 훌륭한 영웅이오. 그를 여기서 보게 된다는 생각만 해도 내 마음은 기쁨에 겨워 크게 고동치는구려."

왕비는 왕에게 다가가서 참으로 다정한 말로 그에게 속삭였습니다.

"저의 소중한 주인이시여, 당신께서도 이 소식이 흡족하신지요? 제가 여태껏 오매불망 바라던 일들이 이제 완전히 성취되려 하고 있사옵니다."

"그대의 소원이 이루어진다니 대단히 기쁘오. 설령 내 혈육이 온다 한들 나는 지금만큼 기뻐하며 그들을 기다리지는 않을 것이오. 당신의 친척들이 온다는 기쁨에 나의 근심 걱정까지 완전히 달아났소."

왕의 관리들은 이제 궁정 본관과 홀 곳곳에 그들을 찾아올 친애하는 빈객들이 앉을 자리를 마련했습니다. 그러나 얼마 후 그 빈객들은 기쁨을 빼앗기고 말 운명이었습니다.

Chapter 25

# 인어의 예언

이제 에첼왕의 궁정 사람들이 어떻게 했는지에 대한 이야기는 여기서 일단 접어 두기로 하겠습니다. 일찍이 의기충천한 기사들이 그처럼 화려한 대오를 지어 다른 나라로 간 적은 없었습니다. 그들은 원했던 무기와 의복을 지니고 있었습니다. 내가 들은 바에 따르면 라인강의 군주는 자신의 부하들, 천6십 명의 기사와 9천 명의 종사들에게 축제에 갈 의상을 차려입게 했습니다. 그들이 집에 남겨두고 온 가족들은 후일 그들의 출발에 대해 대성통곡하게 되었습니다.

마구가 궁정을 거쳐 라인강변에 있는 보름스로 운반되고 있을 때, 슈파이어의 노주교는 우아한 우테에게 말했습니다.

"친구들이 축제에 참석하러 가는군요. 그곳에서도 하느님께서 그들의 명예를 보호해 주시기를!"

고귀한 우테가 아들들에게 말했습니다.

"훌륭한 영웅들이여, 그대들은 여기 머물러야 할 것이오. 나는 간밤에 여기 이 나라에 있는 모든 새들이 땅에 떨어져 죽어 있는 끔찍한 악몽을 꾸었소!"

"꿈을 믿는 사람은 자신의 명예에 걸맞은 일이 벌어지는 순간이 언제인지 모르는 사람일 것이옵니다. 제게 한 가지 소망이 있다면, 그것은 군주께서 궁정과 작별하시는 일이옵니다. 저희는 기꺼이 에첼왕의 나라로 말을 달릴 것입니다. 저희가 참석하고자 하는 크림힐트 왕비의 축제에서는 한 걸출한 영웅이 왕들에게 충성으로 봉사를 다할 것이옵니다."

하겐은 여행을 하라고 조언했지만 훗날 이 충고를 후회했습니다. 게르노트가 하겐을 가혹하게 비난하면서 모욕하지 않았던들 필경 하겐은 여행을 떠나지 말라고 충고했을 것입니다. 게르노트는 하겐에게 크림힐트 왕비의 전남편 지크프리트를 상기시켰던 것입니다. 그는 하겐에게 이렇게 말했습니다.

"바로 그 때문에 하겐은 에첼왕의 궁정에서 열리는 축제에 참석하지 않으려는 것이오."

"저는 두려워서 그 초대를 거절하려는 것이 아닙니다. 영웅이시여, 일단 전하께서 명령을 내리시면 그 명령은 과감히 추진되어야 할 것이기에 저는 기꺼이 전하들을 모시고 에첼왕의 나라로 말을 달리겠사옵니다."

그리하여 훗날 하겐에 의해서 많은 투구들과 방패들이 산산조각 나게 되었던 것입니다.

배들이 준비되고 많은 장정이 동원되었습니다. 그들이 입을 의복은 배에 실렸습니다. 밤이 될 때까지 그들은 무척 할 일이 많았습니다. 그러고 나서 곧 그들은 기쁜 마음으로 보름스를 출발했습니다.

라인강 건너편에 도착하자, 크고 작은 천막들이 풀밭 위에 세워졌습니다. 일이 끝나자 왕은 아름다운 왕비에게 하룻밤만 더 그의 곁에 머물러 주기를 당부했습니다. 이날 밤 훌륭한 군터왕은 왕비를 안고 편안한 밤을 보냈습니다.

아침 일찍 나팔소리와 피리소리가 출발을 알렸습니다. 사람들은 할 일을 마무리하느라 분주했습니다. 팔에 연인을 안고 있던 사람들은 연인을 다시 한 번 껴안았습니다. 훗날 에첼왕의 부인은 연인들 중 많은 쌍을 사별시켜 슬픔을 겪게 만들고 말았던 것입니다.

아름다운 우테의 아들들에게는 용감하고 충성스런 신하가 있었습니다. 그들이 그곳을 떠나려 할 때, 그 신하는 군터왕에게 자신이 생각하고 있는 바를 은밀히 말했습니다.

"전하들께서 여행을 떠나려고 하시니 제가 슬퍼집니다."

그의 이름은 루몰트였으며 매우 뛰어난 영웅이었습니다. 그가 말을 이었습니다.

"도대체 전하들께서는 백성과 나라를 누구의 손에 맡기시려는 겁니까? 기사들이신 전하들로 하여금 계획을 바꾸도록 할 수 있는 기사가 없으니 유감이옵니다. 크림힐트 왕비의 전갈은 제 마음에 들지 않앉사옵니다.”

“나는 나라와 왕자를 그대에게 맡기겠소. 또한 부인들에게 충성스럽게 봉사해 주시오. 이것이 나의 소망이오. 우는 사람을 보거든 위로해 주시오, 에첼왕과 왕비는 우리에게 결코 해를 끼치지 않을 것이오.”

왕들과 그 신하들이 탈 말들이 이미 준비되어 있었습니다. 많은 사람들의 심장은 출발의 기쁨에 겨워 더욱 크게 고동쳤고, 사랑이 가득찬 입맞춤으로 작별을 고했습니다. 많은 아름다운 부인은 훗날 이 작별을 생각하면서 뜨거운 눈물을 흘려야 했습니다.

용감한 기사들이 말을 타러 성큼성큼 걸어갈 때 많은 부인들이 슬프게 서있는 것이 보였습니다. 부인들의 마음속에는 오랫동안 헤어져 있어야 할지도 모른다는, 심지어 남편을 비참하게 잃을지도 모른다는 예감이 떠올랐습니다. 그러한 예감은 언제나 마음을 아프게 하는 것입니다.

용감한 부르군트족이 출발했을 때 나라 안에 격렬한 동요가 일었습니다. 산의 양쪽에서 남녀노소가 울었습니다. 그러나 부르군트에 남아 있는 백성들이 아무리 슬퍼한다 할지라도 기사들은 기쁜 마음으로 그곳을 출발했습니다. 천 명의 니벨룽족 영웅들은 갑옷을 입고 그들과 함께 말을 달렸습니다. 고향에 부인들을 남겨두고 온 그들은 그녀들을 다시는 만나지 못할 운명이었습니다. 지크프리트가 입은 상처 때문에 크림힐트는 여전히 괴로워하고 있었던 것입니다.

군터왕의 신하들은 마인강을 따라 상류로 거슬러 올라가서 동프랑켄을 통과하여 말을 달렸습니다. 길을 잘 알고 있는 하겐이 그들을 인도했습니다. 원수(元帥)는 부르군트족 출신의 영웅 당크바르트였습니다. 그들이 동프랑켄으로부터 슈발레펠트를 향해 말을 달려 나갔을 때, 사람들은 명성이 자자한 영웅인 제후들과 그 친척들의 훌륭한 태도로 그들을 알아볼 수 있었습니다. 12일째 되는 날 아침 그들은 도나우강에 다다랐습니다. 트론예의 하겐이 대열의 선두에 서서 말을 달렸습니다. 니벨룽족으로서는 하겐을 전적으로 신뢰했던 것입니다. 그 용감한 영웅은 강가에 이르자 말에서 내려 즉시 말을 나무에 묶었습니다. 강물은 강둑까지 불어 있었고 배들은 보이지 않았습니다. 니벨룽족은 도대체 어떻게 건너편 강둑까지 건너갈 것인지 깊은 걱정에 빠졌습니다. 강폭은 그들이 건너기에는 너무나 넓었습니다. 수많은 기사들이 말에서 내렸습니다. 하겐이 군터왕에게 말했습니다.

"라인강의 군주시여, 전하께서는 여기서 많은 병력을 잃으실지도 모르겠사옵니다. 직접 한번 보시옵소서. 강물은 강둑까지 넘쳐흐르고 물살은 매우 세니, 오늘 여기서 많은 훌륭한 영웅들을 잃게 되지나 않을까 염려되옵니다."

"그것이 내 탓이란 말이오, 하겐? 그대가 진정한 영웅이라면 우리의 자신감을 몽땅 앗아가지는 마시오. 건너편 강둑으로 건너갈 수 있는 얕은 여울을 찾아보도록 하시오. 그러면 말과 장비들을 안전하게 옮길 수 있을 것이오."

"여기 이 강물의 흐름 속에 빠져 죽음을 당하기에는 제 목숨이 너무 아깝사옵니다. 저는 에첼왕의 나라에서 제 손으로 많은 용사들을 죽여야 합니다. 저는 진심으로 그렇게 될 날을 기다리고 있사옵니다. 여기 강변에 머물러 계십시오. 기품 있고 걸출한 기사들이시여! 우리를 겔프라트의 나라로 건너게 해줄 사공을 제가 직접 찾아보겠사옵니다."

힘센 하겐은 단단한 방패를 움켜쥐었습니다. 그는 방패를 들고 빛나는 투구를 쓰고 있었습니다. 그는 갑옷 위에 장검을 차고 있었는데, 그 칼의 양날은 무시무시할 만큼 날카로웠습니다. 하겐은 상류로 하류로 사공들을 찾아 나섰습니다. 그러다가 그는 어느 한 아름다운 샘가에서 귀를 기울였습니다. 물이 출렁거리는 소리가 났기 때문입니다. 거기에는 지혜로운 인어들이 목욕을 하면서 물속에서 휴식을 취하고 있었습니다.

그들을 발견한 하겐이 몰래 인어들에게로 다가갔습니다. 인어들은 하겐을 발견하자 급히 도망쳤습니다. 그들은 하겐에게서 도망친 것을 아주 다행스럽게 여겼습니다. 그러나 하겐은 인어들의 옷을 가진 것 외에는 인어들에게 어떤 해도 끼치지 않았습니다. 그러자 하데부르크라는 이름을 가진 한 인어가 하겐에게 말했습니다.

"고귀한 기사 하겐이여, 용감한 영웅인 그대가 우리의 옷을 돌려준다면 그대에게 훈국을 향한 궁정 여행이 어떻게 될 것인지 알려 드리겠습니다."

인어들은 그의 앞에서 새처럼 파도를 타면서 물결 위에 두둥실 떠 있었습니다. 그래서 하겐은 그들의 예언이 틀림없이 맞을 것이라고 여겼습니다. 또 그만큼 인어들이 말하는 것을 모두 믿게 되었습니다. 인어들은 그가 듣고 싶어 하는 것을 매우 정확하게 알려 주었습니다.

"그대들은 안심하고 에첼왕의 나라로 말을 달려갈 수 있습니다. 장담하건대 영웅들이 지금보다 더 훌륭하고 명예롭게 다른 왕국으로 행진했던 적은 결코 없었습니다. 이 말을 믿어도 좋을 것입니다."

이 예언에 대해 하겐은 마음속 깊이 기뻐했습니다. 그래서 그는 인어들에게 옷을 돌려주었고, 거기에 더 이상 머물러 있지 않으려 했습니다. 그러나 인어들은 자신들의 기이한 의복을 입고 난 후에야 비로소 하겐에게 올바른 정보를 알려주었던 것입니다. 지크린트라고 불리는 인어가 말했습니다.

"알드리안의 아들 하겐이여, 그대에게 경고합니다. 나의 아주머니가 단지 옷을 다시 찾기 위해서 그대에게 거짓말을 한 것입니다. 훈족의 나라로 가면 그대는 곤경에 처할 것입니다. 정말이지 그대는 온 길로 되돌아가야 합니다. 아직은 그럴 시간이 있습니다. 그대들 용감한 영웅들이 초대된 것은 그대들을 죽이기 위한 것입니다. 누구든지 거기로 말을 달리는 자는 이미 죽음의 손에 갇힌 것이나 다름없습니다."

"나를 애써 속이려 하지 마라. 단 한 사람이 우리에게 적의를 품고 있다 해서 우리 모두가 거기에서 죽는다니 그게 있을 법한 일인가?"

이에 인어들은 하겐에게 더욱 자세한 것을 알려주었습니다. 다시 첫 번째 인어가 말했습니다.

"왕실의 사제를 제외하고는 그대들 중 어느 누구도 살아남지 못할 것입니다. 우리는 아주 정확하게 알고 있습니다. 왕실의 사제만이 상처를 입지 않고 다시 군터왕의 나라로 돌아갈 것입니다."

그러자 용감한 하겐이 침울한 심정으로 말했습니다.

"우리가 훈족의 나라에서 모두 목숨을 잃을 것이라는 예언을 나의 군주가 믿게 하기는 어려울 것이다. 그러니 지혜로운 인어들이여, 이 제 우리가 어떻게 하면 강을 건널 수 있는지 그 방법을 알려 다오."

"그대가 이 여행을 그만두려 하지 않으니 할 수 없군요. 상류 쪽 강 변에 있는 집에 사공이 한 사람 살고 있습니다. 그 말고는 어디에도 사공은 없습니다."

하겐은 인어들에게 질문을 던져 캐묻는 것을 그만두었습니다. 기분 이 언짢아져서 떠나려는 기사에게 뒤에서 한 인어가 소리쳤습니다.

"기다리세요, 하겐! 그대는 너무 서두르는군요. 어떻게 건너편 강 변에 다다를 수 있는지 좀 더 듣고 가세요. 이 지역의 영주는 엘제라 는 사람입니다. 그의 형은 영웅 젤프라트이며 바이에른의 영주지요. 엘제의 영토를 통과하려면 어려움을 각오해야 합니다. 그대는 경계 를 해야 하고, 또한 사공을 매우 조심스럽게 다루어야 할 것입니다. 그 사공은 매우 사납기 때문에 정중하게 대우하지 않으면 그대를 수 장시켜 버릴 것입니다. 그의 도움을 빌어 강을 건너고 싶거든 그가 요구하는 대로 보수를 주십시오. 그는 이 지역의 파수꾼이고 젤프라 트에게 충성스럽게 복종하고 있습니다. 그가 때맞추어 오지 않을 경 우에는 강 건너편을 향해 그대의 이름이 '아멜리히' 라고 소리치십시 오, 아멜리히는 어떤 불화 때문에 이 나라를 떠났던 훌륭한 영웅인데, 그 이름을 들으면 사공은 틀림없이 올 것입니다."

담대한 하겐은 인어들에게 허리를 굽혀 절했습니다. 그는 더 이상 아무 말도 하지 않고 침묵했습니다. 그리고 강변의 경사를 따라 강 건너편에 있는 집 한 채가 보이는 곳으로 갔습니다. 훌륭한 영웅은 강 건너 편을 향해 크게 소리쳤습니다.

"나를 좀 건네주시오, 사공! 그러면 그 대가로 순금 팔찌를 드리겠소. 내 말을 들어 보시오. 나는 반드시 건너편 강변으로 건너가야 할 일이 있소."

사공은 매우 부유해서 돈을 받고 사람을 태워 줄 필요가 없었습니다. 때문에 그는 거의 모든 사람들에게 보수를 받지 않았습니다. 그의 종들조차 파렴치한 교만에 빠져 있었습니다. 아직 하겐은 홀로 외로이 이쪽 강변에 서있었습니다. 하겐은 다시 한 번 온 힘을 다해 소리쳤습니다. 엄청나게 컸기 때문에 그의 목소리는 메아리쳤습니다.

"나 아멜리히를 강 건너로 건네주시오. 나는 엘제의 봉신으로서 강한 반대자들 때문에 이 나라를 떠났던 사람이오."

배를 타고 겔프라트의 나라로 건너가기 위해 하겐은 칼끝에 팔찌를 걸어서 높이 흔들었습니다. 아름다운 황금으로 된 팔찌는 밝은 빛을 발했습니다. 사공은 얼마 전에 막 결혼한 처지였습니다. 재산에 탐욕을 부리면 대체로 좋지 않은 결과가 생기는 법인데, 사공은 하겐의 황금을 갖고 싶어 했습니다. 그러나 하겐은 황금을 주는 대신 격노의 칼을 휘둘러 사공을 죽여 버렸던 것입니다.

그 뻔뻔한 사공이 손수 노를 잡고 부지런히 노를 저어 왔습니다. 그러나 그가 들었던 이름의 사람이 아닌 다른 사람임을 보고는 대단히 화를 냈습니다. 그는 하겐을 보자, 격노하여 그 영웅에게 이렇게 말했습니다.

"댁의 이름이 아멜리히인지는 모르겠소만, 내가 여기서 보게 되리라 생각했던 사람은 댁이 아니외다. 아멜리히는 나의 사랑하는 친동생이오, 댁은 나를 속였으므로 거기 그대로 있어야겠소."

"아니 되오, 제발! 나는 의지의 용사며, 내 부하들에 대한 걱정이 태산 같다오. 그러니 친절을 베풀어 오늘은 보수를 받고 나를 건네주기 바라외다. 나는 댁에게 큰 호의를 가지고 있소이다."

"그런 말은 이해할 수 없소. 나의 고귀한 군주들은 적이 많소, 그래서 나는 어떤 이역 사람도 내 군주들의 나라로 건네주지 않을 것이오. 목숨이 아깝거든 즉시 배에서 내려 강변으로 돌아가시오."

"그러지 마시오. 나는 지금 농담할 기분이 아니외다. 나를 위하여 이 훌륭한 황금을 받고 천 필의 말들과 장정들을 건네주시지요."

그러자 사공은 견고하고 널따란 큰 노를 집어 들더니 하겐을 내려쳤습니다. 그리하여 하겐은 배에서 나동그라져 무릎을 꿇었습니다. 트론예의 용사는 그처럼 사나운 사공을 여태껏 만나 본 적이 없었던 것입니다. 하겐은 매우 화가 치밀었습니다. 그때 사공은 그 담대한 이역 사람 을 더 격분시키려고 다시 노로 하겐의 머리를 내려쳤습니다. 그러나 노가 완전히 박살날 만큼 하겐은 강했습니다. 이 모든 일은 엘제의 사공에게 좋지 않은 결과를 초래하고야 말았습니다.

하겐은 분노가 머리끝까지 치밀어 올라 즉시 칼집에서 칼을 뽑아 들고 사공의 목을 베어 물속에 던져 버렸습니다. 이 사건은 곧 자긍심이 강한 부르군트족에게 알려졌습니다.

하겐이 사공을 죽이는 동안, 배는 강물을 따라 하류로 흘러갔습니다. 이에 하겐은 한층 화가 났습니다. 배를 다시 제자리로 몰고 갈 수 있게 되기까지 퍽 힘이 들었던 것입니다. 군터왕의 종사는 전력을 다해 노를 저어 끝내 되돌아왔습니다. 그러나 너무 세차게 몰아치는 바람에 손에 쥐었던 단단한 노가 부러지고 말았습니다. 그는 용사들이 있는 강변으로 가려고 했습니다. 노가 부러지자 하겐은 순식간에 폭 좁은 방패띠로 노를 연결하여 묶었습니다. 그는 하류 쪽 숲을 향해 배를 저었습니다. 하겐은 강둑에 그의 군주가 기다리고 서있는 것을 보았습니다. 많은 늠름한 무사들이 그를 맞이하려고 달려왔던 것입니다.

용감하고 훌륭한 기사들이 그를 기쁘게 맞이했습니다. 그때 기사들은 배 안에 고인 피에서 김이 나는 것을 보았습니다. 피는 하겐이 죽인 사공의 치명적인 상처에서 흐르고 있었습니다. 영웅들은 하겐에게 수많은 질문을 퍼부었습니다. 군터왕은 배에 더운 피가 흐르고 있는 것을 보고 하겐에게 말했습니다.

"하겐, 나에게 말해 보시오. 사공은 어떻게 된 거요? 그대의 용감성이 사공의 생명을 앗아갔다는 생각이 드는구려."

그러자 하겐은 이를 부인했습니다.

"저는 한 우거진 버드나무에 매여 있는 이 배를 발견하고 풀어서 가져온 것뿐입니다. 사공은 아직 보지 못했사오며 저 때문에 해를 입은 자는 없사옵니다."

이에 게르노트가 말했습니다.

"오늘 나는 여기 있는 고귀한 친구들이 익사하지 않을까 매우 걱정스럽다오. 사공을 구할 수 없으므로 문제는 우리가 어떻게 강을 건너가느냐 하는 것이오. 때문에 나는 약간 마음이 무겁다오."

하겐이 큰소리로 외쳤습니다.

"그대 종사들이여, 마구를 잔디 위에 내려놓게. 나는 스스로 지금까지 라인강이 낳은 사공들 중에서 가장 훌륭한 사공이라고 생각하오. 내가 그대들을 겔프라트의 나라로 건네줄 수 있소."

그들은 좀 더 빨리 강을 건너려고 말들에게 채찍질하여 강을 건너가도록 했습니다. 말들은 곧바로 훌륭히 헤엄쳤습니다. 말들은 빠른 물살을 헤치고 나아가 한 필도 빠져 죽지 않았습니다. 다만 매우 지친 나머지 하류 쪽으로 상당히 떠내려갔을 따름이었습니다.

더 이상 어떠한 손실을 입어서는 안 되므로 그들은 금과 의복을 배에 실었습니다. 조타수는 하겐이었습니다. 이렇게 하겐은 많은 영웅들을 미지의 나라로 날랐습니다. 먼저 천 명의 기품 있는 기사들을 건네주고 자신의 기사들도 건네주었습니다. 그리고 계속 많은 사람들이 건너갔습니다. 그는 9천 명의 용사들을 건너편 강변으로 날랐던 것입니다. 이날 용감한 트론예의 용사는 매우 바빴습니다. 그들을 손가락 하나 다치지 않게 강 건너로 건네준 후, 이 용감하고 훌륭한 영웅은 얼마 전에 인어들로부터 들었던 기이한 예언을 기억해냈습니다. 이 기억 때문에 왕의 사제는 하마터면 목숨을 잃을 뻔했습니다.

하겐은 교회용 짐들이 쌓여 있는 곳 옆에서 사제를 찾아냈습니다.

사제는 성스러운 미사 도구들 위에 손을 얹어 놓고 있었습니다. 그렇다고 해도 아무런 소용이 없었습니다. 하겐에게 발각된 그 가엾은 사제는 곤경에 처하게 된 것입니다. 하겐은 사제를 뱃전 너머로 밀어버렸는데, 그 일은 눈 깜짝할 사이에 이루어졌습니다. 그러자 사람들이 외쳤습니다.

"사제님 살려요! 하느님, 사제님을 살려 주세요!"

젊은 기젤헤어는 화를 냈습니다. 그러나 하겐은 사제를 위험한 곤경에 빠뜨리는 일을 그만두지 않았습니다. 게르노트가 말했습니다.

"하겐, 사제가 죽으면 그대에게 무슨 이득이 있소? 다른 사람이 그대처럼 행동한다면 그대는 모욕으로 여기지 않겠소? 그대는 도대체 왜 사제에게 그렇게 적대적으로 행동하는 거요?"

사제는 전력을 다하여 헤엄쳤습니다. 누군가로부터 도움을 받아 살아남고 싶었기 때문입니다. 그러나 그에게 도움을 주는 것은 불가능했습니다. 막강한 하겐이 매우 격분해서 사제를 계속 물속으로 처넣었던 것입니다. 그러나 그런 행동에 동조할 사람은 아무도 없었습니다. 가엾은 사제는 더 이상 도움을 받지 못하리라는 것을 알아채고 몸을 돌려 강을 가로질러 헤엄쳐 갔습니다. 이것은 그에게 매우 힘든 일이었습니다. 그러나 그가 아무리 헤엄을 못 친다 할지라도 신의 힘이 그를 돕고 있었습니다. 그리하여 그는 상처를 입지 않고 맞은편 강변에 다다랐던 것입니다.

가엾은 사제는 일어서서 젖은 옷의 물기를 털어냈습니다. 이를 본 하겐은 부르군트족이, 인어들이 예언한 운명으로부터 벗어날 수 없음을 깨달았습니다. 하겐은 제정신이 들었습니다.

'이 영웅들이 모두 목숨을 잃게 되는구나.'

세 왕의 신하들이 뱃전에 실었던 모든 것들을 밖으로 들어내고 나자, 하겐은 배를 박살내어 그 잔해들을 물속에 내동댕이쳤습니다. 용감하고 훌륭한 기사들은 매우 놀랐습니다. 당크바르트가 말했습니다.

"왜 이러십니까, 형님! 우리가 훈족의 나라에서 라인강변의 나라로 돌아갈 때, 도대체 어떻게 강물을 건너란 말입니까?"

나중에야 하겐은 당크바르트에게 돌아간다는 것을 더 이상 생각할 수 없으리라고 말했던 것입니다. 트론예의 영웅이 말했습니다.

"내게 생각이 있어 이러는 것이라네. 이번 여행 중에 우리 쪽에서 누구든 두려워서 비겁하게 도망치려는 자가 있다면, 그자는 이 물살에 의해 치욕적인 최후를 맞게 될 것일세."

그들에게는 부르군트 출신의 용사, 폴커라는 참된 영웅이 있었습니다. 그는 자기가 생각하고 있는 바를 언제나 현명하게 말할 줄 알았습니다. 그 음유시인은 영웅 하겐이 하는 일이라면 무엇이든지 좋게 여겼던 것입니다.

그들이 타고 갈 말들이 준비되었고 짐바리 말들에게는 짐이 실렸습니다. 이번 여행에서는 왕실의 사제만 제외하면 아직까지는 별다른 큰 손실을 본 것이 없었습니다. 그러나 사제는 걸어서 라인까지 되돌아가야만 했습니다.

Chapter **26**

# 겔프라트의 죽음

그들 모두가 강둑에 도달했을 때 군터왕이 물었습니다.

"누가 길을 잃지 않도록 이 지방의 길을 안내할 수 있겠는가?"

힘센 폴커가 말했습니다.

"전하들께서 길을 잃지 않으시게 할 수 있는 자는 오직 저뿐일 것 이옵니다."

그때 영웅 하겐이 말했습니다.

기사들과 종사들이여, 잠깐만 멈추고 이 사람의 말에 귀를 기울이 십시오! 정말이지 그러는 것이 옳을 것 같습니다. 여러분에게 끔찍한 소식을 알려 드리고자 합니다. 우리는 결코 다시는 부르군트 왕국으 로 돌아갈 수 없을 것입니다. 오늘 아침 두 인어가 우리는 결코 귀향할 수 없을 것이라고 말해 주었습니다. 영웅들이여, 여러분에게 충고하노니 무장을 하십시오. 조심들 해야 합니다. 우리는 지금 강적을 앞에 두고 있는 것입니다. 따라서 단단히 무장을 하고 말을 몰아야 합니다. 그 현명한 인어들이 거짓말을 해서 그들에게 벌이라도 줄 수 있다면 얼마나 좋겠습니까! 인어들은 사제를 제외하고는 아무도 몸 성히 고향으로 돌아가지 못하리라고 예언했습니다. 바로 그 때문에 나는 사제를 강물 속에 빠뜨려 죽이고자 했던 것입니다."

그러자 이 말은 용사들 무리 속으로 단번에 퍼졌습니다. 이 궁정 여행에서 당할 비참한 죽음이 떠오르자 용사들은 이 불길한 이야기에 그만 사색이 되어버렸습니다. 그들의 마음은 무거워졌습니다.

그들은 메링으로 건너갔습니다. 그곳은 목숨을 잃은 엘제의 부하 한 사람이 살던 곳이었습니다. 하겐이 영웅 기젤헤어에게 말했습니다.

"저는 도중에 적을 만들었기 때문에 분명히 공격을 받을 것입니다. 저는 오늘 아침 사공을 죽였습니다. 이제 단단히들 준비하십시오! 만약 겔프라트나 엘제가 오늘 우리와 수행원들을 습격한다 해도 무위로 끝날 수 있도록 말입니다. 그들은 매우 용감하기 때문에 반드시 우리를 공격해 올 것입니다. 될 수 있으면 말을 천천히 몰도록 하십시오. 아무도 우리가 도망가고 있다는 생각을 갖지 못하도록 말입니다."

"그 충고를 따르겠소! 누가 이 지방에서 수행원들을 인도할 것인가?"

"그 일은 용감한 폴커가 담당해야 합니다. 그 음유시인이 이 지역의 지리를 잘 알고 있습니다."

그들의 말이 채 끝나기도 전에 벌써 그 용감한 악사는 무장을 하고 거기 서있었습니다. 그는 투구를 쓰고 있었는데 그의 무장은 찬란한 빛을 발했습니다. 그의 창대에는 빨간색 군기가 꽂혀 있었습니다. 그러나 그는 나중에 왕들과 함께 어려운 곤경에 처할 운명이었습니다.

그럴 즈음 겔프라트는 사공이 죽었다는 정확한 소식을 들었습니다. 힘센 엘제에게도 그 소식이 전해졌습니다. 두 사람은 이 소식을 듣고 심한 모욕을 느꼈습니다. 그들은 영웅들을 불러 모으려고 사람을 보냈습니다. 그러자 영웅들은 바로 대령했습니다. 그 영웅들은 이미 치열한 전투에서 적들에게 씁쓸한 패배와 깊은 상처를 안겨 준 바 있었습니다. 7백 명 이상의 영웅들이 겔프라트를 도우러 왔습니다.

겔프라트와 엘제가 말을 타고 적들을 추격하는데 선도 역할을 맡았습니다. 그들은 서둘러서 용맹스런 이방인들을 뒤쫓았습니다. 분풀이를 빨리 하고 싶었기 때문입니다. 그러나 나중에 그들은 바로 그 때문에 많은 부하들을 잃었습니다.

하겐은 일을 잘 처리했기 때문에 - 어떤 영웅이 자신의 동족들을 이보다 더 잘 돌볼 수 있단 말입니까 - 동생인 당크바르트의 부하들과 함께 후군을 지키는 임무를 떠맡았습니다. 그것은 합리적인 결정이었습니다.

날이 저물어 완전히 어두워졌을 때, 하겐은 친구들이 혹시 적의 맹렬한 공격을 받지 않을까 걱정했습니다. 그들은 방패로 엄호하면서 말을 달려 바이에른 지방을 통과했습니다. 얼마 후 영웅들은 공격을 받게 되었습니다. 그들은 길 양쪽과 뒤에서 요란한 말발굽 소리를 들었습니다. 그들을 추격하는 자들은 대단히 서둘렀습니다. 그때 용감한 당크바르트가 말했습니다.

"그들이 여기서 우리를 공격하려 하니 투구를 쓰시오. 그렇게 하는 것이 좋을 것 같소."

후군으로서 당연히 그래야 하는 것처럼 그들은 행군을 멈추었습니다. 그들은 어둠 속에서 창들이 번쩍거리며 빛나는 것을 보았습니다. 그러자 하겐은 더 이상 그들을 못 본 체하지 않았습니다.

"길을 따라 우리 뒤를 추격해 오는 자가 도대체 누군가?"

바이에른 지방의 변경백이 말했습니다.

"우리는 적을 추적하고 있는 중이오. 그래서 당신들의 뒤를 밟았던 것이오. 나는 오늘 사공을 죽인 자가 도대체 누군지 알고 싶은 거요. 사공은 매우 모범적인 용사였는데 그를 잃게 되었으니, 내게는 정말 커다란 손실이오."

그러자 하겐이 말했습니다.

"그 사람이 당신의 사공이었단 말이오? 그는 우리를 건네주려 하지 않았소. 죄는 나에게 있소. 내가 그 용사를 죽였소만 그렇게 할 수밖에 없었소, 하마터면 내가 그의 손에 목숨을 잃을 뻔했기 때문이오. 나는 그에게 당신의 영지로 가게 태워 달라고 황금 팔찌를 대가로 제공했소. 그러자 그는 매우 화를 내면서 육중한 노로 나를 내려쳤소. 그래서 나는 화가 치밀어 칼을 빼들고 그에게 중상을 입힘으로써 그의 분노를 피하려 했는데, 그는 결국 목숨을 잃게 된 거요. 그에 대해 당신이 원하는 대로 보상하리다."

그리하여 전투가 벌어지게 되었습니다. 그들은 단단한 나무로 만든 사람들 같았습니다. 겔프라트가 말했습니다.

"군터왕과 그의 부하들이 이곳으로 말을 타고 왔을 때, 이미 트론예의 하겐이 우리에게 나쁜 짓을 할 수 있다는 사실이 분명했소. 그렇기 때문에 하겐은 목숨을 부지해서는 안 될 것이오. 그의 목숨은 이제 사공의 죽음에 대한 죄값을 치러야 하오."

겔프라트와 하겐은 서로 상대방을 찌르기 위해 칼을 방패 위로 내리꽂았습니다. 화가 치민 그들은 상대방에게 달려들었습니다. 엘제와 당크바르트 역시 서로를 향해 당당하게 말을 몰아 달려들었습니다. 그들은 힘을 겨루었습니다. 그리하여 처절한 격전이 벌어졌던 것입니다. 그 영웅들은 예전에 보지 못한 싸움을 벌였습니다. 겔프라트는 용감한 하겐을 힘껏 찔러 말에서 떨어지게 했습니다. 말의 앞장식 띠가 끊어져버렸습니다. 하겐은 싸운다는 것이 정말 무엇인지를 알게 되었던 것입니다. 그들의 부하들은 기둥 무너지는 소리를 들었습니다. 그러자 창에 찔려 잔디밭에 쓰러져 있던 하겐이 다시 힘을 냈습니다.

내 생각에 하겐은 겔프라트에 대한 끝없는 분노로 가득 차 있었을 것입니다. 누가 그들의 말을 붙들었는지는 모릅니다. 어쨌든 하겐과 겔프라트 두 사람은 이제 평지에서 상대방을 향해 달려들었습니다. 일행들도 싸움에 있어서는 그들에 뒤지지 않았습니다.

하겐이 대단히 강력한 힘으로 겔프라트를 향해 달려들었지만, 그 고귀한 변경백은 하겐의 방패를 내려쳤고 불꽃을 튀기면서 큰 조각

이 떨어져 나갔습니다. 군터왕의 용감한 부하들은 거의 사색이 되어 버렸습니다. 그때 하겐이 당크바르트를 불렀습니다.

"사랑하는 아우여, 도와 다오! 여기서 나와 싸우고 있는 영웅은 매우 뛰어난 자임에 틀림없다. 그가 내 목숨까지 빼앗아가려고 하는구나!"

그러자 용감한 당크바르트가 말했습니다.

"내가 이번 일의 심판자가 되겠습니다."

당크바르트는 부리나케 뛰어들어 칼로 겔프라트를 내려쳤습니다. 그러자 겔프라트는 그만 땅바닥에 쓰러져 버렸습니다. 엘제는 형의 원수를 갚으려는 뜨거운 열망으로 결투에 뛰어들었지만, 엘제와 그의 부하들은 커다란 손실만 입고 그 결전장을 떠날 수밖에 없었습니다. 형이 죽은 뒤에 그도 상처를 입었습니다. 8십 명이 넘는 그의 기사들이 그곳에서 죽었고 영웅 엘제는 군터왕의 병사들을 피해 그곳에서 도망가야 했습니다.

바이에른 지방 출신의 사람들이 전장에서 철수한 후에도 오랫동안 칼을 휘두르는 끔찍한 소리가 들렸습니다. 트론예의 용사들이 적들을 뒤쫓았기 때문입니다. 목숨을 잃고 싶지 않은 사람들은 서둘러 그곳을 빠져나갔습니다. 도망치는 자들을 추격하던 영웅 당크바르트는 말했습니다.

"이제 말을 몰아 온 길로 돌아갑시다. 저들이 도망치게 그냥 내버려두시오. 그들은 피에 젖어 있소. 서둘러 친구들에게 돌아갑시다."

그들이 처음 전투를 벌였던 곳으로 돌아왔을 때 하겐은 말했습니다.

영웅들이여, 누가 겔프라트의 분노로 인해 목숨을 잃었는지 잘 살펴보도록 하시오."

그들은 4명의 병사를 잃었습니다. 그들은 마음이 아프지 않을 수 없었습니다. 그들은 4명의 병사를 위해 피비린내 나는 복수를 한 셈이었습니다. 그러나 바이에른 출신 병사는 백 명 이상이 목숨을 잃고 쓰러져 있었습니다. 그 때문에 트론예 병사들의 방패는 피로 물들었습니다. 이따금 밝은 달이 구름 뒤에서 나왔습니다. 하겐이 다시 말했습니다.

"그 누구든 여기서 있었던 일을 발설해서는 아니 되오. 어쨌든 내일 아침까지는 그분들에게 심려를 끼쳐서는 안 될 것이오."

앞서 전투를 벌였던 병사들이 나머지 부르군트 사람들과 합류했을 때, 피로가 엄습했습니다.

"얼마나 더 말을 달려야 하오?"

많은 사람들이 물었습니다. 그러자 당크바르트가 말했습니다.

"여기서 숙영할 수는 없소, 날이 밝을 때까지는 모두 말을 달려야만 하오."

병참병들을 돌보던 용감한 폴커가 당크바르트에게 물었습니다.

"말들과 귀한 용사들이 쉴 수 있는 곳까지 가려면 오늘 밤에는 어디까지 말을 달려야 하는 겁니까?"

"그건 말해 줄 수 없소. 날이 밝을 때까지는 쉴 수 없소. 풀밭을 발견하면 그곳에서 휴식을 취합시다."

이 소식이 전해지자 모두들 기분이 상했습니다. 아침이 되어 밝은

318

햇빛이 산 위를 비추자, 비로소 그들의 갑옷과 투구에 뜨겁고 붉은 피가 묻어 있는 것이 눈에 띄었습니다. 왕은 그제야 그들이 격렬한 전투를 벌였다는 사실을 알게 되었습니다. 군터왕은 진노해서 하겐에게 소리쳤습니다.

"하겐이여, 이게 대체 어찌된 일인가? 그대들의 갑옷이 이렇게 피에 젖어 있는 것을 보니, 내가 도무지 무사로서 할 일을 제대로 하지 못한 때문이 아니겠소? 도대체 누가 그런 짓을 했단 말이오?"

"엘제가 밤사이에 우리를 공격했사옵니다. 사공의 죽음 때문에 습격을 받았는데, 제 아우가 겔프라트를 죽이자 그의 아우인 엘제가 도망을 쳤습니다. 그가 도망친 데에는 다 이유가 있사옵니다. 그들 편에서는 백 명이 죽었지만, 우리 편에서는 단지 4명만이 죽었기 때문입니다."

그들이 어디서 밤을 지새우며 쉬었는지 정확히 알 수는 없습니다. 그 지역의 모든 사람은 고귀한 우테 대비의 아들들이 궁정 행차를 하고 있다는 사실을 곧 알게 되었습니다. 그들은 조금 후에 파사우에서 융숭한 대접을 받았습니다.

고귀한 왕들의 외숙인 필그림 주교는 조카들이 그렇게 많은 기사를 이끌고 오는 것을 보고 매우 기뻐했습니다. 그들은 그가 융숭한 대접을 베풀리라는 것을 즉시 알아차렸습니다. 이미 길에서부터 그들은 선량한 친구들에 의해 영접을 받았습니다. 파사우에서는 그들을 다 유숙시킬 수가 없었습니다. 그래서 그들은 넓은 평원이 있는 다른 강가로 인도되었습니다. 그곳에는 크고 작은 천막들이 쳐져 있었습니다.

그들은 하루 종일 그곳에 머물러 있으면서 푸짐하게 환대를 받았습니다. 그러고 나서 그들은 뤼디거의 나라로 말을 달렸습니다. 얼마후 행군에 지친 용사들이 휴식을 취하고 난 다음 훈족의 나라에 이르렀을 때, 그들은 국경 부근에서 잠을 자고 있는 한 장정을 만났습니다. 트론예의 하겐은 그 사내에게서 날카로운 칼을 빼앗아 버렸습니다. 뛰어난 그 기사의 이름은 에케바르트였으며, 낯선 영웅들에게 칼을 빼앗긴 사실로 인해 매우 침통해 했습니다. 그들은 뤼디거의 궁정 경비가 허술하다는 사실을 알았습니다. 에케바르트가 혼잣말을 했습니다.

"수치스럽도다. 부르군트 사람들이 지나가는 사실 자체가 못마땅해. 지크프리트왕을 잃은 뒤 나의 모든 행복은 사라져 버렸어. 아, 뤼디거 님, 저는 당신에게 많은 잘못을 저질렀습니다."

하겐은 그 고귀한 용사의 한탄 소리를 들었습니다. 하겐은 그에게 칼을 돌려주었습니다. 그리고 에케바르트에게 여섯 개의 순금 팔찌를 선사하며 말했습니다.

"영웅이여! 내가 당신을 우호적으로 생각하고 있다는 표시로 이것을 받으시오. 당신은 비록 이곳 국경 부근을 혼자 지키고 있지만 용감한 영웅이오."

"이렇게 팔찌를 주시다니, 신께서 축복을 내리시길! 훈족의 나라로 가는 것은 마음에 들지 않습니다. 당신들은 지크프리트왕을 죽였기에 이곳 사람들은 당신들에게 적개심을 갖고 있습니다. 조심하십시오! 이것이 나의 솔직한 충고입니다."

"신이시여, 저희를 보호하소서! 이 영웅들과 전하들 그리고 그들의 종사들은 오로지 지금 묵을 곳을 걱정하고 있소이다. 오늘 밤 이 나라 어디에서 묵어 갈 수 있겠소? 우리의 말들은 먼 길에 지쳐 있고 양식이 떨어졌는데 아무것도 살 수가 없소. 부디 기사다운 호의로 우리가 묵어 갈 수 있는 곳과 먹을 것을 주실 분을 소개해 주시오."

"한 분을 소개해 드리겠습니다. 그분은 대단히 후덕하신 분이므로 아마 당신들에게 어느 나라 못잖은 융숭한 대접을 베풀어 주실 것입니다. 용감한 영웅들이여, 어서 가서 뤼디거 태수를 만나시오! 그분은 여기 길 옆에 살고 계신데 지금까지 영지를 소유한 사람 중에서 가장 선량한 분이십니다. 찬란한 오월이 초원을 꽃으로 장식하듯이 그분의 가슴속에는 기사도 정신이 꽃피어 있습니다. 만일 영웅들을 재워 줄 수 있다면, 그분의 가슴은 기쁨으로 고동칠 것입니다."

그러자 군터왕이 말했습니다.

"선량한 그가 나를 위해 내 친척과 종사들을 받아주겠는지 당신이 한번 알아보아 주지 않겠소? 내가 할 수 있는 한 당신에게 그에 대해 감사를 표하리다."

"저는 기꺼이 전하의 사자가 되겠습니다."

에케바르트는 기쁜 마음으로 길을 떠났고 그가 들었던 모든 것을 뤼디거에게 전했습니다. 뤼디거는 이보다 더 기분 좋은 전갈을 오랫동안 받아 보지 못했습니다. 한 영웅이 베헬라렌으로 급히 오는 모습이 보였습니다. 뤼디거가 그를 알아보았습니다.

"크림힐트 왕비의 종사인 에케바르트가 이쪽으로 오고 있구나."

뤼디거는 적들이 에케바르트에게 어떤 나쁜 짓을 했을지도 모른다고 생각했습니다. 그래서 그는 문밖으로 나가 사자를 맞았습니다. 에케바르트는 칼을 손에서 내려놓았습니다. 그가 가지고 온 소식은 그 성의 주인과 친척들에게 즉각 알려졌습니다. 에케바르트는 변경백에게 말했습니다.

"저는 부르군트 왕국에서 온 군터왕과 그의 형제 기젤헤어왕 및 게르노트 군주의 분부를 받고 왔습니다. 모든 용사는 당신에게 삼가 충정 어린 안부를 전했습니다. 하겐과 폴커는 서로 신의와 헌신으로 맺어져 있었습니다. 저는 당신께 왕의 원수께서 부탁하신 것을 몇 가지 알려 드리겠습니다. 그 훌륭한 종사들은 당신 성에서 묵어가기를 원하고 있습니다."

뤼디거가 기쁜 마음으로 그에게 대답했습니다.

"그 고귀하신 왕께서 내게 그런 부탁을 하셨다니 나로서는 얼마나 황공하온지 모르겠소. 그 분부에 한 치의 소홀함이 없도록 하겠소, 그들이 우리 성에 온다면 나로서는 기쁘고 자랑스러운 일이오."

"당크바르트 원수는 6십 명의 용감한 전사들과 천 명의 뛰어난 기사들 그리고 9천 명의 종사들을 당신 성에서 묵게 할 수 있겠는지 여쭈라고 했습니다."

그러자 뤼디거는 매우 기뻐했습니다.

"지금까지 접대해 본 적이 없는 그 뛰어난 용사들을 내 성에서 맞게 되다니 그 손님들이 정말 기다려지는구려! 내 친척들과 종사들을 보내 그들을 맞이하겠소."

그러자 기사들과 종사들이 말을 타고 서둘러 떠났습니다. 뤼디거가 명령한 것은 그들의 마음에 들었기에 더욱 서둘러 일에 착수했습니다. 그러나 규방에 앉아 있던 고테린트 부인은 아무것도 모르고 있었습니다.

## Chapter 27

# 부르군트인을 환대하는 뤼디거

변경백 뤼디거는 태수비에게 갔습니다. 그의 부인은 딸과 함께 있었습니다. 뤼디거는 부인에게 크림힐트 왕비의 오라버니들이 그들의 성에 도착하리라는 기쁜 소식을 알려주었습니다.

"사랑하는 부인, 그 고귀하고 지체 높은 세 왕께서 종사들을 대동하고 여기에 도착하면 당신은 화려하게 그들을 맞아야 하오. 또한 군터왕의 종사인 하겐에게 경의를 표해야 하오. 그들과 함께 당크바르트와 폴커라고 불리는 영웅이 올 것이오. 폴커는 특히 의전에 맞게 행동할 줄 아는 영웅이오. 이 여섯 분에게는 당신과 내 딸이 환영의 키스를 해주어야 되겠고 궁중의 법도대로 친절히 대해 주시오."

부인은 그렇게 하기로 약속했고, 또 기꺼이 준비가 되어 있었습니다. 그들은 용사들을 맞으러 갈 때 입을 화려한 옷들을 옷궤에서 꺼 냈습니다. 아름다운 귀부인들은 열심히 치장을 했습니다. 치장이 잘 못되는 일은 전혀 없었습니다. 머리에는 화려하고 빛나는 금색 띠를 둘러 바람에 머리카락이 날리지 않게 했습니다. 내 명예를 걸고 장담 하지만, 이는 전부 사실입니다. 한편 뤼디거의 사람들은 서둘러 말을 달려 제후들에게로 갔습니다. 손님들은 변경백의 영지에서 화려한 영접을 받았던 것입니다. 용감한 변경백인 뤼디거는 그들이 가까이 오자 기쁜 마음으로 말했습니다.

"당신들을 환영합니다! 당신들을 이 나라에서 뵙게 되어 기쁘기 그 지없습니다."

용사들은 진정한 우정과 신의에서 그에게 머리를 조아렸습니다. 뤼디거는 그들에게 호의를 가지고 있음을 분명히 보여주었습니다. 그는 부르군트 왕국의 영웅 하겐과 폴커에게는 특히 각별한 인사를 건넸습니다. 그는 이전부터 하겐을 잘 알고 있었습니다. 그가 당크바 르트에게 인사하자, 그 용감한 영웅은 변경백 뤼디거에게 이렇게 말 했습니다.

"당신께서 우리를 배려해 주시겠다고 했으니 말입니다만, 우리가 데려온 병참병들을 누군가 돌보아 주어야겠는데요?"

"당신들은 안심하고 밤을 보내게 될 것이오, 또한 당신들의 병참병 들 모두 편안히 밤을 보내도록 주선하겠소. 그리고 당신들이 이 나라 에 가지고 온 말들과 장비들은 특별히 신경 써서 하나도 잃어버리는 일이 없도록 하겠소. 당신들에게 조금이나마 손해를 끼치는 일은 없을 것이오. 종사 여러분은 저 들판에 천막을 치도록 하시오! 여러분이 여기서 잃어버리는 것에 대해서는 무엇이든 보상해 주겠소. 말에게 풀을 뜯게 하시오!"

일찍이 어떤 주인도 그렇게 넉넉하게 대접해준 적은 없었습니다. 그 사실에 대해 손님들은 기뻐했습니다. 주인들은 말을 타고 그곳을 떠났습니다. 종사들은 잔디밭 이곳저곳에 드러누웠는데 무척 편안했습니다. 그들은 이번 여행에서 그렇게 편안히 지내보지 못했던 것입니다.

고귀한 태수비는 아름다운 딸과 나란히 성 앞으로 나아갔습니다. 사랑스런 부인들과 수많은 아름다운 처녀들이 그녀 곁에 서있었습니다.

그녀들은 많은 장신구와 멋진 옷을 걸치고 있었습니다. 그녀들의 값비싼 옷에서는 보석들이 빛나고 있었습니다. 부인들은 말할 수 없이 아름다웠습니다. 그때 손님들이 말에서 내려 다가왔습니다. 부르군트 사람들은 정말로 기사답게 행동할 줄 알았습니다. 36명의 처녀들과 그 밖의 많은 부인들이 모두들 가장 아름다운 모습이었습니다. 수많은 용감한 남자의 호위를 받으면서 부르군트 사람들을 향해 다가갔습니다. 고귀한 귀부인들은 화려한 영접을 베풀었던 것입니다.

변경백의 젊은 딸이 세 왕에게 환영의 키스를 했습니다. 물론 그녀의 어머니도 마찬가지로 키스를 했습니다. 그녀의 아버지는 딸에게 하겐에게도 키스하라고 했습니다. 그녀는 하겐을 쳐다보았지만, 그가 너무나 무섭게 보여서 키스를 단념하고만 싶었습니다. 그렇지만 그녀는 아버지가 시키는 대로 할 수밖에 없었습니다. 그녀의 얼굴색은 창백해졌다가 붉어졌습니다. 그녀는 또 당크바르트와 음유시인 폴커에게 키스를 했습니다. 음유시인은 그의 용맹성 때문에 존경을 받았던 것입니다.

변경백의 젊은 딸은 부르군트 왕국의 영웅 기젤헤어의 손을 잡았습니다. 그녀의 어머니 역시 마찬가지로 용감한 영웅인 군터왕의 손을 잡고 인도했습니다. 그들은 즐거운 마음으로 영웅들과 함께 그곳을 떠났습니다. 변경백은 게르노트와 어깨를 나란히 하고 넓은 홀 안으로 들어갔습니다. 기사들과 귀부인들은 그곳에 자리를 잡았습니다. 손님들에게 훌륭한 포도주가 제공되었습니다. 영웅들이 이보다 더 융숭한 대접을 받을 수는 없었을 터입니다. 사람들은 뤼디거의 딸을 사랑스런 눈으로 바라보았습니다. 그녀의 모습이 너무나 아름다웠기 때문에 수많은 훌륭한 기사들이 그녀가 사랑스럽다는 생각을 했습니다. 그녀는 매우 활달했기에 충분히 그런 관심을 끌 만했습니다. 기사들은 이루어질 수 없는 소원을 마음속으로 멋대로 상상했습니다. 그들의 시선은 홀에 앉아 있는 많은 처녀와 귀부인 사이를 왔다 갔다 했습니다. 고귀한 음유시인은 변경백에게 진심으로 호감을 가졌습니다.

그들은 일반적인 관습에 따라 서로 떨어졌습니다. 기사들과 귀부인들이 따로따로 갈라섰던 것입니다. 넓은 홀 안에는 음식이 차려졌고 낯선 손님들은 풍족한 대접을 받았습니다. 고귀한 태수비는 손님들을 위해 식탁에 자리를 함께 했습니다. 그녀의 딸은 나이에 맞게 같은 또래의 처녀들 곁에 앉았습니다. 손님들은 더 이상 그녀를 볼 수 없게 되어 기분이 언짢아졌습니다.

그들이 술을 마시고 식사를 하고 난 다음 그 아름다운 태수의 딸
이 다시 홀 안으로 불려왔습니다. 그러자 사람들은 재미있는 이야기
로 여흥을 북돋웠습니다. 대부분의 이야기는 용감하고 당당한 영웅
폴커가 주도했습니다. 사람들 앞에서 고귀한 음유시인이 변경백에게
말했습니다.

"막강한 변경백이시여, 신께서 당신에게 아름다운 부인과 기쁨에
넘치는 삶을 선사하신 것을 보니 당신은 신의 은총을 아주 많이 받으
신 게 분명합니다. 제가 만약 제후로서 왕관을 쓰고 있다면, 당신의
아름다운 따님을 아내로 맞이할 것입니다. 저의 열망은 온통 그녀에
게 쏠려 있습니다. 그녀는 정말 사랑스럽습니다. 게다가 고귀하고 이
상적입니다."

"황공하옵지만, 왕께서 어떻게 저의 사랑스런 딸을 원하실 수 있겠
습니까? 저와 제 아내는 고향을 등지고 이곳에 살고 있습니다. 그 딸
에게 황홀한 아름다움이 다 무슨 소용이 있겠습니까?"

이에 대해 기품 있는 게르노트가 대답했습니다.

"만약 내가 소망하는 대로 사랑스런 아내를 맞이하게 된다면, 나로
서는 저만한 부인이라면 언제나 환영할 것이오."

하겐이 아주 정답게 말했습니다.

"이제 곧 저의 주인이신 기젤헤어 군주께서 부인을 맞으셔야 할 처
지입니다. 만약 당신의 영애가 부르군트 왕국의 왕비가 될 경우, 그녀
는 아주 지체 높은 가문 출신이기에 저와 제 부하들은 기꺼이 그녀를

위해 봉사할 것입니다."

뤼디거뿐 아니라 고테린트는 이 이야기를 매우 기쁜 마음으로 들었습니다. 영웅들은 고귀한 기젤헤어가 뤼디거의 딸을 부인으로 맞이하는 일에 의견의 일치를 보았습니다. 그 일은 왕으로서의 신분에 어울리는 것이었습니다.

누가 운명에 거스를 수 있겠습니까? 사람들은 그 처녀를 왕들 앞으로 오게 했습니다. 그리고 매력적인 처녀를 왕에게 부인으로 내주겠다고 맹세했습니다. 그러자 기젤헤어는 그녀와의 결혼을 엄숙히 서약했습니다. 그녀에게는 부군의 결혼 선물로 성과 토지가 배당되었습니다. 이어서 고귀한 왕 군터와 게르노트는 그들의 약속을 지키겠노라고 엄숙히 선서했습니다. 그러자 변경백이 말했습니다.

"저는 성들을 그다지 많이 소유하고 있지 못하기에 최소한 저의 신의와 애정만은 확신시켜 드리도록 하겠습니다. 저는 제 딸에게 백 필의 말이 실어 갈 수 있을 만큼의 금과 은을 지참금으로 주겠습니다. 당신의 친척들 마음에 들고 또 그들의 명성에 어울리도록 말입니다."

일반적인 관습에 따라 두 사람은 하나의 둥그런 원 안으로 들여보내졌습니다. 젊은 영웅들은 즐거운 기분으로 그녀를 마주 보고 섰습니다. 그들은 여느 젊은이들이 하는 그런 생각들을 하고 있었습니다. 사람들이 그 사랑스런 처녀에게 용사와 결혼하겠느냐고 물어 보았을 때, 그녀는 그 훌륭한 기사와 결혼하기로 마음먹기는 했지만 썩 좋은 기분은 아니었습니다. 여느 처녀들과 똑같은 질문을 받는다는 사실 자체가 부끄럽게 여겨졌기 때문입니다.

그녀의 아버지 뤼디거는 그녀에게 흔쾌히 그와 결혼하겠다고 대답하라고 충고해 주었습니다. 그래서 고귀한 기젤헤어는 곧바로 그녀 옆에 나란히 서서 하얀 두 손으로 그녀를 안았습니다. 비록 짧은 순간이나마 그녀는 행복을 느꼈습니다. 그러자 변경백이 말했습니다.

"고귀하고 막강한 왕들이시여! 당신들이 다시 부르군트 왕국으로 돌아가실 때, 일반적인 관습에 따라 제 딸을 내드리겠습니다."

모두 그 말에 동의했습니다. 떠들썩한 축제 분위기는 가라앉았고 처녀들은 그만 방으로 돌아가야만 했습니다. 손님들 역시 잠자리로 가서 날이 밝을 때까지 쉬도록 권유받았습니다. 아침이 되자, 그들에게 간단한 아침 식사가 제공되었습니다. 태수가 그들에게 특별히 신경을 썼던 것입니다. 식사를 끝내고 나서 그들은 훈족의 나라로 여행을 계속하겠다고 했습니다. 그러자 변경백이 말했습니다.

"저는 달리 생각합니다. 당신들처럼 귀중한 손님은 처음이므로 좀 더 머물다 가셨으면 좋겠습니다."

그 말에 당크바르트가 변경백에게 대답했습니다.

"그것은 절대 안 됩니다. 만약 이 많은 병사들이 오늘 밤 또 여기서 묵고 간다면, 도대체 그 엄청난 식량을 어디서 구해 오시겠다는 말입니까?"

"그런 말씀일랑 하지 마십시오. 존경하는 영웅들이시여, 제 청을 물리치지 마십시오. 정말이지 저는 당신들과 함께 이곳에 온 병사들을 2주일간은 먹여 살릴 수 있습니다. 에첼왕께서는 여태 저에게서 아무것도 요구한 적이 없었습니다."

그들은 몇 번이나 거절하다가 나흘 간 더 머물게 되었습니다. 변경백이 매우 후하게 대접하는 사람이라는 소문은 그후 곳곳에 알려지게 되었습니다. 뤼디거는 손님들에게 말과 의복을 선물했습니다. 뤼디거는 누가 무엇을 원하든 간에 아끼지 않고 후하게 대접했습니다. 그러니 모든 사람들의 마음에 들 수밖에 없었습니다.

이제 그들은 더 이상 그곳에 머물러서는 안 되었습니다. 그들은 길을 떠나야만 했습니다. 그들의 훌륭한 하인들은 말에 안장을 얹어 성문 앞으로 데려갔습니다. 그러자 수많은 낯선 기사들이 그들 앞에 다가섰습니다. 그들은 손에 방패를 들고 있었습니다. 이제 그들은 에첼 왕의 나라로 말을 달려가고자 했기 때문입니다.

고귀한 손님들이 홀을 나서기 전에 변경백은 그들 모두에게 선물을 나누어 주었습니다. 그는 후한 대접을 하여 커다란 명성을 얻는 법을 알고 있었습니다. 그는 명성이 자자한 영웅 군터왕에게는 갑옷을 한 벌 주었습니다. 막강한 군터왕은 원래 선물을 받아들인 적이 한 번도 없었으나, 이 선물만은 자부심을 갖고 받았습니다. 그는 고귀한 뤼디거에게 허리 굽혀 인사함으로써 고마움을 표시했습니다. 게르노트에게는 아주 빼어난 칼을 선물했는데, 그는 나중에 전투에서 그 칼을 영광스럽게 지니고 다녔습니다. 변경백의 부인은 그에게 이 선물을 기꺼이 내주었는데, 훗날 뛰어난 뤼디거가 바로 이 칼에 맞아 죽게 되었던 것입니다.

고테린트는 하겐에게 신분에 어울리는 애정이 가득 찬 선물을 했습니다. 왕이 선물을 받은 터라 하겐 역시 그녀의 선물을 받지 않고

서는 행차를 할 수가 없었습니다. 그러나 처음에는 그 선물을 거절했습니다. 그러다가 하겐은 말했습니다.

"지금까지 내가 본 것 중에서 저기 저 벽에 걸려 있는 방패를 가장 갖고 싶습니다. 나는 기쁜 마음으로 그것을 에첼왕의 나라로 가져가고 싶습니다."

태수비는 이 말을 듣고 쓰라렸던 옛 고통이 떠올라 눈물을 흘리지 않을 수 없었습니다. 그녀는 누둥의 죽음이 생각났던 것입니다. 그는 뷔티히의 손에 살해되었는데, 그 일로 그녀는 무척 괴로워했던 것입니다. 그녀는 영웅 하겐에게 말했습니다.

"당신에게 저 방패를 드리겠습니다. 하늘에 계신 주께서 보살펴주셨더라면 저 방패를 들고 다녔던 그는 지금껏 살아 계셨을 텐데 ······.

그는 전투에서 쓰러졌지요. 나는 언제나 그를 생각하면 눈물이 납니다. 그 일은 이 가련한 여인에게 많은 괴로움을 주었습니다."

고귀한 태수비는 자리에서 일어났습니다. 그녀는 하얀 손으로 그 방패를 쥐고 그것을 하겐에게 가져다주었습니다. 하겐은 방패를 받아들었습니다. 그녀는 그 선물로써 그에 대한 존경심을 보여 준 셈입니다. 찬란한 보석들이 박혀 있는 그 방패는 밝은 색깔의 비단으로 된 싸개에 덮여 있었습니다. 아마 태양도 지금껏 그보다 훌륭한 방패를 비추어 보지는 못했을 것입니다. 이 방패를 돈으로 사려면 족히 천 마르크의 가치는 되었을 것입니다.

하겐은 그 방패를 운반해가도록 시켰습니다. 그때 당크바르트가 성으로 들어왔습니다. 변경백의 딸은 그에게 값진 옷을 한 벌 선물했습니다. 그는 나중에 그 옷을 화려하게 차려입고 훈족을 만났습니다.

만약 그들이 성주의 마음에 들지 않았더라면, 이 모든 선물들은 그들에게 전해지지 않았을지도 모르는 일이었습니다. 그들은 나중에 성주와 적대 관계에 놓여 그를 죽이지 않을 수 없게 됩니다.

용감한 폴커는 제금을 들고 품위 있게 고테린트 앞으로 다가갔습니다. 그는 달콤한 멜로디를 연주하면서 그녀에게 노래를 불러주었습니다. 베헬라렌을 떠나면서 그는 이렇게 작별을 고했던 것입니다. 태수비는 궤를 가져오게 했습니다. 그녀가 그에게 얼마나 상냥하게 선물을 주었는지 이제 여러분은 아시게 될 것입니다. 그녀는 12개의 팔찌를 꺼내어 그의 손목에 걸어 주었습니다.

"이 팔찌를 끼고 에첼왕의 나라로 가십시오. 저를 위해서 이 팔찌를 궁정에서 끼고 다니셔야 합니다. 돌아오실 때는 그곳의 연회에서 당신이 제 말을 얼마나 충실히 따랐는지 듣게 될 것입니다."

당크바르트는 태수비가 요구한 것을 어김없이 이행했습니다. 성주는 손님들에게 말했습니다.

"내가 당신들의 안전한 여행을 위해서 호위하겠습니다. 당신들 가운데 한 사람도 화를 입지 않도록 돌보겠습니다.

그의 짐이 짐바리 말에 실렸습니다. 성주는 5백 명의 종사들과 함께 말과 옷가지들로 채비를 꾸렸습니다. 그는 여행에 필요한 모든 것을 기쁜 마음으로 준비했습니다. 그러나 나중에 그 누구도 살아서 베헬라렌으로 돌아오지 못했습니다.

성주는 키스로써 애정에 가득 찬 작별을 고했습니다. 기젤헤어 또한 마찬가지로 기사도에 따라 작별을 했습니다. 그들은 친밀한 포옹으로 아름다운 부인들에게 사랑을 표시했습니다. 많은 젊은 처녀들은 이별로 인해 눈물을 흘렸습니다. 여기저기서 창문이 열렸습니다. 성주는 신하들과 함께 말을 타려고 걸어갔습니다. 그들의 가슴은 벌써 쓰라린 고통을 예감하는 것 같았습니다. 귀부인들과 많은 아름다운 처녀들이 눈물을 흘렸기 때문입니다. 어쩌면 사랑하는 친구들을 베헬라렌에서 다시는 못 보게 될지도 모른다는 슬픔이 사람들의 마음을 사로잡았던 것입니다. 그렇지만 영웅들은 기쁜 마음으로 도나우강변을 따라 훈족의 나라까지 말을 달려갔습니다. 당당한 기사인 고귀한 뤼디거가 부르군트 사람들에게 말했습니다.

"우리가 훈족의 나라에 가까이 왔다는 것을 더 이상 숨겨서는 안 되겠습니다. 에첼왕께서는 이렇게 흡족한 소식을 아직 접해 보지 못하셨을 것입니다."

전령이 오스트리아를 가로질러 아래쪽으로 말을 달려갔습니다. 라인강변의 보름스궁에서 온 영웅들이 도착하리라는 소식이 여기저기서 들려왔습니다. 에첼왕의 사람들에게는 이보다 좋은 소식은 없었습니다. 전령들은 부르군트 왕국 사람들이 훈족의 나라로 오는 중이라는 전갈을 가지고 앞서 말을 달려갔던 것입니다.

"나의 왕비 크림힐트여, 당신은 그들을 친절히 맞아야 하오. 당신의 사랑하는 오라버니들이 이곳으로 오고 있소. 그들은 아주 영광스러운 대접을 받으리라 기대하고 있을 것이오."

크림힐트 왕비는 창가로 다가갔습니다. 친구가 친구를 기다리듯이 그녀는 친척들이 오기를 기다렸습니다. 그녀는 아버지의 나라에서 온 많은 사람들이 이쪽으로 말을 달려오는 것을 바라보았습니다. 에 첼왕은 이 사실을 알고 너무 기뻐서 흐뭇한 미소를 지었습니다. 그러나 크림힐트는 말했습니다.

"내가 여기서 친척들을 맞게 되다니. 얼마나 즐거운 일인가. 그런데 나의 친척들은 많은 새로운 방패들과 밝은 빛의 경갑(*頸甲, 갑옷의 목가리개)들을 지니고 오는구나. 황금을 갖고 싶은 자는 꼭 나의 고통을 생각해야 할 것이다. 나는 언제나 그자에게 고마움을 표하리라."

Chapter **28**

# 디트리히의 경고

부르군트인들이 나라 안으로 들어왔을 때, 베른 출신의 나이 많은 힐데브란트는 그 소식을 들었습니다. 그는 군주에게 이 소식을 알렸습니다. 군주는 그 전갈을 듣자 몹시 불길한 느낌이 들었습니다. 군주는 그에게 용맹스럽고 당당한 기사들을 환대하도록 분부를 내렸습니다. 용감한 볼프하르트에게는 말을 몰고 오게 했습니다. 그래서 디트리히와 함께 많은 용맹스러운 영웅들은 환영 인사를 하기 위해 들판으로 말을 달려갔습니다. 그곳에서 부르군트인들은 말 위에 호화로운 천막들을 싣고 있던 참이었습니다. 트론예의 하겐은 그들이 멀리서 다가오는 것을 보자, 깍듯이 궁정 예절을 갖추어 군주들에게 말했습니다.

"용맹스러운 영웅들이시여, 이제 자리에서 일어나 당신들을 영접하러 오는 저 사람들을 맞이해 주십시오. 저기 제가 알고 있는 봉신들이 다가오고 있사옵니다. 그들은 아멜룽 출신의 용감하고 당당한 영웅들이옵니다. 베른의 영웅이 그들을 이끌고 있사옵니다. 그들이 당신들께 베푸는 호의를 욕되지 않게 하옵소서."

그때 많은 기사들과 종사들이 디트리히와 함께 말에서 내렸습니다. 그들은 이국의 손님들에게로 다가갔습니다. 그들은 다정하게 부르군트 왕국에서 온 영웅들에게 인사했습니다.

디트리히 제후가 우테의 아들들이 다가오는 것을 보고 그들에게 뭐라고 말했는지 들어 보십시오. 그들의 행차는 그의 마음에 들지 않았던 것입니다. 그는 뤼디거가 이미 위험을 알아차리고 그들에게 말해주었으리라고 생각했던 것입니다.

"잘 오셨습니다. 여러 영웅들이시여, 군터왕, 기젤헤어와 게르노트 군주, 하겐! 마찬가지로 폴커와 용감한 당크바르트도 환영합니다. 당신들은 크림힐트 왕비가 아직껏 니벨룽의 영웅 때문에 뜨거운 눈물을 흘리고 있다는 사실을 알고 계시기나 합니까?"

그러자 하겐은 말했습니다.

"그녀는 오랫동안 울 수 있습니다. 그러나 지크프리트왕은 죽은 지 벌써 여러 해가 되지 않았습니까? 그녀는 이제 자신의 사랑을 훈족의 왕에게 선사해야 마땅할 것입니다. 지크프리트왕은 돌아오지 않습니다. 그는 이미 오래전에 땅속에 묻히고 말았으니까요."

"우리는 지크프리트왕의 상처는 그냥 내버려두고자 합니다. 그러나 크림힐트 왕비는 생명을 부지하는 한, 어떻게 하면 당신들을 해칠 수 있을까 궁리할 것입니다. 그대 부르군트인들의 보호자시여, 그것을 경계하십시오."

고매한 군터왕이 말했습니다.

"그것을 어떻게 경계해야 되겠소? 에첼왕이 우리나라에 사신을 보내 우리를 초청하였소, 나의 누이동생 크림힐트 왕비 또한 우리에게 전갈을 보내왔소."

그러자 하겐이 말했습니다.

"제가 좋은 충고를 드리겠사옵니다. 디트리히 제후와 그의 훌륭한 영웅들에게 좀 더 자세히 말해 달라고 부탁해 보십시오. 그들이 크림힐트 왕비의 의도를 밝히도록 말입니다."

강력한 군터왕과 게르노트 그리고 디트리히 제후가 비밀 회담을 하려고 뒤로 물러났습니다. 그러자 하겐이 베른의 태수에게 말했습니다.

"이제 말씀해주십시오. 고귀하고 훌륭하신 베른의 기사여! 당신께서는 왕비의 의도에 관해 무엇을 알고 계십니까?"

"더 이상 당신들께 무슨 말을 해야 하겠소? 매일 아침 에첼왕의 부인이 하늘에 계신 전지전능하신 신께 탄식하고 눈물을 흘리면서 지크프리트왕의 죽음을 슬퍼하고 있는 것을 듣고 있소." 그러자 용감한 음유시인인 폴커가 말했습니다.

"우리가 여기서 들은 것에 대해서는 어떻게 할 수가 없을 것입니다. 어서 궁성으로 말을 달립시다. 그래서 우리 용감한 영웅들에게 도대체 무슨 일이 일어날 것인지 한번 보도록 합시다."

용감한 부르군트인들은 궁성으로 말을 달렸습니다. 그들은 자기 나라 관습대로 화려한 행렬을 지어 그곳에 당도한 것입니다. 그때 훈족의 용사들은 도대체 트론예의 하겐이 어떻게 생긴 사람일까 하고 궁금해 했습니다. 하겐이 용사들 가운데 가장 힘센, 크림힐트의 남편이었던 네덜란드의 지크프리트왕을 살해했다는 이야기가 어느 곳에나 퍼져 있었기 때문에 궁성에서는 하겐에 관한 궁금증으로 분분했습니다. 그건 정말 사실이었습니다. 그 영웅은 멋진 체구를 갖고 있었는데, 가슴은 떡 벌어졌으며 머리는 하얗게 세어 있었습니다. 다리는 길고 눈초리는 매서웠으며 걸음걸이는 당당했습니다.

부르군트인들은 숙소에 들라는 분부를 받았습니다. 군터왕의 종사들은 따로 묵게 되었습니다. 그들에게 적의를 품고 있는 왕비가 그렇게 하도록 계획했습니다. 그래서 나중에 그 숙소에서 종사들을 죽일 수가 있었던 것입니다. 하겐의 아우인 당크바르트는 원수직을 맡고 있었습니다. 왕은 그에게 종사들을 맡기면서 충분히 돌보아주도록 엄명했습니다. 부르군트의 그 영웅은 모든 종사들을 세심하게 보살폈습니다.

아름다운 크림힐트는 본심을 내색하지 않고 시종들과 함께 니벨룽 사람들에게로 가서 영접했습니다. 그녀는 기젤헤어에게 입을 맞추고 악수를 했습니다. 하겐이 그 광경을 보았습니다. 그는 자신의 투구를 더욱 단단히 매고 이렇게 말했습니다.

"인사를 나눈 후 용맹스러운 영웅들은 주의해야 할 것이오. 왕들과 그 종신들은 각기 다른 방식으로 영접 받고 있으니까요. 우리가 이 축제에 행차한 것은 좋은 결정이 아니었소."

크림힐트는 말했습니다.

"자, 환영합니다. 어쨌든 당신들을 보고 싶어 하는 저에게 와주셨으니 말이에요. 당신들을 이렇게 맞이하는 것은 진정한 우정 때문은 아니에요. 당신들이 진심으로 환영받으려면 라인강의 보름스에서 무엇을 가져왔는지 말해주세요."

그러자 하겐이 말했습니다.

"왕비께 선물을 가져와야 한다는 말을 조금이라도 일찍 들었더라면, 이 나라에 올 때 당신께 드릴 선물을 충분히 가져왔을 것입니다."

"그렇다면 그에 관해 좀 더 이야기해주세요. 니벨룽의 보물을 어디로 가져갔나요? 그대가 잘 알고 있다시피 그것은 내 재산이었어요. 이 나라로 올 때 그 보물을 가져왔어야죠."

"크림힐트 왕비님, 제가 니벨룽의 보물에 더 이상 마음을 쓰지 않은 지 퍽 오래되었사옵니다. 제 주인들께서 그 보물을 라인강 속으로 던져 버리셨으니 틀림없이 보물은 마지막 날까지 그곳에 그대로 있을 것입니다."

"그럴 것이라고 생각했어요. 그 보물은 내 재산이고 예전에는 내 마음대로 할 수 있는 것이었음에도 불구하고, 그대는 이 나라로 오면서 조금도 가져오지 않았군요. 그러니 나는 영원히 한탄하지 않을 수 없어요."

"사실 저는 당신께 아무것도 가져온 게 없사옵니다. 그러나 저는 방패와 흉갑에 이렇게 많이 달고 왔사옵니다. 번쩍이는 투구와 손에 든 칼도 마찬가지입니다. 하지만 그 보물 중에서 당신께 드릴 것은 없사옵니다."

그러자 왕비는 모든 용사들에게 말했습니다.

"홀 안으로는 아무도 무기를 갖고 들어와서는 아니 되오, 영웅들이여, 그대들은 무기를 모두 내주시오. 내가 잘 보관할 것이오."

그러자 하겐이 말했습니다.

"그건 말도 되지 않사옵니다. 도량이 넓은 당신께서 제 방패와 무기를 숙영지까지 날라주는 그러한 영예는 원치 않사옵니다. 당신께서는 이 나라의 왕비가 아니시옵니까. 그러한 태도는 저희 부친께서 가르쳐 준 적이 없사옵니다. 아니, 제가 바로 저의 시종이 되겠사옵니다."

"아, 괘씸한 일이로다! 어째서 오라버니와 하겐은 방패를 맡기려 하지 않는가? 분명히 누군가에게서 경고를 받은 게로군. 누가 그런 짓을 했는지 밝혀지면 그자는 화를 면치 못할 것이니라."

디트리히가 화를 내면서 크림힐트 왕비에게 대답했습니다.

"고귀하고 막강한 왕들과 부르군트인들의 종사인 용감한 하겐에게 경고한 장본인은 바로 나요. 계속 들어 보시오, 독한 여인이여! 그대는 두말없이 나를 벌할 수 있을 것이오!"

그 말을 듣고 왕비는 몹시 난처해졌습니다. 그녀는 디트리히에게 커다란 두려움을 가지고 있었습니다. 그래서 그녀는 아무 말 없이 재빨리 그 자리를 떠났습니다. 그러나 자신의 적들에게만은 악의에 찬 눈길을 던졌습니다. 두 영웅은 손을 맞잡았습니다. 한 사람은 디트리히였고, 다른 한 사람은 하겐이었습니다. 당당한 용사 디트리히는 궁중 예법을 갖추고 하겐에게 말했습니다.

"이곳에 그대들이 온 것이 나의 마음을 무척 어둡게 짓누르고 있습니다. 무엇보다 왕비가 방금 그대들을 그런 식으로 맞이한 것 때문입니다."

"반드시 모든 것이 밝혀질 것입니다."

용감한 두 용사는 그렇게 대화를 나누었습니다. 이런 사실을 알아차린 강력한 에첼왕은 그들에 대해서 물었습니다.

"디트리히 제후가 그렇게 정답게 영접한 그 용사가 누군지 알고 싶구나. 그의 행실은 궁중 예법에 합당하고 또한 당당하도다. 그의 아버지가 누구였든 간에 그는 용감무쌍한 영웅이리라."

이에 대해서 크림힐트의 한 종사가 왕에게 대답했습니다.

"그는 트론예 출신이고 부친의 이름은 알드리안이옵니다. 여기서 아무리 쾌활한 태도를 보이더라도 그는 잔인한 사람이옵니다. 제 말이 거짓이 아니라는 사실을 반드시 전하께 입증해 보일 것이옵니다."

"무슨 근거로 그를 그렇게 잔인하다고 말하는가?"

그때까지 에첼왕은 친척들 중 어느 누구도 목숨을 부지하고 달아나지 못하도록 그들을 처단하고자 하는 크림힐트 왕비의 간교한 계획에 대해서는 전혀 몰랐던 것입니다.

"나는 알드리안을 잘 알고 있느니라. 그는 나의 종사였으니까. 그는 이곳 내 휘하에서 명성과 신망을 얻었었지. 나는 그에게 기사의 작위를 내렸고 금을 주었느니라. 충실한 헬헤 왕비는 그에게 진심으로 호감을 가졌었지. 그래서 나는 하겐 역시 아주 잘 알고 있느니라. 나한테 귀한 아이 두 명이 볼모로 보내졌던 적이 있었는데, 그 아이가 바로 하겐과 스페인 출신의 발터였었다. 그들은 이곳에서 어른으로 성장했었지. 하겐은 내가 집으로 돌려보냈지만, 발터는 힐데군트와 함께 도망쳤느니라."

그는 오래전에 흘러가 버린 사건을 회상했습니다. 젊은 시절에 자신에게 충성을 다했던 트론예의 그 친구를 확실하게 알고 있었던 것입니다. 하지만 만년에 이르러서 하겐은 에첼왕의 충실한 친구들을 죽여야 만할 운명이었던 것입니다.

## Chapter 29

# 크림힐트와 하겐의 대결

    그러고 나서 고명한 두 용사인 트론예의 하겐과 디트리히는 헤어졌습니다. 그때 군터왕의 종사는 전우를 찾아 사방을 두리번거리다 조금 후 그를 발견했습니다. 하겐은 폴커가 기젤헤어 옆에 서있는 것을 보았습니다. 하겐은 영리한 음유시인에게 자기와 같이 갈 것을 청했는데, 그것은 그의 무서운 영웅 정신을 잘 알고 있었기 때문입니다. 폴커는 어느 모로 보나 용감하고 뛰어난 기사였던 것입니다. 그들은 군주들을 아직은 궁정에 머물도록 했습니다. 사람들은 두 사람이 넓은 궁정을 지나서 널찍한 본관 앞까지 성큼성큼 걸어가는 것을 보았습니다.

    걸출한 영웅들은 어느 누구의 적대감도 두려워하지 않았던 것입니다.

그들은 크림힐트 소유의 홀을 마주보면서 궁성 본관 앞에 있는 긴 의자에 앉았습니다. 그들이 몸에 지니고 있는 호화로운 무기들에서는 번쩍이며 빛이 났습니다. 그들을 본 사람들은 필경 그들이 누군지 알고 싶었을 것입니다.

훈국의 사람들은 대담한 영웅들을 무슨 사나운 짐승들인 양 입을 벌리고 바라보았습니다. 에첼왕의 아내 크림힐트 왕비 역시 창문을 통해 두 사람을 보았습니다. 그러자 아름다운 크림힐트는 다시 슬픔에 젖게 되었습니다. 하겐의 눈초리는 그녀의 오래된 고통을 다시 불러일으켰습니다. 크림힐트는 울기 시작했습니다. 에첼왕의 종사들은 무엇 때문에 왕비가 갑자기 그렇게 슬퍼하는지 의아해 하며 물었습니다.

"그것은 하겐 때문이오, 용감하고 뛰어난 영웅들이여!"

용감한 영웅들은 왕비에게 말했습니다.

"어찌하여 그러시옵니까? 저희는 잠시 전까지만 하더라도 당신께서 기뻐하고 계시는 모습을 보았습니다. 누군가 당신께 고통을 안겨주어 당신께서 저희에게 복수해 달라고 명령하신다면, 그자가 아무리 용맹스러운 자라 할지라도 목숨이 남아나지 않도록 하겠사옵니다."

"나의 원수를 갚아 주는 자에게는 평생토록 감사의 뜻을 표할 것이오. 그가 무엇을 요구하든 원하는 모든 것을 들어줄 것이오. 내 그대들에게 무릎을 꿇고 부탁하노니 하겐의 목을 쳐 나의 원수를 갚아 주시오!"

크림힐트의 소원에 따라 용감한 장정 6십 명이 재빨리 모였습니다. 그들은 당장 달려가서 용감한 종사 하겐과 함께 온 음유시인마저 죽이려고 했습니다. 그들은 반역자들처럼 행동했던 것입니다. 왕비는 자신을 추종하는 무리의 수가 생각보다 적자 영웅들에게 노기 띤 어조로 말했습니다.

"그대들은 하고자 하는 일에서 손을 떼시오. 그렇게 적은 수로는 결코 하겐에게 맞서서 이길 수가 없소. 트론예의 하겐이 대단히 강하고 용감하기는 하지만, 그의 옆에 앉아 있는 음유시인 폴커는 더욱더 강하고 위험한 인물이오. 그대들은 그 영웅들을 그렇게 쉽사리 제압하지 못할 것이오."

그들은 이 말을 듣자 한층 더 많이 모여들었는데, 전부 4백 명이나 되는 용감한 용사들이었습니다. 고매한 왕비는 어떻게 하든 부르군트인들에게 해를 가하라고 명령했습니다. 그로 말미암아 이 영웅들은 나중에 곤경에 처하게 되었습니다. 자신을 따르는 자들이 무장한 모습을 보고 왕비는 영웅들에게 말했습니다.

"조금 더 기다리시오. 아직은 그대로 있어 주시오. 나는 왕관을 쓰고 적들에게 갈 것이오. 그 다음에 군터왕의 종사인 하겐이 나에게 저지른 범행을 심문하도록 하시오. 그가 아무리 오만불손하다 한들 그 사실을 부인하지는 못할 것이오. 그러니 그에게 어떤 천벌이 내리든 아랑곳하지 않을 것이오.

용감한 음유시인인 제금장이는 고매한 왕비가 궁성의 계단을 내려오는 것을 보았습니다. 그것을 목격한 용감한 폴커는 자신의 전우에게 말했습니다.

"자 보시오, 친구 하겐이여! 음흉하게 우리를 이 나라로 오게 한 여인이 어떤 모습을 하고 이리로 오고 있는지 말이오. 저렇게 많은 용사들이 손에는 번쩍거리는 검을 들고 호전적인 태도로 성큼성큼 걸어오며 한 왕의 부인을 수행하는 모습을 전에는 본 적이 없소. 친구 하겐이여, 그대는 그대를 적으로 여기고 있는 그들을 알고나 있소? 만일 그렇다면 그대 자신의 명예에 더욱 신경을 쓰라고 충고하고 싶소, 내가 보기에 그것이 최선의 길이 아닐까 하오. 내가 제대로 보고 있는 것이라면 그들은 극도로 분노하고 있음에 틀림없소, 자신을 소중하게 여기고자 하는 기사는 적시에 대처해야 할 것이오. 나는 그들이 옷 속에 흉갑을 입고 있다는 생각이 드는구려. 물론 그들이 음모를 꾸미면서 주목하는 사람이 과연 누군지 아무에게도 말할 수 없소."

용감한 종사 하겐은 몹시 화가 나서 말했습니다.

"나는 그들 모두가 번쩍이는 무기를 손에 들고 나를 겨냥하고 있다는 사실을 잘 알고 있소. 하지만 저들은 내가 부르군트 왕국으로 돌아가는 것만은 저지하지 못할 것이오. 자, 나에게 말해 주시오, 친구 폴커여! 크림힐트 왕비의 종사들이 나와 대항하여 싸운다면 나를 도와주겠소? 내가 그대에게 의미 있는 존재라면 나에게 증명해주시오. 그러면 나 역시 늘 충성스럽게 그대의 편을 들 것이오."

"내가 그대를 도와준다는 건 믿어도 좋소, 왕이 용사들을 모두 이끌고 올지라도 내 목숨이 붙어 있는 한, 나를 그대 곁에서 물러서게 할 수는 없을 것이오."

"하늘에 계신 신께서 그대를 보살펴 주시기를! 고귀한 폴커여, 그들이 나를 상대로 싸우려 하는 판에 무엇이 더 필요하겠소? 방금 들은 것처럼 그대가 내 곁에서 나를 도와주겠다니, 용사들이 무장을 하고 올 테면 오라지!"

"자, 이제 자리에서 일어섭시다. 왕비가 지나가도록 해줍시다. 그리고 예의를 갖추어서 인사하도록 하지요. 그녀는 고귀한 귀부인이니 그렇게 하는 것이 명예로운 일일 것이오."

음유시인 폴커가 말했습니다. 그러자 하겐은 폴커에게 말했습니다."아니 되오. 나를 위한다면 그렇게 해서는 안 되오. 내가 그녀에게 인사를 하러 나서면 용사들은 내가 두려워서 그렇게 한다고 여길 것이오. 나는 그들 중 어느 누구를 위해서도 자리에서 일어서지 않을 거요.

그렇게 하지 않는 것이 우리에게는 더 나을 거요. 무엇 때문에 나를 적대시하는 자를 존경해야 한단 말이오. 살아 있는 한 결코 그렇게 하지는 않을 거요. 에첼왕의 부인이 아무리 나를 증오한다 한들 내게는 아무 상관없는 일이오."

뻔뻔스러운 하겐은 무릎 위에 번쩍거리는 무기를 올려놓았는데, 그 칼자루에서는 잔디보다 더 푸른 벽옥이 빛나고 있었습니다. 크림힐트는 그것이 지크프리트의 칼이었음을 똑똑히 알아보았습니다. 그러자 그녀는 또다시 슬픔에 잠기지 않을 수 없었습니다. 칼의 손잡이는 금으로 되어 있었고 칼집은 금몰로 장식되어 있었습니다. 그것은 그녀에게 오래전 고통을 불러일으켰고, 그녀는 울기 시작했습니다. 내 생각으로는 용감한 하겐이 이를 노리고 일부러 그렇게 한 것 같았습니다.

힘센 폴커는 벤치에 앉아서 단단하고 크며 기다란 제금 활을 가까이 끌어당겼습니다. 그것은 마치 날카롭고 널찍한 칼처럼 보였습니다. 그렇게 두 당당한 영웅은 아무 두려움 없이 나란히 앉아 있었습니다. 두 용감한 용사는 너무나 태연자약해서 누구 앞에서도 두려움 때문에 자리에서 일어서는 일은 절대로 없을 것처럼 보였습니다. 할 수 없이 고귀한 왕비가 그들에게로 다가가 적개심이 가득 찬 인사말을 건넸습니다.

"자 말해 보시오, 하겐이여! 그대가 내게 저지른 일을 뻔히 알고 있는 이 나라로 말을 달려오라고 감히 그대에게 전갈을 보낸 자가 대체 누구요? 그대가 조금이라도 염치가 있다면 여기에 오지 않았을 것이오."

"아무도 저한테 오라고 하지는 않았습니다. 단지 세 영웅께서 이 나라에 초대된 것이죠. 그분들은 저의 군주시고, 저는 단지 종사에 불과하옵니다. 따라서 그분들이 궁정 여행을 하실 때 위험에 처하도록 내버려 둔 적이 결코 없었습니다."

"한 가지만 더 말해 주시오. 무엇 때문에 그대는 내가 적개심을 품게 행동했소? 그대는 내 사랑하는 낭군 지크프리트왕을 죽였소. 그렇기 때문에 나는 죽을 때까지 울지 않을 수 없소." "무엇을 더 계속할 필요가 있겠습니까? 이제 그 문제에 대해서는 충분히 이야기했습니다. 제가 바로 그 유명한 영웅 지크프리트왕을 죽인 장본인 하겐이옵니다. 그는 크림힐트 왕비님이 아름다운 브륀힐트 왕비님을 모욕한 것에 대해서 처절한 속죄를 치르지 않을 수 없었던 것입니다. 저는 그 사실을 부인하지는 않습니다. 막강한 왕비시여! 저는 보상받을 수 없는 당신의 그 손실에 대해 전적으로 책임이 있습니다. 여자든 남자든 복수하고자 하는 자가 있다면 어디 한번 해보십시오. 솔직히 말씀드려 저는 당신을 심각한 고통 속에 빠뜨렸음을 고백합니다."

"자, 들어 보시오. 용사들이여, 하겐은 내게 해를 가했다는 사실을 부인하지 않고 있소. 에첼왕의 신하들이여, 그에게 어떤 천벌이 내리든 나는 아랑곳하지 않겠소."

그러자 그 뻔뻔한 두 영웅은 서로 마주 보았습니다. 누군가가 그때 싸움을 개시했더라면 두 용사가 새로운 명예를 얻는 결과가 되었을 것입니다. 두 사람은 이미 예전의 전쟁에서 발군의 용맹을 드러내 보였기 때문입니다. 따라서 에첼왕의 용사들은 두려운 마음에서 감히 싸우려던 대담한 행동을 그만두지 않을 수 없었습니다. 그때 용사들 중 한 명이 말했습니다.

"왕비께서는 왜 저를 그렇게 쳐다보십니까? 저는 조금 전에 했던 맹세를 없었던 일로 하고자 합니다. 아무리 많은 돈을 받는다 하더라도 그것을 위해 제 목숨을 바치고 싶지는 않습니다. 왕비께서는 저희 모두를 파멸시키고 마실 것입니다."

그러자 그 옆에 있던 다른 사람이 말했습니다.

"나도 동감이오. 누가 나한테 황금으로 된 훌륭한 탑을 준다고 한들 저 제금장이한테는 덤벼들지 않을 것이오. 그와 눈길이 마주쳤을 때

섬뜩한 느낌을 받았던 저 독기 어린 눈빛 때문에라도 말이오. 또한 나는 하겐을 젊었을 때부터 알고 있었소, 나는 그가 22차례나 전쟁에서 싸우는 것을 보았소. 그때마다 많은 부인네들은 쓰라린 고통을 겪어야만 했소. 그와 스페인의 발터는 여러 원정에 참여했는데, 그들은 왕의 명예를 위해 에첼왕의 휘하에서 많은 전투를 끝까지 치러냈소. 그들은 참으로 많은 것을 함께 했소. 그 명예는 당연히 하겐의 것이 되어야 하오. 당시 그는 나이로 볼 때 무척 어렸소. 그때는 그렇게 젊었는데, 지금은 참으로 늙어버렸군요. 이제 철이 든 그는 잔인한 사람이 되었고 아주 사악한 방법으로 얻은 칼 발뭉까지 가지고 있소."

이로써 아무도 싸우려 하지 않는다는 것은 기정사실이 되어 버렸습니다. 왕비는 쓰라린 고통을 느꼈습니다. 영웅들이 돌아섰기 때문입니다. 그들은 음유시인의 손에 죽을까 두려웠던 것입니다. 그들이 두려워하는 것이 터무니없는 일은 아니었습니다. 그때 제금장이가 하겐에게 말했습니다.

"전에 사람들이 말해 주었던 것처럼 여기에 적이 있다는 것을 지금 보았소이다. 이제 궁정에 계신 왕께 갑시다. 그러면 아무도 우리의 군주들을 감히 전쟁에 끌어들이지는 못할 것이오. 사람은 두려움 때문에 무엇인가를 하지 못할 때가 있게 마련이오. 하물며 친구와 친구가 서로 신의로써 뭉쳐 있는 경우, 현명한 자라면 해악을 입을지 모른다는 두려움에서 덤벼들지 못할 것이오."

"나 또한 그대와 함께 가겠소."

그들은 여전히 궁정에서 인사를 받고 있는 그 훌륭한 영웅들에게 갔습니다. 용감한 폴커가 큰소리로 군주들을 향해 외쳤습니다.

"전하들께서는 언제까지 이곳에서 괴로움을 당하고 계실 작정입니까? 어서 궁으로 가셔서 에첼왕이 어떻게 대하는지 보시옵소서."

그러자 용감하고 뛰어난 영웅들이 두 사람씩 대오를 갖추어 뭉치고 있는 모습이 보였습니다. 베른의 제후는 부르군트 왕국에서 온 강력한 군터왕의 손을 잡았습니다. 그리고 용감한 이른프리트는 게르노트의 손을 잡았습니다. 그때 뤼디거가 기젤헤어와 함께 궁정으로 걸어오는 모습이 눈에 띄었습니다. 각자 서로 어떻게 결속되었고 누구와 함께 궁정으로 들어갔든 폴커와 하겐은 마지막 싸움에서 죽을 때를 제외하고는 결코 헤어지지 않았습니다. 이것이 나중에 고귀한 부인네들이 통탄할 만한 일이 되고 만 것입니다. 그들의 귀중한 신하들 중 천 명이나 되는 용감한 부하들과 그 밖에 왕들과 함께 왔던 6십 명의 전사들이 함께 궁정으로 걸어오는 것이 보였습니다. 그들은 용감한 하겐이 고국에서 선발한 자들이었습니다.

하바르트와 이링, 이 두 훌륭한 봉신들이 왕 옆으로 걸어오는 모습이 보였습니다. 당크바르트와 출중한 영웅인 볼프하르트는 다른 영웅들 앞에서 세련된 품행을 보여주었습니다. 라인의 군주가 궁성으로 들어오자, 강력한 에첼왕은 이제 더 이상 가만히 있을 수가 없어 자리에서 일어섰습니다. 한 왕이 그렇게 화려한 환영을 베푼 적은 결코 없었습니다.

"잘 오셨소, 군터왕이시여! 게르노트왕과 그 아우 기젤헤어왕 역시 잘 오셨소. 라인강변의 보름스로 나의 우정 어린 인사를 전하게 한 것은 충실한 애정의 발로였소. 당신들의 봉신들도 모두 잘 오셨소이다. 또한 두 영웅, 용감한 폴커와 하겐이여, 이 나라에 온 것을 나와 왕비는 진정으로 환영하는 바이오. 크림힐트 왕비는 그대들을 맞이하러 라인강까지 많은 사신들을 보냈었소."

트론예의 하겐이 말했습니다.

"그것에 대해 저도 들었사옵니다. 제 군주들을 위해서가 아니었다면, 저는 전하의 명예를 위해서 이곳으로 달려왔을 것입니다."

존귀한 국왕은 친애하는 손님들의 손을 잡았습니다. 에첼왕은 그들을 자신이 앉았던 자리로 인도했습니다. 곧이어 손님들에게는 금으로 된 큼직한 잔에 담긴 밀주와 오디 주스 그리고 포도주가 계속해서 제공되었으며, 이로써 이방인 전사들은 극진한 환영을 받았습니다. 에첼왕이 말했습니다.

"솔직히 고백하겠소. 이 세상에서 그대들이 여기 온 것보다 더 근사한 일은 있을 수 없다고 말이오. 그로 인해 왕비는 슬픔에서 벗어났소이다. 대체 내가 어찌했길래 당신들이 그토록 내 나라에 오지 않았는지 정말 알고 싶소. 나는 항상 여기 내 나라에서 귀한 손님들을 많이 맞이해 왔소. 내가 당신들을 지금 이렇게 보고 있다니 매우 기쁘오."

그 말에 당당한 기사인 뤼디거가 대답했습니다.

"전하께서는 이분들과 기쁨을 누리시옵소서. 왕비님의 친척들은 참된 충성심을 가지고 있으며 그것을 올바르게 행할 줄 아시옵니다. 그들은 당당한 영웅들을 많이 이끌고 오셨사옵니다."

그들이 강력한 에첼왕의 궁정에 온 때는 하지 날 저녁이었습니다. 에첼왕은 그 영웅들을 참으로 융숭히 대접했습니다. 사람들은 일찍이 그와 같이 화려한 영접에 대해서 들어 본 적이 없었습니다. 식사 시간이 다가와 왕은 그들과 함께 만찬석상으로 갔습니다. 국왕이 손님들을 대접하는 자리에서 그보다 더 훌륭하게 앉아 있었던 예는 없습니다. 그들에게는 음식과 포도주가 원하는 대로 풍성히 제공되었고 원하기 만하면 무엇이든 주어졌습니다. 그 영웅들이 행한 놀라운 행적들도 전해졌습니다.

## Chapter 30

# 하겐과 폴커의 우정

밤이 다가오자 여행으로 지친 전사들은 언제 잠자리에 들 수 있을까 하는 문제로 걱정했습니다. 하겐이 그 문제로 군터왕과 상의했습니다. 만찬을 베풀어 준 쪽에 곧 이 말이 전해졌습니다. 군터왕이 에첼왕에게 말했습니다.

"당신께 신의 가호가 있기를 빌겠소. 이제 우리는 잠자리에 들고자 하니 허락해 주시오. 당신께서 원하신다면 내일 아침 다시 이리로 오겠소이다."

그러자 에첼왕은 흔쾌히 손님들과 작별을 나누었습니다. 도처에서 손님으로 온 자들이 북적거렸습니다. 용감한 폴커가 훈족에게 말했습니다.

"그대들은 어찌하여 감히 전사들의 길을 방해하는가? 길을 비키지 않는다면 그대들은 성치 못할 것이오. 보다시피 내 제금 활로 아주 심한 타격을 입게 되면 그대들과 가까운 모든 이가 슬퍼해야 할 것이오. 내 말을 따르는 편이 좋을 것이오. 사실 모두 영웅이라고 불리기는 하지만, 생각은 각자 다르다오."

제금장이가 아주 화가 나서 말하자, 용감한 하겐이 어깨 너머로 뒤를 돌아보며 말했습니다.

"용맹스러운 음유시인이 그대들에게 올바른 충고를 해준 것이오. 크림힐트 왕비의 영웅들이여, 그대들은 집으로 돌아가는 것이 좋겠소. 그대들이 작정하고 있는 것은 아무것도 이루어질 수 없을 거요. 그대들이 무언가를 하고자 한다면 내일 아침 다시 오고, 오늘 밤에는 우리 이방인들에게 휴식을 취하도록 해주시오. 제대로 된 영웅들은 언제나 그런 태도를 취해 왔다고 생각하오."

손님들은 웅장한 홀 안으로 안내되었습니다. 거기에는 전사들을 위해 길고 넓은 근사한 침대들이 사방에 마련되어 있었습니다. 크림힐트 왕비는 그들에게 가할 최악의 일을 은밀히 꾸미고 있었습니다.

거기에는 밝은 빛깔의 모직물로 만든, 정교한 아리스산(産) 이불과 아라비아 비단으로 된 침대보, 다시 말해 최상의 잠자리가 마련되어 있었습니다. 또한 그 위에는 화려한 색으로 반짝이는 레이스가 달려 있었습니다. 헤르멜린 모피와 검은 담비 모피로 된 이불도 있었습니다. 그들이 날이 밝을 때까지 안락한 밤을 보내며 쉴 수 있도록 만반의 준비가 되어 있었습니다. 종신들과 함께 그렇게 멋지게 쉬었던 왕은 결코 없었습니다.

"이런 침실을 보니 슬퍼지는군. 우리와 함께 여기에 온 내 친구들을 생각하니 안됐다는 생각이 드는구려. 크림힐트가 우리를 위해 여기에 참으로 안락한 잠자리를 마련해 놓은 듯 보이지만, 그녀 때문에 우리 모두 죽게 되지나 않을까 두려운 마음이 드니 말이오."

젊은 기젤헤어가 영웅 하겐에게 말했습니다.

"이제 그만 염려를 놓으십시오. 오늘 밤에는 제가 보초를 서도록 하겠습니다. 날이 밝을 때까지 아무 탈이 없도록 잘 지킬 자신이 있습니다. 더 이상은 두려워하지 마십시오. 달아날 수 있으면 나중에 그렇게 하십시오."

그러자 왕들은 하겐에게 머리를 숙이며 감사의 말을 하고 나서 잠자리로 갔습니다. 오래지 않아 건장한 용사들은 잠자리에 들었습니다. 용감한 하겐은 무장을 갖추기 시작했습니다. 그때 제금장이인 영웅 폴커가 말했습니다.

"하겐, 그대가 마다하지 않는다면 나 또한 오늘 밤부터 내일 아침까지 그대와 함께 보초를 서겠소."

그러자 영웅 하겐은 폴커에게 진심으로 고마워했습니다.

"하늘에 계신 신께서 그대에게 은총을 내릴지어다. 친애하는 폴커여! 내 아무리 곤경에 빠졌을지라도 모든 위험 속에서 원조자로서 그대 이 외에 다른 사람은 원한 적이 없었소. 죽음이 막지 않는다면 나는 그대에게 이 은혜를 갚을 것이오."

두 사람은 번쩍이는 갑옷과 투구를 쓰고 손에는 방패를 들었습니다. 그들은 홀 밖으로 나가서 문 앞에 섰습니다. 그들은 안에 있는 이 방의 객들을 지켜주었습니다. 그들은 충성스러운 마음에서 그 일을 했던 것입니다. 용감한 폴커는 튼튼한 방패를 홀의 벽에 기대어 놓았습니다. 그리고 다시 안으로 들어가서 제금을 집어들었습니다. 폴커는 영웅답게 친구들을 잘 보살펴 주었던 것입니다. 폴커는 홀문 아래쪽에 있는 한 돌방석 위에 앉았습니다. 그보다 용감한 제금장이는 결코 없었습니다. 그가 제금에서 달콤한 선율을 끌어내자 그 당당한 이 방의 객들은 폴커에게 고마워했습니다. 온 성안에 메아리칠 정도로 제금의 현이 울렸습니다. 그의 용맹과 재주는 둘 다 대단했습니다. 그는 좀 더 달콤하고 부드럽게 제금을 켜기 시작해 침대에서 걱정으로 괴로워하는 많은 병사들이 잠들도록 해주었습니다.

그들이 잠든 것을 알아차렸을 때, 그 영웅은 다시 손에 방패를 들고 밖으로 나와 문 앞에 서서 이방의 손님들을 크림힐트의 기사들로부터 지켜주었습니다. 용감한 폴커가 멀리 어둠 속에서 투구 하나가 번쩍거리는 것을 본 것이 한밤 중인지, 아니면 그 전이었는지는 모르겠습니다. 크림힐트의 사람들은 이방의 객들에게 어떻게든 해를 가하고자 했던 것입니다. 그때 제금장이가 말했습니다.

"친구 하겐이여, 우리가 이 위험을 같이 이겨 내는 일이 옳을 것이오. 저 앞에 무장한 사람들이 서있소. 내 판단이 맞다면 그들은 필경 우리를 공격하려는 것이오."

"조용히 하시오. 그들이 가까이 다가오도록 내버려 둡시다. 그들이 우리를 알아보기 전에 우리가 칼로 그들의 투구를 박살낼 것이오. 그들이 엉망이 되어 크림힐트 왕비에게로 돌아가도록 해야 하오."

훈족의 전사들 중 하나가 문에 파수병이 있다는 사실을 곧 알아차리고 재빨리 말했습니다.

"우리가 계획했던 일은 실행할 수 없습니다. 제금장이가 보초를 서고 있는 것이 보입니다. 그자는 머리에 빛나는 투구를 쓰고 있습니다. 그 투구는 빛나고 단단하게 꽉 조여져 있고 전혀 흠집이 없습니다. 그의 쇠사슬 비늘 갑옷 역시 불처럼 빛을 발하고 있습니다. 그의 옆에는 하겐이 서있습니다. 그러니까 이방의 객들은 안전하게 보호받고 있는 것입니다."

그들은 즉시 돌아갔습니다. 폴커가 그것을 알고는 잔뜩 화가 나서 전우 하겐에게 말했습니다.

"자, 이제 나는 잠시 이곳을 떠나서 저 사람들에게 가보고 올 테니 그렇게 하도록 해주시오. 나는 크림힐트 왕비의 봉신들에게 그들의 의도가 무엇인지 물어보겠소."

"아니오, 나를 보아서라도 그러지 마시오. 그대가 여기를 떠나면 저 용감한 영웅들이 그대를 위험한 처지에 빠뜨릴 것이고, 그렇게 되면 나는 나의 모든 친지들이 죽게 될망정 그대를 도우러 나서지 않을 수 없을 거요. 그리하여 우리 둘이 전투에 휘말리게 될 경우, 그들 중 둘 또는 넷은 바람처럼 여기로 달려와 잠자고 있는 종사들에게 결코 회복될 수 없을 불행을 안겨 주고 말 것이오.."

"그들이 우리에게 흉측한 음모를 꾀하고자 했다는 것을 나중에 부인할 수 없도록, 내가 그들을 보았다는 사실을 그들에게 알려주는 것만은 허락해 주시오."

그리고 즉시 폴커는 그들을 향해 외쳤습니다.

"용감한 영웅들이여, 그렇게 무장을 하고 어디로 걸어가는 거요? 크림힐트 왕비의 봉신들이여, 그대들은 약탈 행각을 하러 가는 거요? 그렇다면 나와 내 전우들을 그대들의 지원자로 데려가도록 하시오!"

그에게 답하는 사람은 아무도 없었습니다. 폴커는 매우 화가 났습니다.

"에잇, 못난 겁쟁이들 같으니라구! 우리가 자고 있는 틈에 우리를 살해하려 했겠다? 뛰어난 영웅들이 이런 식으로 대접받은 예는 아직 한 번도 없었소."

왕비는 사자로부터 아무 일도 실행하지 못했다는 사실을 똑똑히 전해 들었습니다. 그녀가 화를 낼 만했습니다. 그녀는 계획을 바꾸었습니다. 그녀는 원한으로 가득 차 있었습니다. 따라서 그 용감하고 출중한 영웅들은 어쩔 수 없이 파멸하지 않을 수 없었던 것입니다.

## Chapter 31

# 왕자에게 드리운 죽음의 그늘

"이제 쇠사슬 비늘 갑옷이 제법 차갑게 느껴지는군. 밤은 얼마 남지 않은 것 같소, 바람을 보면 곧 날이 밝는다는 것을 알 수 있소."

용감한 폴커가 말했습니다. 그들은 아직 자고 있는 기사들을 깨웠습니다. 밝은 아침 햇빛이 이방의 객들이 자고 있는 홀 안을 비추었습니다. 하겐은 기사들이 미사를 드리러 성당에 갈 마음이 있든 없든 개의치 않고 도처에서 잠자고 있는 기사들을 깨웠습니다.

기독교 관습에 따라 종이 울리기 시작했습니다. 그들은 상이한 방식으로 미사곡을 불렀습니다. 그래서 기독교도들과 이교도들은 일치하지 않는다는 사실이 명백해졌습니다. 군터왕의 봉신들이 교회에 가려고 밖으로 나왔습니다. 기사들은 일찍이 어떤 왕국으로 갈 때보다 훌륭한 옷으로 차려입었습니다. 그로 인해 하겐은 화가 나서 말했습니다.

"영웅들이여, 여기서는 다른 옷을 입어야 합니다. 여기서 무슨 일이 일어나고 있는지 잘 알고 계실 것입니다. 따라서 장미꽃 대신 무기를 들어야 하고, 보석 박힌 모자 대신 번쩍이는 튼튼한 투구들을 써야 합니다. 크림힐트 왕비의 간계를 죄다 알고 있기 때문입니다. 우리는 오늘 틀림없이 싸워야 할 것입니다. 여러분은 비단 윗옷 대신 경갑을 차고, 값비싼 외투 대신 튼튼하고 넓은 방패를 지니십시오. 그래야만 누가 싸움을 걸어도 무장한 상태로 맞설 수 있을 것입니다. 사랑하는 군주님들, 친척들 그리고 종사들이여, 당신들은 기꺼운 마음으로 미사에 참여하여 전능하신 하느님께 근심과 고뇌를 고하십시오. 죽음이 가까이에 왔음을 분명히 깨달아야 합니다. 또한 자신이 행한 일들을 잊어서는 안 되며 경건하게 하느님 앞에 나아가십시오. 하늘에 계신 분이 모든 것을 결정하시기 때문입니다. 그렇지 않다면 두 번 다시 미사를 드리지 못할 것입니다."

왕들과 그들의 종사들은 대성당으로 향했습니다. 거룩한 성당 광장에서 용감한 하겐은 그들의 발걸음을 멈추게 하고는 서로 떨어지지 않게 했습니다. 하겐은 이렇게 말했습니다.

"훈족들이 무슨 흉계를 꾸미고 있는지는 예측할 수 없습니다. 용사들이여, 누구든지 여러분에게 불친절하게 인사하거든 방패를 발밑에 내려놓고 깊고 치명적인 상처를 입혀 답하십시오. 어쨌든 이 하겐은 여러분이 용감하게 행동하여 명예를 손상시키지 않도록 충고를 드리는 바입니다."

폴커와 하겐은 나란히 웅장한 성당 앞으로 나아갔습니다. 왕비가 궁지에 빠진 그들을 공격하지나 않을까 해서였습니다. 사실 왕비는 격분해 있었던 것입니다. 그때 에첼왕과 아름다운 왕비가 나타났습니다. 용감한 용사들이 값비싼 옷을 차려입고 그녀를 호위하고 있는 것이 보였습니다. 그때 크림힐트의 무리로 인해 먼지가 소용돌이치면서 위로 올라가는 것을 볼 수 있었습니다. 막강한 에첼왕은 부르군트 왕국의 왕과 종사들이 그토록 중무장을 하고 있는 모습을 보고는 말했습니다.

"무엇 때문에 나의 친구들이 머리에 이렇게 투구까지 쓰고 있는 거요? 내 약속하건대 누구든 이분들에게 해를 끼쳤다면 내 인격에 대한 모독으로 간주하겠소. 또 모욕을 주었다면 나는 당신들이 만족할 만한 응분의 보상을 베풀 것이오. 나는 이것이 정말로 내 마음을 아프게 하고 있음을 여러분에게 보여주고 싶소. 여러분이 무엇을 요구하든 기꺼이 응할 준비가 되어 있소."

이에 하겐이 대답했습니다.

"아무도 우리에게 해를 입히지는 않았습니다. 어떤 축제든 사흘 동안은 무장을 한 채 참석하는 것이 우리 주군들의 관습입니다. 여기서 누군가가 저희에게 해를 입혔다면 벌써 전하께 말씀드렸을 것입니다."

크림힐트는 하겐의 말을 똑똑히 듣고 있었습니다. 그녀는 참으로 적개심에 불타는 눈으로 그를 쳐다보았습니다. 그녀는 부르군트의 땅에서 오래 살았기 때문에 자기 나라의 관습을 잘 알고 있었지만,

그것을 폭로하고 싶지는 않았습니다. 크림힐트가 얼마나 분개하고 그들을 증오했는지 누군가가 에첼왕에게 말해 주었더라면, 후에 일어날 일들을 막을 수 있었을 것입니다. 그러나 자존심과 자부심 때문에 아무도 에첼왕에게 이를 말하지 않았습니다.

많은 무리의 사람들이 왕비와 함께 그들 앞을 지나가려 했습니다. 그러나 두 친구는 한 발자국도 비켜나려 하지 않았습니다. 그것은 훈족에게는 일종의 모욕이었습니다. 그녀는 당당한 무사들과 더불어 억지로 빠져나가지 않을 수 없었습니다. 에첼왕의 측근들은 이런 행동을 용납할 수가 없었습니다. 사실 이들은 용사들의 분노를 도발하려 했을 것입니다. 다만 고귀한 왕의 면전이라서 감히 그렇게 하지 못했을 뿐입니다. 큰 소란이 있기는 했지만, 별다른 일은 일어나지 않았습니다.

미사가 끝나고 모두들 막 떠나려고 할 때, 훈족은 잼싸게 말에 올라탔습니다. 크림힐트의 편에는 아름다운 시녀들이 있었으며, 또 7천 명의 용사들이 말을 타고 그녀 곁에서 호위했습니다. 크림힐트와 여인들은 막강한 에첼왕 쪽으로 나있는 창문을 향해 정좌했습니다. 에첼왕은 그렇게 앉아 있는 모습을 좋아했습니다. 그들은 이 당당한 영웅들이 말을 달리는 모습을 구경하고 싶어 했습니다. 얼마나 많은 이국의 용사들이 그들이 보는 가운데 마상창 시합을 벌였는지 모릅니다.

그때 마구 담당관이 용사들과 함께 도착했습니다. 용감한 당크바르트는 부르군트 출신 병사들을 이끌고 왔습니다. 훌륭한 안장을 갖춘 용감한 니벨룽의 말들도 볼 수 있었습니다. 왕과 종사들이 말에 올라 자리를 잡았을 때, 힘센 폴커가 그들에게 자신들의 고향에서 하는 관습에 따라 마상창 시합을 하자고 제의했습니다. 그래서 용사들은 화려하게 말을 달렸던 것입니다.

그 영웅은 무사들이 거절할 수 없는 제의를 한 셈이었습니다. 마상창 시합과 그로 인한 소동은 더욱더 격렬해졌고 넓은 궁정은 많은 무사로 소란스러웠는데, 에첼왕과 크림힐트는 이 모든 것을 주시하고 있었습니다.

디트리히의 용사들 중 6백 명의 무사들이 마상창 시합에 출전하러 와서 손님들과 대항하게 되었습니다. 이들은 부르군트족과 시합을 겨루면서 즐거운 시간을 갖기를 원했는데, 디트리히가 허락했더라면 그들은 기꺼이 그렇게 했을 것입니다. 엄청난 수의 훌륭한 용사들이 그들의 뒤를 따라 말을 달렸습니다. 디트리히 군주는 이러한 사실을 잘 알고 있었습니다. 그는 용사들에게 군터왕의 무사들과 마상창 시합에서 경쟁하는 것을 금지시켰습니다. 그는 신하들의 안전을 걱정했고, 그럴 만한 이유가 충분히 있었던 것입니다.

베른 출신 용사들이 말을 몰아 달려가자, 뤼디거의 부하들인 5백 명의 베헬라렌 출신 용사들은 완전 무장을 하고 본관 홀 앞으로 말을 달려 왔습니다. 변경백으로서는 차라리 그들이 이 경기를 그만두기를 바랐습니다. 그는 현명했기에 병사들의 무리를 뚫고 나가 자신의 용사들에게 군터왕의 부하들이 지금 얼마나 기분이 언짢은지 알아들을 수 있게끔 일러두었습니다. 그는 내심 자기 부하들이 마상창 시합을 중지하기를 바랐던 것입니다. 그 당당한 용사들이 무리들로부터 떨어져 나왔을 때, 마침 튀링겐 사람들이 왔고 또 덴마크인들 중에서 약 천 명의 무사들이 달려왔습니다. 사람들은 그때 창들이 부서지며 튀어나온 파편들이 공중을 나는 것을 볼 수 있었습니다.

이른프리트와 하바르트가 말을 타고 시합에 끼어들었습니다. 라인의 무사들은 당당하게 이들을 기다리고 있었습니다. 그들은 튀링겐 사람들에게 많은 무예를 보여주었습니다. 이 시합에서 훌륭한 방패들이 창에 찔려 구멍이 났습니다. 그때 블뢰델 역시 3천 명의 용사들과 달려왔습니다. 에첼왕과 크림힐트는 그를 알아볼 수 있었습니다. 기사들의 마상창 시합이 눈앞에서 전개되었기 때문입니다. 이제는 부르군트족이 손상을 입을 것이라는 기대에 왕비는 블뢰델의 도착을 기뻐했습니다. 쉬루탄과 기베히, 라뭉 그리고 호른보게도 역시 훈족의 관습에 따라 그 시합에 끼어들었습니다. 이들은 부르군트 출신의 영웅들에 맞서 대항했습니다. 창의 손잡이들이 부러져 궁정의 본관 홀 벽 위로 높이 솟아오르곤 했습니다.

하지만 그들이 무엇을 하든 간에 단지 소란만 가중될 뿐이었습니다. 군터왕의 부하들이 받아치는 방패 소리가 궁정 본관과 홀에 반향되어 울렸습니다. 마침내 군터왕 편의 사람들이 큰 영예와 명성을 얻은 것입니다. 그들이 벌인 시합이 너무나 격렬하고 힘들었으므로 영웅들이 타고 달렸던 훌륭한 말들이 흘린 구슬 같은 땀이 안장을 적시고 땅으로 떨어져 내렸습니다. 부르군트 사람들은 훈족에 대해 커다란 자신감을 가지고 스스로를 시험해 보았던 셈입니다. 그때 용감한 용사요, 음유시인인 폴커가 말했습니다.

"내가 생각하기로는 이제 이 무사들은 감히 우리를 공격하지 못할 것이오. 나는 이전부터 이들이 우리에게 적대감을 품고 있다는 이야기를 들었소. 이들에게 지금보다 더 좋은 기회는 앞으로 절대 오지 않을 것이오. 이제는 말들을 마구간에 들이는 것이 좋겠소. 저녁때 다시 말을 타고 가도록 합시다. 아마 왕비께서 부르군트 사람들에게 승리를 인정하는 상을 주시겠죠."

그때 사람들은 훈족 중 한 사람이 말을 달려오는 것을 보았습니다. 그는 다른 누구보다 당당했습니다. 어쩌면 그는 막 새롭게 사랑에 빠졌는지도 모르겠습니다. 마치 어떤 고귀한 귀부인의 애인이라도 되듯이 말쑥하게 차려입고 말을 달렸기 때문입니다. 폴커가 말했습니다.

"어찌 내가 이를 참을 수 있겠소? 저 귀부인의 애인처럼 보이는 녀석은 한 방 얻어맞아야만 되겠소. 아무도 나를 막지는 못할 것이오. 그의 목숨은 위태로워질 것이오. 이에 대해 왕비가 화를 내건 말건 나와는 무관한 일이오."

군터왕이 말했습니다.

"안 되오, 나를 생각해서 부디 그만두시오. 우리가 그들을 공격한다면 사람들은 우리를 비난할 것이오. 훈족이 먼저 공격하게 하는 것이 오히려 우리에게 유리할 것이오."

그럴 즈음 에첼왕은 여전히 왕비 곁에 앉아 있었습니다.

"제가 한번 마상창 시합에 나가 보겠습니다. 귀부인들과 영웅들은 우리가 얼마나 말을 잘 타는지 분명히 보아야 할 것입니다. 이렇게 하는 수밖에 없습니다. 어차피 우리에게는 시합에 걸린 상을 주려하지 않을 테니 말입니다."

하겐이 말했습니다. 용감한 폴커가 마상창 시합에 나가려고 준비를 하고 있었습니다. 훗날 그로 인해 많은 여인들은 커다란 고통을 당했던 것입니다. 그는 화려한 훈족 용사의 몸을 창으로 찌르고 말았습니다. 이를 본 부인들과 처녀들이 울부짖었습니다.

한편 하겐과 그의 부하인 6십 명의 용사들은 재빨리 말을 경기장으로 몰아 그 제금장이에게 갔습니다. 에첼왕과 크림힐트는 이를 똑똑히 목격했습니다. 부르군트의 세 왕은 음유시인을 적들 한가운데에 아무런 보호 없이 그냥 내버려두지 않았습니다. 능숙한 솜씨로 천여 명의 용사들이 말을 달리며 시합장을 누볐습니다. 그들은 자신만만하게 임무를 수행했던 것입니다. 그 우쭐했던 훈족 기사가 죽음을 당하자, 그의 친척들이 울부짖고 애통해 하는 통곡소리가 들렸습니다. 그러자 사람들이 물었습니다.

"누가 그랬소?"

"용감한 음유시인인 제금장이 폴커가 그랬소."

바로 그때 훈족 출신인 그 변경백의 친척들이 창과 방패를 들라고 소리쳤습니다. 그들은 폴커를 죽이고자 했습니다. 에첼왕은 창문을 떠나 급히 달려갔습니다. 그러자 큰 소란이 일어났습니다. 왕과 부하들이 홀 앞에서 말을 내렸습니다. 부르군트족 신하들은 자신들의 말을 옆으로 밀쳐 버렸습니다. 그 가운데 에첼왕이 나타났던 것입니다. 이 군주는 몸소 싸움을 진정시키려 했습니다. 왕은 거기 서있던 한친척의 손에서 칼을 빼앗고 모두 물러나게 했습니다. 에첼왕 매우 화를 내며 말했습니다.

"내가 주인으로서 이 영웅들에게 베풀어야 할 의무를 어떻게 소홀히 할 수 있단 말인가! 만약 그대들이 여기 내 궁정에서 이 음유시인을 죽인다면 그것은 내게 치욕이 될 것이오. 이 사람이 말을 타고 훈족 사람을 찌를 때 나는 분명히 보았소. 그것은 이 사람의 잘못이 아니라 말이 발을 헛디뎌서 일어난 일이었소, 그대들은 내 손님들이 평화롭게 지내도록 도와야 할 것이오!"

에첼왕은 그들을 인도해 갔고, 말들은 마구간에 매여졌습니다. 그들에게는 열심히 봉사를 다할 줄 아는 많은 용사들이 있었습니다. 에첼왕은 손님들을 궁정으로 데려갔습니다. 거기에는 식탁이 준비되어 있었으며 씻을 물이 제공되었습니다. 왕은 그들이 더 이상 화를 내지 않도록 배려했습니다. 그러나 라인 출신의 영웅들에게는 여전히 이 훈족의 궁정이 격분한 적진이나 다름없었습니다.

이들이 모두 자리에 앉기까지는 오랜 시간이 걸렸습니다. 무거운 분위기가 크림힐트를 짓눌렀습니다. 크림힐트가 말했습니다.

"베른에서 온 제후시여, 나는 당신의 충고와 도움과 보호를 원합니다. 나는 아주 커다란 곤경에 처해 있어요."

명성이 자자한 용사 힐데브란트가 이 말에 응답했습니다.

"부르군트족에 대항하려면, 어떤 보수를 얻기 위해서든 간에 저까지 끌어들일 생각은 마십시오, 필경 값비싼 대가를 치러야 될 것입니다. 용감하고 당당한 그 용사들은 아직까지 제압당한 적이 한 번도 없었습니다."

이때 디트리히 군주가 아주 예의 바르게 덧붙였습니다.

"막강하신 왕비여, 그런 부탁은 거두어 주시오. 왕비의 친척들인 저 용맹스러운 영웅들은 내가 싸워야 할 만큼 나에게 해를 끼치지는 않았소이다. 고귀하신 왕비께서 친족의 생명을 앗으려 하신다면, 그것은 왕비께 아무런 영예가 되지 못할 것이오. 그들은 많은 믿음을 갖고 이 땅에 왔소. 내 손으로 지크프리트왕의 원수를 갚는 것은 있을 수 없는 일이오."

이 제후의 마음을 돌리는 일이 불가능하다는 것을 안 왕비는 곧장 블뢰델에게 이전에 누둥이 소유했던 광대한 땅을 주겠다고 약속했습니다. 그러나 그는 나중에 당크바르트에게 살해되었기 때문에 그 선물을 차지할 수 없었습니다. 왕비가 블뢰델에게 말했습니다.

"블뢰델이여, 나를 도와주시오! 이 성에는 사랑했던 내 남편 지크프리트를 죽인 원수들이 있소. 나는 그 원수를 갚아 주는 자를 영원히 신뢰할 것이오."

"왕비시여, 저는 에첼왕을 두려워하기에 감히 그들에게 어떠한 적대 행위도 할 수 없다는 것을 아셔야 합니다. 왕께서는 여기서 당신의 친족들을 맞이한 것을 기뻐하고 계십니다. 제가 그들에게 어떤 몹쓸 짓을 할 경우, 에첼왕께서는 절대로 저를 용서하지 않으실 것입니다."

"아니오, 블뢰델이여, 나는 언제나 그대에게 호의를 갖고 있소. 그대에게 금과 은 그리고 아름다운 처녀, 누둥의 약혼녀까지 주겠소. 그대는 그 사랑스러운 여인을 안는 기쁨을 누리게 될 것이오. 영토와 성, 그 모든 것을 그대에게 선사하겠소! 고귀한 기사여, 누둥이 다스리던 국경 지방을 소유하게 되면 그대는 영원히 행복하게 살 수 있을 것이오. 나는 오늘 그대에게 한 이 약속을 충실히 이행할 것이오."

이 이야기를 듣고 누둥의 약혼녀의 미모에 마음이 끌린 블뢰델은 그 사랑스러운 여자를 얻고자 싸웠습니다. 그러나 이로 인해 그 용사는 목숨을 잃게 되었습니다.

"다시 홀 안으로 들어가십시오! 누군가 눈치 채기 전에 싸움을 시작하겠습니다. 하겐은 왕비님께 가한 행위에 대해서 속죄해야 할 것입니다. 제가 책임지고 군터왕의 종사를 포승으로 묶어 왕비님께 넘기겠습니다. 나의 용사들아, 모두 무기를 들어라!"

블뢰델이 외쳤습니다.

"우리는 숙소에 묵고 있는 원수들을 공격할 것이다. 왕비께서 이일을 명령하셨으므로 우리는 무사답게 목숨을 걸어야 할 것이다."

왕비는 싸우기로 결심한 블뢰델을 뒤로하고 에첼왕과 그의 종사들과 함께 식탁으로 갔습니다. 그녀는 국빈들에 대한 사악한 공격을 준비시켰던 것입니다. 다른 방법으로는 싸움을 도발할 수가 없었으므로 크림힐트는 왕자를 식탁으로 데려오게 했습니다. 어떻게 한 여자가 오로지 복수를 위해서 이보다 더 가증스런 행동을 할 수 있었겠습니까?

에첼왕의 신하 4명이 어린 오르트리프 왕자를 왕의 식탁으로 모셔왔습니다. 그 자리에는 하겐이 있었습니다. 그의 엄청난 증오심으로 인해 왕자는 결국 죽음을 당해야만 했던 것입니다. 막강한 에첼왕은 아들이 오자, 친척들에게 정답게 말했습니다.

"나의 친구들이여, 자, 보시오. 이 아이는 내 유일한 아들이자 바로 당신들 누이의 아들이오. 왕자는 언젠가 여러분 모두에게 복을 가져다 줄 것이오. 왕자는 여러 친척들처럼 용감한 무사로서 힘세고 고귀하며, 강하고 멋진 용사가 될 것이오. 내가 살아 있는 동안 왕자에게 12개의 나라를 주려고 하오. 그렇게 되면 어린 오르트리프는 당신들을 잘 섬길 것이오. 진심으로 간청하오. 친구들이여! 여러분께서 다시 라인으로 돌아가실 때, 누이동생의 아들을 데리고 가서 정답게 대해 주시오. 그래서 왕자가 성년이 되어 결혼할 나이가 될 때까지 키워 주시오.

그 땅에서 누군가 당신들께 해를 가하면, 왕자가 성장해서 당신들을 위해 복수할 것이오."

에첼왕의 부인인 크림힐트가 이 말을 듣고 있었습니다. 하겐이 말했습니다.

"왕자께서 성인이 되면 저희 용사들은 그분께 충성을 바칠 것입니다. 그런데 어린 왕자님에게는 이미 죽음의 그늘이 덮여 있는 것처럼 보여서 제가 다시 오르트리프 왕자님의 궁정에 오게 될 것 같지가 않사옵니다."

에첼왕은 하겐을 노려보았습니다. 그는 하겐의 말에 기분이 상했습니다. 비록 자존심 때문에 더 이상 아무 말도 하지는 않았으나, 그 마음에는 고통과 근심이 스며들었습니다. 그러나 하겐은 전혀 농담할 기분이 아니었습니다. 하겐이 왕자에게 한 말은 왕뿐만 아니라 제후들의 기분마저 나쁘게 했습니다. 제후들은 이 사건을 그냥 참아 넘기기 어려웠습니다. 제후들은 하겐이 후에 무슨 짓을 저지를지 아직 모르고 있었습니다.

## Chapter 32

# 용감무쌍한 당크바르트

블뢰델의 용사들은 이제 만반의 준비를 갖추었습니다. 천 명의 훈족 용사들은 경갑을 차고, 당크바르트가 자신의 용사들과 식사하고 있는 곳으로 쳐들어갔습니다. 그러자 용사들 사이에 치열한 싸움이 벌어졌습니다. 블뢰델이 식탁 앞으로 다가서자, 당크바르트 원수가 그를 따뜻하게 영접했습니다.

"여기에 오신 것을 환영하오, 블뢰델공! 어떻게 여기까지 오시게 되었는지 놀랍소만."

"나에게 인사할 필요는 전혀 없소. 내가 온 것은 바로 그대의 생명을 앗아가기 위해서요. 그대의 형 하겐이 지크프리트왕을 죽인 데 대한 복수요. 그대와 다른 용사들도 오늘 훈족이 있는 이곳에서 그 일에 대해 참회해야 할 것이오."

"아니오, 블뢰델공! 그렇다면 우리는 이 초대에 응한 것을 후회하
지 않을 수 없소. 왕비께서 나에 관하여 어떠한 비난을 퍼부었는지는
모르겠소만, 지크프리트왕이 목숨을 잃었을 때 나는 어린아이에 불
과했다오."

"그대에게는 더 이상 할 말이 없소. 군터왕과 하겐 그리고 그대의
친척들이 그 죄를 범한 거요. 이제 내 칼을 받으시오. 그대들 이국의
용사들이여! 그대들은 살아남지 못할 것이오. 크림힐트 왕비에게 목
숨을 바쳐야 할 것이오."

"정말 그만둘 수 없다는 거요? 그렇다면 내 그대들에게 간청한 것
이 유감스럽소. 가만히 있었더라면 좋았을 것을."

이 용감하고 담대한 영웅 당크바르트는 식탁에서 뛰쳐나와 칼집에
서 크고 긴 예리한 검을 뽑아들었습니다. 당크바르트는 검을 가지고
블뢰델에게 일격을 가했습니다. 그러자 블뢰델의 머리가 곧바로 땅
에 떨어져 버렸습니다.

"이것이 자네가 그렇게나 연모한 누둥의 약혼녀에게 바칠 결혼 선
물이 되겠군! 그녀는 내일이면 다른 남자와 결혼하겠지. 그자도 지참
금을 마련하려고 한다면 같은 신세가 될 거야."

믿을 만한 훈족 한 사람이 왕비가 꾸미고 있는 음모를 알려주었습
니다. 블뢰델의 부하들은 대장이 죽은 것을 보았습니다. 그들은 더 이
상 손님들에게 관용을 베풀지 않았습니다. 그들은 검을 높이 쳐들고
격분하여 용사들을 덮쳤습니다. 그러나 그들 중 많은 사람들은 이를

후회했습니다. 그때 당크바르트가 그의 수행 용사들에게 큰소리로 외쳤습니다.

"고귀한 용사들이여, 지금 여기 우리에게 닥친 사태를 보아라. 이 국의 용사들이여, 이제는 자신을 방어하도록 하라! 고귀한 크림힐트 왕비께서 우리를 얼마나 따뜻하게 영접하셨는지 똑똑히 알아차리지 않았는가."

손에 검을 가지지 않은 자들은 의자 아래로 손을 뻗쳐 의자 다리에서 긴 발판을 빼냈습니다. 부르군트 용사들 또한 그들에게 더 이상 관용을 베풀지 않았습니다. 그래서 무거운 의자들로 투구 쓴 머리를 마구 내려쳤습니다. 이 이국의 용사들이 얼마나 격렬하게 저항했는지 결국 무장한 사람들을 완전히 밖으로 몰아냈습니다. 그러나 그 안에는 5백 명이 넘는 사람이 죽어 있었고, 수행 용사들의 옷 또한 피로 붉게 물들어 버렸습니다.

블뢰델과 그의 부하들이 죽었다는 소식이 에첼왕의 무사들에게 전해졌습니다. 이 소식은 그들을 침울하게 만들었습니다. 하겐의 동생과 그의 용사들이 그렇게 했다는 것을 안 훈족은 왕이 그 일을 알기 전에 무장을 했습니다. 족히 2천 명이나 되는 기사들이 그 용사들을 공격했습니다. 일은 그렇게 될 수밖에 없었습니다. 그들은 어디서도 생명을 부지하지 못했던 것입니다. 신의를 저버린 자들이 큰 무리를 이루며 모여들었습니다. 이국의 무사들이 용감히 무기를 들었습니다. 그러나 그들이 아무리 대담무쌍하다고 한들 무슨 소용이 있었겠습니까? 곧 무서운 재앙이 닥쳐왔기 때문에 그들은 모두 죽을 수밖에 없었던 것입니다.

이제 여러분께 놀랍고도 무시무시한 전투에 관해 들려드리겠습니다. 9천 명의 용사들이 목숨을 잃었고, 당크바르트의 부하들 중 12명의 기사가 죽었습니다.

당크바르트는 홀로 적들에 둘러싸여 있었습니다. 전투의 소란이 잠잠해지고 소동이 가라앉자 영웅 당크바르트는 뒤를 돌아보면서 말했습니다.

"이렇게 많은 친구들을 잃어버리다니, 아 슬프도다! 불행히도 나 혼자 적들 속에 서있구나!"

칼들이 빗발치듯 그를 향해 날아들었습니다. 이로 인해 훗날 수많은 영웅의 아내들이 울어야만 했습니다. 그는 방패의 손잡이를 아래쪽으로 조정해서 방패를 높이 쳐들었습니다. 그리고 수많은 쇠사슬 비늘 갑옷 위로 피가 흘러내릴 정도로 싸웠습니다. 알드리안의 아들, 당크바르트가 말했습니다.

"이렇게 치욕을 당하다니 원통하구나! 이제 뒤로 물러서라, 훈족의 용사들이여! 내가 바람을 쉴 수 있도록 내버려 두어라. 신선한 바람이 싸움에 지친 이 사나이에게 새 기운을 북돋워 주도록!"

그는 영웅답게 말을 타고 달려들었습니다. 싸움에 지친 그 영웅이 집 안에서 달려 나오자, 수많은 새로운 칼들이 소리를 내며 그의 투구 위에 떨어졌습니다. 그가 얼마나 기적 같은 행동을 했는지를 보지 못 했던 자들이 이 부르군트 출신의 영웅과 대결했던 것입니다. 당크바르트가 말했습니다.

"바라건대 내가 이 무사들로 인해 어떤 고난에 빠져 있는지 나의 형 하겐이 알도록 전령이라도 보낼 수 있다면, 그가 나를 구하든지 여기서 나와 함께 죽든지 할 텐데!"

그러자 훈족의 기사들이 당크바르트에게 말했습니다.

"너 자신이 전령이 되어 그 소식을 전해라! 우리가 너의 시체를 네 형 앞에 옮겨다 놓으면, 그때야 비로소 군터왕의 종사는 무슨 일이 일어났는지 알게 될 것이다. 너는 에첼왕께 너무나 커다란 손해를 입혔다!"

"위협은 그만두고 길을 비켜라! 그렇지 않으면 나는 너희들의 갑옷을 피로 물들게 만들 것이다. 내 직접 이 소식을 궁정에 전하고 내 주군께 이 비통한 아픔을 탄원하리라!"

그가 에첼왕의 부하들에게 이렇게 겁을 주자, 그들은 감히 영웅 당크바르트에게 대항하려 하지 않았습니다. 그 대신 그의 방패를 향해 수많은 창을 던졌으므로 당크바르트는 그 무게를 견디지 못하고 그만 방패를 놓았습니다. 그가 방패를 더 이상 들고 있지 못하자, 이들은 그를 곧 제압할 수 있으리라고 생각했습니다. 그러나 당크바르트는 이들의 투구를 꿰뚫으며 심한 상처를 입혔습니다. 이로 인해 용감한 용사들이 그 앞에서 쓰러졌고 용맹스러운 당크바르트는 커다란 명성을 얻었습니다.

그들은 양편에서 당크바르트에게 달려들었고 그들 가운데 몇몇은 너무 성급히 싸움을 걸었습니다. 당크바르트는 멧돼지가 숲에서 개를 피하듯 약간 물러섰습니다. 어느 누가 이보다 더 담대할 수 있었겠습니까? 그가 가는 길은 점점 새로 흐른 뜨거운 피로 젖었습니다. 이 영웅만큼 적들과 맹렬하게 싸운 용사는 결코 없었을 것입니다. 사람들은 하겐의 아우가 당당한 영웅으로서 궁정을 향해 달려가는 것을 보았습니다.

시종장들과 시종들은 무기들이 부딪치는 소리를 들었습니다. 사람들은 식탁으로 나르던 음식과 마실 것들을 손에서 떨어뜨렸습니다. 홀 계단 앞에서는 많은 강력한 적들이 영웅의 길을 막고 나섰습니다. 지친 영웅이 말했습니다.

"시종장들이여, 왜들 이러시오? 그대들은 손님들을 친절히 돌보고 주인들께 좋은 음식을 대접해야 하며, 내가 나의 소중한 주군께 무슨 일이 일어났는지 소식을 전할 수 있도록 비켜주어야 하오."

그는 홀 계단에서 그의 앞을 용감히 가로막고 나선 자를 단칼에 베었습니다. 그러자 두려움에 사로잡힌 그들은 뒤로 물러났습니다. 그는 놀라운 용맹성을 발휘하여 참된 영웅의 행동을 몸소 보여 주었던 것입니다.

## Chapter 33

# 부르군트족과 훈족의 혈투

용감한 당크바르트는 문 안으로 들어가 에첼왕의 시종들은 모두 물러가도록 했습니다. 그의 갑옷은 머리끝에서 발끝까지 온통 피로 물들어 있었고 손에는 번쩍이는 날카로운 칼이 들려 있었습니다. 당크바르트는 영웅들을 향해 큰 목소리로 외쳤습니다.

"형님은 여기 이 식탁에 너무 오래 앉아 계시군요. 하겐 형님이여! 나는 우리의 참상을 형님과 하늘에 계신 신께 탄원하는 바입니다. 지금 숙소에는 기사들과 용사들이 전부 죽어 있습니다."

"누가 그랬는가?"

"블뢰델과 그의 부하들입니다. 그러나 그는 이 일로 심히 후회했을 것입니다. 그의 머리는 내 손에 잘려 나갔으니까요."

"어떤 영웅이 한 용사의 손에 생명을 잃었다면 그 영웅의 명예가 그리 손상된 것은 아닐세. 아름다운 여인들은 그만큼 덜 비통해 하겠지."

용감한 하겐이 재차 말했습니다.

"이제 말하게, 아우 당크바르트여! 자네의 옷은 어찌하여 그렇게 온통 피로 물들었는가? 내가 보기에는 그 상처로 인해 고통이 클 것 같은데! 이 땅의 누군가가 이 일에 책임이 있다면, 설령 악마가 그를 보호한다 하더라도 나는 그의 생명을 빼앗고 말리라."

"상처를 입지 않았습니다. 다만 갑옷이 피로 젖은 것뿐입니다. 이 피는 다른 용사들의 상처에서 흘러내린 것이죠. 많은 사람을 죽였는데 맹세코 그 수는 다 헤아리지 못할 것입니다."

"아우 당크바르트여, 자네는 문 쪽을 맡아서 훈족 한 녀석도 나가지 못하도록 하게! 나는 여기 있는 이 용사들과 더불어 우리가 처한 곤경이 무엇을 요구하고 있는지 한번 따져 볼 테니, 우리 용사 전부가 아무 잘못 없이 그들 손에 죽었으니 말일세. 내가 만약 시종이라면 이 막강하신 왕들을 잘 모실 수 있을 걸세. 실제로 존경을 표하기 위해 나는 홀 계단을 맡겠네."

크림힐트의 영웅들에게는 이보다 더 곤혹스러운 일이 있을 수 없었을 것입니다. 하겐이 다시 말했습니다.

"도대체 훈족의 영웅들이 거기서 나눌 무슨 밀담이 있는지 도무지 알 수 없네! 생각컨대 그들은 문을 지키고 서있는 저 사람이 여기 부르군트인들에게 소식을 전했으니 그가 죽어도 원망하지 않겠지. 나는 오래전부터 크림힐트 왕비가 깊은 고통에서 헤어나지 못하고 있다는 이야기를 듣고 있었소. 이제 우리 지크프리트왕을 추억하면서 술잔을 들어 왕의 술잔에 답배합시다! 훈족의 어린 왕자가 첫 번째로 운명을 맞이해야겠소."

훌륭한 영웅 하겐은 어린 왕자 오르트리프를 죽였습니다. 칼을 따라 피가 흘러내려 그의 손을 적셨고, 왕자의 머리는 왕비의 품속으로 떨어졌습니다. 그러자 영웅들 사이에는 격렬하고 무시무시한 살육전이 벌어졌습니다. 연이어 하겐이 왕자의 유모를 내려치니 그 머리가 곧바로 식탁 앞으로 굴러 떨어졌습니다. 이것은 하겐이 그 유모에게 치른 명예롭지 못한 보답이었습니다. 그는 에첼왕의 식탁 옆에 음유시인이 서있는 것을 보았습니다. 격분한 하겐은 그에게로 달려가 제금을 켜고 있던 그의 오른손을 잘라 버렸습니다.

"이것은 자네가 부르군트 왕국에 전한 소식에 대한 보상일세."

음유시인 베르벨이 말했습니다.

"손이 잘려 나갔으니 나는 망했구나! 하겐이여, 내가 당신에게 무슨 짓을 했소? 나는 신뢰를 갖고 당신의 주군들 나라에 갔던 거요. 이제 손이 잘려 나간 마당에 어떻게 음악을 울리게 할 수 있겠소?"

그러나 하겐은 그가 다시는 제금을 켤 수 없게 된 일에는 관심이 없었습니다. 그는 홀 안에 있는 에첼왕의 무사들에게 치명적인 상처를 입혀 많은 영웅을 황천길로 보냈습니다.

용감한 폴커가 식탁에서 일어섰습니다. 그의 제금이 크게 울렸습니다. 군터왕의 그 종사는 아주 특이한 방식으로 제금을 켰던 것입니다. 이로써 그는 수많은 용감한 훈족의 불구대천의 원수가 되었던 것입니다. 세 분의 고귀한 왕도 식탁에서 벌떡 일어섰습니다. 이들은 더 큰 불상사가 생기기 전에 사태를 진정시키려 했습니다. 그러나 폴커와 하겐이 격분하여 광포해지기 시작하자, 사려 깊게 더 이상 아무 조치를 취하지 않고 그대로 두었습니다.

라인의 군주는 이 싸움이 진정될 수 없다는 사실을 깨달았습니다. 그래서 몸소 적들의 쇠사슬 비늘 갑옷을 찔러 무시무시한 상처를 입혔습니다. 그는 정말 영웅다웠습니다. 그는 이제야 그것을 보여주었던 것입니다. 그러자 강력한 게르노트 역시 싸움에 끼어들었습니다. 뤼디거가 선물한 날카로운 칼로써 그는 훈족의 영웅들을 죽였습니다. 그는 에첼왕의 기사들을 극심한 곤경에 빠뜨렸습니다. 우테 대비의 젊은 아들마저 싸움에 뛰어들었습니다. 그의 빛나는 칼이 소리를 내면서 훈족 기사들의 투구를 마구 잘라 버렸습니다. 이로써 용감한 기젤헤어 역시 참된 무훈을 세웠던 것입니다. 왕과 부하들이 모두 용감했지만, 그중에서도 기젤헤어가 앞장서서 적들을 향해 돌진했습니다. 그는 그야말로 탁월한 영웅이었습니다. 그는 많은 영웅들에게 상처를 입혀 피 흘리며 쓰러지게 했습니다. 그러나 에첼왕의 부하들 또한 필사적으로 방어했습니다.

손님들이 번쩍이는 칼을 휘둘러대면서 파죽지세로 왕궁의 홀을 관통해 나가자 사방이 아비규환이었습니다. 그때 홀 바깥에 있던 용사들이 홀 안으로 들어가려 했습니다. 그러나 이들은 문이 있는 곳에서 많은 손실을 입었습니다. 그러자 이번에는 안에 있던 자들이 바깥으로 나가고자 했습니다. 하지만 당크바르트는 아무도 홀 계단을 올라가거나 내려오지 못하게 했습니다. 문 앞에서는 격렬한 소란이 일어났으며, 칼로 투구를 내려치는 소리가 요란했습니다. 이 때문에 용감한 당크바르트는 큰 어려움에 빠졌고 그의 형은 아우에 대한 우애로 그를 도왔습니다. 하겐이 큰소리로 폴커에게 외쳤습니다.

"전우여, 저기 내 아우가 훈족 무사들의 빗발치는 칼 세례를 받고 있는 것이 보이시오? 친구여, 그 영웅을 잃기 전에 그를 구원해 주시오!"

"그 일은 내게 맡겨 주시오!"

음유시인이 말했습니다. 그는 제금을 켜면서 궁정 본관을 가로질러 갔습니다. 예리한 칼날이 그의 손에서 쉴 새 없이 소리를 냈습니다. 라인의 용사들은 그 덕분에 안심할 수 있었습니다. 용감한 폴커가 당크바르트에게 말했습니다.

"자네는 오늘 큰 곤경을 겪었군, 자네의 형 하겐이 내게 자네를 도와주라고 요청했네. 자네가 바깥쪽을 맡겠다면 나는 안쪽에 서있겠네."

용감한 당크바르트는 문 바깥쪽에 자리를 잡고 올라오는 자들이 홀 계단에 발을 들여놓는 것을 저지했습니다. 영웅들의 손에 들린 무기 소리가 소란스러웠습니다. 부르군트 왕국의 폴커도 홀 안에서 똑같은 일을 하고 있었습니다. 용감한 제금장이가 무리들 너머로 외쳤습니다.

"홀은 완전히 차단되었소, 친구 하겐이여! 궁성의 문은 이제 확실히 잠겼소, 두 영웅이 휘두르는 칼은 빗장을 천 개 지른 것이나 다름없소."

홀 문이 잘 방어된 것을 보자, 이 유명하고 훌륭한 트론예의 영웅 하겐은 방패를 뒤로 내던져 버렸습니다. 바야흐로 이제 그는 자신이 겪은 치욕을 복수하려는 것이었습니다. 적들 중에는 더 이상 생명을 부지한 사람이 얼마 되지 않았습니다. 강력한 하겐이 그토록 많은 투구들을 박살내는 것을 똑똑히 보고서 베른의 태수요, 아멜룽의 왕은 의자 위로 뛰어올라 이렇게 말했습니다.

"여기서는 하겐이 가장 지독한 술을 대접하고 있군!"

주인인 에첼왕은 큰 근심에 빠졌습니다. 사랑하는 수많은 친구들이 그의 눈앞에서 죽어 갔기 때문입니다. 이제 자신마저 생명이 위태로운 입장에 있었습니다. 그가 왕이라는 사실이 무슨 소용이 있었겠습니까? 막강한 크림힐트가 디트리히에게 외쳤습니다.

"고귀한 기사시여, 아멜룽 출신의 모든 제후들의 됨됨이를 믿고 내당신에게 간청하노니, 내가 여기서 살아 나갈 수 있도록 해주십시오!

내가 만약 하겐의 손아귀에 떨어지는 날에는 틀림없이 죽임을 당할 것이기 때문입니다."

"고귀하신 왕비시여, 어떻게 제가 당신을 도울 수 있겠습니까? 저자신도 위험에 처해 있사옵니다. 군터왕의 부하들이 저렇게 격노해있는 것을 보니, 이 시점에서는 어느 누구도 이 싸움터를 빠져나갈수 없을 것입니다."

"그렇지 않아요. 고귀한 기사 디트리히 제후여, 그대가 얼마나 훌륭하게 행동할 수 있는지를 보여 주세요. 그리하여 내가 여기서 살아나가게 해주세요. 그렇지 않으면 나는 여기서 죽게 될 것입니다."

크림힐트는 위험에 대한 두려움으로 몸서리를 쳤습니다.

"도움이 될 수 있는지 한번 시도해보겠습니다. 물론 저는 저렇게 탁월한 영웅들이 이토록 분노해 있는 것은 오랫동안 본 적이 없었습니다. 그들이 내려치는 곳마다 피가 솟구쳐 나오는 것이 보이십니까?"

이 훌륭한 영웅이 온 힘을 다해 소리를 질렀습니다. 그의 목소리는 사냥꾼의 뿔피리처럼 울렸고 넓은 성 전체가 진동했습니다. 디트리히의 힘은 정말 굉장한 것이었습니다. 격렬하게 싸움을 치르고 있던 군터왕이 이 영웅이 지른 소리에 귀를 기울였습니다. 군터왕이 말했습니다.

"디트리히 제후의 목소리가 들리는군. 내 생각에 우리 영웅들 중 누군가가 그의 부하를 죽인 것 같군. 저 사람이 식탁 위로 올라가서 손을 흔들고 있군. 부르군트의 친구와 친척들이여, 싸움을 멈추시오! 저 영웅에게 우리 편 사람들이 무슨 일을 했는지 들어 봅시다!"

군터왕이 이렇게 명령을 내리자, 치열한 싸움의 와중에 그들은 칼을 내렸습니다. 그들은 모두 권위에 굴복하여 덤벼드는 사람 하나 없었습니다. 군터왕은 베른의 영웅에게 무슨 일인지 물었습니다.

"고귀한 디트리히시여, 내 친구들이 당신에게 무슨 일을 저질렀소? 나의 확고한 결심은 당신에게 끼친 모든 폐해에 대해 보상할 용의가 있다는 것이오. 누가 당신에게 무슨 일을 범했다면 그건 내게 중대한 치욕이오."

그러자 디트리히가 말했습니다.

"저에게는 아무 일도 생기지 않았습니다. 다만 제가 이 홀에서 벌

386

어진 격심한 싸움으로부터 제 부하들을 데리고 무사히 빠져나갈 수 있도록 허락해 주십시오. 그렇게 해주신다면 보답으로 당신에게 봉사할 것을 약속드리겠습니다."

볼프하르트가 말했습니다.

"도대체 당신은 뭘 그렇게 간청하고 있는 겁니까? 제금장이가 문을 열고 밖으로 나갈 수 없을 정도로 그렇게 단단히 문을 막지는 않았을 텐데요."

"입 다무시오! 당신은 꺼지시오!"

디트리히가 말했습니다. 그러자 군터왕이 말했습니다.

"내 그렇게 하도록 허락하겠소. 많든 적든 나의 원수들만 빼놓고 모두 밖으로 내보내도록 하라! 원수들은 여기 남아 있어야 한다! 그들은 여기 이 훈족의 땅에서 내게 너무나 막대한 고통을 안겨 주었으니까."

디트리히는 이 말을 듣고 그 고귀한 왕비를 엄호했습니다. 왕비의 불안은 몹시 컸습니다. 그는 에첼왕도 모시고 나갔습니다. 또한 6백 명의 당당한 용사들이 디트리히와 함께 나갔습니다. 그때 고귀한 뤼디거가 말했습니다.

"당신들에게 호의를 가진 또 다른 사람들에게도 이 홀을 빠져나가도록 허락해 줄 것인지 말씀해 주시오. 좋은 친구들과는 계속 화평을 유지하는 것이 사람의 도리인 것이오."

이 말에 부르군트 왕국의 기젤헤어가 대답했습니다.

"당신과 당신의 신하들이 우리에게 성실히 대접했으니 우리는 당신들에게 화평과 화해를 보장하겠습니다. 당신들은 아무런 위협을 받지 않고 밖으로 나가도 좋습니다."

뤼디거가 홀을 떠나자 5백 명 이상의 베헬라렌 출신의 용사들, 친척들, 신하들이 그 뒤를 따랐는데, 나중에 군터왕은 이들로 인해 커다란 위험을 감수해야만 했습니다.

에첼왕이 디트리히 곁에 서있는 것을 본 훈족의 한 무사가 그것을 이용하려고 했습니다. 그러나 제금장이가 칼로 내려쳐 그의 머리가 에첼왕의 발 앞에 굴러 떨어지게 했습니다. 훈족의 왕이 홀 앞으로 나서면서 다시 한 번 몸을 돌려 폴커를 쳐다보며 말했습니다.

"내가 이 손님들을 초대한 것이 한탄스럽구나! 나의 모든 용사들이 그들의 손에 죽게 되다니 얼마나 통탄스러운 일인가. 이 축제가 저주스럽도다! 저기 홀 안에서 폴커라는 작자는 거친 멧돼지처럼 싸우고 있구나. 그러고도 음유시인이라니. 그 악마로부터 벗어난 내 운명에 감사해야겠군. 그 작자의 노랫소리는 무시무시하게 들리고 지금 활은 피로 물들어 있어 그 소리는 수많은 영웅들을 죽음으로 몰아넣는구나. 그런데 나는 그 음유시인이 도대체 우리에게 무슨 원한을 갖고 있는지를 모르겠구나. 어쨌든 그렇게 지독한 손님이 초대된 적은 없었으니까."

그들은 허락한 사람들만 홀에서 빠져나가도록 했습니다. 홀 안에서는 가공할 만한 아수라장이 벌어졌습니다. 손님들은 얼마 전에 당한 것을 복수했습니다. 용감한 폴커는 수많은 투구를 산산조각 내버렸습니다. 고귀한 군터왕이 이 소란에 귀를 기울였습니다.

"하겐, 그대의 귀에도 폴카가 저 위에서 문으로 다가서는 훈족들을 가지고 제금을 켜는 소리가 들리오? 그의 제금 활에는 붉은 송진이 잔뜩 달라붙어 있소."

"제가 저 영웅보다 더 높은 탁자의 자리를 차지했다는 것이 저를 몹시 괴롭히고 있사옵니다. 저는 언제나 그의 전우였고, 그 또한 저의 전우였습니다. 우리가 다시 고향으로 돌아가게 된다면 계속 신의 있게 지낼 것입니다. 자, 보십시오. 고귀한 왕이시여! 폴커는 전하께 참으로 충성스럽습니다. 그의 투혼 때문에라도 그는 전하의 금은보화를 능히 받을 만하옵니다. 그의 제금 활은 단단한 강철도 베어 버리지요. 그는 번쩍이는 투구 장식들도 박살냈습니다. 저는 어떤 제금장이도 오늘의 영웅 폴커처럼 뛰어나게 전투에 임하는 것을 본 적이 없사옵니다. 그의 노랫소리는 투구와 방패를 뚫고 울립니다. 정말이지 그는 훌륭한 말을 타야 할 것이며, 눈부신 옷을 걸쳐야 마땅할 것이옵니다."

궁정 홀 안에 아무리 많은 훈족 병사들이 있었다 한들 살아남을 수 없었습니다. 그리하여 아우성이 잦아들었습니다. 더 이상 부르군트족과 싸울 병사가 없었기 때문입니다. 그래서 그 용감하고 위풍당당한 전사들은 칼을 손에서 내려놓았습니다.

## Chapter 34

# 던져진 시체들

전투로 피곤해진 군주들은 주저앉았습니다. 폴커와 하겐이 궁정 홀 앞으로 나왔습니다. 두려움 없는 이 용사들은 방패에 몸을 기대고 섰습니다. 두 용사는 현명한 이야기를 나누었습니다. 그때 부르군트의 영웅 기젤헤어가 용사 하겐에게 말했습니다.

"친애하는 친구들이여, 그대들은 아직 쉬어서는 안 될 것이오. 우선 죽은 자들을 홀 밖으로 끌어내야 하오. 우리는 다시 공격받을 것이오. 이 점은 확신할 수 있소. 따라서 죽은 자들을 우리 발치에 오래 놓아두어서는 안 될 것이오. 전투에서 훈족들에게 제압당하기 전에 우리는 얼마간 상처를 입는 한이 있더라도 적들에게 먼저 손해를 입혀야 할 것이오."

그러자 하겐이 말했습니다.

"저런 분을 모시고 있어 얼마나 기쁜지 모르겠군! 젊은 군주께서 오늘 우리에게 해주신 충고는 오직 영웅만이 할 수 있는 것이오. 그대들 부르군트족이여, 그 점에 대해서는 모두가 기뻐해도 좋소!"

그래서 그들은 그 충고를 따라 7천 명이나 되는 죽은 자들을 문 앞으로 들고 와서는 밖으로 내던졌습니다. 시체들이 홀의 계단 앞에서 땅바닥에 나뒹굴자 죽은 자들의 친척들은 울부짖으면서 애도하기 시작했습니다. 그들 중 상당수는 단지 가벼운 상처를 입었을 뿐이었기에 주의 깊게 간호만 해주었더라면 살 수 있었을 것입니다. 그런데 높은 곳에서 내던져졌기에 생명을 잃었던 것입니다. 친척들은 그것을 통탄했습니다. 그들이 통탄한 것은 지극히 당연한 일이었습니다. 그때 당당한 영웅인 제금장이가 말했습니다.

"나는 이제야 사람들이 훈족은 비겁하고 여편네처럼 통곡만 한다고 말한 그 진실을 알겠도다. 그들은 오히려 중상자들을 돌보아 주어야 하는데 말이야!"

그 말을 들은 한 변경백은 제금장이가 정말 동정하는 마음에서 한 말이라 여겼습니다. 그는 친척 중 한 사람이 피투성이가 되어 누워 있는 것을 보고서 그를 안아 데려가려 했습니다. 그가 그 중상자 위로 허리를 굽혔을 때, 음유시인은 창을 던져 그를 죽여 버렸습니다. 사람들은 이를 보고 도망쳤습니다. 모두가 음유시인을 저주했습니다. 그는 한 명의 훈족이 아래에서 그를 향해 던진 견고하고 예리한 창 하나를 집어 들었습니다. 그는 그 창을 엄청난 힘으로 궁성의 뜰을 가로질러 적진의 병사들 쪽으로 냅다 던졌습니다. 에첼왕의 종사들에게 궁정 홀로부터 좀 더 멀리 떨어진 곳에 그들의 자리를 정해 준 셈이었습니다. 사방에서 사람들은 그의 막강한 패기를 두려워했습니다. 그때 성 앞에는 천 명이나 되는 무사들이 서있었습니다. 그래서 폴커와 하겐은 에첼왕에게 그들이 생각하고 있는 바를 전부 말했습니다. 그로 인해 용감하고 뛰어난 용사들은 더욱 궁지에 빠졌습니다. 하겐이 말했습니다.

"한 민족을 수호하는 주인으로서 당신은 여기서 나의 주군들처럼 마땅히 제일선에서 싸워야 할 것입니다. 그분들은 어찌나 세차게 칼을 휘둘러 투구들을 내려치는지 피바다가 될 지경입니다."

용감한 에첼왕은 자신의 방패를 잡았습니다. 그러자 크림힐트 왕비가 말했습니다.

"제발 조심하세요! 용사들의 방패에 차라리 금을 잔뜩 채워 주시는 것이 나을 거예요. 하겐이 당신에게 접근해 오는 순간, 당신은 목숨을 잃고 말 거예요."

그러나 에첼왕은 싸움을 그만두려 하지 않았습니다. 오늘날 어떤 막강한 제후라도 더 이상 그렇게 행동하지는 않을 것입니다. 사람들은 방패 끈을 잡고 그를 도로 잡아끌어야 했습니다. 그때 분노한 영웅 하겐이 또다시 그에게 모욕을 주기 시작했습니다.

"에첼왕, 당신과 지크프리트왕 사이라고 해보았자 꽤 먼 친척 관계가 아니겠습니까? 지크프리트왕은 크림힐트 왕비가 일찍이 당신을 알기도 전에 그녀의 남편이었던 자입니다. 신의 없는 왕이여, 그런데 어찌하여 당신이 나에게 이런 악의를 지닐 수 있습니까?"

고귀한 왕의 아내가 이 말을 들었습니다. 크림힐트는 하겐이 에첼왕의 종사들 앞에서 감히 자신을 모욕하고 있음에 분노했습니다. 그녀는 그들을 제거하려는 새로운 계획을 꾸미기 시작했습니다. 그녀는 말했습니다.

"하겐의 목을 쳐서 그의 머리를 나에게 가져오는 자에게는 황금이 달린 에첼왕의 방패를 줄 것이며, 덧붙여 상금으로 많은 훌륭한 성과 영지를 주겠노라."

그러자 음유시인이 중얼거렸습니다.

"저들이 또 무엇을 기다리고 있는지 도무지 모르겠군. 그토록 엄청난 보수를 약속하는 것을 듣고서도 저렇게 궁색하게 꾸물거리고 서있는 용사들을 예전에 본 적이 없어. 에첼왕은 그들에 대한 총애를 영원히 거두어 버려야 할 것이야. 저렇게 치욕적인 방법으로 군주의 빵을 얻어먹으면서 이렇게 위급한 때에 군주를 위험 속에 내버려 두다니! 비굴하게 어슬렁거리고 있는 자들이 많기도 하구나. 그들이 비록 용감해진다 하더라도 이런 치욕은 언제나 그들을 따라다닐 것이야."

## Chapter 35

# 처절한 죽음

그때 덴마크의 변경백 이링이 하겐에게 소리쳤습니다.

"나는 언제나 명예를 매우 중히 여겨왔고 거대한 전투에서 영광스럽게 임무를 수행해왔네. 자, 이제 내 무기를 가져오너라! 나는 하겐과 싸울 것이다."

"그러지 말기를 충고하네! 여하튼 훈족의 용사들은 뒤로 멀리 물러나 있도록 하라. 그대들 중 둘이나 셋이서 궁정 홀을 향해 돌진해 오면, 내가 죽여 계단 아래로 내던져 버릴 것이다."

"그것 때문에 그만둘 이유는 없다. 나는 이전에도 이와 똑같은 위험한 상황에서 나를 시험해 보았다. 나는 혼자서 칼만으로 그대와 싸울 것이다. 그대가 그렇게 자신만만하고 무례한 말을 한다고 무슨 소용이 있겠는가?"

용사 이링, 튀링겐 출신의 용감하고 젊은 용사 이른프리트, 힘센 하바르트 그리고 그 밖에 대략 천 명이나 되는 장병들이 즉시 무장을 했습니다. 그들 모두는 이링이 어떤 계획을 갖고 있든 곁에서 도와주려고 했습니다.

제금장이는 무장을 하고 이링과 함께 다가오고 있는 한 거대한 무리를 보았습니다. 그들은 머리에 견고한 투구를 쓰고 있었습니다. 용감한 폴커는 매우 분노했습니다.

"친구 하겐이여, 저기 혼자서 칼을 들고 자네와 싸우고 싶다고 공언했던 이링이 다가오는 것이 보이는가? 거짓말을 하는 것은 영웅에게는 어울리는 짓이 아니지 않나? 나는 정말 그런 행동을 비난하지 않을 수 없다네. 무장한 천 명 내지 그 이상의 용사들이 그와 함께 오고 있는 것 같네."

하바르트의 종사가 말했습니다.

"내가 지금 거짓말을 하고 있다고 비난하지는 마시오! 내가 말했던 것을 행하는 것이 나의 강렬한 바람이오. 두렵다고 해서 그만두지는 않을 것이오. 하겐이 아무리 무섭다 할망정 혼자 그와 맞서 싸울 것이오!"

이링은 친척들과 시종들에게 홀로 하겐과 싸우게 해달라고 간곡히 당부했습니다. 그들은 그렇게 하도록 하기는 했지만 썩 마음이 내키지는 않았습니다. 그들은 자신감 넘치는 부르군트 출신의 하겐을 너무나 잘 알고 있었기 때문입니다. 그럼에도 불구하고 그가 오랫동안

간청했으므로 마침내 그 일은 성사되었습니다. 스스로 명예를 획득
하겠다는 그의 바람을 종사들이 인정했기에 그가 혼자 가도록 했습
니다. 그리하여 두 사람 사이에 격렬한 싸움이 벌어지게 되었던 것입
니다.

덴마크 출신의 이링은 창을 공중으로 높이 치켜들었습니다. 그 훌
륭하고 탁월한 용사는 방패로 자신을 엄호한 채 하겐을 향해 궁정 홀
바로 앞까지 뛰어올라 갔습니다. 두 사람의 싸움으로 인해서 크고 요
란한 소리가 났습니다. 그들은 엄청난 힘으로 갑옷을 향해서 창을 던
졌습니다. 창은 높이 공중으로 올랐습니다. 용감하고 무서운 두 전사
는 칼을 뽑아 들었습니다. 용감한 하겐의 투지는 매우 강했습니다. 그
러자 이링이 성 전체를 울릴 만한 무게로 하겐을 내려쳤습니다. 궁성
의 본관과 탑이 그들의 검 소리로 메아리쳤습니다. 그럼에도 불구하
고 그 영웅은 목적을 달성할 수 없었습니다. 이링은 하겐에게 상처를
입히지 못한 채 그대로 내버려 두고서 이번에는 제금장이에게 달려
들었습니다. 그는 강력하게 검을 휘둘러 그를 제압할 수 있을 것이라
고 믿었습니다. 그러나 그의 믿음과는 달리 당당한 영웅 폴커는 막아
냈습니다. 그때 그 제금장이는 너무나 세게 칼을 휘둘렀으므로 그 칼
의 무게에 의해 방패의 죔쇠들이 방패 위로 선회하면서 튕겨 나왔습
니다. 그러자 이링은 그를 그대로 내버려두었습니다. 그는 위험한 인
물이었기 때문입니다. 그는 이제 부르군트 출신의 영웅 군터왕을 공
격했습니다.

그들은 막상막하였습니다. 군터왕과 이링이 아무리 심하게 서로를

향해 칼을 휘둘러도 아무런 상처를 입힐 수가 없었습니다. 그런 상태를 막아 준 것은 그들의 단단하고 강력한 투구였습니다.

그는 군터왕을 내버려둔 채 다시 게르노트를 공격했습니다. 게르노트가 이링에게 칼을 휘두르자 그의 갑옷에서 불꽃이 튀었습니다. 하마터면 부르군트 출신의 강력한 게르노트는 용감한 이링을 죽일 뻔했습니다. 그러나 이링은 빠른 도약으로 군주로부터 떨어져 나왔습니다. 그는 정말이지 싸움에 민첩했습니다. 이링은 순식간에 라인 강변의 보름스에서 온 네 명의 고귀한 부르군트 출신 용사를 제압했습니다. 사람들은 기젤헤어가 그처럼 노한 것을 본 적이 없었습니다. 젊은 기젤 헤어가 말했습니다.

"이링, 정말이지 그대는 여기서 그대한테 맞고 쓰러진 사람들에게 보상해야만 할 거요."

그러면서 그는 이링을 공격했습니다. 기젤헤어는 그 덴마크인이 정신을 잃고 쓰러질 정도로 강력한 타격을 가했습니다. 이링은 기젤헤어의 발 앞에서 피를 쏟고 쓰러졌습니다. 그리하여 모두들 이링이 다시는 싸움에서 칼을 휘두를 수 없게 되었다고 생각했습니다. 그런데 이링은 실제로 상처를 입지 않은 채 바닥에 쓰러져 있었던 것입니다. 힘센 기젤헤어가 강력하게 내려쳤기 때문에 투구의 울림과 칼소리로 인해 상당히 커다란 충격을 받았으므로 용감한 영웅은 의식을 잃어버렸던 것입니다. 이링은 강한 일격으로 인한 실신 상태에서 깨어나자 생각했습니다.

'나는 아직 살아 있으며 아무 데도 다치지 않았구나. 이제야 기젤헤

어가 얼마나 강한지 알겠도다.'

그때 그는 양쪽에 적들이 서있는 것을 알았습니다. 이링이 다치지 않았다는 것을 그들이 알아차렸다면, 그들은 분명히 그에게 최후의 일격을 가했을 것입니다. 그는 또한 기젤헤어가 아주 가까이 서있다는 것을 소리를 듣고 알아챘습니다. 그는 어떻게 적들로부터 달아날 수 있을까 하고 궁리했습니다.

그는 미친 사람처럼 피가 흥건한 바닥에서 벌떡 일어났습니다. 그는 자신이 그토록 날렵한 데 대해서 기뻐하며 홀 밖으로 질주해 나왔습니다. 거기서 그는 다시 하겐과 맞닥뜨리게 되었고 힘센 손으로 잔인하게 칼을 휘둘렀습니다. 그때 하겐은 생각했습니다.

'너는 죽음이 낳은 자로군, 악마가 지켜 주지 않는 한 너는 살아 있을 수가 없을 텐데!'

그때 이링은 칼로 하겐을 내려쳐 그의 투구를 뚫고 상처를 입혔습니다. 그는 명검 바스케로 일격을 가했던 것입니다.

용사 하겐이 부상당한 것을 알았을 때, 그의 손에 쥐어진 칼은 부르르 떨면서 경련을 일으켰습니다. 하바르트의 종사 이링은 그 앞에서 도망쳤습니다. 하겐은 그를 추격하여 층계 아래까지 뒤쫓아 갔습니다. 용감한 이링은 자신의 머리 위를 얼른 방패로 막았습니다. 그의 투구 위에는 붉은 불꽃이 비처럼 쏟아져 내렸습니다. 층계가 세 계단만 더 있었더라도 하겐은 그에게 일격을 가하지 못했을 것입니다.

이링은 건재한 모습으로 부하들에게 돌아왔습니다. 싸움에서 이링이 하겐에게 어떤 피해를 입혔는지 크림힐트에게 보고되었습니다.

왕비는 그에게 지나칠 정도로 감사의 뜻을 표했습니다.

"유명하고도 뛰어난 영웅이여, 이제 신의 은총이 그대와 함께하길! 그대는 내 마음과 의식 속에 다시금 신뢰를 심어 주었소. 나는 지금 하겐의 갑옷이 피로 붉게 물든 것을 보고 있소."

크림힐트는 기쁜 나머지 몸소 그의 손에서 방패를 받아들었습니다. 그러자 하겐이 소리쳤습니다.

"그에게 너무 고마워하지 마시오! 한 번 더 시험해 보는 것이 합당할 것이오. 만약 그때도 그가 다시 돌아간다면 그는 비로소 용감한 사나이가 될 것이오. 그가 내게 상처를 입혔다고 당신네들에게 이로울 것은 전혀 없소. 내 갑옷이 상처로 붉게 물든 것을 그대들이 보았기 때문에 많은 사람들을 죽음으로 몰아넣고 싶은 나의 욕망이 자극을 받았을 뿐이오. 이제서야 하바르트의 종사들에게 분노가 느껴지는군. 이링이 나에게 입힌 상처는 하찮은 것에 불과하오."

그때 덴마크의 이링은 시원한 바람을 맞으며 서있었습니다. 투구는 벗고 갑옷은 입은 채로 몸을 식히고 있었습니다. 모두 그의 투지가 대단하다고 말했으므로 그 변경백의 마음은 자만심으로 충만해졌습니다. 이링은 말했습니다.

"친구들이여, 내 말을 들으라! 나를 즉시 무장시켜 다오. 나는 다시 한 번 자신감에 넘치는 저 사나이를 이길 수 있는지 없는지 시험해 보겠다."

그의 방패는 박살났기에 전보다 더 견고한 것으로 훌륭하게 무장했습니다. 그는 하겐에 대한 증오심에 북받쳐 견고한 창 한 자루를 움켜쥐고는 하겐을 공격했습니다. 살의에 불타는 하겐은 적개심을 품고 그를 기다리다가 더는 참지 못하고 한걸음에 층계를 뛰어내려가 창을 던지고 칼을 휘두르며 이링에게 돌진했습니다. 그의 분노는 너무나 컸습니다.

하겐의 그토록 강한 힘이 이링에게 유리할 리는 없었습니다. 그들은 칼을 휘둘러 방패를 뚫었으나 화염처럼 붉은 불꽃이 타오르다가 흩어질 뿐이었습니다. 하바르트의 종사 이링은 방패와 흉갑을 관통당해 심각한 중상을 입었기에 다시는 원기를 회복할 수 없었습니다. 영웅 이링은 부상당한 것을 깨닫고는 방패를 투구 끈 위로 높이 치켜들었습니다. 대단한 중상이었지만 군터왕의 종사는 그에게 재차 심한 상처를 입혔습니다. 하겐은 자신의 발 앞에 창 하나가 놓여 있는 것을 보고 그것을 덴마크 출신의 영웅인 이링을 향해 던졌고, 그 창은 그의 머리를 뚫고 나왔습니다. 그리하여 용사 하겐은 이링에게 처절한 최후를 맞게 해 주었습니다.

이링은 덴마크인들에게 도망치지 않을 수 없었습니다. 사람들은 그 영웅의 투구를 벗기기 전에 창을 뽑았습니다. 그때 이미 그에게 죽음이 다가오고 있었습니다. 그의 친척들은 슬픔을 참지 못하고 눈물을 흘렸습니다.

왕비가 그에게 다가섰습니다. 그녀는 비탄에 잠겨 울었습니다. 용감하고 당당한 영웅이 친척들 앞에서 말했습니다.

"고결한 왕비시여, 슬픔을 거두십시오. 우신다고 무슨 도움이 되겠습니까? 저는 곧 생명을 잃을 것입니다. 이 죽음이 더 이상 저를 당신과 에첼왕께 봉사하도록 놔두지 않는군요."

그는 튀링겐 사람들과 덴마크 사람들에게 말했습니다.

"당신들은 아무도 왕비의 선물인 번쩍이는 황금을 얻지 못할 것이오. 당신들이 하겐에 대항해서 싸운다면 그건 죽음을 선택한 것이나 다름없을 것이오."

그의 얼굴빛은 창백해졌습니다. 용감한 이링은 죽음의 징후를 보였습니다. 그것은 모든 사람들에게 깊은 아픔이었습니다. 하바르트의 종사는 더 이상 생명을 부지할 수가 없었습니다. 그래서 덴마크인들은 그 전투에 참여하지 않을 수 없었습니다. 이른프리트와 하바르트는 대략 천 명의 영웅들과 함께 궁성의 본관 앞으로 돌진했습니다. 사람들은 도처에서 굉장히 크고 어마어마한 격투의 아우성을 들었습니다. 사람들은 부르군트인들을 향해 예리한 창을 무수히 던졌습니다. 용감한 이른프리트는 음유시인을 공격했습니다. 그러나 고귀한 제금장이는 매우 분노해서 그 방백(方伯)의 단단한 투구를 세차게 내려쳤습니다. 용사 이른프리트가 용감한 제금장이에게 강력하게 칼을 휘둘러 폴커의 갑옷 쬠쇠들은 파열되었고, 흉갑은 온통 붉은 불꽃에 싸였습니다. 그러나 그보다 먼저 방백이 제금장이 앞에 쓰러졌습니다.

이제는 하바르트와 하겐이 격돌했습니다. 누구든 그 광경을 보았더라면 놀라운 행동들을 목격했을 것입니다. 영웅들은 치열하게 검을 휘두르면서 공격을 퍼부었습니다. 그러나 하바르트는 결국 부르군트의 영웅에게 죽임을 당했습니다. 덴마크와 튀링겐 사람들은 주인의 죽음을 보자 궁정 홀 앞에서 소름 끼치는 학살을 자행했고, 이

**401**

는 문에 이를 때까지 지속되었습니다. 그리하여 수많은 투구들과 방패들이 박살나버렸습니다. 그때 폴커가 말했습니다.

"물러서라! 그들을 들어오게 하라! 그렇지만 그들은 기대했던 바를 달성할 수 없을 것이다. 그들은 이 안에서 얼마 안가 죽음을 당하게 될 것이고, 왕비가 그들에게 약속한 것의 대가를 목숨으로써 지불해야 하리라."

천 명하고도 4명의 영웅들이 홀 안으로 들이닥쳤습니다. 담대한 용사들이 넓은 홀 안으로 들어왔을 때, 그들의 상당수는 날렵한 칼질에 목이 잘려 나감으로써 목숨을 잃었습니다. 용감한 게르노트와 마찬가지로 기젤헤어 역시 출중하게 싸웠습니다. 칼에서 불꽃이 번뜩였고 검을 휘두르는 소리가 들렸습니다. 결국에는 모든 용사들이 홀 안에서 죽었습니다. 이제 부르군트 용사들의 놀라운 무용담을 전해드릴 수 있게 되었습니다.

그러고 나서 홀 안은 조용해졌고 아우성이 가라앉았습니다. 여기저기서 죽은 자들의 피가 배수구와 하수구를 타고 흘러내렸습니다. 그것은 라인강변에서 온 용사들이 커다란 용기를 가지고 이룩해 낸 일이었습니다.

부르군트의 영웅들은 무기와 방패를 손에서 내려놓고 쉬기 위해서 주저앉았습니다. 그러나 용감한 음유시인은 여전히 문 앞에 서있었습니다. 그는 누구든 다가오기만 하면 싸우기 위해서 경계하고 있었던 것입니다.

에첼왕은 격렬하게 한탄하고 있었고 왕비도 마찬가지였습니다. 처녀들과 부인들은 심하게 자책했습니다. 내 생각으로는 죽음의 신이 그들을 저주했던 것 같습니다. 그렇기 때문에 수많은 용사가 손님들이 휘두른 칼을 맞고 죽어야 했습니다.

## Chapter 36

# 숙명의 대결

영웅 하겐이 말했습니다.

"자, 이제 투구의 끈을 푸시오. 나와 나의 전우가 보초를 서겠소. 만일 에첼왕의 종사들이 다시 한 번 우리를 공격하려고 시도할 경우 재빨리 알려 드리겠소."

수많은 용맹한 기사들은 투구를 벗었습니다. 그들은 자신들이 칼을 휘둘러 피투성이로 만든 주검들 위에 앉았습니다. 고귀한 손님들은 그 정도로 푸대접 당했던 셈입니다.

에첼왕과 왕비는 저녁이 되기 전에 훈족의 용사들이 새로 공격을 시도할 수 있도록 준비했습니다. 그들 앞에는 대략 2만 명이 모여있었습니다. 드디어 손님들에 대항하는 무시무시한 싸움이 시작되었습니다. 하겐의 아우 용감한 영웅 당크바르트는 주군들로부터 떨어져 나와 적들을 향해 문 앞까지 달려갔습니다. 사람들은 그를 죽은 자로 간주했으나 그는 어디 한 곳 다치지 않고 싸움에서 돌아왔던 것입니다.

그 무시무시한 전투는 밤이 되어 중지될 때까지 무자비하게 지속되었습니다. 손님들은 길고 뜨거운 여름날 온종일 에첼왕의 종사들과 맞서서 훌륭한 영웅으로서는 조금도 손색없는 방어 태세를 취했습니다. 무수히 많은 용감한 영웅들이 죽은 채 그들 앞에 누워있었습니다.

끔찍한 살인은 유월에 벌어졌는데, 이로써 크림힐트 왕비는 그녀가 받은 쓰라린 고통에 대해 가장 가까운 친척들과 다른 사람들에게 복수를 했던 것입니다. 그후 에첼왕은 결코 다시는 행복해지지 못했습니다. 끔찍했던 날은 지나갔으나 그들은 또 위험이 닥칠 것이 두려웠습니다. 그들은 끝없이 불행을 맞으리라는 불안에서 괴로워하는 것보다. 일찍 죽는 편이 낫겠다고 생각했습니다. 그래서 자랑스럽고 용감한 기사들은 화평을 청했습니다.

그들은 왕을 모셔오도록 간청했습니다. 피로 붉게 물든 검은 갑옷을 입은 세 분의 지체 높은 왕이 홀 밖으로 나왔습니다. 그들은 쓰라린 곤경을 누구에게 호소해야 할지 몰랐습니다.

에첼왕과 크림힐트는 함께 왔습니다. 그곳은 그녀 소유의 땅이었기 때문에 그녀의 군대는 계속 불어났습니다. 에첼왕은 손님들에게 말했습니다.

"자, 말씀해 보시오, 나에게서 무엇을 원하시는지 당신들은 화평을 유지하기를 원하시겠지만 그건 거론될 수 없소이다. 내가 살아 있는 한 당신들을 용서할 수 없소. 당신들은 내 아들과 수많은 친척을 죽였소. 당신들은 이제부터 어떠한 화평과 속죄도 바라지 마시오."

그 말에 군터왕이 대답했습니다.

"우리로서는 그렇게 할 수밖에 없었소, 나의 모든 병참병들이 숙소에서 당신네 용사들에 의해 살해되어 쓰러져 있었소. 무슨 짓을 했기에 우리가 그런 일을 당해야 한단 말이오? 나는 깊은 신뢰를 가지고 이리로 왔고, 당신이 나에게 호의를 가졌다고 믿었었소."

이어서 부르군트의 젊은 기젤헤어가 말했습니다.

"아직도 살아 있는 에첼왕의 용사들이여, 그대들은 기사인 나에게 무엇을 질책하고 있는 거요? 내가 그대들에게 무슨 짓을 했소? 나는 친구로서 이 땅으로 말을 달려 온 것뿐인데 말이오."

에첼왕이 말했습니다.

"당신의 그 호의로 인해 이 궁성과 나라 전체가 고통으로 가득 차 있소. 우리가 뒤늦게 바라는 것은 당신들이 보름스로부터 라인강을 건너오지 말았어야 했다는 것이오. 당신과 당신의 형제들, 바로 그대들이 이 땅에서 백성들을 전멸시키고 있소."

영웅 군터왕이 격노해서 말했습니다.

"당신들이 우리 이방의 용사들과 화해하고 불구대천의 적대 관계에 종지부를 찍고자 한다면, 양쪽에 모두 좋을 것이오. 에첼왕은 우리에게 폭력 따위를 행사할 하등의 이유가 없소."

이 나라의 주인이 손님들에게 말했습니다.

"내가 당한 것과 당신들이 당한 것은 비교될 수가 없소. 내가 견뎌야 만하는 싸움으로 인한 곤욕, 손실, 모욕 바로 그것들 때문에 당신들은 아무도 살아남을 수가 없소."

힘센 게르노트가 에첼왕에게 말했습니다.

"그렇다면 최소한 친절하게 행동하는 것이 신의 계율이 아니겠소? 우리 이방의 용사들이 들판으로 나가 당신들 앞에 설 테니 우리를 죽이시오. 그렇게 하는 것이 당신들에게 영예로울 것이오. 어차피 당할 일이라면 빨리 당하는 게 낫겠소, 당신들에게는 부상당하지 않은 전사들이 많으니, 우리를 공격한다면 싸움으로 지친 우리 전사들은 분명히 살아남지 못할 것이오. 도대체 우리 용사들이 얼마나 오래 이 고통 속에서 싸워야 한단 말이오?"

하마터면 에첼왕의 용사들은 그들을 궁성의 본관에서 나오게 할 뻔 했습니다. 크림힐트는 그 이야기를 듣고서 매우 화를 냈습니다. 즉각 이방의 용사들과의 화평은 거부되었습니다.

"안 되오, 훈족의 용사들이여! 내 충심으로 그대들에게 말하노니, 잔인한 복수자를 홀 밖으로 나오도록 허락해서는 절대로 안 되오. 그렇게 한다면 틀림없이 그대들의 친척들을 모두 죽일 것이오. 내 고귀한 오라버니들만 살아남게 된다 해도, 그들이 바람 부는 곳으로 나와 갑옷이 다시 차가워지게 되면 그때는 우리 모두가 파멸하고 말 것이오. 이 세상에서 그들보다 더 용감한 영웅들은 결코 태어나지 않았으니 말이오."

그때 젊은 기젤헤어가 말했습니다.

"내 아름다운 누이동생이여, 그대가 나를 라인에서 이리로 불러 곤경 속으로 끌어들이고 이 일에 관련시킨 것은 부당한 처사였소. 내가 여기서 훈족에게 죽음을 당할 무슨 잘못을 저질렀단 말이오? 나는 언제나 그대에게 성실했고 한 번도 고통을 준 적이 없었거늘 …… . 고귀한 누이동생이여, 나는 그대가 나에게 호의를 지니고 있다는 것을 믿고 여기 이 궁전으로 말을 달려 온 거요. 제발 그대는 우리에게 은혜를 베풀 수 있다는 것을 잊지 마시오. 달리는 어떻게 해서도 안 되오."

"나는 오라버니들에게 은혜를 베풀고 싶지 않아요. 오라버니들은 나에게 아무런 은혜를 베풀지 않았어요. 하겐은 내가 살아 있는 한 화해할 수 없는 쓰라린 고통을 안겨 주었어요. 당신들 모두는 그 대가를 치러야 해요!"

에첼왕의 부인이 계속해서 게르노트에게 말했습니다.

"오라버니들이 나에게 하겐을 인질로 내줄 의사가 있다면 오라버니들의 목숨은 살려드리겠어요. 결국 나의 오라버니들이고 우리는 한 어머니의 자식들이니까요. 하겐을 볼모로 준다면, 지금 여기 나와 같이 있는 용사들과 화해에 관해 상의하겠어요."

게르노트가 말했습니다.

"하늘에 계신 신이여, 그렇게 되지는 않게 하소서! 비록 여기에 피를 나눈 그대의 친척이 천 명이나 있다 한들 그대에게 인질로 단 한 사람을 건네주느니 차라리 우리 모두가 죽음을 택하겠소. 절대로 그대가 이야기한 것처럼은 되지 않을 것이오."

기젤헤어가 말했습니다.

"이젠 죽을 수밖에 없구나. 아무도 우리에게서 기사도라는 무기를 빼앗지는 못할 것이오. 우리와 싸우고 싶은 자는 여기서 우리를 맞이 해야 할 것이오. 나는 한 번도 친구에게 신의를 저버린 적이 없기 때문이오."

그때 용감한 당크바르트가 말했습니다. 그가 침묵을 지켰더라면 어울리지 않았을 것입니다.

"나의 형 하겐은 여기 홀로 서있는 것이 아니오. 여기서 우리에게 화해를 지껄이는 자는 큰 해를 입을 것이오. 우리는 그것을 보여줄 것이오. 이 점을 분명히 해두겠소."

그때 왕비가 말했습니다.

"자랑스런 용사들이여, 이제 층계에 보다 더 가까이 접근해서 저들이 나에게 저지른 일을 복수하시오. 나는 마땅히 그것에 대해 감사할 것이오. 또 하겐에게는 틀림없이 대가를 치르도록 해줄 것이오. 사방을 살펴서 한 명도 홀 밖으로 나가지 못하도록 하시오. 그리고 궁정홀의 네 모퉁이에 불을 지르시오. 그들은 내게 했던 모든 것에 대해 보복 받게 될 것이오."

에첼왕의 용사들은 즉시 그 일에 착수할 준비를 마쳤습니다. 그들은 홀 밖에 서있었던 자들을 홀 안으로 몰아넣었습니다. 그로 인해 아우성이 일어났으나, 군주들와 종사들은 서로 떨어지려 하지 않았습니다.

그들은 상호간의 신의를 저버리지 않았던 것입니다.

드디어 에첼왕의 부하들이 홀에 불을 질렀습니다. 홀은 바람 때문에 급속히 화염에 휩싸였습니다. 군터왕의 용사들은 화재로 고통을 당했습니다. 어떤 전투 부대도 이보다 더한 곤경에는 빠질 수 없었을 것입니다. 많은 사람이 절규했습니다.

"아, 슬프다! 이 고통보다는 전투에서 죽는 것이 차라리 낫겠도다. 주여, 저희를 불쌍히 여기소서. 우리는 다 죽었구나. 왕비가 우리에게 맹렬한 복수를 하는구나!"

그들 중 한 용사가 안에서 말했습니다.

"우리 모두는 이렇게 죽어야만 하는구나! 왕이 우리에게 했던 환영 인사가 지금 무슨 도움이 된단 말인가? 저 강렬한 불꽃 때문에 목말라 괴롭구나. 곧 목숨을 잃겠지."

그때 트론예의 하겐이 말했습니다.

"그대들 고귀하고 훌륭한 기사들이여, 목말라 괴로운 자는 여기에 있는 피를 마시도록 하시오. 이러한 열기 속에서는 이것이 포도주보다 나을 것이오. 유감스럽지만, 이 같은 상황에서 이보다 나은 것은 없소."

용사 중 한 명이 죽은 자에게로 다가갔습니다. 그는 죽은 자의 상처 곁에 무릎을 꿇고는 투구를 벗었습니다. 그리고 흘러나오는 피를 마시기 시작했습니다. 그에게는 최선의 방법이었습니다. 그 지친 용사는 말했습니다.

"하겐이여, 이렇게 귀중한 것을 마실 수 있다니, 나는 아직까지 이보다 나은 포도주를 맛본 일이 없소. 잠시 후 내가 죽더라도 그대에게 감사할 것이오."

그 말을 듣자 피를 마시는 사람들이 늘어났습니다. 많은 사람들이 다시 새로운 힘을 얻었습니다. 홀의 사방에서 불꽃이 떨어지자 그들은 방패로 불꽃을 막아 바닥으로 떨어뜨렸습니다. 해로운 연기와 뜨거운 열기가 엄청난 고통을 안겨주었습니다. 이보다 비참한 상태에 처할 수는 없었을 것입니다. 하겐이 말했습니다.

"홀의 벽에 바짝 붙어 서시오. 불타는 나무 파편들을 피하고 발을 피 속에 깊이 담그시오. 이것이 왕비가 우리에게 제공하는 형편없는 축제라오."

고통 속에서 결국 밤은 지나갔습니다. 용감한 음유시인과 그의 전우 하겐은 여전히 방패에 기댄 채 홀 앞에 서있었습니다. 그들은 에첼왕의 영웅들에 의해 새로운 피해가 다가오지나 않을까 끊임없이 감시하고 있었던 것입니다. 제금장이가 말했습니다.

"이제 본관으로 들어갑시다. 그러면 훈족은 우리가 고통에 굴복했다고 믿을 것입니다. 하지만 그들은 우리가 대항해서 싸우는 것을 보게 될 것입니다."

부르군트 왕국의 기젤헤어가 말했습니다.

"날이 새기 시작하는 것 같군, 시원한 바람이 불고 하느님께서 우리에게 보다 좋은 시간을 허락해 주시기를! 나의 여동생 크림힐트가 고약한 축제를 마련했으니 하는 말이오."

한 용사가 말했습니다.

"날이 새고 있소, 오늘 역시 상황이 나아질 것 같지 않으니 모두 무장을 합시다. 스스로 몸조심들 하시오! 곧 에첼왕의 부인이 다시 올 것 같소."

에첼왕은 손님들이 과로와 고통으로 인해 죽었을 것이라고 생각했습니다. 그러나 여전히 홀 안에는 6백 명의 전사들이 살아있었습니다. 그들은 한 왕이 거느렸던 그 어떤 영웅들보다 용감무쌍했던 것입니다. 그 이방인 용사들을 지켜보았던 보초들은, 그렇게 어마어마한 고통이 닥쳤음에도 손님들이 살아 있자 크림힐트에게 보고했습니다. 그러나 왕비는 그들이 불의 고통에서 살아남는다는 것은 불가능하다고 여겼습니다.

"확신하건대 그들은 지금쯤 모두 죽었을 것이다."

만약 누군가가 그들에게 관용을 베풀고자 했더라면, 군주들과 그 시종들은 여전히 살고자 하는 희망을 지녔을 것입니다. 하지만 훈족 중에는 그런 사람을 더 이상 발견할 수가 없었습니다. 훈족은 투지에 불타 용사들의 죽음을 복수했던 것입니다. 이날 훈족의 용사들은 아침부터 그들을 상대로 치열한 전투를 벌였습니다. 그로 인해 이방인 용사들은 어려움에 처했습니다. 많은 단단한 창들이 홀 안으로 던져졌습니다. 용감한 정예 용사들은 기사답게 저항했습니다. 에첼왕의 종사들은 크림힐트의 상금을 받고 싶은 마음에 고무되어 왕의 명령을 수행했습니다. 그래서 많은 용사들이 목숨을 잃었습니다. 에첼왕의 명령과 크림힐트의 포상에 관해서는 놀라운 이야깃거리들이 있습니다. 그녀는 방패로 황금을 날라 오게 한 다음 그것을 갖고 싶어 하는 모든 전사에게 나누어 주었습니다. 정말이지 그 누구도 적을 무찌르기 위해 그보다 막대한 황금을 내놓은 적은 없었습니다. 거대한 전사들이 무장을 하고 다가왔습니다. 용감한 폴커가 말했습니다.

"우리는 아직도 여기에 서있기만 하다니. 나는 황금을 받고 우리와 맞서 싸우려고 이렇게 다가오고 있는 저 용사들보다 더 격렬한 전투욕을 가진 전사들을 보지 못했네."

그때 그들 중 다수가 외쳤습니다.

"자, 전사들이여! 어서 우리의 임무를 수행합시다. 여기서는 오직 죽을 운명에 처한 용사들만이 전사할 것이오."

그들의 방패에는 이미 창들이 헤아릴 수 없을 정도로 꽂혔습니다. 여러분에게 무엇을 더 이야기할 수 있을까요? 대략 천2백여 명의 전사들이 싸움의 소용돌이에서 우열을 다투었고, 손님들은 상처의 피로써 분노를 삼켰습니다. 이제 그 싸움을 화해시킬 수 있는 사람은 없었습니다. 치명상을 입은 사람들에게서는 피가 흐르고 수많은 용사들이 죽었습니다. 많은 이가 친구들을 애도했고, 강력하고 뛰어난 에첼왕은 유능한 전사들을 잃었습니다. 사랑하는 친척들은 용사들을 잃고 몹시 슬퍼했습니다.

## Chapter 37

# 뤼디거의 죽음

새벽녘에 이방인들은 용맹성을 입증했습니다. 고테린트의 남편 뤼디거가 궁정으로 왔습니다. 충성스런 뤼디거는 두 나라의 비통한 슬픔을 보고 진심으로 울부짖었습니다.

"아, 슬프도다! 내가 일찍이 세상에 태어난 게 원망스럽도다. 어느 누구도 이 비참한 싸움을 끝낼 수가 없다니! 내가 아무리 평화를 중재하려 한들 국왕께서 승낙하지 않으시다니. 슬픔은 자꾸만 커질 텐데 이 일을 어찌해야 한단 말인가."

고귀한 뤼디거는 디트리히에게 사자를 보내 부르군트의 왕들을 위해 사태를 호전시킬 수 있는 방도가 없을지 물었습니다. 베른의 영웅이 뤼디거에게 와서 말했습니다.

"누가 중재할 수 있겠소? 에첼왕께서는 중재를 허용하지 않으시오."

훈국의 한 용사는 뤼디거가 눈물을 흘리는 것을 보았습니다. 그는 이미 많이 울었던 것입니다. 그 용사는 왕비에게 말했습니다.

"저 영웅이 지금 어떻게 하고 있는지 좀 보십시오. 그는 에첼왕 곁에서 가장 큰 힘을 지니고 있으며, 땅과 백성 모두 그의 명령 하에 있지 않습니까! 그런데 그토록 많은 영토가 그의 몫으로 되어 있고, 왕으로부터 그토록 많은 것을 받은 까닭은 도대체 무엇인가요? 그는 이 싸움에서 아직 한 차례도 명예로운 참격(斬擊)을 한 일이 없으니 말입니다. 여기서 일어나고 있는 일에 관심이 없는 것처럼 여겨집니다. 모든 것을 마음대로 사용할 수 있는데도 저러고 있으니 말입니다. 사람들은 그가 대단히 용감하다고 말합니다. 그런데 그는 이 위험한 상황에 대한 반증을 보여주고 있습니다."

그 말을 들은 충직한 영웅은 슬픔에 가득 찬 채 그자를 쳐다보면서 생각했습니다.

'너는 그 말에 대한 대가를 치러야 할 것이다. 나보고 겁쟁이라고?'

뤼디거는 주먹을 불끈 쥐었습니다. 그가 큰 힘으로 칼을 휘둘렀기 때문에 그자는 발 앞에 쓰러져 죽고 말았습니다. 그래서 에첼왕의 고뇌는 더욱더 커지고 말았습니다. 뤼디거는 말했습니다.

"꺼져 버려, 세상이 다 아는 겁쟁이 자식아! 나는 이미 충분히 고통과 고뇌를 겪고 있는데, 여기서 싸우지 않았다고 나를 비난하느냐? 나 역시 손님들을 적으로 여길 수 있을지도 모르지. 만약 내가 그 영

**415**

웅들을 이리로 모셔오지 않았던들 나의 힘이 닿는 한 그들에게 피해를 입혔을 것이다. 하지만 나는 그들을 내 주인의 땅인 이곳으로 안내한 몸이다. 고향을 잃은 자로서 나는 그들과 싸우기 위해서는 손 하나 까딱 하지 않을 것이다."

그때 고귀한 에첼왕이 변경백에게 말했습니다.

"고귀한 뤼디거여, 그것이 우리를 돕는다는 뜻이오? 우리는 이미 이 땅에서 충분히 많은 사망자를 내어 더 이상의 사망자가 있어서는 안 되는 처지요. 그러니 그대가 잘못한 것이오."

"어쨌든 그는 저를 심하게 모욕했고, 제가 전하로부터 그토록 풍성하게 얻은 재산과 명예를 비난했습니다. 그것이 저 거짓말쟁이에게는 아주 나쁜 결과를 가져다 준 셈이옵니다."

그때 크림힐트 왕비가 왔고, 그녀는 영웅의 노여움을 통해서 에첼왕에게 무슨 일이 일어났는지 눈치 챘습니다. 왕비의 탄식은 도가 지나쳐 그녀의 눈은 눈물로 뒤범벅되었습니다. 그녀는 뤼디거에게 말했습니다.

"그대는 나와 왕에게 고통을 더해 주고 있는데, 우리가 어째서 그런 보답을 받아야 하나요? 고귀한 뤼디거공! 그대는 지금까지 우리를 위해 그대의 명예와 목숨을 기꺼이 내놓는다고 말해왔어요. 나는 많은 용사들이 소리 높여 그대를 칭찬하는 것을 들었어요. 훌륭한 기사여, 그대가 나에게 에첼왕과 결혼하라고 충고하면서 나를 위하겠다던 맹세를 상기해 보세요. 그대는 우리 중의 한 명이 죽을 때까지 나에게 봉사할 것이라 했어요. 불쌍하게도 나는 지금보다 더 긴급하게 그러한 봉사를 필요로 한 경우가 없었어요."

"고귀하신 왕비시여! 그것은 부정할 수 없사옵니다. 저는 분명 당신을 위하여 저의 명예와 목숨을 기꺼이 바치기로 맹세했사옵니다. 그러나 영혼까지 바친다고는 맹세하지 않았사옵니다. 제가 바로 이 귀하신 신분의 군주들을 이 향연에 모셔왔기에 그럴 수는 없사옵니다."

"뤼디거여, 잊지 마세요! 그대의 위대한 충성, 그대의 변치 않는 마음 그리고 나에게 손해를 끼치는 것과 나를 괴롭히는 모든 것에 복수해준다고 맹세한 그대의 맹세를 상기하세요!"

"저는 결코 그 어떤 것도 거절한 적이 없사옵니다."

강력한 에첼왕 또한 탄원하기 시작했습니다. 그러면서 왕과 왕비는 그 종사의 발치에 엎드렸습니다. 고귀한 뤼디거가 매우 난처해졌을 것임은 짐작이 가는 일입니다. 그 충직한 영웅은 아주 고통스럽게 말했습니다.

"신의 버림을 받은 것으로도 모자라 이러한 고통을 겪어야 하다니! 아, 괴롭구나! 신의 명으로 나에게 주어진 명예, 충성, 궁정의 규율, 이 모든 것을 이제부터 포기해야만 하는구나. 오! 하늘에 계신 신이시여, 어이하여 죽음으로써 이러한 치욕을 면할 수 없단 말입니까! 이제 제가 하나를 단념하고 다른 하나를 선택한다면, 저는 항상 옳지 못하고 불명예스럽게 행동한 것이 되고 마는군요. 그렇다고 두 가지를 다 하지 않는다면, 저는 세상 사람들로부터 비난을 면치 못할 것입니다. 저에게 생명을 주신 신이시여, 저에게 출구를 가르쳐 주시옵소서!"

왕과 왕비가 함께 간청했기에 그 영웅은 후에 죽음을 맞이했으며, 그가 죽은 바로 그곳에서 많은 영웅들 역시 뤼디거의 손에 생명을 잃었습니다. 이제 그가 얼마나 고통스럽게 행동했는지를 들어보십시오!

그는 자신의 신상에 오직 피해와 무한한 고통이 일어나리라는 사실을 알았습니다. 따라서 그는 왕과 왕비의 간청을 거절하고 싶었습니다. 그는 부르군트 사람들 중 한 사람이라도 죽인다면 온 세상이 적대시할 것 같아 두려웠습니다. 용감한 변경백이 에첼왕에게 말했습니다.

"전하, 제가 당신에게서 받았던 모든 것을 다시 받으시옵소서. 땅과 성 아무것도 제가 가져서는 아니 되옵니다. 저는 걸어서 떠나겠사옵니다."

"그러면 누가 내 옆에서 도와주겠나? 뤼디거공, 그대에게 땅과 성들을 하사하노니 제발 나의 적들에게 복수를 해주시오. 그대는 나와 나란히 강력한 왕으로서 지배해야 하오."

"제가 어떻게 그럴 수 있겠사옵니까? 저는 그들을 저의 성으로 초대해 먹을 것과 마실 것을 대접하고 선물까지 주었사옵니다. 그런데 이제 와서 어떻게 그들을 죽일 수 있겠사옵니까? 제가 과연 그런 짓을 생각이나 할 수 있겠습니까? 사람들은 제가 비겁하다고 할지 모르나 저는 그 고귀한 제후들과 종사들에게 어떤 봉사도 마다하지 않았습니다. 그런데 지금은 저 역시 그들과 친족 관계를 맺은 것을 후회하고 있사옵니다. 저는 영웅 기젤헤어에게 제 딸을 주었습니다. 제 여식은 교양, 명성, 신의 그리고 재산에 관계되는 한 그보다 더 훌륭한 선택을 할 수 는 없었을 것이옵니다. 저는 그렇게 완벽하게 궁정에 어울리는 젊은 왕을 본 적이 없사옵니다."

그때 크림힐트 왕비가 뤼디거에게 말했습니다.

"고귀한 뤼디거여, 이제 우리의 고통, 나와 왕의 고통에 대해 연민을 가져주시오! 한 나라의 주인이 저렇게 끔찍한 손님들을 맞은 적은 한 번도 없었다는 점에 대해 생각해주기 바라오!"

"저 뤼디거는 오늘 왕비님과 전하께서 베풀어 주신 과분한 일에 대해 책임을 지겠습니다. 그렇기 때문에 죽음을 각오하고 그 일을 하겠사옵니다. 더 이상 지체할 수 없사옵니다. 저의 땅과 성들이 오늘 중으로 어떤 부르군트 사람의 손에 의해 군신의 의무에서 벗어날 것이 분명하옵니다. 부디 저의 여식과 아내 그리고 베헬라렌에 있는 모든 이방의 용사들을 보살펴주시옵소서."

"뤼디거공, 원컨대 하느님께서 그대에게 응분의 보상을 내리시기를 바라겠소!"

왕과 왕비는 흐뭇해했습니다. 왕이 말했습니다.

"그대의 백성은 우리가 보호할 것이오. 또한 나는 왕으로서 나의 행운을 믿기에 당신은 살아남을 것이오!"

그래서 그는 영혼과 생명의 위험을 무릅썼던 것입니다. 그때 에첼 왕의 부인이 울기 시작했습니다. 그러자 뤼디거가 말했습니다.

"저는 당신께 약속한 일을 행하지 않을 수 없사옵니다. 하지만 제 의지와는 전혀 무관하게 친구들을 상대로 싸워야만 하는 제 처지가 슬프기만 하옵니다."

사람들은 그가 왕에게서 멀어지는 것을 슬픔에 젖어 바라보았습니다. 그는 그의 전사들이 곁에 서있는 것을 보았습니다.

"나의 종사들이여, 모두 무장하시오! 고통스럽지만, 어쩔 수 없이 용감한 부르군트 용사들과 맞서 싸울 수밖에 도리가 없도다."

그들은 즉시 무기를 가져오라고 명령했습니다. 하인들은 투구든 방패든 모든 것을 가져왔습니다. 얼마 후 용맹한 이방인들은 쓰라린 통고를 전해 들었습니다.

뤼디거는 5백 명의 부하들과 함께 무장을 했습니다. 그 밖에 자기를 도와줄 12명의 전사를 거느렸습니다. 그들은 치열한 싸움에서 명성을 얻고 싶었습니다. 그들은 죽음이 아주 가까이 와 있음을 미처 알지 못했습니다. 사람들은 뤼디거가 머리에 투구를 쓰고 성큼성큼 다가오는 것을 보았습니다. 뤼디거의 부하들은 손에 예리한 칼과 빛나는 넓은 방패를 들고 있었습니다. 이 광경을 본 제금장이의 가슴은 쓰라린 고통으로 가득 찼습니다.

젊은 기젤헤어 역시 장인이 투구를 쓰고 다가오는 모습을 보았습니다. 그로서는 그것이 의미하는 바를 선의로밖에 달리 이해할 수 없었습니다. 그래서 그 고귀한 왕은 무척 반가운 마음으로 말했습니다.

"여행에서 얻은 친구들로 인해서 나는 얼마나 기쁜지 모르겠도다. 내 약혼녀는 우리에게 큰 이득일세. 내 신의를 걸고 말하지만, 이 약혼이 성사된 것은 아주 잘된 일이로다!"

"저는 당신께서 무엇을 믿고 계신지 모르겠사옵니다. 만약 저들이 화해를 추구한다면, 저렇게 머리에 투구를 쓰고 손에 칼을 들고 오겠습니까? 아니옵니다. 뤼디거는 우리와 싸워 그가 받은 성과 영토에 대한 보답을 하려는 것이옵니다."

제금장이가 말을 채 끝마치기도 전에 고귀한 뤼디거가 홀 앞에 당도했습니다. 그는 방패를 발 앞에 내려놓고 친구들에게 봉사와 인사를 거부해야만 했습니다. 고귀한 그 변경백은 홀 안으로 소리쳤습니다.

"용감한 부르군트 용사들이여, 이제 사방에서 방어에 임하시오! 당신들은 나를 이용해야 할 것이오. 그렇지 않으면 내가 당신들에게 해를 입힐 것이오. 지금까지는 서로 친구 사이였지만, 이제 그 의무에서 벗어나고 싶소이다!"

궁지에 몰렸던 사람들은 이 말에 모두 놀랐습니다. 그들은 호감을 가지고 있었던 사람이 그들과 싸우려는데 대해 아연실색했습니다. 그들은 이미 적에 의해서 충분히 전쟁의 고통을 맛보고 있었던 것입니다. 영웅 군터왕이 뤼디거에게 말했습니다.

"하느님, 맙소사! 그대는 우리가 신뢰하고 있는 그대의 애정과 크나큰 신의를 저버리지는 않을 것이오. 나는 그대가 그러리라고는 믿지 않소."

"저도 어쩔 수가 없습니다. 저는 당신들과 싸워야만 하니, 그 까닭은 제가 그렇게 하기로 서약했기 때문입니다. 두려움을 모르는 용사들이여, 만약 살고 싶다면 방어 태세를 갖추십시오! 왕비는 저에게 당신들과의 전투를 면해 주지 않았습니다."

"고귀한 뤼디거공! 그대는 너무 늦게 싸움을 선언했소. 그대가 우리에게 좀 더 우애 있는 태도를 취한다면, 우리는 그대가 보여준 신뢰와 애정에 진심으로 신의 은총이 있기를 빌겠소. 그대가 우리의 생명을 구해준다면 나와 나의 친족은 그대가 우리에게 베풀어 준 모든 것에 언제까지나 보답할 것이오. 그대가 신뢰로써 여기 에첼왕의 땅으로 우리를 안내하며 준 훌륭한 선물들을 생각해 보시오, 고귀한 뤼디거여!"

"어떻게 하면 제가 하고 싶은 대로 당신들에게 저의 선물을 충분히 줄 수 있을까요! 그럴 수만 있다면 내 행동이 비난받을 일도 없을 텐데!"

"그만 하시오. 고귀한 뤼디거여! 어떤 주인도 손님에게 그대만큼 친절히 대하지는 못했소, 우리의 목숨이 붙어 있는 한 그대는 그것에 대해 보상받아 마땅하오."

"게르노트왕이시여, 그건 신이 하실 것입니다. 당신은 차라리 라인 강변에 머물고, 저는 명예로운 죽음을 맞이했어야 합니다. 이제 저는 당신과 맞서 싸워야 할 운명입니다. 어떤 영웅도 친구로 인해 이보다. 더 큰 해악을 입은 적은 없었습니다.

"뤼디거공, 그렇다면 신께서 그대에게 그 고귀한 선물들에 보답하시기를 빌겠소. 그대의 죽음은 나를 고통스럽게 만들 것이니, 그것은 그대와 함께 완벽한 기사가 사라지는 것이기 때문이오. 훌륭한 용사여. 여기 그대가 선물했던 칼이 내 손에 있소. 여하한 싸움의 고난 속에서도 이 칼은 나를 버리지 않았소. 이 날카로운 칼날 아래 수많은 기사들이 죽음을 맞았소, 이것은 순수하고 변하지 않으며 탁월하고 쓸모 있는 것이오. 두 번 다시 이처럼 값진 선물을 주는 영웅은 없을 것이라 믿소, 그대가 우리를 공격하는 일을 중단할 수 없다면, 그래서 여기 이 홀 안에 있는 내 친구들을 죽이려 한다면, 나는 그대의 칼로 그대를 죽일 것이오. 그대와 그대의 부인이 정말 가엾소, 뤼디거여!"

"게르노트 군주시여, 제발 그렇게 되어 당신의 소원이 이루어져 당신의 친구들이 살 수만 있다면 얼마나 좋겠습니까! 그때는 제 딸과 아내가 아마 당신에게 속마음을 다 털어놓을 수 있을 것입니다."

그때 아름다운 우테의 아들인 영웅이 말했습니다.

"장인이시여, 당신은 왜 그렇게 행동하시는 겁니까? 저와 함께 여기로 온 모든 이들은 당신에게 극진한 호의를 가지고 있습니다. 당신은 그것을 저버리고 당신의 아름다운 딸을 너무나 빨리 과부로 만들려 하십니다. 당신과 당신의 전사들이 저와 맞서 싸운다면, 그때는 당신 스스로 나쁜 친척임을 증명하는 것이 되고, 또한 제가 당신을 그 누구보다 신뢰하기 때문에 당신의 딸을 아내로 택한 것이 터무니없는 일이 되어 버릴 것입니다."

"당신의 신의를 잊지 마십시오, 고귀한 왕이시여! 만약 신께서 당신을 다시 이곳에서 떠나도록 해주신다면, 제가 여기서 한 일에 대해 그 아이가 대가를 치르게 하지는 말아 주십시오. 당신의 신의에 따라 그 아이에게 자비롭게 행동해 주기 바라겠습니다."

"당연히 그렇게 하겠습니다. 하지만 이 홀 안에 있는 제 가까운 친척들이 당신의 손에 살해된다면, 그때는 당신과 딸과의 강한 우호적인 유대는 완전히 끊어지고 말 것입니다."

"신이시여, 저희에게 자비를!"

그 용감한 뤼디거는 말했습니다. 그들은 방패를 들었습니다. 그렇게 그들은 홀 안으로 돌격하여 손님들과 싸움을 벌이려 했습니다. 그 순간 하겐이 층계에서 아래로 크게 외쳤습니다.

"잠깐만 기다리십시오. 고귀한 뤼디거시여, 저와 저의 군주들은 당신과 좀 더 대화를 나누고 싶습니다. 에첼왕께 우리의 죽음, 말하자면 우리 이방인들의 죽음이 무슨 의미가 있겠습니까? 저는 지금 큰 고민에 빠져 있습니다. 태수비께서 저에게 주신 그 방패를 쥐고 있을 때, 훈족이 그것을 산산조각으로 부서버렸습니다. 저는 그것을 우호적인 의도에서 이 나라로 가져온 것입니다. 하늘에 계신 신께서 돌보아 주셔서 제가 다시 한 번 그런 훌륭한 방패를 들 수 있으면 좋겠습니다. 당신이 지금 손에 가지고 있는 것과 같은 것으로 말입니다. 그러면 저는 싸움에서 더 이상 경갑이 필요 없을 것입니다."

"기꺼이 그대에게 나의 방패를 주겠소. 그것도 크림힐트 왕비의 눈앞에서 말이오. 이것을 받으시오. 그대가 부르군트 땅으로 이것을 가져갈 수 있기를 바라오!"

그가 하겐에게 기꺼이 방패를 선물로 건네주자 많은 사람들의 눈시울은 붉어졌습니다. 그것은 베헬라렌의 뤼디거가 영웅에게 준 마지막 선물이었습니다. 아무리 지독하고 완고한 하겐일망정 그 위대한 영웅이 죽음에 임박해서 선물을 주자 감동하지 않을 수 없었습니다. 수많은 훌륭한 기사들이 그와 함께 슬퍼했습니다.

"고귀한 뤼디거시여, 이제 하늘의 신께서 당신에게 은총을 내리시기를! 이렇게 훌륭한 선물을 낯선 전사에게 줄 영웅은 없을 것입니다. 당신이 장부로서 행한 미덕이 그대로 영원히 보존되도록 신께서 보살펴 주시기를! 이러한 일이 내게 닥치다니 슬프도다! 이미 우리는 수많은 어려움을 감수해 왔는데 이제는 친구와 싸워야 하다니. 이는 신도 통곡할 일이로다."

"내 마음 역시 아프다오."

"고귀한 뤼디거시여! 저는 이 기사들이 당신과 맞서서 어떠한 행동을 할지라도, 그리고 당신이 부르군트의 영웅들을 모두 죽인다 하더라도, 당신에게는 손 하나 까딱하지 않음으로써 당신이 주신 선물에 대한 보답을 할 것입니다."

이에 대해 고귀한 뤼디거는 그에게 예의를 갖추어 감사했습니다. 사람들은 이 아픈 슬픔을 없앨 수 있는 자가 더 이상 없자 눈물을 흘렸습니다. 그것은 하나의 커다란 곤경이었습니다. 모든 궁정 모범의 상징 이 뤼디거와 함께 침몰해버린 것입니다. 그때 궁정 본관에서 음유시인 폴커가 외쳤습니다.

"저의 전우 하겐이 당신에게 평화를 허락했기에 저 역시 그럴 것입니다. 우리가 이 땅으로 왔을 때, 당신은 그만한 일을 충분히 하셨습니다. 고귀한 변경백이시여, 당신은 이제 저의 사자가 되어 주십시오. 이 붉은 팔찌는 당신 부인께서 저에게 선사한 것입니다. 제가 이 축제에서 차도록 말입니다. 당신이 여기서 이렇게 직접 보셨으니 증인이 된 것입니다."

"내 아내가 당신에게 더 많은 것을 선사할 수 있게 되었으면 좋겠소! 내가 언제고 내 사랑하는 아내를 건강한 몸으로 다시 보게 된다면, 내 기꺼이 아내에게 이 소식을 전하리다. 이 점은 조금도 의심치 마시오!"

뤼디거는 폴커에게 약속하고는 방패를 들어 올렸습니다. 그는 노기를 띠고 돌진하기 시작했습니다. 그는 조금도 지체하지 않고 진짜 영웅답게 손님들을 공격했습니다. 힘센 변경백은 재빨리 많은 타격을 가했습니다. 폴커와 하겐 두 사람은 뒤로 물러났습니다. 두 용감한 영웅은 그것을 뤼디거에게 약속했기 때문입니다. 그러나 뤼디거는 문 옆에 그들과 똑같이 용감한 남자들이 서있는 것을 발견했습니다. 그는 상당한 위험을 무릅쓰고 싸움을 시작한 것입니다.

군터왕과 게르노트는 그를 쓰러뜨리기 위해 그가 홀 안으로 들어오도록 했습니다. 그들은 진정한 영웅들이었습니다. 기젤헤어는 뒤로 물러섰습니다. 그는 너무나 마음이 아팠습니다. 그는 여전히 뤼디거가 살아남기를 희망했기에 뤼디거를 피했던 것입니다.

변경백의 수행원들이 적들에게 덤벼들었습니다. 그들은 영웅답게 주인을 따랐습니다. 그들은 예리하고 날카로운 칼을 들고 있었는데, 그 칼을 휘두르자 많은 투구들과 방패들이 부서졌습니다. 그러자 지친 장정들도 베헬라렌의 영웅들에게 가혹한 반격을 가했습니다. 그 타격은 반짝이는 갑옷을 관통하여 골수까지 정확하고 깊게 뚫고 들어갔습니다. 그들은 그 전투에서 가장 위대한 영웅적 행동을 보여 주었습니다.

뤼디거의 수행원들 전부가 홀 안으로 들어갔습니다. 폴커와 하겐은 재빨리 앞으로 돌진했습니다. 그들은 오직 한 사람에게만 평화를 주었던 것입니다. 그들이 휘두른 칼로 인해 피가 투구를 관통해 아래로 흘러내렸습니다. 많은 칼들이 얼마나 잔인한 소리를 냈던지! 고정되어 있던 많은 방패 죔쇠가 튕겨져 나왔습니다. 방패에 박혀 있던 보석들이 부서져서 피바다 속에 떨어졌습니다. 그들은 결코 다시는 싸우지 않을 것같이 참으로 잔인하게 싸웠습니다.

베헬라렌의 태수는 이리저리 활보하면서 누구에게도 꺾이지 않는 용사처럼 싸웠습니다. 따라서 사람들은 그가 용감하고 진정한 영웅임을 확인하게 되었습니다.

다른 편에 서있던 영웅들은 군터왕과 게르노트였습니다. 그들은 그 싸움에서 많은 용사들을 참살했습니다. 기젤헤어와 당크바르트 또한 불사신처럼 수많은 용사들의 마지막 순간을 장식해주었습니다. 뤼디거는 강하고 용감하며 훌륭하게 무장했다는 것을 입증했습니다. 그 또한 무수한 영웅들을 참살했던 것입니다. 부르군트의 한 용사가 그것을 알아차렸습니다. 그는 분노를 참을 수 없었습니다. 그 고귀한 뤼디거에게 죽음이 가까이 다가왔습니다. 힘센 게르노트가 그 영웅을 불러 세우고 말했습니다.

"고귀한 뤼디거여! 당신은 나를 따르는 용사들을 아무도 살려 두지 않으려 하고 있소. 그것이 나를 화나게 하고 있소. 나는 더 이상 방관할 수 없소. 이제 당신은 당신의 선물에 대해 비싼 대가를 지불해야 될 것이오. 당신은 나의 친구들의 생명을 너무 많이 앗아갔기 때문이오. 내게로 방향을 돌리시오. 고귀하고 용감한이여! 당신의 선물에 대해 내가 치를 수 있는 한 가장 큰 대가를 지불하겠소."

변경백이 그에게 완전히 다가가기도 전에 반짝이던 갑옷은 그 광채를 잃었습니다. 명예심으로 가득 찬 두 용사가 달려들었습니다. 각자 심한 부상을 당하지 않으려고 스스로를 보호했습니다. 그들의 칼은 대단히 날카로워 아무것도 그것을 막아내지 못했습니다. 영웅 뤼디거가 돌처럼 단단한 투구를 뚫고 게르노트를 내려치자, 피가 쏟아져 내렸습니다. 그 용감하고 뛰어난 기사는 즉각 뤼디거에게 보복의 일격을 가했습니다. 그는 뤼디거의 선물을 높이 들어 올렸습니다. 치명적인 부상을 당했음에도 불구하고 그가 뤼디거에게 가한 일격은 단단한 방패를 뚫고 턱 아래에 박혔습니다. 이 타격으로 인해 아름다운 고테린트의 남편은 죽음을 맞이했습니다.

정말이지 그 귀중한 선물이 이보다 더 형편없는 보답을 받은 적은 없었습니다. 게르노트와 뤼디거는 서로의 손에 살해되어 바닥에 쓰러졌습니다. 하겐은 이 손실을 알아차린 후 정말로 격노했습니다.

"우리에게 최악의 결과가 닥치고 말았구나. 우리는 두 분의 죽음을 통해 말할 수 없이 큰 손실을 입었다. 그분들의 백성과 땅은 이 죽음을 절대로 잊지 못할 것이다. 이제 뤼디거의 영웅들은 인질이 되어야 할 것이다."

"형님이 죽다니 슬프도다! 계속해서 끔찍스러운 소식만 밀려드는구나! 고귀한 뤼디거의 죽음 역시 나에게는 영원히 슬픈 일이 될 것이다. 이 손실과 뼈아픈 고통은 양쪽 모두에게 치명적이구나!"

기젤헤어가 형이 죽은 것을 보고 통탄하자, 홀 안에 있었던 모든 용사들은 쓰라린 아픔을 느꼈습니다. 죽음의 신이 종사들을 거두어 갔던 것입니다. 이제 베헬라렌 출신 용사들은 누구 하나 살아남지 않았습니다. 군터왕과 기젤헤어 그리고 하겐을 비롯해 훌륭한 영웅 당크바르트와 폴커 역시 두 사람이 쓰러져 있는 곳으로 달려갔습니다. 거기서 영웅들은 울부짖고 흐느꼈습니다. 젊은 기젤헤어가 말했습니다.

"죽음이 우리에게서 너무 많은 것을 앗아가는구나! 하지만 이제 울지 맙시다. 차라리 싸움에 지친 전사들의 갑옷을 식힐 수 있도록 바람이 부는 곳으로 갑시다. 신은 우리에게 더 이상 삶을 허락하실 것 같지가 않소!"

많은 용사들은 서로에게 기대고 앉아 있었습니다. 그들은 다음 전투를 위해 휴식을 취하고 있었습니다. 뤼디거의 용사들은 모두 살해당해 쓰러져 있었습니다. 싸움의 굉음도 그쳤습니다. 정적이 오래 지속되었으므로 에첼왕은 화가 났습니다. 왕비 크림힐트가 말했습니다.

"그런 식의 봉사란 수치스러운 일이에요. 뤼디거의 사람들은 전혀 신뢰할 수가 없어요. 적들은 그에게서 덕을 보게 될지도 몰라요. 그는 적들을 부르군트의 땅으로 돌려보내려는 것이 틀림없어요. 에첼왕이시여, 그가 원했던 모든 것을 함께 나누었던 일이 이제 무슨 소용이 있나요? 그 용사는 심한 과오를 범한 거예요. 우리의 원수를 갚아 주어야 할 그가 부르군트인들과 화해하려고 하잖아요."

이에 대해 당당한 용사인 폴커가 대답했습니다.

"고귀한 왕비시여, 우리가 겪은 고통을 아신다면 차마 그런 말씀은 하실 수 없을 것입니다. 제가 감히 고귀하신 왕비님이 거짓말하신 것을 책망해도 된다면, 왕비께서 그를 간악하게 중상하셨다고 말하겠습니다. 그와 그의 용사들은 그러한 죄악은 범하지 않았으니까요. 왕께서 명령하신 것을 기꺼이 수행하다가 그와 그의 용사들은 남김없이 여기 이 홀 안에서 죽었습니다. 왕비시여, 이제 누구에게 명령을 내릴 것인지 둘러보십시오. 용사 뤼디거는 죽음에 이를 때까지 당신께 충실히 봉사했습니다. 만약 당신이 그걸 믿지 못하신다면 직접 보여 드리지요."

용사들은 그녀의 아픈 곳을 찌르기 위해 살해당한 그 용사를 왕이 볼 수 있는 장소로 옮겨 왔습니다. 에첼왕의 용사들이 이토록 쓰라린 고통을 맛본 적은 없었습니다. 변경백의 시체를 목격했을 때, 비탄에 잠긴 사람들이 어떻게 행동했는지에 관해서는 어떠한 자도 글로 쓰거나 말로 형용할 수가 없었을 것입니다.

에첼왕의 목소리는 커다란 고통으로 인해 마치 사자의 포효처럼 울렸고 그의 부인도 똑같이 비탄에 잠겼습니다. 그들은 고귀한 뤼디거의 죽음을 한없이 슬퍼했습니다.

## Chapter 38

# 살아남은 자

여기저기에서 들려오는 처절한 탄식 소리로 마치 성과 탑은 울부짖는 듯했습니다. 베른의 디트리히가 거느리고 있던 한 시종이 그 소리를 들었습니다. 그 시종은 서둘러 달려가 이 엄청난 소식을 제후에게 전했습니다.

"아뢰옵니다. 주인님! 소인이 지금까지 온갖 것을 체험했지만, 방금 들었던 것만큼 그렇게 심각한 비탄의 소리는 들어본 적이 없었사옵니다. 제 생각에 에첼왕께서 큰 피해를 입으신 것 같사옵니다. 그렇지 않고서야 어떻게 그토록 비통해 할 수 있겠사옵니까? 에첼왕이나 크림힐트 왕비, 두 분 중 한 분이 용감한 적군의 공격에 의해 살해되셨을 것이옵니다. 그래서 많은 훌륭한 영웅들이 그를 애도하여 슬피 울고 있는 것 같사옵니다.”

"나의 사랑하는 용사들아, 당장은 무리해서는 안 된다. 낯선 전사들이 여기서 행했던 것이 그들을 큰 궁지로 몰아넣었다. 그들에게 내가 보장해 준 관용의 덕을 베풀자!”

그러자 용감한 볼프하르트가 디트리히 제후에게 말했습니다.

"제가 얼른 가서 그들이 무슨 짓을 했는지 알아보고, 경애하는 주인님께 거기서 일어난 상황들과 그 탄식 소리가 무엇을 의미하는지 알려드리겠습니다.”

"그렇지 않아도 전쟁으로 사람들이 격분해 있는데, 부당한 의문이 제기되면 용사들은 틀림없이 화를 낼 것이다. 그러니 볼프하르트여, 그들에게 묻는 것을 그만두게.”

그러면서 그는 헬페리히에게 에첼왕의 종사와 손님들에게 무슨 일이 일어났는지 알아보라는 분부를 내렸습니다. 사람들이 그렇게 애통해 하는 것을 본 적이 없는 사자가 물었습니다.

"무슨 일이오?”

"여기 훈국에서 우리가 누렸던 모든 행복이 사라져 버렸소. 뤼디거 태수께서 부르군트인의 손에 참살당하여 여기에 쓰러져 계시오. 그와 함께 궁정 홀로 갔던 사람들도 모두 죽었소!”

헬페리히는 일찍이 맛보았던 어떤 고통보다 커다란 고통을 느꼈습니다. 그가 사자의 역할을 그토록 후회한 적은 한 번도 없었습니다. 그는 울면서 디트리히에게 갔습니다.

"헬페리히여, 무엇을 알아 왔는가? 도대체 무슨 일이길래 그렇게 슬피 우는가?"

저는 이렇게 격한 울음이 터지는 것을 참을 수가 없습니다. 부르군 트족이 고귀한 뤼디거를 죽였다고 하옵니다."

"신께서 그걸 허락하실 리가 만무하도다! 그것은 끔찍한 복수일 것이고 악마의 조소일 것이다. 뤼디거가 어떻게 했길래 그들에게 그런 보답을 받는단 말인가? 나는 그가 이방의 손님들에게 호의를 가지고 있었다는 것을 잘 알고 있다."

볼프하르트가 대답했습니다.

"그들이 그렇게 했다면, 그것은 그들 전부의 생명에 관계된 문제입니다. 그들을 너그럽게 용서해 주는 것은 치욕입니다. 고귀한 뤼디거는 항상 저희에게 충성을 다했기 때문입니다."

아멜룽의 태수 디트리히는 좀 더 정확하게 알아오라는 명령을 내렸습니다. 그는 슬픔에 잠겨 창가에 앉아 있었습니다. 그리고 힐데브란트로 하여금 손님들에게 무슨 일이 일어났는지 가서 살펴보라고 했습니다. 전투 경험이 풍부한 용사 힐데브란트 장군은 손에 방패도 무기도 들지 않고 가려했습니다. 그는 궁정 예법을 갖추고 손님들에게 가고자 했습니다. 그러자 분노한 그의 조카 볼프하르트가 그를 책망했습니다.

"숙부님은 무장도 하지 않고 가시려는 겁니까? 그러면 필경 매도당할 수밖에 없을 것이며, 치욕을 뒤집어쓰고 돌아오실 것입니다. 무장을 하고 가신다면 사람들이 좀 더 조심할 것입니다."

그는 볼프하르트의 권고에 따라 무장을 했습니다. 그가 알아차리기 전에 디트리히의 모든 용사들은 벌써 무장을 하고 있었습니다. 그러한 용사들의 행동은 전적으로 옳지 않았습니다. 그러나 그가 어떻게 그것을 막을 수 있었겠습니까! 그는 그들이 어디로 가고자 하는지 물었습니다.

"우리는 당신과 함께 궁정 홀로 가고자 합니다. 그러면 하겐이 감히 당신을 경멸하지는 못할 것입니다."

힐데브란트는 이 말을 듣고 그것을 허락했습니다. 용감한 폴커가 배른의 용사인 디트리히의 종사들이 허리에 칼을 차고 완전 무장을 한 채 다가오는 것을 보았습니다. 그들은 방패를 들고 있었습니다. 그는 그것을 부르군트 왕국의 군주에게 보고했습니다.

디트리히의 종사들이 투구를 쓰고 무장한 채 접근하고 있습니다. 우리와 싸우려는 모양입니다. 제 생각으로는 사정이 우리에게 불리해질 것 같사옵니다."

그러는 동안 힐데브란트는 홀 앞에 도착했습니다. 거기서 그는 방패를 발 앞에 놓고 군터왕의 종사들에게 물었습니다.

"오, 그대들 뛰어난 용사들이여, 뤼디거께서 그대들에게 어떻게 했소? 디트리히 제후께서 그대들 중 한 명이 과연 고귀한 변경백을 참살했는지를 알아보도록 나를 보내셨소. 이렇게 비통한 고통은 감당하기 힘든 것이오."

그러자 트론예의 하겐이 말했습니다.

"그것은 사실이오. 내가 그를 사랑하는 마음에서 전령이 그대들에게 거짓말을 한 것이 되더라도 그가 살아있기를 얼마나 바랐는지 모를 거요. 그는 영원히 뭇 사람들의 애도를 받을 것이오."

그가 죽었다는 사실을 확실하게 알게 된 용사들은 그를 애석하게 여겨 탄식했습니다. 디트리히의 용사들의 수염과 턱 아래로 눈물이 흘러내렸습니다. 그들은 심각한 손실을 입었던 것입니다. 베른의 대공 지게스타프가 말했습니다.

"어려운 시기를 겪고 나면 항상 뤼디거가 우리를 위해 마련해주었던 안락한 삶은 이제 끝이로구나! 고향 잃은 자들의 위안이요, 행복이었던 그가 초대된 용사들에 의해 참살되어 누워 있으니 말이네."

아멜룽의 영웅 볼프핀이 말했습니다.

"나의 아버지가 죽은 것을 본다 한들 이보다 더 큰 고통을 느낄 수는 없을 것이다. 아, 슬프도다! 누가 이 고귀한 변경백의 아내를 위로해 줄 것인가?"

그러자 영웅 볼프하르트가 분노를 터뜨리며 말했습니다.

"이제 누가 변경백께서 하셨던 것처럼 용사들을 이끌고 그 많은 출정을 나설 것인가? 아, 슬프도다, 고귀한 뤼디거시여! 우리가 당신을 이렇게 잃어야 하다니!"

볼프브란트와 헬페리히 그리고 헬름노트 또한 친구들과 함께 그의 죽음을 몹시 슬퍼했습니다. 힐데브란트는 더 이상 물어 볼 수가 없었습니다.

"영웅들이여, 우리의 모든 행복이 그와 더불어 사라졌으니 뤼디거 태수의 시신을 우리에게 양도해 주시오! 그리하여 그가 우리뿐 아니라 다른 전사들에게도 항상 성실했었던 데에 대한 보답으로 그에게 마지막 봉사를 할 수 있도록 해주시오! 우리는 영웅 뤼디거처럼 고향을 잃은 자들이오. 그대들은 어찌하여 우리를 이렇게 기다리게 하는 거요? 우리가 세상을 떠난 그에게 최소한 감사의 표시나마 할 수 있도록 그를 모시고 가게해주시오. 그가 살아 있을 때 그랬더라면 더 좋았을 텐데!"

군터왕이 말했습니다.

"친구가 죽은 후에 그의 친구가 보여주는 것보다 훌륭한 봉사는 없는 법이오. 어떤 사람이 그렇게 행동한다면, 나는 그것을 변치 않는 신의로 여긴다오. 그대들이 그에게 감사하고 싶은 것은 당연한 일이오. 그가 그대들에게 선한 일을 베풀었기 때문일 것이오."

용사 볼프하르트가 말했습니다.

"얼마나 더 구걸해야 하오? 우리가 가장 믿었던 그가 그대들 손에 죽었고, 이제 우리는 마음 아프게도 그를 다시 볼 수 없으니 그를 옮겨 장사 지내게 해주시오!"

이에 폴커가 대답했습니다.

"어느 누구도 그를 넘겨주지는 않을 것이오. 그 용사가 치명상을 입고 피투성이가 된 채 쓰러져 있는 저기 저 궁정 홀에 가서 데려가시오! 그래야 그대들이 뤼디거에게 베푸는 봉사는 비로소 온전한 것이 될 거요!"

그러자 용감한 볼프하르트가 말했습니다.

"맙소사, 제금장이여! 우리를 화나게 하지 마시오, 그대들은 방금 우리를 모욕했소. 내가 만약 나의 주인 앞에서 그런 말을 한다면 그대들에게 좋지 않을 것이오. 이제 그 일은 그만둡시다. 그분은 우리에게 싸움을 금지시켰으니 말이오."

제금장이가 말했습니다.

"무엇이든 금지하는 것을 그대로 따른다면 너무 소심하기 때문일 것이오. 그것은 진정한 영웅 정신이라 할 수 없소."

그의 전우가 한 이 말이 하겐에게는 옳은 것으로 들렸습니다. 볼프하르트가 재차 말했습니다.

"너무 경거망동하지 마시오! 그렇지 않을 경우, 내가 당신의 제금을 엉망으로 만들어 당신이 라인강변으로 말을 타고 돌아갈 때 그것에 관해 이야기하도록 해주겠소. 나의 명예는 당신의 그 도도함을 더이상 허락하지 않는구려."

"당신이 이 혼란 중에 내 제금의 아름다운 선율을 엉망으로 만들어 놓는다면, 나중에 부르군트 땅으로 어떻게 돌아가든 나는 그 대가로 당신 투구의 광택을 흐려 놓을 것이오."

그러자 볼프하르트가 제금장이에게 덤벼들려고 했습니다. 하지만 그의 숙부 힐데브란트가 그를 꽉 붙잡았습니다.

"내 생각에는, 네가 무의미한 광기를 부리려 하는 것같이 여겨지는구나. 그로 인해 주인의 은총을 영원히 헛된 것으로 만들지 모른다!"

"장군, 사자 같은 그 친구를 풀어 주시오! 그는 꽤나 격분한 상태인 것 같소만 내 손안에 들어오면, 비록 그가 천하를 다 쳐부수었다 할지라도 더 이상 허튼소리를 할 수 없게 만들어 놓겠소."

뛰어난 용사 폴커가 말했습니다. 그 때문에 베른인들은 크게 격분했습니다. 용감하고 우수한 전사인 볼프하르트는 방패를 높이 쳐들었습니다. 그는 한 마리 사나운 사자처럼 그들 앞으로 돌진했습니다. 그의 친구들이 재빨리 그의 뒤를 따랐습니다. 그가 궁정 홀을 향해 대단히 큰 보폭으로 돌진했지만, 노장 힐데브란트는 그를 계단 앞에서 따라잡았습니다.

힐데브란트는 조카가 자기보다 앞서 전투에 뛰어드는 것을 원치 않았습니다. 그들은 이방 손님들이 전투욕에 사로잡혀 있다는 것을 눈치챘습니다.

거장 힐데브란트가 하겐에게 달려들었습니다. 두 영웅의 검들이 맞부딪히는 소리가 났습니다. 그들은 격렬한 분노에 휩싸여 있었습니다. 그들의 결투로 인해 빨간 불꽃이 튀었습니다. 그들은 싸우던 와중에 서로 갈라졌습니다. 베른인들이 맹렬하게 돌격해 왔기 때문입니다. 힐데브란트는 즉시 하겐에게 등을 돌렸습니다. 힘센 볼프하르트가 용감한 폴커를 향해 돌진했습니다. 그는 투구 끈이 있는 데까지 칼날이 뚫고 들어갈 정도로 세찬 일격을 가했습니다. 그러자 용감한 제금장이는 힘센 손으로 앙갚음했습니다. 그가 볼프하르트에게 일격을 가했을 때 불꽃이 번쩍였습니다. 그들은 갑옷에서 불꽃이 튀도록 서로 내려치기만 했습니다. 그들에게 상대방은 불구대천의 원수였습니다. 그때 베른의 용사 볼프핀이 그들을 갈라놓았습니다. 전사가 아니었더라면 감히 그렇게 하지 못했을 터입니다.

영웅 군터왕은 아멜룽 출신의 유명한 용사들을 쌍수를 들어 맞이했습니다. 젊은 기젤헤어는 찬란한 투구들을 수없이 내려쳐 피투성이로 만들어버렸습니다. 하겐의 아우인 당크바르트는 지독한 사람이었습니다. 그가 조금 전의 싸움에서 저질렀던 일은 이에 비하면 아무것도 아니었습니다. 용감한 알드리안의 아들은 무서운 광기로 싸웠던 것입니다. 리차르트와 게르바르트, 헬페리히와 비하르트는 수많은 전투에서 몸을 아끼지 않고 싸워왔습니다. 그들은 군터왕의 부하들로 하여금 그것을 느끼게 했습니다. 그때 볼프브란트가 늠름하게 싸우면서 다가왔습니다.

　　노장 힐데브란트는 미친 듯이 싸웠습니다. 많은 우수한 용사들이 볼프브란트의 칼날에 피를 뿌리며 죽어 넘어졌습니다. 용감하고 우수한 용사들은 그렇게 해서 뤼디거의 복수를 했습니다. 대공 지게스타프는 한껏 용기를 발휘하여 싸웠습니다. 디트리히의 조카는 이 싸움에서 적의 투구를 무수히 박살냈습니다. 그는 자신의 가치를 최대한 증명해냈습니다. 용감한 지게스타프가 칼을 휘둘러 용사들의 단단한 갑옷을 뚫고 피를 시냇물처럼 흐르게 하자, 힘센 폴커는 분노에 휩싸여 그를 향해 돌진했습니다.

　　제금장이에게 목숨을 잃을 운명이었던 지게스타프를 폴커는 있는 솜씨를 다해 칼로 내려쳐 쓰러뜨렸습니다. 그러자 노장 힐데브란트가 폴커에게 복수했습니다.

　　"아, 슬프도다. 소중한 대공이여, 폴커의 손에 죽다니! 이제 제금장이는 더 이상 생명을 부지해서는 안 돼!"

　　과연 누가 저 용감한 힐데브란트보다 난폭해질 수 있었겠습니까?

힐데브란트가 폴커에게 일격을 가하자 용감한 음유시인의 투구와 방패의 끈들은 사방으로 날아갔습니다. 드디어 폴커도 끝장났던 것입니다. 그때 디트리히의 종사들이 싸움터로 들이닥쳤습니다. 그들은 격렬하게 칼을 휘둘렀으므로 하늘 저 멀리서 갑옷이 소용돌이쳤고 공중에는 칼끝이 높이 비상하는 것처럼 보였습니다. 그들은 투구를 부수고 뜨거운 피를 솟구치게 했습니다.

하겐이 폴커가 죽어 있는 모습을 보았습니다. 그것은 이 축제를 맞이하여 그가 입은 손실 가운데 가장 쓰라린 것이었습니다. 그때부터 하겐이 얼마나 무자비하게 이 영웅을 위해 복수하기 시작했는지 설명하기 어려울 정도입니다.

"늙은 힐데브란트는 나에게 속죄해야 한다. 일찍이 나와 함께한 나의 조력자이자 최고의 전우인 폴커가 그의 손에 죽고 말다니!"

그는 방패를 더욱 높이 쳐들었습니다. 그리고 칼을 휘둘러 나아갈 길을 훤히 만들었습니다. 그때 힘센 헬페리히가 당크바르트를 쳐서 죽였습니다. 군터왕과 기젤헤어는 전투가 치열하게 벌어지는 와중에 당크바르트가 땅바닥에 쓰러지는 것을 보고는 고통에 휩싸였습니다. 그러나 그는 자신의 죽음으로 상대방에게 앙갚음을 했습니다.

그러는 사이 볼프하르트는 종횡무진 활보하면서 군터왕을 따르는 부하들의 목을 수없이 베었으며 벌써 세 번이나 방향을 바꾸어 공격했습니다. 그래서 무수한 영웅들이 그의 칼에 맞아 쓰러졌습니다. 기젤헤어가 볼프하르트를 소리쳐 불렀습니다.

"내가 이렇게 잔인한 적을 만난 것이 유감이로다. 고귀하고 용감한 기사여, 나에게 방향을 돌려라! 내가 끝장을 내주겠다. 그런 식으로는 더 이상 계속할 수 없을 것이다."

볼프하르트는 기젤헤어와 대항해 싸우려고 방향을 돌렸습니다. 두 사람은 칼을 휘둘러 많은 파열상을 냈습니다. 그가 격렬한 공격 태세로 왕에게 달려들었으므로 발밑의 피가 튀어 왕의 머리 위에까지 흩뿌려졌습니다. 아름다운 우테의 아들은 잽싼 동작으로 잔인하게 칼을 휘두르면서 용감한 기사 볼프하르트를 맞이했습니다. 그 영웅이 아무리 힘이 세다 한들 더 이상 목숨을 부지할 수는 없었습니다. 젊은 왕으로서 결코 더 용감할 수는 없었을 것입니다. 젊은 왕은 볼프하르트의 훌륭한 흉갑을 뚫는 일격을 가했습니다. 그러자 그의 상처에서 피가 쏟아져 내렸습니다. 그는 디트리히의 종사에게 치명상을 입혔던 것입니다. 그러한 치명상을 가할 수 있는 용사는 오직 한 사람뿐이었습니다.

용감한 볼프하르트는 상처의 아픔을 느끼자, 방패를 내던져버리고 강력한 칼을 휘둘렀습니다. 그 칼은 무척 예리했습니다. 그 용사는 기젤헤어의 투구와 갑옷을 마구 베어버렸습니다. 노기에 가득 찬 두 사람은 서로를 죽이고 말았습니다. 그리하여 디트리히의 종사들은 한 사람도 살아남지 못했습니다. 노장 힐데브란트는 볼프하르트가 죽어 넘어지는 것을 보았습니다. 내 생각에 그는 죽기 전에 느낀 것과 같은 고통을 한 번도 느껴 본 적이 없었을 것입니다.

그리하여 군터왕의 종사들과 디트리히의 부하들이 남김없이 모두 죽었던 것입니다. 힐데브란트는 볼프하르트가 피투성이가 되어 쓰러져 있는 곳으로 갔습니다. 그는 두 팔로 그 용감하고 뛰어난 용사를 안았습니다. 힐데브란트는 그 용사를 홀 밖으로 안고 나가려 했지만, 볼프하르트가 너무나 무거워 할 수 없이 그를 뉘어 놓아야만 했습니다. 바로 그때 임종하고 있던 자는 피가 흥건한 바닥에 누운 채 위쪽으로 눈길을 주었습니다. 그는 숙부가 자신을 위해 얼마나 애쓰고 있는지 알았던 것입니다. 치명상을 입은 볼프하르트가 말했습니다.

"사랑하는 숙부님, 이제 더 이상 저를 도우실 필요 없습니다. 오히려 하겐을 조심하세요. 그것이 훨씬 더 나을 겁니다. 그자의 마음은 지독한 분노로 가득 차 있습니다. 만약 제가 죽은 후 친척들이 저를 애도하려 한다면, 숙부님께서 그들 중 저와 가장 가깝고 제일 좋은 친구들에게 슬퍼하지 말라고 일러 주십시오! 그럴 필요가 전혀 없다고 말입니다. 저는 한 왕의 손에 의해 명예로운 죽음을 맞았기 때문입니다. 또 저는 여기 홀에서 기사들의 부인들이 울 정도로 아주 가혹하게 복수했습니다. 누군가가 그것에 대해 숙부님께 묻는다면 숙부님께서는 당당하게 공언하셔도 괜찮을 것입니다. 족히 백여 명의 무사들이 제 손에 쓰러져 죽었으니까요."

그때 하겐은 용감한 힐데브란트에게 목숨을 빼앗긴 음유시인을 생각하고 그 영웅에게 말했습니다.

"그대가 저지른 죄값을 치러야겠소! 그대 때문에 많은 훌륭한 용사들을 잃었소!"

하겐이 힐데브란트에게 너무나 세찬 일격을 가했기에 사람들은 발뭉이 울리는 소리를 들었습니다. 하겐은 지크프리트를 죽인 곳에서 그 칼을 빼앗았던 것입니다. 노장 역시 대단히 막강했기에 방어를 했습니다.

막강한 용사 힐데브란트 역시 트론예의 영웅에게 예리하고 큼직한 칼을 휘둘렀습니다. 하지만 상처를 입히지는 못했습니다. 하겐이 다시 흉갑을 뚫는 일격을 가했습니다. 노장 힐데브란트는 상처를 입고는 하겐에 의해 더 좋지 않은 일을 당할지도 모른다는 두려운 생각을 했습니다. 디트리히의 종사는 등 뒤로 방패를 던져버렸습니다. 중상을 입은 그 영웅은 하겐의 공격을 피해 달아났습니다.

군터왕과 하겐 두 사람을 제외하고는 아무도 살아남은 사람이 없었습니다. 노장 힐데브란트는 피투성이가 되어 물러갔고 마침내 디트리히에게 비통한 소식을 가지고 왔던 것입니다. 그는 디트리히가 슬픔에 잠겨 앉아 있는 것을 보았습니다. 그러나 그 군주는 더 큰 아픔을 경험해야 만했습니다. 그는 흉갑이 붉게 물든 힐데브란트를 보았습니다. 그는 힐데브란트에게 근심스럽게 물었습니다.

"말하시오, 힐데브란트 장군! 무슨 일이 있었기에 그대의 갑옷이 선혈로 그렇게 흠뻑 젖어 있소? 누가 그런 짓을 했소? 내 생각에는 그대가 홀에서 손님들과 싸웠을 것이라고 여겨지오. 내가 그토록 단호하게 금하지 않았소. 그대가 그렇게 행동하지 않았더라면 좋았을 것을 그랬소!"

"제가 홀에서 그 용사로부터 뒤로 물러서려고 했을 때, 하겐이 저에게 상처를 입혔습니다. 저는 그 악마 같은 녀석 앞에서 간신히 목숨을 부지하고 도망쳐 나온 것입니다."

"그대에게는 다행스러운 일이오! 그러나 내가 용사들에게 나의 우의를 확약했던 바로 그곳에서 그대는 내가 저들에게 베풀었던 평화를 깨뜨렸소. 나에게 그것이 영원히 치욕이 되지 않으려거든 그대는 징벌로 목숨을 잃어야 마땅할 것이오."

"그만 진정하십시오, 디트리히님! 저와 제 친구들에게 닥쳤던 굴욕은 그 정도로도 충분합니다. 저희는 뤼디거를 운반해 오려고 했습니다. 그런데 군터왕의 신하들이 허용하지 않았습니다."

"아, 괴롭도다. 이 비통함이여! 뤼디거가 정녕 죽었단 말인가? 이 아픔은 내 자신의 아픔보다 견디기 힘들구나. 고귀한 고테린트는 내 아주머니의 딸이다. 아, 슬프도다. 지금 베헬라렌에서 보호 없이 있는 그 가련한 고아들을 어떻게 하면 좋단 말인가!"

뤼디거의 죽음은 디트리히에게 그와 함께 견뎌왔던 고난과 충성을 생각나게 했습니다. 디트리히는 격정적으로 흐느끼기 시작했습니다.

"아, 나는 얼마나 충성스런 조력자를 잃었는가! 맹세코 나는 군터왕의 그 종사를 결코 잊지 않으리라. 힐데브란트 장군! 그를 죽인 자가 어떤 용사인지 내게 소상히 말해 주시오."

"힘센 게르노트가 서슬이 퍼런 칼로 죽였습니다. 그 호걸 역시 뤼디거에게 죽기는 했습니다만 …… ."

디트리히는 힐데브란트에게 말했습니다.

"자, 병사들에게 곧 무장하라고 말하시오. 내가 직접 거기로 갈 테니 화려한 투구를 가져오도록 해주시오. 내가 손수 부르군트에서 온 전사들을 심문해 보겠소."

힐데브란트 장군이 말했습니다.

"당신과 같이 갈 사람이 어디 있겠습니까? 당신 휘하에 살아 있는 자라고는 저밖에 없습니다. 오직 저 혼자만 살아남은 셈입니다. 다른 사람들은 모두 전사하고 말았습니다."

그는 이 보고를 듣고 깜짝 놀랐습니다. 그는 생애에 이렇게 큰 고통은 겪어보지 못했습니다.

"내 종사들이 모두 전사했다니 신은 나를 버렸구나. 이 가련한 디트리히를! 이제까지 나는 유능하고 강력했었는데, 싸움으로 지쳐서 힘이 다 빠진 용사들에게 나의 명예로운 영웅들이 죽임을 당하다니, 어떻게 그럴 수 있는가? 내가 불운에 쫓기지만 않았더라면, 틀림없이 그들도 아직은 죽지 않았을 것이오. 자, 이제 더 이상 불운이 지속되게 할 수는 없으니 말해 주시오. 손님들 중에 누가 살아 있는지를!"

그러자 힐데브란트 장군이 말했습니다.

"하겐과 위대한 군터왕 밖에 없습니다."

"아, 슬프도다. 사랑하는 볼프하르트여, 그대를 잃어버리다니! 내가 세상에 태어난 것이 유감스럽구나. 지게스타프와 볼프핀, 볼프브란트가 없으니 대체 누가 아멜룽의 땅에서 나를 도와준단 말인가? 용감한 헬페리히와 게르바르트 그리고 비하르트마저 죽었으니, 내가 어떻게 그들의 죽음을 애도하지 않을 수 있으랴! 오늘은 내가 행복을 누리는 마지막 날이로구나! 아, 슬프도다. 마음의 고통으로는 죽을 수가 없다니!"

## Chapter 39

# 축제의 최후

디트리히 군주는 손수 장비를 찾았습니다. 힐데브란트 장군이 그
가 무장하는 것을 도왔습니다. 그 힘센 영웅이 너무 슬피 운 까닭에
집안 전체가 울음소리로 진동했습니다. 그는 진정한 영웅 정신을 되
찾았습니다. 이 훌륭한 영웅은 무장하고 있는 동안 분노에 사로잡혔
습니다. 그는 견고한 방패를 손에 쥐고 서둘러 힐데브란트 장군과 함
께 출발했습니다. 트론예의 하겐이 말했습니다.

"저기 디트리히 군주가 이리로 다가오는 것이 보입니다. 깊은 슬픔
을 당한 그는 분명 우리와 싸우려 할 것입니다. 그러니 오늘은 누구
에게 승리의 영광이 주어질지 알게 될 것입니다. 디트리히가 감히 혼
자서는 대적할 수 없을 만큼 그렇게 강하고 지독하리라고는 여겨지

지 않는군요. 더구나 우리에게서 받은 고통을 복수하고자 하는 마당인데도 말입니다."

디트리히와 힐데브란트가 이 말을 들었습니다. 베른의 디트리히는 그 두 전사가 기대어 서있는 본관 홀의 바깥벽으로 왔습니다. 그리고 훌륭한 방패를 땅에 내려놓았습니다. 슬픔과 근심에 싸인 디트리히가 말했습니다.

"막강한 군터왕이여, 어찌하여 고향을 떠나온 망명객인 나에게 이렇게 대할 수 있단 말이오? 도대체 내가 당신에게 무슨 짓을 했단 말이오? 이제 나는 혈혈단신이오. 더 이상 내가 믿을 수 있는 사람은 아무도 없소이다. 당신은 우리의 뤼디거를 죽인 것만으로는 성이 안 찼던 모양이구려. 어찌 나의 종사들마저 모두 앗아가 버렸단 말이오? 나는 당신들에게 아무 손해를 끼치지 않았는데 말이오. 부디 당신 자신이 빠진 곤경과 당신 친구들의 죽음과 전투에서 겪은 힘겨운 일들을 생각해 보시오! 당신 또한 마음이 무거워지지 않소? 아, 뤼디거의 죽음이 얼마나 쓰라리게 나를 괴롭히고 있는지! 이 세상 그 누구도 결코 더한 슬픔을 당한 적이 없을 것이오. 당신은 나와 당신의 고통에 대해 아랑곳하지 않은 것은 잘못이오! 당신은 칼부림으로 나의 행복을 온통 깨뜨려 버렸소. 정말이지 나는 내 친척들의 죽음을 더는 견뎌낼 수가 없구려."

하겐이 말했습니다.

"사실 우리에게 모든 잘못이 있는 것은 아니오! 당신의 용사들이 완전 무장을 한 채 크게 무리를 지어 여기 이 본관으로 왔소, 그 사

447

실이 올바로 전해지지 않은 것 같소."

"도대체 무엇을 믿으란 말이오? 힐데브란트가 나에게 이야기해주
었소, 아멜룽 출신의 내 용사들이 뤼디거의 시신을 홀 밖으로 내달라
고 말했을 때, 당신들은 그 용맹스러운 용사들에게 모욕과 조소를 퍼
부었다고 했소."

라인의 왕이 말했습니다.

"그들은 직접 뤼디거를 운반해 가기를 원했소. 나는 당신의 부하들
을 상대하기보다는 에첼왕을 만나기 위해 뤼디거의 주검을 인도하기
를 거부하라는 명령을 내렸소. 그 때문에 볼프하르트가 헐뜯기 시작
했던 거요."

그러자 베른의 영웅이 말했습니다.

"이해는 하겠소. 그러나 고귀한 군터왕이여, 궁중 법도에 정통해
있다면 용감한 기사인 당신은 나에게 준 고통에 대해 보상을 해주어
야 할 것이며, 내가 인정할 수 있는 방식으로 그것을 속죄해야 할 것
이오! 그러니 인질로서 나에게 투항하시오. 당신과 당신의 종사가 함
께! 그러면 내가 할 수 있는 한 훈족의 그 누구든 여기서는 당신들의
털끝 하나 건드리지 못하도록 보호해주겠소, 당신들은 내가 오직 성
실하게 호의만 지니고 있음을 알게 될 것이오."

하겐이 말했습니다.

"하늘에 계신 신이시여, 맙소사! 아직 싸울 힘이 남아 있고 무장한
채 적들 앞에서 자유롭게 활보하고 있는 두 용사가 어찌 당신에게 몸
을 맡길 수 있겠소. 그것은 안 될 일이오."

그러자 디트리히가 말했습니다.

"거부하지 마시오. 군터왕과 하겐이여, 당신들 두 사람은 나의 마음과 정신을 너무나 어둡게 하였소. 그러니 그것에 대해 보상을 하는 것만이 올바른 일이오. 나는 당신들과 함께 당신들의 조국으로 돌아갈 것을 약속하고 또 악수로써 보장하겠소. 당신들의 명예가 원한다면 호위도 할 것이며, 그렇게 하지 못할 경우에는 스스로 목숨을 끊을 것이오! 나는 당신들을 위해 더 이상 고통에 대해 생각하지 않을 것이오."

하겐이 다시금 말했습니다.

"더 이상 강요하지 마시오! 용감하다는 두 용사가 당신에게 항복했다는 소문이 난다면 우리의 명예는 훼손당하고 말 것이오. 더구나 당신의 편이라고는 오직 힐데브란트밖에 없으니 말이오."

그러자 힐데브란트 장군이 말했습니다.

"너무나 분명한 일이잖소, 하겐! 그대에게 화평을 승낙할 준비가 되어 있으니, 틀림없이 그대가 기꺼이 받아들여야 할 시간이 언제고 올 것이오. 나의 주인께서 그대에게 속죄를 제의한다면 마땅히 동의해야 할 것이오."

하겐이 또다시 말했습니다.

"힐데브란트 장군! 나는 아까 그대가 그랬던 것처럼 치욕스럽게 홀 밖으로 달아나느니 차라리 속죄를 하고 싶소이다. 하지만 나는 그대들이 적과 용감하게 대적할 수 있으리라 믿었소."

그에 대해 힐데브란트가 말했습니다.

"그대는 지금 나를 비난하는 거요? 그렇다면 스페인 출신의 발터가 그렇게나 많은 그대의 친구들을 죽였을 때, 바스켄스타인강가에서 방패를 깔고 앉아 있었던 사람은 도대체 누구였소? 그대 역시 충분히 비난받을 일을 저지른 적이 있지 않소?"

군주 디트리히가 말했습니다.

"용사들이 늙은 아낙네들처럼 말다툼을 하는 것은 어울리지 않는 짓이오. 힐데브란트, 더 이상 지껄이지 마시오. 망명 용사인 나는 더 큰 걱정으로 괴롭소."

"영웅 하겐이여! 내가 무장을 하고 접근하는 것을 보았을 때, 용사들에게 무엇이라고 말했소? 그대는 완전히 혼자서 나와 대적하고 싶다고 말하지 않았소?"

"그것을 부인할 사람은 아무도 없소! 니벨룽의 검이 산산조각 나지 않는 한 강력한 결투를 할 것이오. 나는 우리 두 사람을 인질로 요구한 것에 대해서 매우 화가 나 있소."

잔인한 하겐이 화가 난 것을 알아차린 용감하고 뛰어난 용사 디트리히는 즉시 방패를 높이 들었습니다. 하겐이 얼마나 빨리 층계를 뛰어내려 왔는지 훌륭한 니벨룽의 검은 디트리히의 갑옷을 스치면서 맑은 울림소리를 냈습니다.

디트리히는 그 용감한 용사가 무서운 분노로 가득 차 있는 것을 분명히 알았습니다. 베른 출신의 그는 위험한 보검의 공격을 잘 막아냈습니다. 그는 훌륭한 영웅 하겐을 잘 알고 있었던 것입니다. 그는 막강한 보검 발뭉이 두려웠으나, 영리하게 계산해서 때때로 반격을 가하다가 마침내 하겐을 제압했습니다. 하겐에게 깊고 큰 상처를 입힌 디트리히 군주는 생각했습니다.

'오랜 싸움으로 기진맥진해져 있군, 그대가 죽어서 내 앞에 쓰러지는 것은 그다지 명예로운 일이 못 될 것이다. 그러니 인질로 만들 수 있는 가능성을 찾아보아야 해!'

디트리히는 자신의 생각이 얼마나 위험한지 정확히 알고 있었습니다. 그는 방패를 땅바닥에 던져 버리고 막강한 두 팔로 하겐을 안았습니다. 그로 인해 용감한 하겐은 디트리히에게 제압당했던 것입니다. 고귀한 군터왕은 몹시 슬퍼했습니다. 디트리히는 하겐을 결박하여 고귀한 왕비에게로 데려가, 일찍이 칼을 들었던 사람으로서 가장 용감한 영웅을 넘겨주었던 것입니다. 모든 고통을 겪은 왕비는 기쁜 나머지 그 영웅에게 몸을 굽혀 절을 했습니다.

"당신의 마음과 정신이 언제나 행운으로 충만하기를 바라겠어요. 당신은 내가 겪었던 모든 고통을 보상해 주었어요. 이에 대해서는 죽음이 가로막지 않는 한 언제까지나 감사하겠어요."

디트리히 군주가 말했습니다.

"귀하신 왕비시여, 당신께서는 저 사람의 목숨을 살려주셔야 합니다. 그렇게 하시면 지금까지 그가 당신께 가한 모든 피해에 대해 보상해드릴 것입니다. 그가 결박되어 당신 앞으로 끌려온 대가로 목숨을 잃어서는 안 될 것입니다."

그래서 그녀는 하겐을 포로로 삼아 아무도 볼 수 없는 감방으로 데려가도록 했습니다. 그때 고귀한 군터왕이 소리쳤습니다.

"베른의 영웅은 어디로 갔느냐? 그자는 나에게 쓰라린 고통을 안겨주었도다!"

그러자 디트리히 군주가 그에게로 다가갔습니다. 군터왕의 용맹성은 높이 칭찬할 만했습니다. 그 역시 기다리지 않고 홀 앞으로 달려왔습니다. 두 사람이 휘두르는 칼의 엄청난 굉음이 울려퍼졌습니다. 디트리히 군주가 오래전에 얻은 명성이 자자했다 할망정 군터왕의 걷잡을 수 없는 투지는 격앙되어 있었습니다. 지금까지 온갖 곤경을 겪고 난 후 이제야 가장 강력한 적과 맞부딪혔기 때문입니다. 사람들은 지금도 디트리히 군주가 그때 살아남은 것은 하나의 기적이라고 간주하고 있습니다.

그들의 용기와 힘은 막강했습니다. 그들이 칼로 단단한 투구를 내려쳤을 때, 궁정 본관과 탑은 검들이 부딪히는 소리로 메아리쳤습니다. 군터왕은 자신이 얼마나 대담한지를 보여주었습니다. 얼마 안 있어 베른의 영웅은 하겐의 경우처럼 그를 제압해버렸습니다. 사람들은 예리한 칼을 맞은 군터왕의 갑옷 밖으로 피가 흘러나오는 것을 보았습니다. 군터왕은 기진맥진했음에도 불구하고 명예롭게 싸우다가 칼을 맞았던 것입니다. 군터왕은 결코 치욕적으로 결박당해서는 안 되었지만, 디트리히에 의해 묶이고 말았습니다. 디트리히는 군터왕과 그의 종사 하겐을 결박하지 않고 그대로 둘 경우, 그들이 누구든지 닥치는 대로 죽일 거라고 생각했던 것입니다.

베른의 디트리히는 그를 결박한 채 손을 잡고 크림힐트에게 인도했습니다. 그녀의 고뇌는 군터왕의 치욕으로 종결되었습니다.

"부르군트의 군터왕이시여, 환영하옵니다!"

"친애하는 누이동생이여, 그대의 인사가 좀 더 다정했더라면 그대에게 절을 했을 것이오! 그러나 나는 그대가 너무나 분노하고 있기에 나와 하겐에게 쌀쌀한 인사밖에 하지 않는다는 것을 알고 있소."

베른의 영웅이 말했습니다.

"귀하신 왕비여, 제가 넘겨드린 이 뛰어난 기사들은 전에는 한 번도 인질이 되어 보지 않았던 사람들입니다. 그러니 왕비께서는 저를 생각하셔서라도 고향을 떠나온 자들을 관대히 처리해 주셔야 하옵니다."

그녀는 기꺼이 그렇게 하겠노라고 말했습니다. 그래서 디트리히 군주는 눈물을 글썽이면서 명성이 자자했던 그 영웅들로부터 물러갔습니다. 하지만 얼마 후 왕비는 피의 복수를 단행했으니, 마침내 훌륭한 영웅의 목숨을 앗아버렸던 것입니다. 그들에게 최소한의 기쁨조차 허용하지 않기 위해 그녀는 그들을 따로따로 가두어 놓도록 했습니다. 그리하여 나중에 그녀가 군터왕의 머리를 하겐 앞으로 가져갈 때까지 그들은 서로 볼 수 없었습니다. 왕비는 하겐을 증오에 찬 눈초리로 노려보면서 말했습니다.

"그대가 나에게서 빼앗아 갔던 보물을 돌려준다면 목숨만은 건져 고향 땅 부르군트로 돌아갈 수 있을 것이다."

성난 하겐이 대답했습니다.

"닥치시오, 고귀한 왕비시여! 나는 진심으로 서약했나니 내가 모시는 군주가 한 분이라도 살아 계시는 한 그 보물을 어느 누구에게도 보여주거나 돌려주지 않을 것이오."

"이제야 마침내 나의 목표를 이루는구나!"

고귀한 왕비가 말했습니다. 그녀는 자신의 오빠를 죽이도록 명령했습니다. 그리하여 군터왕의 목이 잘렸습니다. 그녀는 트론예의 용사 하겐 앞으로 오라버니의 머리를 들고 갔습니다. 격한 아픔이 하겐을 사로잡았습니다. 고통으로 가득 찬 용사가 군주의 머리를 알아보고 크림힐트에게 말했습니다.

"마침내 목표를 달성했군, 역시 내가 생각했던 바와 똑같이 되고 말았도다. 이제 부르군트의 고귀한 왕도, 젊은 기젤헤어와 게르노트 군주도 모두 죽었고 보물이 있는 장소를 아는 이는 하느님과 나를 제외하고는 정녕 아무도 없도다. 그 보물은 그대 같은 마녀에게는 영원히 비밀이 되고 말리라!"

"그렇다면 그대는 나에게 진 빚을 갚지 않은 셈이로군. 나에게는 단지 지크프리트왕의 칼만이 남겠구나. 그 칼은 내가 사랑하는 남편을 마지막으로 보았을 때, 그가 지니고 있었던 것이다. 그대의 범행 때문에 나는 지크프리트를 잃고 처절한 고통에 빠졌던 것이다."

왕비는 칼집에서 칼을 뽑았지만 하겐은 저항할 수가 없었습니다. 그녀는 두 손으로 그 칼을 들어 올려 그의 목을 베어버렸습니다. 에첼왕은 그것을 보고 있었는데, 그것은 그의 마음에 매우 사무쳤습니다. 에첼왕이 말했습니다.

"슬프도다! 가장 용감했던 용사가 지금 여기 한 여인의 손에 살해당해 죽어 있다니 어찌된 일인고! 비록 그가 적이었으나 마음속에 사무치는구나!"

그때 노장 힐데브란트가 말했습니다.

"나에게 어떤 일이 일어난다 한들 감히 그 영웅을 죽인 그녀를 그냥 내버려 둘 수는 없도다. 하겐이 실로 내 생명을 위협하기는 했지만, 그의 원수를 갚아야겠도다."

힐데브란트는 크게 노하여 크림힐트에게 소리치며 달려들었습니다. 그는 힘껏 칼로 내려쳤습니다. 그녀는 죽음의 고통에 기겁을 하고 말았습니다. 그녀가 그토록 비명을 질렀건만, 그것이 무슨 도움이 되었겠습니까?

거기에는 이제 죽음의 운명을 짊어지고 있던, 모든 이가 쓰러져 죽어 있었습니다. 왕비는 토막으로 잘려져 있었습니다. 디트리히와 에첼왕은 통곡하며 친척들과 종사들의 죽음을 진심으로 애도했습니다. 그들의 명예를 떠받치고 있던 모든 사람이 죽었던 것입니다. 사람들은 슬피 울었고 크나큰 비탄 속에 왕의 축제는 막을 내렸습니다. 기쁨의 대가는 결국에는 고통으로 귀결되는 법입니다.

나는 여러분에게 그후 무슨 일이 일어났는지 말씀드릴 수 없습니다. 단지 이야기할 수 있는 것은, 기품 있는 기사들과 아름다운 여인들이 소중한 친구들의 죽음을 슬퍼했다는 사실입니다.

이야기는 여기서 끝을 맺습니다. 이것이 니벨룽의 노래요, 니벨룽의 보물에 관한 대서사시입니다.

# 독일 민족의 이름을 빛나게 해주는 대서사시

임 용 호

## 『니벨룽의 대서사시』의 탄생

봉건 사회의 최전성기를 누리고 있던 12~13세기 서유럽에서는 성실과 명예, 경건, 부인에 대한 봉사 등을 덕목으로 삼는 기사도 정신이 꽃을 피워 사회 구석구석을 지배하는 윤리로 군림했다. 그리고 비슷한 시기에 이 기사도 정신과 귀부인 숭배를 주제로 한 기사 문학이라는 문학 장르가 등장하기에 이르렀는데, 『니벨룽의 대서사시』(Das Nibelungenlied)는 기사 문학의 최고 걸작으로 꼽히는 작품이다.

『니벨룽의 대서사시』는 씌어진 정확한 연대와 작가가 밝혀지지 않고 있으며, 12세기 후반 혹은 13세기 초반에 이 작품의 배경이 되고 있는 도나우강 주변의 지리에 밝은 기사나 음유시인에 의해 씌어졌을 것으로 추측되고 있을 뿐이다. 그 내용은 유럽에서 민족 대이동이 있었던 시대(4세기 말~6세기 말)의 영웅 설화와 북유럽의 신화가 짜맞추어지고 집대성된 것으로, 전 39장·2444절(한 절은 4행이다)로 구성되어 있으며 그 가운데 19장까지가 전편이고 이후의 20장 이후가 후편이다.

모든 영웅 설화처럼 『니벨룽의 대서사시』는 437년 훈족이 라인 지방에서 부르군트 왕국을 멸망시켰던 일과 453년 훈족의 왕 아틸라가 잠자리에서 갑자기 각혈을 하고 게르만 계통의 왕비 곁에서 급사한 일 등 역사적 사실을 근거로 하고 있다.

브륀힐트 또한 역사 속 실재 인물이다. 민족 대이동 시기 이래 프랑켄 종족을 주체로 한 종족 공령(公領)이던 프랑켄 왕국에는 왕의 아들들이 분할 상속하는 상속법이 있어 세 아들이 왕국을 분할 통치하고 있었다. 이 가운데 한 아들인 지게베르트의 아내가 서고트족 브륀힐트였다. 그리고 다른 한 아들 힐베리크의 아내는 그다지 신분이 높지 않은 집안 출신의 프레데군테였다. 그런데 힐베리크가 재물을 노려 프레데군테를 내쫓고 브륀힐트의 언니와 결혼하려고 하자 프레데군테는 브륀힐트의 언니를 죽인다. 이에 브륀힐트는 남편을 설득해 힐베리크 나라에 쳐들어가나 오히려 프레데군테에게 남편을 잃고 말며, 프레데군테는 자신의 남편마저 죽여 버린다. 이렇게 하여 두 여자는 실권을 쥐고 『니벨룽의 대서사시』에서의 크림힐트와 브륀힐트와 같이 불구대천의 원수지간이 되었으며, 두 여자의 싸움은 왕조가 멸망할 때까지 계속되었다고 한다. 마치 『니벨룽의 대서사시』에서와 같이 모든 사람이 죽음으로써 끝맺고 만 것이다.

『니벨룽의 대서사시』가 등장했을 때 독일은 이미 그리스도교 문화권에 속해 있었으나 이야기의 토대가 되고 있는 것은 신들의 시대이다.

그러므로 등장인물 대개가 그리스도 교도이고 교회가 종종 등장하는 한편, 신들을 모시던 시대의 가치관을 계승하여 명예를 중시하는 전통이 밑바탕에 흐르고 있다.


## 중세의 전설 전파 양식 속에서 성립된 『니벨룽의 대서사시』

독일의 인쇄술 창시자인 구텐베르크가 인쇄술을 발명하기 시작하는 것이 1434~1444년의 일이니 『니벨룽의 대서사시』가 씌어진 시대에는 책이란 전부 양가죽을 얇게 편 양피지에 필사한 사본이었다. 그러니 당연히 필사한 사람에 의해 내용의 일부가 생략되거나 덧붙여질 수밖에 없었고, 이것이 중세의 독특한 전설의 전파 양식이 되었다. 이로 인해 판본에 따라서는, 지크프리트가 크림힐트를 만나기 전에 브륀힐트를 만나 사랑하지만 크림힐트와 결혼하자 브륀힐트가 크림힐트를 질투하는 것으로 되어 있는가 하면, 하겐이 크림힐트를 연모하여 그녀의 사랑을 차지한 지크프리트를 죽이는 것으로 되어 있기도 하다.

현재까지 발견된 『니벨룽의 대서사시』의 사본은 30여 종에 이른다. 그 중 이 작품이 씌어졌을 것으로 추정되는 12~13세기에 가장 가까운 13~14세기의 사본에는 대문자 A, B, C라는 기호가, 15~16세기의 사본에는 소문자 a, b, c라는 기호가 붙여져 있다. 오늘날에도 그 모습을 조금씩 바꾸며 꾸준히 출판되고 있다는 점에서 볼 때 어느 것이 원전에 가장 가까우냐에 대한 논란은 무의미하다고 할 수 있다.

## 충의, 정절, 욕망을 그린 게르만 민족의 문학

이러한 탄생 배경을 지닌 『니벨룽의 대서사시』에는 독일인 특유의 철저성이 잘 묘사되어 있어 그 기원과 정신에 있어서 게르만 민족적인 작품이라는 사실을 부인할 수 없다. 독일은 괴테를 비롯한 하이네, 릴케, 카프카 등 세계적으로 인정받는 많은 작가를 배출했지만, 정작 독일인의 정체성이 담긴 작품이 드물다는 평가를 받고 있는 형편이다. 물론 유럽의 한복판에 위치하여 이리저리 나뉘는가 하면 여러 나라에 영토를 빼앗겼다 되찾았던 역사를 가졌기에 과거의 유산을 지키기란 대단히 어려운 일이었을 것이다. 때문에 『니벨룽의 대서사시』야말로 현재까지 존재하는 독일의 유일무이한 신화라고 할 수 있다.

『니벨룽의 대서사시』의 특징이라고 하면 전편과 후편의 주제와 그 것을 그려내는 분위기가 판이하다는 점이다. 즉, 지크프리트가 크림힐트와의 결혼에 성공하고 암살당하기까지의 전편에서는 지크프리트라는 영웅의 화려한 무용담이 이야기를 이끌고 있으며, 이에 곁들여 귀인들의 화려한 생활상이 거듭하여 묘사되고 있다. 또한 지크프리트의 죽음을 잊지 않고 또 한 번의 결혼을 통해 막강한 권력을 획득하여 처절한 복수를 하고 마침내 크림힐트 자신마저 죽음을 맞이하는 후편에서는 피가 피를 부르는 혈투를 불러일으키면서까지 죽은 남편의 원수를 갚으려는 크림힐트의 정절이 이야기를 이끄는 주제가 되고 있다. 말하자면 우리나라의 고전 문학 작품이 인과응보와 권선징악, 충의와 정절, 신의 같은 덕목을 주제로 하고 있듯이 『니벨룽의 대서사시』는 등장 인물들로 하여금 중세 사회를 지배한 기사도 정신에 입각한 충의와 정절을 재현하게 하고 있는 것이다.

여기까지는 일반적인 관점에서 본 『니벨룽의 대서사시』이다. 여기에 하나 더 추가하고 싶은, 아니 어찌 보면 처음부터 끝까지 일관되게 흐르고 있는 주제는 재물에 대한 인간의 욕망이다. 앞에서 언급했듯이 이 책과는 다른 판본에서 그려지고 있는 지크프리트를 향한 사랑에서 빚어지는 브륀힐트의 질투, 크림힐트를 향한 연모에서 빚어지는 하겐의 시기심 그리고 두 여인의 자존심 다툼에서 이 비극이 초래되고 있는 것은 사실이나, 실은 지크프리트가 소유한 막대한 니벨룽의 보물 때문이라고 볼 수 있다. 보물에 눈이 어두워진 하겐과 군터의 음모, 남편이 죽자 자신의 소유가 되었다가 하겐에게 빼앗긴 보물을 되찾으려는 크림힐트의 욕심으로 인해 피가 난무하는 복수극이 벌어지는 것이다.

왕비는 하겐을 증오에 찬 눈초리로 노려보면서 말했습니다.

"그대가 나에게서 빼앗아 갔던 것을 돌려준다면 목숨만은 건져 고향 땅, 부르군트로 돌아갈 수 있을 것이다."

성난 하겐이 대답했습니다.

"닥치시오, 고귀한 왕비시여! 나는 진심으로 서약했나니 내가 모시는 군주가 한 분이라도 살아 계시는 한 그 보물을 어느 누구에게도 보여 주거나 돌려주지 않을 것이오."

…… 고통으로 가득 찬 용사가 군주의 머리를 알아보고 크림힐트에게 말했습니다.

"마침내 목표를 달성했군, 역시 내가 생각했던 바와 똑같이 되고 말았도다. 이제 부르군트의 고귀한 왕도, 젊은 기젤헤어와 게르노트 군주도 모두 죽었고 보물이 있는 장소를 아는 이는 하느님과 나를 제외하고는 정녕 아무도 없도다. 그 보물은 그대 같은 마녀에게는 영원히 비밀이 되고 말리라!"

대서사시의 막을 내리는 이와 같은 마지막 부분이 이를 뒷받침해 주고 있다.

그리스의 『일리아스』와 독일의 『일리아스』라고 불리는 『니벨룽의 대서사시』에 대한 문학적 가치를 이야기할 때, 유럽 서사시의 모범이자 그리스 최고최대의 서사시 『일리아스』에 비견되고는 한다. 두 작품 모두 영웅들의 무용담을 그리고 있고 비극으로 끝을 맺으며 서사시라는 문학 형식을 취하고 있다는 점에서는 흡사한 부분이 많다. 그러나 자세히 보면 두 작품은 퍽 대조적인 성격을 띠고 있다.

첫째, 『일리아스』(Ilias)에는 서사시다운 파노라마틱한 아름다움이 있는 반면 『니벨룽의 대서사시』는 시 전체의 희곡적 구성이 한층 두드러진다. 둘째, 『일리아스』는 서사시적으로 진행되어 장면이 하나하나의 스토리가 되어 이어지는데 반해 『니벨룽의 대서사시』는 지크프리트의 암살이 원인이 되고 크림힐트의 복수가 결과를 이루는 인과관계를 가지며 하나의 유기적인 극적 구성을 가진다. 이 같은 특징 때문에 19세기의 극작가 헤벨은 『니벨룽의 대서사시』의 원전을 고스란히 되살리면서 근대정신을 불어넣은 「니벨룽족」(Die Nibeliungen)으로 극화할 수 있었으며, 바그너는 「니벨룽의 반지」(Der Ring des Nibelungen)로 악극화할 수 있었던 것이다. 셋째로는 이미 지적했듯이 『일리아스』에는 서사시적 아름다움이 있고 장면 하나하나마다 재미가 있는데 반해 『니벨룽의 대서사시』에는 동적이고 음악적인 효과가 있으며 전체적인 사건의 발전이 주는 재미가 있다는 점을 꼽을 수 있다.

중세 최고의 영웅 서사시' '독일 기사 문학의 최고봉' '현존하는 유일한 독일 민족의 신화' (……) 이는 지금까지 살펴본 『니벨룽의 대서사시』를 표현해 주는 말들이다. 그러나 세계적인 문호 볼프강 폰 괴테는 『니벨룽의 대서사시』를 가리켜 교양을 갖추기 위해서는 반드시 읽어야 한다고 했으며, 독일의 어느 문학사가는 다음과 같은 말로 표현했다.

"만약 독일 민족이 이 지상에서 멸망해 버린다면, 그때 그 이름을 가장 빛나게 해주는 것은 『니벨룽의 대서사시』와 『파우스트』일 것이다."

빼어난 아름다움을 지니지는 않았지만 웅대한 구성과 유려하지는 않지만 소박한 필치를 지닌 『니벨룽의 대서사시』는 괴테가 등장하기 이전의 문학 작품 가운데 가장 높이 평가받는 작품임은 분명하다.

니벨룽의 대서사시 Das Nibelunglied

초판 발행 2003년 6월 5일 | 초판 3쇄 발행 2004년 12월 5일 | 개정 1쇄 인쇄 2020년 2월 5일 | 개정 1쇄 발행 2020년 2월 10일 | 옮긴이 임용호 | 펴낸이 임용호 | 펴낸곳 도서출판 종문화사 | 편집·디자인 IRO |인쇄 천일문화사 | 제본 우성제본 | 출판 등록 1997년 4월 1일 제22-392 | 주소 서울시 은평구 연서로 34길 2 3층 | 전화 (02)735 6893 팩스 (02)735-6892 | E-mail jongmhs@hanmail.net |값 18,500원 | © 2020, Jong Munhwasa printel in Korea | ISBN 89-87444-40-6 03850 | 잘못된 책은 바꾸어 드립니다.